ISABELLA ARCHAN

HELENE GEHT BADEN

KRIMINALROMAN

CONTE *krimi*

Dieses Buch ist Gabriela gewidmet – Danke!

Bibliografische Information der Deutschen Nationalbibliothek
Die Deutsche Nationalbibliothek verzeichnet diese Publikation in der Deutschen Nationalbibliografie; detaillierte bibliografische Daten sind im Internet über http://dnb.d-nb.de abrufbar.

ISBN 978-3-95602-028-5

Am Rech 14
66386 St. Ingbert
Tel: (0 68 94) 1 66 41 63
Fax: (0 68 94) 1 66 41 64
E-Mail: info@conte-verlag.de
Verlagsinformationen im Internet unter www.conte-verlag.de

Lektorat: Amelie Schröder, Christina Wolfrum
Umschlag und Satz: Markus Dawo
Druck und Bindung: Faber, Mandelbachtal

Das Böse ist unspektakulär
und stets menschlich,
es teilt unser Bett
und sitzt mit uns am Tisch.

W. H. Auden

Ich hab' das Fräul'n Helen baden sehn, das war schön!
Da kann man Waden sehn, rund und schön im Wasser stehn!
Und wenn sie ungeschickt tief sich bückt so,
da sieht man ganz genau bei der Frau, oh!
Ich hab' das Fräul'n Helen baden sehn, das war schön!
Da kann man Waden sehn, rund und schön im Wasser stehn!
Man fühlt erst dann sich recht als Mann,
wenn man beim Baden gehn Waden sehn kann!

Fritz Grünbaum, 1926

I. MONI

I

Sie sitzt auf einem Ast und versucht, mit Hilfe ihrer Gedanken den dünnen Zweig zu bewegen. Tatsächlich wippen die Blätter leicht auf und ab. Das könnte natürlich auch am Wind liegen.

Moni ist zwar tot, aber nicht blöd.

Überhaupt erstaunt es sie, dass sie immer noch so vernünftig denkt. Dass sie immer noch scherzen kann und dass sie immer noch Bedürfnisse verspürt. So wie jetzt das Bedürfnis zu wippen. Auf und Ab.

Sie lächelt und fragt sich gleichzeitig, womit. Ihr Blick geht nach unten.

Oh ja, sie fühlt ihren Blick, wie sie ihr Lächeln fühlt. Der Körper dazu mag fehlen, aber die Gefühle, die sinnlichen Wahrnehmungen sind intensiver als je zuvor.

Auf dem Ast, der erste winzige, grüne Knospen hat, sitzt eine Amsel und pfeift. Einen einzigen Ton. Ist es ein Ton der Überraschung, weil der Vogel sie tatsächlich wahrnehmen kann? Ein Vogel, der ein Medium für Verstorbene ist? Esoterischer Unsinn oder neue Dimension?

Vieles ist anders, seit sie ihren Körper verlassen hat.

Es war zuviel.

Zuviel Schmerz und Blut, zuviel Panik und Angst. Ganz abgesehen davon, dass sie in all der unendlich qualvoll und langsam verstreichenden Zeit nicht einmal ohnmächtig geworden war.

Also raus und tschüs!

Moni macht sich nichts vor. Sie hat ihren Körper nicht verlassen, um später wieder heimzukehren, um mit Blaulicht und Sirene ins Krankenhaus gebracht und dann wiederbelebt zu werden. Um von einem Tunnel zu erzählen und ihrem Vater, der sie abholen gekommen war, nur um sie dann doch wieder zurück in ihr, wenn wir ehrlich sind, doch etwas langweiliges Leben zu schicken.

Sie dreht sich einmal im Kreis, die Amsel flattert erschrocken auf. Verschwindet im Grau des frühen Morgen.

Die Sonne wird erst um kurz nach sieben aufgehen, noch liegt ein dunkler Schleier über dem Kölner Stadtwald. Aber sonnig soll es werden, Moni erinnert sich an die Wettervorschau. Tatsächlich hat sie noch den Wetterbericht gesehen, bevor es losging.

Kein Mensch weit und breit.

Auch kein Nichtmensch, kein schon Verstorbener. Papa kam mal wieder nicht. Hatte nicht nur Monis Einschulung und Brittas Kommunion und ersten Ball verschwitzt, sondern auch das Versterben seiner jüngeren Tochter nach seinem eigenen Herzanfall.

Gab es dieses Wort? Versterben?

Keine Möglichkeit ins Internet zu gehen.

Kein Smartphone in der Zwischenwelt.

Moni sieht etwas gelangweilt nach unten. Dort gibt es etwas, das noch aus Fleisch und Blut besteht. Zwar seelenlos, aber anwesend. Noch. Bevor die Zersetzung beginnt.

Unter dem Baum, zum Teil unter dem untersten dicken Ast verborgen, liegt Monis Körper. Abgelegt wie ein Stück erlegtes Vieh.

Unbedeckt. Vollkommen nackt.

Seltsamerweise stört Moni die Nacktheit ihres früheren Seelenhauses nicht im Geringsten. Sie fühlt keine Verbindung mehr zu dieser fragilen Hülle. Eher neutral schaut sie darauf. Wenn sie sich die Schnittwunden und Verletzungen wegdenkt, ist es ein junger und schöner Körper gewesen. Gerne hätte sie ihn länger bewohnt.

Sie fragt sich, wann die Fliegen und Käfer ihn finden und mit ihrem Frühstück beginnen werden. Sie hätte große Lust nach den Stadien einer Leiche zu googeln, aber das war vorbei.

Oder würde es ein himmlisches *Facebook* mit einem Account für andere ruhelose Seelen geben? Oder inkarnierte man immer wieder und sie hockt hier im Baum auf einem Ast, um sich auf ein neues Leben als Ameise vorzubereiten. Wie hieß noch mal dieser Roman über genau eine solche Inkarnierung …?

Nee, *Inkarnation* heißt das Wort richtig.

Die Beine ihres Körpers liegen bis zum Knie im Wasser des Weihers. Sanfte kleine Wellen berühren ihre bleiche Haut.

Moni sieht ihre rechte Wade, die einen schweren Bluterguss aufweist. Der Knochen vorne am Schienbein macht unter dem Knie einen Knick. Dort ist er gebrochen worden.

Sie merkt, dass die Erinnerung an die Schmerzen wie weggeblasen ist. Ein weiterer Pluspunkt für das Leben als Untote.

Quatsch, das klingt nach Zombie. Auf keinen Fall ist sie ein Zombie!

Moni lässt den Ast los. Sie segelt nach unten und setzt sich neben ihren leblosen Körper. Es fühlt sich zumindest wie Sitzen an.

Das gebrochene Schienbein, zwei ausgeschlagene Zähne, Blutergüsse im Gesicht und an den Oberarmen. Ein tiefer Schnitt im Fleisch ihrer Wange.

Aber die Schnittwunden am Bauch sind am schlimmsten. Kreuz und quer wie ein blutiger Jägerzaun. Die Haut klafft auf und wirkt an den blutigen Rändern wie oft gelesene Buchseiten.

Sie denkt an das Zimmer, in dem ihr Körper litt, tatsächlich ihr eigenes Schlafzimmer, in dem sie tausend und mehr Nächte geschlafen hatte, voller Vertrauen und Geborgenheit. Ihre vier Wände, die sie immer beschützt hatten, seit sie von zu Hause, von Mama, weggezogen war.

Sie erinnert sich an die Blutlache, die unter ihrem Körper größer und größer wurde. Ein roter See, gebildet aus dem Wasserfall ihres eigenen Lebenssaftes. Sie erinnert sich an die Schreie, die, erstickt durch das Klebeband, ihren Kehlkopf und ihre Lunge wie einen Feuerball explodieren ließen.

Richtig gestorben ist sie erst hier am Wasser.

Hier erwachte ihre Seele ohne den Körper. Mit einer weichen Heiterkeit, einer luftigen Ausdehnung, die bald weit über den Horizont hinausreichen wird.

Diese poetischen Sätze zu ihrem Tod hätte sie aufgeschrieben, sie gepostet, sie für andere sichtbar gemacht, sie eingeflochten in eine kleine Story, die man *Wie ich mein junges Leben verlor* hätte taufen können. Vielleicht hätte sie die gesamte Geschichte auch verkaufen können, wie viele ihrer kurzen und amüsanten Artikel in Zeitschriften und Anthologien. Diesmal eine Story von eurer Moni, grausamer und endgültiger als sonst.

Ihre Hand- und Fußgelenke weisen tiefe rote Kerben von der Wäscheleine auf. Ihre rechte Schulter ist ein dicker Klumpen, sie hatte sie sich ausgerenkt, als sie sich vor Schmerzen aufbäumte und wie eine Wahnsinnige an den Wäscheleinenfesseln riss. An ihrer rechten Hand stehen der Zeige-, Mittel- und Ringfinger steil nach oben. Verbogen, gebrochen. Arme rechte Hand. Schreibhand. Kusshand. Liebeshand.

Sie sucht wieder nach dem Gefühl zu diesen unvorstellbaren Schmerzen, findet aber nur trockenen Humor. Ob die Leute vom Bestattungsinstitut die Finger wieder nach unten biegen werden? Sie möchte nicht wie Quasimodo, der entstellte Glöckner, in ihrem Sarg liegen.

Schritte lassen sie aufhorchen.

Jemand kommt.

Jemand kommt auf sie zu.

Moni steigt wieder nach oben, diesmal über den Ast, über den Baum hinaus.

Die ersten Strahlen der kühlen Märzsonne tauchen am Horizont auf. Es muss kurz nach sieben sein. Der Himmel zeigt in seinem werdenden Blassblau einige weiße Wolken, die später einen kleinen schnellen Regenschauer bringen werden.

Der Jogger biegt um die Kurve, vorne an der kleinen Brücke. Um diese Uhrzeit, an einem Samstagmorgen, ist er einer der ersten, die im Stadtwald unterwegs sind. Bald werden es mehr werden, Läufer, Leute mit Hunden, frühe Spaziergänger.

Der Mann ist von etwas fülliger Statur, geschätzte vierzig Jahre alt und er keucht. Aus seinem Mund steigen bei jedem Ausatmen weiße Wolken auf, es ist noch ziemlich kalt Anfang März. Er trägt eine wollene Mütze auf dem Kopf und hat sich einen Schal um den Hals geschlungen. Dafür stecken seine Beine in einer kurzen und definitiv zu knappen Radlerhose.

Wenn er Richtung und Tempo beibehält, wird er direkt an Monis Körper vorbeilaufen. Sein Blick ist nach unten auf den Weg gerichtet. Er nimmt seine Umgebung nicht wirklich wahr, konzentriert sich auf das Laufen, das Keuchen, vielleicht auch schon auf ein zunehmendes Seitenstechen.

Plötzlich wünscht sich Moni, dass er den Kopf drehen und sie sehen soll. Wünscht sich wahrgenommen zu werden, mit einem Kopfnicken zur Kenntnis genommen, mit einem kleinen Seitenblick entdeckt. Sie stellt sich vor zu winken, albern, aber wer weiß? Ihr Herz klopft vor Aufregung … oder nein, sie fühlt ein körperloses Klopfen.

Der Mann dreht seinen Kopf tatsächlich in dem Moment, als er am Ufer des Weihers an der großen Weide, deren Zweige bis ins Wasser hängen, vorbeiläuft. Er dreht seinen Kopf nach links, nimmt Monis Körper für Sekundenbruchteile ins Visier und läuft weiter. Einfach so.

Zum ersten Mal lässt Monis gelassene Heiterkeit nach und wenn sie noch einen Atem und Stimmbänder gehabt hätte, hätte sie vor Enttäuschung tief geseufzt.

Männer und ihre Art an den Dingen vorbeizuschauen, hindurchzublicken ohne wahrzunehmen, Anteil zu nehmen. Selbst als weibliches Geisterwesen seufzt sie über das andere Geschlecht. Und hofft doch auf einen weiteren Blick des Mannes. Immer noch. Hört das denn nie auf?

Der Jogger bleibt abrupt stehen.

Steht eine Minute reglos.

Noch eine Minute.

Dreht sich auf den Fersen herum. Kommt drei Schritte zurück. Noch mal drei. Bleibt wieder stehen.

Starrt auf Monis Körper.

Sein Herz pumpt Blut in seinen Kopf, sein Atem stößt Lokomotiv-Wölkchen aus. Aus Fassungslosigkeit wird Begreifen. Sein linkes Auge zuckt.

Moni sinkt tiefer, hält einen Meter über der Szenerie an und wartet auf die Reaktion, die ihr nackter, geschundener Körper auf den Mann hat. Noch immer bewegt er keinen Muskel. Sie schwebt neben ihn und lässt sich auf seiner rechten Schulter nieder. Dann erfasst sie Neugierde und sie beugt sich weit vor, um sein Gesicht genauer zu beobachten. Ein rundliches weiches Gesicht mit unrasiertem Kinn. Grüne Augen, braunes Haar, ein Ansatz zum Doppelkinn.

Schon glaubt Moni, dass der Schrecken ihn zur Salzsäule erstarren ließ, und pustet auf seine Wangen. Als wollte er eine Fliege wegwischen, geht die linke Hand des Mannes an seinem Gesicht vorbei, fällt schlaff nach unten.

Noch eine Minute vergeht.

Eine Entenfamilie schwimmt über den Weiher und ihr Schnattern lässt ein Zittern durch den Mann laufen. Er blinzelt und wischt wieder über seine Wange.

Dann greift er in seine Jacke und kramt sein Handy heraus. Wählt. Wartet.

Nennt seinen Namen, Moritz Sebastian Gehler.

Nennt seinen Standort. Der Stadtwald in Lindenthal, dort an der Dürener Straße, wo er beginnt, gleich hinter dem Hotel, nach der kleinen Brücke, direkt am Weiher, unter dem großen Baum.

Nennt den Grund.

»Da liegt eine. Ich glaube, die ist tot. Oh mein Gott.«

Legt auf. Steht da. Eine weitere Minute. Zwei. Sein Atem weiße Wölkchen. Sein Herz Trommelwirbel.

Ein weiterer Läufer kommt über die Brücke gejoggt. Dynamischer, schlanker und jünger als Moritz Sebastian Gehler. Bremst ab.

»Da liegt eine Leiche«, sagt Moritz leise.

Der Jüngere läuft weiter. Schnell. Dreht sich nicht um.

Moritz lässt den anderen laufen. Greift sich an den Kopf und nimmt die Wollmütze ab. Hält sie in beiden Händen vor seinen Bauch. Erweist der unbekannten Toten die letzte Ehre.

Moni schwebt jetzt direkt vor Moritz Gehlers Augen. Sieht die Spur von Tränen in den Winkeln. Mag ihn, spontan. Einer von der netten Sorte. Letztendlich doch. Leider zu spät für mehr. Die gelassene Heiterkeit ist wieder da. Sie drückt Moritz einen Kuss auf die Lippen. Versucht ihn zu schmecken.

Moritz Sebastian Gehler öffnet seine Lippen, als wolle er den Kuss tatsächlich erwidern.

Moni schmunzelt. In ihrer menschlichen Gestalt hätte sie sich das bei einem fremden Mann nie getraut.

Oben auf dem Ast hört Moni die Amsel wieder diesen einen langen Pfiff ausstoßen. Sie hat ihren Platz zurückerobert. Moni schwebt hoch und pustet in das schwarze Gefieder. Der Vogel flattert hoch. Mit ihm erhebt sich auf dem Weiher eine ganze Entenhorde und der Lärm der Flügel lässt Moritz Sebastian Gehlers Zittern stärker werden. Sein Körper bewegt sich ohne sein Zutun, er schaukelt im Stehen, vor und zurück. Er berührt mit seinen Fingern seine Lippen, er streicht über seinen Kopf, er setzt die Mütze wieder auf.

Das Wasser des Weihers trägt höhere Wellen über den nackten toten Frauenkörper, schwemmt über die Oberschenkel, berührt ihre Scham. Moritz' Tränen fließen stärker, schmecken salzig. Er schließt seine Augen, drückt die Tränen nach unten, lässt sie ungehindert über sein unrasiertes Kinn laufen.

Dann erschrecken Sirenen das morgendliche Köln.

Moni löst sich vom Ast der Amsel und steigt höher.

Über die Weide hinaus, über den Stadtwald hoch, sie sieht, wie zwei Polizeiwagen mit Blaulicht und Sirene über den Gürtel kommen, gleich dahinter ein Krankenwagen. Der Lärm schwillt an, erschreckt Frühaufsteher, lässt Hunde bellen und Babys weinen. Moni erhebt sich in das weite Blau dieses neuen Tages, ihres Todestages.

Da taucht eine Erinnerung auf.

Eine Erinnerung an ihren ersten Flug mit gerade mal sechs Jahren. Da oben, ganz oben im Himmel, da wollte sie das kleine ovale Fenster des Flugzeugs aufreißen und nach den Wolken greifen. In die weiße Zuckerwattewelt hineingreifen und kosten, ob sie süß schmecken, süß wie der gesponnene Zucker auf dem Rummel. Ihre Mutter hat gelacht und ihr die kleine Hand geküsst, Wolken sind nicht zum Naschen da, Moni! Schätzchen!

Jetzt wird Moni Wolken naschen. Nach diesem letzten Kuss. Der schmeckte so gut.

Mama, denkt Moni, Mama. Oh, was werden meine Mama und meine Schwester weinen. In diesem Moment geht die Sonne auf.

Moni! Schätzchen! fliegt zu den Wolken und schließt die Augen.

So kommt es ihr zumindest vor.

2

Moritz Gehler öffnet seine Augen und Zeit ist vergangen.

Ihm wird klar, dass er die letzten zwanzig Minuten oder so verpasst haben muss, sein Gehirn hat alles ausgeblendet. Er hat einen Zeitsprung nach vorne gemacht.

Er sitzt auf der Bank, einige Meter von der Weide und dem Ufer des Weihers entfernt. In der Hand hält er einen weißen Plastikbecher, der mit einer schwarzen kalten Flüssigkeit gefüllt ist. Kaffee? Über seine Schulter ist eine Decke gelegt, doch ihn friert es vor allem an den Beinen. Warum nur musste er mit der kurzen Hose laufen gehen? Unter der Bank zwischen seinen weißen Laufschuhen sieht er Erbrochenes. Erkennt eine halbe Banane in dem gelben Schleim. Sein Läuferfrühstück. Peinlich berührt schiebt er mit dem rechten Laufschuh Kies und Sand vom Boden darüber. Dann schaut er sich um.

Für einen Moment glaubt er sich in die alten Polizeiserien versetzt, die er als Kind mit seiner Schwester stundenlang mit selbst gemachtem Popcorn geguckt hat. Wenn die Eltern außer Haus waren, ihren Ausgeh-Abend hatten.

Lea wollte unbedingt gucken und fürchtete sich allein. Ließ den kleinen Bruder an ihrer Seite. Bis die Eltern zurück waren. Immer zu früh und immer überraschend für die Geschwister. Wie oft hatte er das Ende verpasst und musste, ohne zu wissen, wer der Mörder war, zurück in sein Zimmer.

Seine Schwester bekam eine Standpauke, solche grausigen Geschichten wären doch nichts für kleine Kinder, Moritz wurde wortlos ins Bett geschickt. Lea hatte schuldbewusst genickt und ihm zugleich zugeblinzelt. Beide Kinder wussten, am nächsten Ausgeh-Abend würden sie wieder zu zweit auf der Couch sitzen und *Derrick* oder die *Straßen von San Francisco* mit Popcorn zelebrieren. Doch seine Eltern irrten in einem Punkt. Er hatte sich nie gefürchtet oder erschrocken. Schon als kleiner Junge war ihm klar gewesen, dass es nur Geschichten waren, die im Fernsehen liefen. Erfindungen. Schauspieler, die niemals wirklich starben und sich später in den Magazinen, die seine Mutter las, grinsend fotografieren ließen.

Doch heute Morgen ist er in eine reale Story gestolpert.

Über dreißig Jahre nach den Ausgeh-Abenden seiner Eltern. Heute ist er selber Vater eines kleinen Sohnes, der nach acht Uhr keine Krimis gucken darf. Niemals. Moritz fällt ein, dass er seine

Frau anrufen muss, bevor sie sich Sorgen macht. Er holt sein Handy zum zweiten Mal aus der Jacke, kann die Nummer aber nicht wählen, steckt es weg. Noch nicht. Später, wenn er Worte gefunden hat.

Ein rot-weißes Band mit der Aufschrift *Polizeiabsperrung* ist weitläufig um den Tatort gezogen. Oder ist es nur der Fundort der Leiche? War er jetzt der sogenannte Hauptzeuge? Oder würde er verdächtigt werden?

Silke und Daniel hatten noch geschlafen, als Moritz müde, aber willig gegen Stress und Pfunde anzulaufen, gestartet war. Und jetzt?

Wie die Frau da gelegen hatte, so nackt, bleich und verloren. Und ihr Bauch sah so aus als … Weiter will Moritz nicht denken. Diese Erinnerung lässt er lieber zurück in der verlorenen Zeit.

Moritz wagt einen Blick hinüber zum Ufer des Weihers. Eine weiße Plastikplane deckt den Körper jetzt vollständig ab.

Beamte in Uniform und in Zivil tummeln sich wie Ameisen rund um den Weiher, auf dem Weg davor, bis vorne an die Dürener Straße. Auf der kleinen Brücke parkt ein Polizeiwagen mit offenen Türen. Dahinter, mitten auf der kleinen Wiese, steht ein Rettungsfahrzeug. Eine Trage lehnt nutzlos an der seitlichen Front, hier gibt es kein Leben mehr zu retten. Weitere Wagen vor dem Hotel und auf der Joggingstrecke.

Ein Mann mit Handykamera wird an Moritz vorbei aus der abgesperrten Zone geschoben, dahinter sieht Moritz eine Schar von Schaulustigen. Mit gezückten Handys und Kameras. Moritz erkennt vorne an der Absperrung den jungen Jogger, der vorhin einfach weitergelaufen war. Jetzt hält auch er sein Smartphone in die Höhe und filmt.

Plötzliche Wut rollt in Moritz hoch, er würde gerne hingehen und dem Typen eine scheuern.

Ein Sanitäter in einer rot-gelben Weste taucht neben Moritz auf, wirft einen Blick auf seinen vollen Plastikbecher.

»Wollen Sie nicht noch was trinken, Herr Gehler?«

Wann hat er dem Mann seinen Namen genannt?

»Nein, der Kaffee ist schon kalt.«

Der Sanitäter mit der grellen Weste lächelt ihm aufmunternd zu. Wenn sich Moritz nur erinnern könnte, wann er sich bei ihm vorgestellt hat? Die verlorene Zeit macht ihm zu schaffen.

»Das ist kein Kaffee, das ist Tee. Hier, Herr Gehler, ich schenke Ihnen nach, ist mein eigener, wärmt von innen.«

»Danke.«

Moritz schüttet seinen kalten Rest auf den Boden. Der Kies läuft dunkel an.

Wieder schiebt er mit seiner Laufschuhspitze Sand darüber. Hätte der Täter die Frau nicht vergraben können? Ein anderer, vielleicht mit einem buddelnden Hund hätte sie gefunden. Moritz wird es kurz schwarz vor Augen, er möchte wegtauchen, versickern wie kalter Tee.

Der Sanitäter hat eine Decke in der Hand, legt sie über Moritz' frierende Oberschenkel und Knie, füllt den Plastikbecher mit dampfendem Tee aus einer knallgrünen Thermoskanne auf, klopft Moritz auf die Schulter. Einmal, zweimal. Moritz spürt, wie seine Handinnenfläche erhitzt wird von dem jetzt heißen Becher, die Hitze steigt über seinen Unterarm bis zu seinem Ellbogen hoch. Rote Punkte sind auf seinen weißen Fingerkuppen aufgetaucht und leuchten wie Bremslichter.

Moritz schaut wieder zu den Schaulustigen an der Absperrung, sieht wie der junge Jogger ihm zuwinkt und hasst den Mann aus tiefstem Herzen. Schnell wendet er seinen Blick auf die andere Seite, die zugedeckte Tote wirkt friedlicher als die Gaffer.

Wie Fliegen kreisen die Ermittler um den Fundort. Jeder Zentimeter um die Leiche herum wird fotografiert, kleine Tafeln mit fortlaufenden Nummern markieren mögliches Beweismaterial auf dem Boden. Die Männer und Frauen tragen weiße Überzüge wie Raumfahrer, die einen neuen Planeten betreten.

Eine Ecke der schlichten weißen Plastikplane über der toten Frau schwimmt im Wasser. Keinen Meter weiter paddeln zwei Enten über den Wellen. Ein absurdes Bild, das sich Moritz einprägt.

Ein weiteres Fahrzeug trifft ein, wird von drei Polizisten durch die Schaulustigen gelotst, parkt hinter dem Rettungswagen. Ein beleibter Mann mit ausgeprägter Wampe und Doppelkinn steigt aus.

Es könnte ein Szene aus *Kojak* sein, denkt Moritz. Obwohl der Neuankömmling kein Glatzkopf mit Lolli ist.

»Harry, endlich!«, ruft jemand und Moritz horcht auf.

»Schau sie dir an, Harro«, sagt eine jüngere Frau mit Gummihandschuhen und einem wippenden Pferdeschwanz.

Also doch kein Harry, der den Wagen vorfahren soll, sondern nur ein Harro, der, während er große Schritte auf die Leiche zu macht, auch Gummihandschuhe aus seiner Jacke fischt.

Moritz steht auf, die Decke rutscht von seinen Schenkeln, landet zum Glück neben seinem verbuddelten Erbrochenen. Er macht einen großen Schritt über Decke und Kotze und trinkt sich zugleich Mut an mit seinem Tee. Er spürt wie die Wärme seinen Hals und seine Speiseröhre nach unten glüht, macht einen weiteren großen Schritt, möchte hingehen, möchte sich die tote Frau anschauen, von Angesicht zu Angesicht, möchte gerne wissen, wie und warum sie hier liegt. Möchte sich einbringen und mithelfen. Möchte Teil der Veranstaltung sein. Teil der Ermittlungen. Nur so, erkennt er in diesem Moment, wird es ihm möglich sein, das Erlebte zu verarbeiten. Nur so wird er sich die Wiederholungen der guten alten Serien ansehen können, ohne zu weinen oder zu kotzen oder beides gleichzeitig.

Die junge Frau mit dem Pferdeschwanz stellt sich Moritz in den Weg, sie hat den Gummihandschuh von ihrer Linken abgestreift. Ihre Hand ist klein und rosig. Kinderhand.

»Wurde Ihre erste Aussage schon aufgenommen, Herr Gehler?«

Sie weiß schon, wer er ist.

»Moritz Sebastian Gehler.«

Er wiederholt seinen Namen trotzdem. Betont seine beiden Vornamen, vielleicht lässt sie ihn vorbei, wenn sie seinen ganzen Namen kennt.

»Wurde Ihre erste Aussage schon protokolliert?«

»Nein, ich …«

Sie dreht sich von ihm weg, er sieht ihren Pferdeschwanz fliegen. Er fürchtet sich plötzlich, obwohl sie nicht furchterregend aussieht, sondern eher zu jung für den Job. Sie dreht sich zu einem der Polizisten, packt mit ihrer linken kleinen Hand seinen uniformierten rechten Ellbogen, spricht so schnell und leise, dass Moritz es nicht verstehen kann. Der Mann wird blass und sein Augenlid zuckt, dann nickt er so schnell, dass seine Mütze über seine Augenbrauen rutscht.

Der Sanitäter legt Moritz eine Hand auf die Schulter, eine auf den Oberarm. Moritz lässt sich zurück zur Bank ziehen. Setzt sich. Der Sanitäter hebt die Decke vom Boden auf, legt sie Moritz wieder auf die Schenkel. Wie ein alter Mann wird er behandelt. Ihm wird klar, dass er niemals Teil der Ermittlungen sein wird, sein Trauma wird er anderswo verarbeiten müssen.

Der Uniformierte kommt mit einem Block und einem Stift in der Hand zu Moritz' Bank. Tippt sich an die Kappe. Setzt sich.

»Erzählen Sie mir bitte, was passiert ist, Herr Gehler.«

Verdammt, wissen denn alle hier seinen Namen?

Moritz nickt und seufzt zugleich. Er hat nichts zu sagen. Nur, dass er zur falschen Zeit am falschen Ort war.

Er sieht sich vor dem Fernseher sitzen, klein und aufgeregt. Lea neben ihm. Er muss seine Schwester anrufen und über frühere Zeiten reden. Er sucht in seiner Jacke nach seinem Handy. Es ist Viertel vor acht. Moritz kann es kaum glauben, dass noch keine Stunde vergangen ist, seit er losgelaufen ist. Warum nur in diesen kurzen Hosen, bei der Kälte? Diese Frage wird größer und wichtiger. Darüber vergisst er seinen Anruf. Vergisst Kojak und Derrick. Grübelt über seine Laufhosen nach, dann über Zeit im Allgemeinen und die zwanzig Minuten, die er verloren hat, darüber, wann er allen hier seinen Namen mitgeteilt hat. Rührt in dem Vergessen, ohne sich erinnern zu wollen.

Moritz trinkt einen Schluck Tee.

Der ist wieder kalt geworden.

Moritz schüttet den Rest auf den Weg. Der Kies läuft dunkel an. Déjà-Vu. Dieses Mal vermeidet er es, mit seinem Laufschuh Sand darüber zu scharren.

Der Uniformierte neben ihm holt Luft.

Plötzlich fällt Moritz ein, wann er seinen Namen genannt hat. Der Notruf. Gleich nach der 112.

Erleichtert über diese kleine Erkenntnis im großen Chaos beginnt er mit seiner Aussage.

»Heute Morgen, vor einer knappen Stunde, hier beim Joggen hab ich die Frau gefunden, wäre fast daran vorbeigelaufen, wer denkt denn, dass …«

3

Sie sitzt im Wagen und knabbert an ihren Nägeln.

Einer nach dem anderen ist dran. Es knackt und sie versucht die abgebissenen Stücke aufzufangen. Es wäre ihr peinlich, wenn Harro später ihre Nagelteilchen finden würde. Wie sie ihn in der kurzen Zeit, seit sie in Köln arbeitet, kennengelernt hat, wäre es gut möglich, dass er auch noch diese DNS im Labor entschlüsselt.

Also hört sie auf und bohrt stattdessen in der Nase.

A Gfrett ist das, von einer ekligen Angewohnheit zur anderen, kein Wunder, dass sie allein lebt.

Sie hat sich kurz ins Auto von Rechtsmediziner Harro deNärtens zurückgezogen, um etwas Wärme und einen freien Kopf zu bekommen. Jeder hat eine Frage, jeder zerrt und zieht, will sich absichern. Solange der leitende Hauptkommissar Peter Kraus oder ein anderer ranghöherer Kollege noch nicht hier sind, muss sie den Überblick behalten. Peter Kraus, ihr neuer Vorgesetzter, nicht der ewig junge Rock 'n' Roller. Obwohl man den Eindruck haben könnte, hier würden heute Morgen die Vorbereitungen für ein großes Freiluftkonzert stattfinden.

Sie sieht in den Rückspiegel. Die Menge der Schaulustigen hinter der Absperrung ist angeschwollen wie eine eitrige Beule. Musste keiner von ihnen zur Arbeit oder zum Wochenendeinkauf oder seine Kinder, Hunde, Partner versorgen?

Am inzwischen blauen Himmel ziehen immer mehr weiße Wolken auf. Sonnig und heiter, heißt es in der Wettervorschau, gegen Nachmittag Eintrübung, mit Glück könnten gegen Mittag zweistellige Temperaturen aufkommen. Noch ist es kühl, keine 4 Grad. Die Standheizung müht sich wärmere Luft herein zu blasen, vergeblich. Willa kann ihren Atem sehen.

Als das Handy vor einer knappen Stunde geklingelt hatte, hätte sie den Anruf am liebsten wieder weggedrückt. Bitte kein Verbrechen so früh. Am besten nur ein verwählter, falsch verbundener Anrufer.

Willa liebt es, an den seltenen freien Tagen lange in den Morgen hinein im Bett zu bleiben. Mit den Augen blinzeln, sich strecken und sich wieder einrollen wie ein *Katzerl.* Schnurr! Jimmy, ihr Kater, der hat öfter als sie Zeit und Muse sich ins Kissen zu kuscheln, sich in abenteuerliche Welten zu träumen und dabei diese Mischung aus Schnarchen und Schnurren von sich zu geben.

Ob die Tote ein Haustier hatte?

Wenn ja, wer wird sich darum kümmern? Sie selbst hat sich schon zu einem überreden lassen. Aber wer hätte den roten Kater damals im Tierheim Graz verkommen lassen, nachdem sein Frauchen auf so brutale Weise getötet worden war? Willa Stark nicht. Sie hat ein Herz für Tiere. Weil Tiere nicht lügen, nicht betrügen und nicht morden.

Na ja, Jimmy beobachtet die Vögel nicht aus Freude an ihrem Gesang oder wegen der Schönheit ihres Gefieders. Er lauert und spioniert sie aus, um im richtigen Moment zuzuschlagen und Beute zu machen. Die Köpfe seiner Eroberungen legt er vor die Terrassentür, als Geschenk, als Anerkennung für sein gerettetes Leben. Doch Jimmys tödliche Jagd ist ein angeborener Trieb. Kein sozial gestörtes Verhalten oder böswilliges Tun.

Jimmy hätte sich nie einen Draht genommen, ihn einer 75-jährigen Rentnerin um den Hals geschlungen und zugezogen, bis ihre Zunge blau und geschwollen aus dem Mund hing und ihre Augen zu der Größe von Golfbällen anschwollen.

Alte Frauen sollen nicht unzüchtig tanzen … hatte der Täter später zu Protokoll gegeben. Widerlich. Bäh!

Aber sie hatten ihn gekriegt, den Grazer Würger.

Das Team. Sie alle, damals bei der Kriminalpolizei Graz. Auch wenn die Medien es allgemein so darstellten, als wäre Willa Stark, die blutjunge Anfängerin, allein mit dem Fall beschäftigt gewesen. Alle im Team hatten gute Arbeit geleistet, mühselige Arbeit, nur leider ohne konkrete Ergebnisse.

Aber sie hatte es gefunden. Willa Stark. Sie allein.

Das falsche Alibi.

Die entscheidende Verknüpfung zwischen all den Verdächtigen und Motiven. Vielleicht weil in ihren Adern Mörderblut floss? Nein, das war Schwachsinn. Onkel Willi hatte im Affekt zugeschlagen und seine Verlobte war damals unglücklich gestürzt und versuchter Totschlag im Affekt mit Todesfolge war nicht Mord und blablabla …

Doch tief in ihrem Inneren glaubt sie an eine Mitschuld, ohne selbst je schuldig geworden zu sein. Hatte die Depression ihrer Mutter nicht direkt nach Willis tödlichem Blackout begonnen? Schwester eines Mörders, Verzeihung, Totschlägers zu sein war noch schlimmer als *nur* seine Nichte, sein Patenkind zu sein, oder? Willi und Willa.

Was für a totaler Blödsinn, denkt sie schroff. Da draußen läuft ein ganz anderer Mörder als Onkel Willi rum. Einer, der eine junge Frau sicher nicht im Affekt tötete.

Wenn ihr Chef Peter Kraus seinen Auftritt hat, will sie nichts vergessen haben. Was gibt es noch zu tun? Hat schon einer der Polizisten Fotos von den Schaulustigen geschossen? Vielleicht ist der Täter unter ihnen.

Der Grazer Würger war immer in der Nähe seiner Opfer geblieben. Er hatte ein Alibi gehabt und war bei den Damen beliebt. Er kümmerte sich um den Kaffee und den Kuchen. Heinz Navratil, der nette Ober im *Tanzcafé Waldfrieden* in Raaba bei Graz.

Ober heißt Kellner hier in Köln. Faschiertes ist Hackfleisch und ein Topfentascherl ist eine Quarktasche. Österreich und Deutschland … Deutsch ist oft nicht gleich Deutsch. In Bayern hätte man Willa eher verstanden als in Nordrhein-Westfalen.

Willa Stark, die junge Grazer Ermittlerin, damals keine drei Monate bei der Kripo. Nach der Grundausbildung beide weiterführenden Ausbildungen im Eiltempo durchgezogen, fast an ihrer Größe von einem Meter zweiundsechzig gescheitert. Man musste mindestens einen Meter dreiundsechzig groß sein in Österreich, die 10 Millimeter waren ihr geschenkt worden. Noch während des letzten Ausbildungsjahres hatte sie drei Praktika absolviert und danach als frischgebackene *Frau Kriminalinspektorin* angefangen. Und schon tauchte der Würgerfall auf.

Ihre Kollegen hatten ihr die Publicity übel genommen.

Ihr Gesicht war in allen Medien gewesen. Nicht nur in ganz Österreich. Hatte der Fall doch europaweites Interesse erregt. Nach Jack Unterweger und Josef Fritzl war der seniorinnenerwürgende Psychopath Heinz Navratil ein hübscher Aufmacher auf den Titelseiten gewesen. *Junge Inspektorin Willa Stark stellt sich dem Monster* oder *Willa und der Wahnsinnige* waren nur die Highlights der reißerischen Schlagzeilen.

Der Leichenwagen sollte längst hier sein, Harro deNärtens wird im gerichtsmedizinischen Institut, das auch im Bezirk Lindenthal liegt, weitermachen. »Weitermachen« heißt die Leiche aufschlitzen und in ihre Einzelteile zerlegen. Wo bleibt Peter Kraus? Willa holt das Handy aus der Hosentasche, wählt seine Nummer, die Mailbox geht an, sie legt wieder auf. War er wie sie ein Langschläfer und immer noch dabei aus dem Bett zu kommen?

Noch kennt sie die neuen Kollegen hier kaum. Aber sie hatte auch ihre alten Kollegen in Graz gerade erst angefangen kennenzulernen. Drei Monate bei der Truppe und schon eine Außenseiterin. Hätte sie damals ihre Entdeckung, dass die eine alte Dame, die Heinz Navratil sein Alibi gab, trotz ihrer 82 Jahre ein unstatthaftes Verhältnis mit ihm hatte und sich durch ihre beginnende Demenz wunderbar manipulieren ließ, mit den anderen im Team teilen sollen? Ja, sicher. Aber Willa war der Versuchung ihres Ehrgeizes erlegen. Ohne ihren Alleingang wäre der Fall als Team gelöst und sie wäre zu Hause in Graz nicht von den Kollegen gemobbt worden.

Sie hatte die Anfrage über Europol, bei einem länderübergreifenden Entführungsfall mitzuhelfen, schneller mit Ja beantwortet als den Heiratsantrag von Michi damals. Obwohl sie den Namen des Verbindungsbeamten nicht richtig mitbekam und später Papiere unterschrieb, die sie gerade mal kurz überflogen hatte.

Sie war nach Köln geflogen, Oberstaatsanwalt Theo Prunk war durch den Würgerfall auf sie aufmerksam geworden. Zuerst für drei Wochen im Januar ins Hotel, doch der Fall des Stalkers mit österreichischem Pass, der mit der kleiner Tochter eines prominenten Talkmasters verschwunden war, hatte sich in die Länge gezogen.

Am ersten freien Wochenende war sie zurück nach Graz gereist, hatte Kater Jimmy und ein paar ihrer Sachen eingepackt. Sie hatte übers Internet eine Wohnung mit begrüntem Innenhof in Neuehrenfeld für Jimmy und sich gefunden. Sie hatte tatsächlich jeden Tag hochdeutsch geübt. Mit Vera Balser-Eberles sprechtechnischem Übungsbuch, das sich sonst Schauspieler kaufen.

Es würde reichen, um nicht täglich verspottet zu werden, aber man konnte es noch hören, den Singsang in ihrer Stimme und natürlich die sprachlichen Ausrutscher, Paradeiser statt Tomaten.

Willa hatte begonnen sich wohlzufühlen in dieser Stadt mit dem Dom und dem Karneval und den offenherzigen Menschen. Sie mochte es, Kölsch zu trinken und als »lecker Mädche« bezeichnet zu werden. Sie hatte geschuftet, verhört, ermittelt und sich abends an Jimmys weiches Fell gekuschelt.

Ihr Verlobter Michi hatte sie in der Zeit mit einer anderen betrogen. Ironie des Schicksals: mit der neuen Pächterin des *Tanzcafés Waldfrieden* in Raaba bei Graz. Das besser lief als vorher. Willa hatte sich getrennt, den Verlobungsring in einem Laden für Goldankauf für 350 Euro zurückgelassen und weiter gearbeitet.

Der Fall des Stalkers war vor einer Woche beendet worden. Dem Kind ging es gut, der Entführer saß hinter Gittern und es war dem Talkmaster, seinem Management und der Polizei tatsächlich gelungen, den Fall aus den Schlagzeilen herauszuhalten.

Das Fräulein Inspektorin Willa Stark hätte wieder zurückgehen können nach Graz, der Stadt mit dem Uhrturm und der Murinsel, Hauptstadt der schönen grünen Steiermark.

Doch sie wollte noch bleiben, »bitte« hatte sie gesagt, und noch mal »bitte«, und der »prunkvolle Theo«, so sein Spitzname intern, der noch eine uralte Großtante in Tirol hatte, hatte ihren Einsatz für die Kölner Kriminalpolizei verlängert.

Nun ja, heute ist sie am frühen Morgen von der Einsatzzentrale hierher beordert worden. Mit den anderen, die noch nicht da sind.

Ihr ist kalt und sie ist immer noch müde und keiner kann sich je an solche Anblicke gewöhnen. Auch nach über zwanzig Jahren Arbeit als Gerichtsmediziner ist ihr Kollege Harro deNärtens blass um die Nase geworden, als der den nackten Körper näher untersucht hat.

Fesselspuren. Blutergüsse. Die Lippen wund von einem Klebeband. Das Schienbein zertrümmert, drei Finger gebrochen. Eine endlose Liste an Grausamkeiten. Dann der Bauch. Das Fleisch kreuz und quer aufgerissen, als hätte ein wildes Tier gewütet. Nein, kein Tier, eine menschliche tollwutverseuchte Kreatur.

Die junge Frau ist eindeutig nicht hier misshandelt worden. Es gibt keine Blutflecke an der Leiche oder um den toten Körper herum. Irgendwo in dieser Nacht zu Tode gequält, dann gesäubert und hier wie Sperrmüll abgelegt.

Harro deNärtens schätzt den Todeszeitpunkt zwischen Mitternacht und vier Uhr morgens. Noch vor Eintreten der Leichenstarre, meint Harro, muss sie an den Weiher gelegt worden sein. Sie könnte sogar noch gelebt haben und hier erst gestorben sein. Die rötlich-blauen Leichenflecken sind am Rücken zu sehen gewesen. Schmeißfliegen haben mit ihrer Eiablage begonnen.

Wie war die Frau hierher gebracht worden? Mit einem Auto? Eingewickelt in ein Tuch oder in einen Teppich gerollt? Oder hatte sie der Täter in der Dunkelheit über die Schulter geworfen und durch die Straßen getragen? Wo waren die Schaulustigen da gewesen? War sie vorher vergewaltigt worden? Oder hinterher?

Willa friert, nur ihr Hirn läuft mit Fragen heiß.

Deshalb ist sie doch zur Polizei gegangen oder? Um die zu finden und zu fangen, die sich Menschen nennen, aber grausamer wüten als wilde Tiere. Oder ist es nur eine Erleichterung, auf der richtigen Seite des Zauns zu stehen?

Es hat jedenfalls nichts mit Onkel Willi zu tun.

»Schluss jetzt! Nix mehr von diesem *Gfrett*, diesem Blödsinn im Hirn drin!«

Willa merkt, dass sie laut gesprochen hat. Wieder an ihren Nägeln knabbert. Sie sieht im Rückspiegel, dass der Leichenwagen durch die Menge gelotst wird. Ihre Finger sind trotz der Standheizung nicht warm geworden. Ihre abgekauten Fingernägel gaffen sie vorwurfsvoll an. Ihre ohnehin schon zarten Hände wirken dadurch noch kindlicher.

»Gebt mir Lego und ich baue euch einen Tatort.«

Es ist Zeit.

Der Jogger, der die junge Frau gefunden hat, sollte noch einmal von ihr vernommen werden. Zuerst wird sie aber seine erste protokollierte Aussage durchgehen. Um eventuelle Widersprüche zu erkennen.

Wenn schon der erste Hauptkommissar Peter Kraus sich nicht meldet, wo ist dann Clemens Wächter, ihr Kollege und Mentor für die Zeit in der Mordkommission? Es kann doch nicht sein, dass alle heute ihr Handy abgestellt haben, Samstagmorgen hin oder her.

Nur keinen Mist bauen. Was fehlt noch?

Die Presse nicht vergessen! Nun ja, die wird Willa Stark sicher wieder an ihrem Erfolg beim Würgerfall messen. In Zeiten des Internets kann jeder in einer Minute alles über sie nachlesen. Ihr die passenden Fragen stellen. Wenn sie es wäre, die heute Morgen die Handschellen um den Täter legen könnte, der der Einfachheit halber gleich dieser Jogger ist, wäre es ihr wirklich so zuwider?

Ihr Handy klingelt. Eine helle eindringliche Tonfolge.

Peter Kraus ruft an. Sein Name blinkt auf dem Display. Ohne Foto. Willa hebt ab und kann ihn keuchen hören. Macht er Gymnastik?

»Willa ist hier.«

So meldet sie sich immer. Wie ein kleines Kind, das die Satzstellung verwechselt. Auch das mag sie.

»Weiß Bescheid, bin unterwegs. Alles klar, Fräulein Ösi?«

Ihr Spitzname, schon zwei Tage nach ihrer Vorstellung bei der Mordkommission. Das Fräulein Inspektorin aus Österreich war zu lang. Fräulein Ösi ist geblieben.

Ein zweiter Anruf kommt herein, Clemens Wächter klopft an. Ja, jetzt sind sie alle aufgewacht.

»Alles klar!«, sagt Willa zum einen, dann zum anderen, dann legt sie auf.

Sie reibt die kalten Hände aneinander, steigt aus.

4

»Du sollst nicht töten.«

»Was Papa?«

Der kleine Junge schaut zu seinem Vater auf. Unter dem Parka und der Jeans trägt er noch seinen Schlafanzug. Als die Polizei mit heulenden Sirenen durch ihre Straße an ihrem Haus vorbeifuhr, ist er aus einem Traum mit Piraten und Segelbooten aufgeschreckt. Als dann noch der Krankenwagen mit Blaulicht kam, wollte er unbedingt raus und gucken.

Jetzt zeigen seine Wangen hektische rote Punkte vor Aufregung und sein kleines Herz klopft wild in seiner Brust.

»Das heißt ›Bitte‹, Jakob.«

»Was Papa?«

Der Vater lächelt mild zu seinem Sohn hinunter.

»Nicht, ›Was Papa?‹ sondern ›Bitte Papa?‹, verstehst du? Wenn du etwas nicht richtig gehört oder verstanden hast, fragst du mit ›Bitte?‹ nach. Okitoki, mein Kleiner?«

»Okitoki!«

Jakob kräht vor Freude, ›Okitoki‹ ist zur Zeit ihrer beider Lieblingswort.

»Papa, heb' mich hoch, ich will doch die Polizisten sehen.«

Es ist nicht leicht ein Kind großzuziehen. Der Vater seufzt. Dann hebt er den Jungen hoch über seinen Kopf, er ist ein großer Mann und auf seinen Schultern hat der Junge den besten Ausblick.

Der Vater fragt sich, ob es gut war, den Kleinen mit hinauszunehmen zu dem abgegrenzten Tatort. Doch als er sich umsieht, bemerkt er noch andere Kinder, die zwischen den Erwachsenen in der Menschenmenge stehen. Eine Frau hat einen Kinderwagen dabei, ein Mann trägt ein kleines Mädchen, sicher noch jünger als sein Sohn, auf dem Arm. Die großen Kulleraugen der Kleinen sind gerötet, als hätte sie geweint.

»Du sollst nicht töten, Jakob«, sagt der Vater noch mal eindringlicher zu dem Kind auf seinen Schultern.

Eine korpulente Frau mit einem Handy in der Hand dreht sich zu ihnen um.

»Da glaubt man, man wohnt in einer sicheren, weil teuren Ecke und dann so was.«

Die korpulente Frau reibt sich die Augen, ihr Atem riecht nach saurer Milch, die Neugierde war so groß, sie konnte sich nicht einmal die Zähne putzen, bevor sie raus auf die Straße und hinüber zum Stadtwald gelaufen ist.

»Sind Sie auch von der Sirene geweckt worden, Madame?«

Der Junge winkt von oben der Frau zu und die lacht zu ihm hinauf.

»Ein nettes Kerlchen haben Sie da. Höflich. Hoffentlich bekommt er keine schlechten Träume.«

Der Vater streichelt sanft das Knie seines Sohnes. Es gefällt ihm, dass Jakob die Frau Madame genannt hat. Seine Erziehung fruchtet.

»Ich denke, man muss den Kindern früh zeigen, wie die Welt sein kann, damit sie darin zurechtkommen.«

»Ja, vielleicht haben Sie Recht, aber diese ungesunde Neugier ist doch was Schreckliches«, sagt die Frau, dreht sich wieder nach vorne und macht mit ihrem Handy Fotos. Um sie bei der nächsten Grillparty zu zeigen?

Der Vater schaut weiter über die Absperrung, über die Polizisten, zu dem abgedeckten Körper, der am Ufer des Weihers liegt. Was soll er seinem Sohn sagen, wenn der ihm später an diesem Morgen beim Frühstück Fragen über den Tod stellt?

Er seufzt wieder und drückt die Knie seines Sohnes fest an seine Brust.

»Jakob, lass uns gehen!«

»Bitte, Papa?«

Das Herz des Vaters klopft vor Freude. Jakob ist ein guter Junge.

»Lass uns nach Hause gehen, Kleiner, ich frier mir die Pobacken ab. Okitoki?«

Der Junge kichert, aber widerspricht nicht. Auch ihm ist kalt.

Der Vater hebt mit einem Schwung den Jungen von seinen Schultern herunter und nimmt ihn fest an die Hand. Dann drängeln sich die beiden durch die Menschenmenge. Auf der Dürener Straße, die am Stadtwald entlang läuft, ist der samstägliche Wochenendverkehr aufgekommen.

»Da unter der Decke, war das ein toter Mensch, Papa?«

Der Vater schluckt. Jakob hat also doch nicht nur die Polizisten beobachtet.

Beide bleiben an der Ampel stehen. Der Vater geht in die Knie und sieht seinem Sohn tief in die Augen.

»Du sollst nicht töten. Jakob! Oki …Verstanden?«

Jakob nickt, obwohl er nicht versteht. Doch wenn Papa so eindringlich etwas zu ihm sagt, nickt er immer. Er hat Hunger und Durst und freut sich auf sein Frühstück. Mama wartet. Wenn er Glück hat, hat sie genug Häuser an Fremde verkauft und er hat ein ganzes Wochenende mit beiden zusammen, Mama und Papa.

Die Ampel schaltet auf Grün.

»Papa?«

»Ja, Jakob?«

»Wenn du mal tot wirst, gehst du dann weg von uns?«

Der Vater streicht seinem Sohn über die Haare.

»Nein, keine Angst, heute bleib ich zu Hause, und morgen auch und übermorgen. Und nächste Woche und nächstes Jahr. Und das hundert Jahre noch. Solange, bis es Mama und dir zuviel wird und ihr mich aus dem Haus jagt.«

Jakob lacht. Ein helles freies Kinderlachen.

»Ich hab' keine Angst Papa, niemals, ich bin wie du!«

II. HELENE

5

Wochenendausgabe Kölner Stadtanzeiger 20./21. April:

Zum immer noch unaufgeklärten Mord an Monika D.
Mörder zeige dich.

Ein Kommentar von Peter Oblautten.

April, April, macht, was er will. So heißt der Spruch gemeinhin. Dieses Motto könnte nun langsam auch auf die Kölner Polizei und ihre Suche nach dem Mörder von Monika D. zukommen.

Wir erinnern uns: In der Nacht vom 2. auf den 3. März wurde die 27-jährige Moni D. in ihrer Wohnung in Nippes zu Tode gequält. Sie starb infolge des Blutverlustes, nachdem der Täter mit einem Küchenmesser ihren Bauchbereich regelrecht zerschnitten hat. In einem unglaublich dreisten Akt hat der Mörder danach die tote junge Frau von Nippes nach Lindenthal transportiert und nackt am Ufer des kleinen Weihers an der Dürener Straße abgelegt. Dies kommt einem Messerstich ins Herz dieses städtischen Erholungsgebietes mit dem Weiher, dahinter dem Tierpark und der feinen Wohnlage gleich. Moritz Sebastian G., der die Leiche bei seinem frühmorgendlichen Joggen fand, ist bis heute traumatisiert, wie er vor zwei Wochen bei Stern TV in einem Interview erklärte. Köln und ganz Deutschland waren geschockt.

Die Dreistigkeit des Täters ging noch weiter. Er hatte in keiner Weise versucht seine Spuren zu verwischen, was die Bevölkerung zu der vorschnellen Annahme verführte, das Verbrechen als so gut wie aufgeklärt zu empfinden. Fingerabdrücke gab es. Haare, Hautschuppen und somit ein komplettes DNS-Profil lagen als Beweisführung vor. Ein Leichtes also – in Zeiten von Internet und digitaler Verbecherjagd – den Täter zu finden, möchte man meinen. Zwei Fallanalytiker wurden hinzugezogen. Experten quer durch die Republik analysierten den Fall in den Medien.

Dazu kamen jede Menge Verdächtige, da die junge Frau vor ihrem Tod auf Partnersuche gewesen war und sich bei mehreren Online-Partnerportalen angemeldet hatte. Also gaben sich bei den Verhören junge Männer fast die Klinke in die Hand. Zusätzlich gab es den Sonderbeitrag von Aktenzeichen XY im Fernsehen. Die zur Aufklärung gegründete SOKO Moni brachte in den ersten drei Wochen nach der Tat im Abstand von zwei Tagen immer wieder mögliche, anonym gehaltene Verdächtige mitsamt einer Beinahe-Verhaftung aufs Parkett. Die Beamten mussten alle wieder ziehen lassen. Selbst ein groß inszenierter Gentest, bei dem über 300 Männer im Alter zwischen dreißig und vierzig, in Nippes gemeldet, getestet wurden, ergab keinen Treffer.

Monika D.'s Schwester Britta hatte sogar eine private Fahndung über Facebook initiiert, was die Hysterie in der Bevölkerung und den Stress der ermittelnden Beamten in schwindelerregende Höhen trieb. Fazit: Über 7000 – in Worten siebentausend – Hinweise. Fazit: Alles Nullnummern.

Wie uns der April mit seinem unsteten Wetter an der Nase herumführt, so scheint auch der Mörder von Monika D. nicht zu fassen zu sein. All die herrlich präsentierten Spuren verliefen im wahrsten Sinn des Wortes im Sand, keine Fahndungsdatei ergab einen Treffer, keine der zahlreichen Aussagen führte zu einer heißen Spur. Hauptkommissar Peter Kraus, Leiter der SOKO Moni, gestand erst diesen Dienstag in einer Stellungsnahme die vorläufige Niederlage seiner Polizeibehörde ein, bat die Mutter und die Schwester der Toten offiziell um den Mut zur Geduld und versicherte, dass steter Tropfen auch diesen Stein höhlen und der Täter früher oder später den Beamten ins Netz gehen würde.

Wobei nun ganz klar die Betonung auf später liegt, denn es hat den Anschein, dass mit dem unsteten Aprilwetter auch der Mörder mehr und mehr aus dem Bewusstsein der Bevölkerung schwindet. Man möchte den Behörden wünschen, dass in der nächsten Zeit, wenn auch vielleicht durch Zufall – möge es der SOKO Moni zufallen – der entscheidende Hinweis, der erhellende Durchbruch oder einfach das richtige Puzzleteilchen im Gesamtbild gefunden werden. Wir alle werden nicht vergessen und schon gar nicht zur Tagesordnung übergehen. Ich für meinen Teil möchte nicht mit der Stadtbahn durch mein Köln fahren, in der mein Sitznachbar ein Frauenmörder sein könnte.

Willa Stark riss das Blatt aus der Zeitung und legte es auf den Boden des Plastikklos ihres Katers.

Die Zeitung war vom letzten Monat. Jetzt, Anfang Mai, schrieb kaum noch jemand Kommentare über Moni Dahms Tod. Katzenstreu darüber und alles war bereit für Jimmys nächstes Geschäft.

Sie setzte sich in ihren Lesesessel und kaute an ihrem Daumennagel. Der Stress der letzten zwei Monate ließ ihren Nägeln keine Zeit nachzuwachsen. Ihre Berufung ins SOKO Moni-Team hatte ihr die Möglichkeit verschafft in Köln zu bleiben – vorerst. Sie gehörte mit Peter Kraus' Einwilligung zum Kern der Ermittlungstruppe. Oberstaatsanwalt Theo Prunk hatte seine Verbindungen bei Europol spielen lassen. Wieder hatte der Verbindungsbeamte Willa kontaktiert und zum zweiten Mal hatte sie bei seinem Namen nicht aufgepasst. Peinlich. Aber dass ihre Besoldung über die österreichische Polizei weiterlief, hatte sie sehr wohl gehört. Gestern hatte sie ihren Mietvertrag hoffnungsfroh um weitere vier Monate verlängert. Dann würde allerdings Schluss sein.

Willa öffnete eine Flasche Wein aus dem Supermarkt. Einen billigen, obwohl eine edle Flasche steirischen Weins, die ihre Mutter ihr geschickt hatte, auf der Kommode stand. Die wollte sie sich aufheben. Für später. Wann auch immer das sein würde. Willa machte das Glas randvoll.

Ihr Handy klingelte.

Keiner aus dem Team, nur ihre Mutter.

»Willa ist hier.«

»Und Mama ist da.«

Ihre Mutter wirkte fröhlich. Gut so. Auch wenn ihre Fröhlichkeit von den glücklichen Pillen kam, die Anna seit Jahren schluckte. Besser so als die Depressionen.

»Wie geht's euch beiden denn da draußen?«

Jimmy wurde von ihrer Familie inzwischen offiziell als ihr Lebenspartner angesehen.

»Gut, Mama. Und euch? Hat sich der Klaus von seiner Grippe erholt?«

Klaus Kunst war seit zwei Jahren der Gefährte ihrer Mutter. Willa fand ihn zu ungewaschen und zu redselig, aber die Hauptsache war, ihre Mutter musste sich nicht mehr alleine durch den Alltag schlagen.

»Alles gut, der Klaus is doch fit wie ein Stier. Isst du wohl genug, Schatz?«

»Sicher Mama. Eben erst zum Kaffee eine Quarktasche.«

»Was bitte?«

»Ein Topfentascherl.«

Anna lachte schallend.

»Wenn du das nächste Mal kommst, werden wir dich ja gar nimmer verstehen.«

Willa gähnte. Sie fühlte sich erschöpft. Sie sah Jimmy zu, der sein sauberes Katzenklo entdeckt hatte und es einweihte.

Ihre Mutter plauderte munter vor sich hin.

»Hast du den Mörder von der Frau schon g'funden? Wie gefällt es dir in der SOKU?«

»Das nennt man SOKO, Mama.«

»Sag ich doch. Und wie ist das Wetter bei euch?«

So war das mit den Telefonaten mit ihrer Mutter schon immer gewesen. Themenwechsel folgten so schnell, dass man auf Fragen selten Antworten geben konnte. Die Frage nach der Ernährung. Wenn es nach Anna ginge, wäre Willa hundert Kilo schwer. Und das Wetter. Immer wieder das Wetter. Als gäbe es zwischen Menschen nichts Wichtigeres zu besprechen.

»Die Sonne scheint, es wird wärmer.«

»Bei uns auch. Schon über 25 Grad. Maisonne macht lustig.«

Eine Schweigeminute entstand. Willa war müde.

»Du Mama, ich muss.«

»Ja dann. Servus Schatz. Pass auf dich auf.«

Willa wollte ein Nickerchen machen. Doch stattdessen nahm sie den ersten großen Schluck aus ihrem Glas und stierte Löcher in die Luft. Der Artikel aus dem Kölner Stadtanzeiger vom April wuselte immer noch in ihrem Kopf herum.

Bis jetzt war ihnen allen nichts zugeflogen, kein Puzzleteilchen vom Himmel gefallen und außer Recherchearbeit und schlechter Presse gab es nicht viel Neues zu berichten. Die SOKO Moni existierte noch und würde weiter existieren, bis sie den Täter hatten. Oder? Würde es am Ende nur Frust und eine kapitale Niederlage geben?

Daran wollte Willa Stark nicht denken. Auch nicht daran, dass es bis heute so war, dass man jederzeit mit der Stadtbahn fahren konnte und der Mörder von Moni könnte neben einem sitzen. Oder er war der Kellner aus dem Café, der Kassierer bei der Bank oder der Postbote. Zu viele Möglichkeiten. So durfte man nicht denken. Das führte nur in ein Hirnchaos. *Damisch* wurde man davon. Ein *Gfrett* alles miteinander! Lieber noch ein Schluck aus dem Weinglas.

Jimmy kletterte aus seinem Katzenklo und musterte sein Frauchen eindringlich.

6

Konrad Höblich wurde vom Hundegebell von gegenüber und dem summenden Geräusch des Rasenmähers seines Nachbarn nebenan unsanft aus seinem Nickerchen gerissen.

Es schien, als hätten sich beide Nachbarn gegen ihn verschworen. Er hasste diesen Hund, diesen »lustigen« Beagle mit seinem Gekläff und Schwanzgewedel, konnte ihm sein Besitzer nicht beibringen nur drinnen zu bellen, oder was? Er hasste auch den Rasenmäher, der immer am Freitag röhrte, konnte sein Nachbar nebenan das blöde Gras nicht auch von Montag bis Donnerstag mähen, wenn er auf Tour war, oder was? Konrad rülpste, schluckte seinen Hass hinunter und stand auf.

Sein Wochenende hatte so schön begonnen, mit einem frühen Freitagmittag-Feierabend, einem spontanen Kurzbesuch in seinem bevorzugten Stripteaseschuppen, es gab neue Ware aus Slowenien, dann Kaffee und Kuchen mit seiner Frau Rita und endlich sein wohlverdientes Nickerchen. Raus aus den Klamotten und rein ins Reich der Nickerchenträume. Mit weiteren erotischen Phantasien war er auf die Tagesdecke gesunken und hatte sich nochmal einen runtergeholt, bevor ihm die Augen wie von selbst zugefallen waren. Rita würde sich sicher wieder über den Fleck auf seinen Boxershorts beschweren, aber mein Gott, dann musste sie eben kommen und die Beine breit machen und das ewige Telefonat mit ihrer Mutter beenden.

Konrad rieb sich die Augen und schaute etwas orientierungslos auf den Wecker neben seinem Bett. Kurz vor acht? War schon wieder Montag und er musste zurück auf Tour und den nächsten beschissenen Kunden etwas von alten Heizanlagen und neuen digitalen Ablesegeräten vorschwatzen? Bitte Gott, nein.

Konrad brauchte seine langen Wochenenden und seinen Schlaf, der Alltag setzte ihm zu. Die Zeiten waren nicht mehr so rosig wie früher und es wurde immer schwerer, alte Kunden zu halten und neue zu rekrutieren. »Rabatt bitte« waren die meist benutzten Worte seiner Kunden und bald würden wohl seine Provisionen auch noch gekürzt werden. Diese Woche war besonders schlecht gelaufen. Konrad Höblich fühlte sich ausgelaugt und auf dem Weg zu einem Burnout. Aber die Schulden für die Doppelhaushälfte drückten und er konnte sich keinen Ausfall leisten.

Immerhin leistete er sich seine Ausflüge zu den leckeren Frauen an der Stange und solange Rita nicht schwanger wurde, konnte er weiterhin sein langes Wochenende am Freitagmittag beginnen.

Konrad blinzelte.

Draußen schien eine weiche tiefstehende Sonne, also konnte es nur früher Abend sein. Er hatte doch recht lang geschlafen. Das Leben könnte schön sein, wenn das Gesumme und Gebrumme draußen nicht wäre.

Er fragte sich, warum sein Nachbar überhaupt schon wieder den Rasen mähen musste. Er selbst hätte aus einem Garten gerne ein kleines Stück pure Natur mit einer bunten Blumenwiese gemacht. Leider gehörte zu seiner Haushälfte nur die breite Terrasse mit einem kleinen Randstück Grün, auf dem sich Gräser nur vereinzelt zeigten und eher gelbe und braune Erdflecken vorherrschten. Der größere Teil des Gartens gehörte der Nachbarsfamilie. Deren Haushälfte war auch um zwei Zimmer größer, also war seine Hälfte in Wahrheit nur ein Drittel. In Wahrheit lebte Konrad auch nur hier, weil Rita diese sichere Gegend für ihre späteren Kinder wollte und in Wahrheit hoffte Konrad, dass diese Kinder noch lange auf sich warten ließen. Klar, der Kleine von nebenan war süß, doch wie oft hatte er als Baby mitten in der Nacht wie am Spieß gebrüllt. So was fehlte noch.

Der Lärm draußen schwoll an, Konrad sah den Rasenmäher samt Nachbarn vom Terrassenfenster aus. Nun, davon würde er sich dieses erste strahlende Maiwochenende nicht versauen lassen.

Er stand auf, schüttelte sich, zog am Gummi seiner Boxershorts und an seinem ermatteten Penis, bevor er die Terrassentür öffnete und in die Sonne trat. Draußen war es warm. Das Surren wurde zu einem lauten Dröhnen, es hörte sich an, als grölte eine Herde Büffel. Mein Gott, es war Freitagabend, warum konnte der Typ nicht endlich zwölfe gerade sein lassen? Wahrscheinlich besorgte es ihm keiner und er kompensierte seinen sexuellen Frust mit Gartenarbeit. Dann fiel Konrad ein, dass er es sich ja auch selbst hatte besorgen müssen, sogar zweimal, und dass er sein Soll an verkauften Ablesegeräten diese Woche nicht erfüllt hatte. Ungerechte Welt, oder?

Er stellte sich auf seinen schmalen traurigen Rasenstreifen und stemmte seine Fäuste in die Hüfte. Ein Streit war jetzt vielleicht genau das Richtige.

Sein Nachbar sah vom Mähen auf und stellte prompt den Rasenmäher ab. Das Gekläff des Hundes war umso lauter zu hören. Konrad nahm sich vor, seine Frau Rita später noch nach gegenüber zu schicken. Eine fette Hummel summte um Konrads Nase. Er hasste es.

Sein Nachbar lächelte.

»Wer hätte gedacht, dass es heute Abend schon so warm ist um in Shorts draußen rumzulaufen, was?«

Konrad sah an sich herunter. Er sah seinen nackten Bauch und seine fleckige Boxershorts und kam sich klein und mickrig vor. So wie sein Rasenstreifen, so wie sein Sexleben. Sein Nachbar schien penetrante Fröhlichkeit gepachtet zu haben.

»Es tut mir leid wegen des Lärms, aber gleich muss ich los und am Wochenende will doch jeder seine Ruhe. Und einer Frau sollte man nie richtige Männerarbeit wie Rasenmähen überlassen?«

Der Nachbar lachte herzlich.

Konrad kratzte sich am Kinn. Konnte es damit zusammenhängen, dass er es Rita überließ sich um den Rasenstreifen zu kümmern, oder was? Vielleicht sollte er auch die Sache in die Hand nehmen – wie so manches andere.

»Wenn Sie wollen, dünge ich später Ihr Gras mit?«

Konrad nickte automatisch. Seine Fäuste rutschten von seinen nackten Hüften Richtung Knie hinunter. Mit dem Mann war einfach kein Streit anzufangen. Außerdem war er groß und muskulös und Konrad glich doch eher seinen eigenen dünnen Gräsern.

Hinter sich hörte er Rita die Terrasse betreten. Ihre Clogs klapperten auf dem Fliesenboden, das Telefonat mit ihrer Mutter schien endlich beendet zu sein. Sie stellte sich neben ihn und winkte dem Nachbarn freundlich zu. Konrad sah, dass sie unter ihrem Hauskleid keinen BH mehr trug. Sein Penis erwachte und meldete sich schon wieder. *Das* funktionierte in seinem Leben bestens. Immerhin.

Der Nachbar winkte zurück und stellte den Rasenmäher wieder an, das Röhren und Grölen des Motors krallte sich in Konrads Ohren fest. Unterstützt vom Gebell des Hundes gegenüber. Zeit, dem Köter das Maul zu stopfen, oder? Der Feierabend stand auf der Kippe.

Konrad Höblich, dreiundvierzig, Vertreter für digitale Heizablesegeräte, Stripteasebarbesucher, verheirat mit Rita, keine Kinder, unsportlich, aber sexuell ziemlich aktiv, hob seinen Blick sehnsüchtig in den blauen Frühlingshimmel, der von einzelnen weißen Zuckerwattewolken durchzogen wurde, und sprach ein Gebet.

»Lieber Gott, lass mich heute wenigstens zu einem richtigen Treffer kommen.«

Im selben Moment flüsterte Rita in sein Ohr und Konrad konnte trotz des Lärms jede Silbe verstehen.

»Willst du es mir besorgen, Konny, Schatz?«

Dann nahm sie seine Hand und zog ihn Richtung Terrassentür, Richtung Schlafzimmer.

Manche Gebete erhört der da oben tatsächlich sofort.

Scheiß auf die Nachbarn.

7

Wenn sie ehrlich war, hatte Helene diese überteuerte Wohnung nur wegen der Badewanne genommen. Acht Jahre in ihrem letzten Appartement mit Minibad und einer engen Dusche hatten ihr gereicht.

Im Herbst letzten Jahres, an ihrem 31. Geburtstag am 17. November, hatte sie den ganzen Abend im Internet nach Wohnungen gesurft. Bis ihr der Ausdruck »großzügiges Bad mit Badewanne« ins Auge gesprungen war. »Zwei Zimmer, Balkon, Küchenzeile mit Abschlag. Lindenthal, Krieler Straße 9, Zimmer mit Blick auf Innenhof, ruhige Lage, kalt 580 plus Nebenkosten.«

Noch bevor es 22 Uhr 20 wurde, die Minute ihrer Geburt, hatte sie sich entschlossen. Die Besichtigung am nächsten Tag war eine reine Formsache gewesen. Ihr Bauch hatte schon längst nur aufgrund der Badewanne entschieden. Andere Interessenten würde sie einfach wegfegen, dessen war sie sich sicher.

Die Wohnung unterschied sich kaum von den anderen klassischen Singlewohnungen, aber das Bad hatte der Architekt wirklich besonders gestaltet. Die Dusche extra, das Waschbecken großzügig rund, die Toilette durch einen raffinierten Raumteiler nicht sofort einsehbar. Die Wanne eine Offenbarung. Breit, in Übergröße und auf vier verschnörkelten Füßen freistehend. Gerne hätte Helene die Handynummer von dem Architekten gehabt, der hätte der ersehnte Traummann sein können.

Aber zweihundert Euro mehr Miete als bisher waren ein schmerzhafter Wermutstropfen.

Sie hatte auf ein neues Auto verzichtet, dazu den Weihnachtsurlaub nur in Ingelheim bei den Eltern geplant. Ab Januar war sie fest in die Akquise der Familienzeitschrift *Elefant* aufgenommen worden, für die sie lange freiberuflich tätig gewesen war, und seither hieß es: her mit dem Fixgehalt. Das erleichterte die monatliche Belastung.

Doch diese Wohnung musste sein. Es hatte geklappt, keiner ihrer Mitkonkurrenten war derart charmant, Helene zog ihre Akquise-Trumpf-Karte, die sie für den Verkauf von achtel, viertel und ganzen Seiten in der Zeitschrift anwandte. Ihr abgeänderter Spruch – »Ein Achtel, Viertel oder sogar eine ganze Seite meines Lebens könnte sich in dieser Wohnung schlagartig zum Guten wenden« – kam beim Vermieter ebenso gut an wie bei den Werbekunden der Familienzeitschrift. Der Umzug im Winter war so leicht gewesen, als würde sie in die neue Wohnung einschweben. Ihr jüngerer Bruder Johann war mit seinen beiden Studienfreunden aus Berlin über ein Wochenende nach Köln gekommen und die drei Jungs stemmten ihre Möbel, als hätten sie im Leben noch nichts anderes gemacht. Sie hatte mit ihren beiden besten Freundinnen Lena und Anne dabei gestanden und Sekt getrunken. Anne hatte sich ein wenig in Johann verliebt, war aber viel zu konservativ, um sich an einen jüngeren Mann heranzumachen. Helene hätte ihre Freundin gerne mit ihrem kleinen Bruder verkuppelt.

Zu ihrer Überraschung schenkten Helenes Eltern ihr tatsächlich neben zwei Küchenholzstühlen Geld und gaben endlich die dumme Idee auf, dass Helene wieder zurück nach Ingelheim in den Mauspfad ziehen würde, um dort bei einer regionalen Weinzeitschrift zu arbeiten. Höchstens Mäuse fühlten sich in dem alten Einfamilienhaus mit den kleinen Fenstern am Rande eines unbebauten Ackers und dem Flair eines Sechzigerjahre-Fertighauses wohl. Mäuse – und ihre Eltern eben. Liebevolle Menschen, rechtschaffene Leutchen, anständige Eltern, aber zu konservativ, zu langweilig, zu ängstlich für die weite Welt ihrer drei Kinder.

Die Älteste, Barbara, war schon seit zehn Jahren Einkäuferin für eine römische Modehauskette und hauptsächlich in den Hotels der Großstädte zu Hause, der Jüngste, Johann, der in der Hauptstadt Informatik und BWL studierte, hatte bereits Pläne, ein Studienjahr in London zu verbringen. Dazwischen eingeklemmt Helene, mit Köln räumlich noch am nächsten von den dreien und doch für ihre Eltern in einer großen gefährlichen Stadt ohne Mann und mit geringem Pensionsanspruch einem möglichen Untergang geweiht. Wenn sie ihnen gebeichtet hätte, dass auch sie in den nächsten Jahren Berlin als Wohnort anstrebte, wären die beiden noch faltiger und blasser geworden.

Wie kam es, dass zwei so biedere Leutchen wie Helga und Erich Pintao drei so weltoffene und risikofreudige Kinder herangezogen hatten?

Es konnte nur an Uropa Enrique Pintao gelegen haben. Der war Spanier gewesen und, wenn die Legende stimmte, Seemann auf einem Handelsschiff, das dreimal um die Welt gesegelt war. Diese Gene hatten wohl zwei Generationen Pintao-Männer übersprungen, bis sie in den drei Urenkeln wieder erblühten. Keiner der drei wäre in Ingelheim geblieben, bei Papa Erich, der nur noch den spanischen Nachnamen trug, sich sonst als rheinhessischer Buchhalter im Beamtenstatus sein Geld verdiente und die nette dralle Helga Grumbach geehelicht hatte, die seither immer Haufrau und Mutter geblieben war.

Natürlich fuhr keiner der Urenkel zur See, aber weggezogen in die Welt waren sie alle drei, sobald sie volljährig waren.

Helene hatte vielleicht ein Zehntel des Wassergens dazu geerbt, wie sie manchmal im Spaß sagte. Doch sie war weder eine außerordentliche Schwimmerin noch eine Wasserratte, was freistehende Gewässer anging. Helenes Leidenschaft gehörte dem Bade.

Allein schon, wenn der Hahn aufgedreht wurde und sie das Rauschen hörte, mit dem sich die Wanne füllte, schlug Helenes Herz in Vorfreude. Dann kam die Auswahl des Duftes. Jede Badeessenz war ihr recht, jeder Duft willkommen, nur schaumig musste es sein.

Schließlich der Höhepunkt. Man ließ sich in die Wanne gleiten, tauchte mit all seinen Sinnen ein in eine Welt der Wärme, der Düfte und der Geborgenheit. Wenn das heiße Wasser Helene umspülte, war sie geborgen, beschützt und frei zur gleichen Zeit.

Kein Mann hätte diese Art Orgasmus in Helenes Körper und Seele erzeugen können, nur das Baden war Helenes absoluter G-Punkt. Obwohl sie gerne wieder einen Partner gehabt hätte. Diese freistehende Wanne eignete sich geradezu ideal zum gemeinsamen Baden.

Allzu verständlich also, dass die acht Jahre in der alten Wohnung in Braunsfeld mit winziger Dusche eine tägliche Qual gewesen waren. Mehr als einmal war sie freiwillig in ihr Elternhaus nach Ingelheim gefahren, hatte sich die Warnungen vor »der wilden Großstadt Köln« ihrer beiden Erzeuger angehört, nur um in die alte Badewanne ihrer Kindheit zu steigen, Badeperlen heimlich im Gepäck.

Helene geht baden.

Das war der Spruch, der sie schon als Sechsjährige am besten beschrieb. Keines der drei Pintao Kinder rannte mit solcher Begeisterung los, wenn es ans abendliche Saubermachen in der Wanne ging. Oft schloss sich Helene allein im Bad ein. Während ihre Mutter und die Geschwister gegen die Tür trommelten, ließ sie sich ins Wasser sinken und blendete die Welt um sich herum aus. Ihre Oma Irmi hatte Helene einmal eine geheimnisvolle Badefee genannt, sie aber auch gleichzeitig vor einer verschrumpelten Waschweiberhaut gewarnt. Das eine fand Helene süß, das andere ignorierte sie.

Helene geht baden. Immer und immer wieder.

Oh ja! Welche Lust und welcher Zauber. Man hätte sie nach den besten Werbesprüchen für Badedüfte fragen sollen, vielleicht sollte sie sich daraus einen Nebenerwerb machen.

Nun endlich hatte Helene wieder ein Zuhause mit Wanne. Endlich konnte sie wieder baden gehen.

Seit ihrem Einzug war kein Abend ohne Baderitual vergangen. Selbst das letzte Jahr hatte quasi mit einem Bad geendet und das neue mit einem begonnen, in der Silvesternacht ließ sie sich ein Schaumbad mit Jasminduft ein, um zwei Uhr morgens nach der

Silvesterfeier in der Redaktion des *Elefanten.* Dieses neue Jahr musste also gut werden.

Anfang des Jahres gab es zur neuen Wohnung eine neue Liebe, einen Fotografen aus Aachen, den Volker, der für den *Elefanten* eine Fotostrecke in den Zoos in NRW knipste. Das verführte Helene dazu sich doch ein Auto auf Pump zu leisten, wollte sie doch zwischen Aachen und Köln pendeln. Das Auto blieb, die Schulden auch, der Lover ging nach drei Monaten, in gegenseitigem Einverständnis. Dass es in der Zeit zu keinem gemeinsamen, erotischen Baden gekommen war, bedauerte Helene heute noch. Also musste es bis zum nächsten Mann warten, der doch schon um die Ecke warten konnte.

Ihre Wanne mit den verschnörkelten vier Füßen hatte ihr über Volker leicht hinweggeholfen.

Helene mochte ihr Leben hinter der Zahl dreißig, wenn auch immer noch ohne Mann und Kind und Pensionsanspruch. All das konnte bald kommen und lag wie ein süßes Versprechen in ihrer Zukunft.

Es gab aber eine Baustelle, die ihr mehr und mehr Kopfzerbrechen bereitete. Ihr Gewicht.

Der hektische Alltag in der Akquise ließ eine regelmäßige Nahrungsaufnahme nicht zu und zu jedem Kaffee gab es immer einen oder drei Kekse, in der kurzen Mittagspause ein schnelles gut belegtes Sandwich oder wenn sie sich zu einem Salat überreden ließ, dann einen mit öligem Dressing und hellem Brötchen. Abends dann der Anruf beim Lieferservice. Unter dem Motto, man hätte heute doch kaum was gegessen, kam nach dem Bad viel zu oft die Pizza mit auf die Fernsehcouch, danach winkte das Bett verlockend. Es gab um die Ecke ihrer Traumwohnung ganz nahe am Gürtel einen kleinen Pizzaservice, der die besten Pizzas brachte, die Helene je gegessen hatte.

Dazu kam der Sportmangel, oder besser der »Nichtsport«. Helene hatte nie begriffen, wie sich ihre Freundinnen nach ihrem stressigen Berufsalltag noch in einen Fitnessclub quälen oder in ihre Laufschuhe springen konnten. Sie hatte es, weiß Gott, versucht und war an Kopfschmerzen, Knieproblemen und totaler Erschöpfung immer wieder gescheitert.

Sie hatte Fettansammlungen am Bauch und ihre Oberarme begannen zu schwabbeln. Seit ihrem dreißigsten schien auch ihr Hintern das Alter zu spüren, dehnte sich aus und Helene kaufte eine Konfektionsgröße größer ein und schnitt das Etikett frustriert aus ihren neuen Röcken und Hosen. Gott sei Dank guckte man eher auf ihre langen blonden Locken und ihr hübsches Gesicht.

Dann kam der Freitag, der 4. Mai, ein sonniger Tag mit kleinen weißen Schönwetterwolken, der Tag der Präsentation ihrer neuen Idee in der Firma: zusätzliche Faltblätter mit je einem Märchen zum Vorlesen vorne und Werbung hinten als Einleger im *Elefanten,* das könnte die Anzahl der Anzeigen deutlich erhöhen. Laura Gent, die Verlagsgründerin der Familienzeitschrift, war begeistert gewesen, der Chefredakteur Freddy Marowitz applaudierte. Perfekt, wenn nicht am Ende beim letzten Kaffee mit Teilchen vor dem Wochenende die Bemerkung von Freddy gefallen wäre, dass Frauen wie Helene im Bett gut an den Speckröllchen anzupacken wären. Am liebsten hätte sie Freddy Marowitz ihr Plunderteilchen in den Hals gestopft, »Ich kann abnehmen, aber du bleibst immer ein Schwachkopf« zugeschrien, aber sie hielt den Mund, warf die blonden Locken nach hinten und lächelte eines der falschesten Lächeln, an die sie sich erinnern konnte. Freddy würde sie wohl von der Liste ihrer Wunschmänner streichen müssen.

Als sie am Abend nach Hause kam, erschöpft, weniger glücklich über ihren Erfolg als frustriert über ihre Pfunde, entschloss sich Helene zu ihrer allerletzten Bestellung beim Pizzadienst. So wie man seine letzte Zigarette rauchte, so stellte sie sich ihre letzte Pizza vor. Morgen würde es abends nur Obst oder ein Joghurt geben und wenn sie sehr tapfer war noch einen Lauf durch den

Stadtwald. Sie rief an und bestellte ihren Liebling »Peperoni mit extra Käse«, zur Feier dieses Entschlusses sogar »eine große«.

»Ihre Pizza kommt, Signora. Zwölf Minutenen!«

Die kratzige Stimme am andern Ende war Helene allzu vertraut.

Zwölf Minuten, in denen sie ihr Bad einließ und einen einfachen Vanilleduft wählte. Wenn die Pizza da war, würde sie die Welt aussperren, untertauchen in den Schaum, auftauchen und die Pizza schon mal anknabbern, später das Reststück in der Mikrowelle noch mal aufwärmen. Jeden Bissen Fett und geschmolzenen Käse würde sie genießen und sich vor dem Zubettgehen einen Merksatz mit ihrem Wunschgewicht schreiben. Solche psychologischen Tricks sollten ja angeblich helfen.

Helene ging ins Schlafzimmer und rollte schon die Tagesdecke nach unten ein, später wollte sie nur noch satt und duftend in ihre Kissen fallen. Aus dem Schrank nahm sie ein frisches Badetuch in einem herrlichen Pink und legte es auf die Decke. Sie zog die Vorhänge halb zu, die späte Sonne kitzelte sie in der Nase und sie musste dreimal hintereinander schnell niesen. Der Sommer war nah und Helene stellte sich ihre Bikinifigur mit Mitte Zwanzig vor. Die würde sie sich wieder anhungern.

Sie verließ das Schlafzimmer, schüttelte die Kissen der Wohnzimmercouch auf, suchte im Fernsehprogramm vergeblich nach einem Film, mit dem sie die letzte Pizza feiern wollte, und entschied sich für eine DVD, einen Film mit Robert Downey Junior und Scarlett Johannsen. Ja, so knackig musste ihr Po wieder werden und scheiß auf Freddy Schwachkopf Marowitz.

Ihr Handy gab einen Glockenton von sich, Laura Gent schickte eine SMS: *Idee mit Faltblattwerbung machen wir. P.S. Unser Freddy ist und bleibt ein A ...!!!*

Helene lachte.

Sie holte in der Küche einen Teller für die Pizza und stellte ihn bereit. Sie schaute ins Bad und legte noch eine Vanille-Bade-Rose ins Wasser, das schon mächtig schäumte. Sie spürte ihren Magen knurren und war sich plötzlich unsicher, ob sie wirklich ab morgen ohne ihre Feierabendkalorien auskommen würde. Sie simste Laura zurück, dass Freddy Marowitz ehrlich unheimlich viel von Freddy Krüger, dem untoten Serienkiller, hatte und man diesen Spitznamen vielleicht einführen sollte.

Sie stellte sich auf ihren Balkon, goss die drei Blumentöpfe, die tatsächlich bei ihr überlebt hatten. Helene kehrte ins Schlafzimmer zurück, um auch ihren zwei Zimmerpflanzen am Fenster etwas Wasser zu gönnen. Sie schaute hinaus und sah den alten Mann schräg gegenüber auf seinem Balkon stehen und ebenfalls Blumen gießen. Der hatte wohl einen grünen Daumen, denn seine Pflanzen wucherten über das Geländer und trugen schon jede Menge Blüten. Sie stellte die Gießkanne ab. Alles war bereit und wundervoll. Sie ging zurück ins Wohnzimmer und schaute auf die Uhr, der Pizzamann konnte allmählich kommen.

Es klingelte an der Haustür.

Helene seufzte, ihr Magen knurrte, ihre Nase roch das Vanillearoma aus dem Bad. Sie schnappte sich ihre Brieftasche und holte einen Zwanzigeuroschein heraus, heute an ihrem letzten Pizzaabend wollte sie mit dem Trinkgeld großzügig sein. Sie warf ihre blonden Locken nach hinten, drehte den Schlüssel herum, zog ihren Bauch in der Jeans ein klein wenig ein und drückte die Klinke nach unten.

Helene öffnete die Tür.

8

An diesem Freitagabend telefonierte Willa Stark nicht nur mit ihrer Mutter Anna, nein, sie rief auch ihren Onkel Willi an, dem sie ihren Vornamen verdankte.

Und ihr selbsternanntes Mörderblut.

Und natürlich war sie da schon längst betrunken.

Sie telefonierte nur betrunken mit Onkel Willi, in einem anderen

Zustand hätte sie niemals den Hörer genommen und die Nummer in Österreich gewählt. Sie wählte von ihrem Festnetz aus, dort war die automatische Nummern-Kennung deaktiviert. Wilhelm August Stark sollte keine Gelegenheit bekommen, ihre Nummer in der Anzeige zu sehen.

Morgen, wenn sie wieder nüchtern war und mit zwei Katern im Bett aufwachte, würde sie sich schnell einreden, der Anruf hätte nur in ihrer Phantasie stattgefunden. Onkel Willi war doch schon seit Jahren begraben und tot, jedenfalls für sie persönlich.

Willa hockte im Vorzimmer auf dem niedrigen Regal, auf dem in bunter Mischung Schuhe, Regenschirme und alte Telefonbücher vom Vormieter gestapelt waren. Der Telefonhörer war noch durch ein gutes altes geringeltes Kabel mit dem Apparat verbunden. Dieses vorsintflutliche Telefon war schon in der Wohnung gewesen, als sie eingezogen war. Willa hatte es einfach stehen gelassen. Fast alle anderen Telefonate erledigte Willa über ihr Handy. Nur wenn der Festanschluss klingelte, kam ihr wieder in den Sinn, dass sie diesen Anschluss abmelden wollte. Keine zwei Minuten später hatte sie diesen Gedanken wieder vergessen.

Doch für einen Anruf nach Österreich war das Festnetz goldrichtig. Sie wollte auf keinen Fall, dass Onkel Willi wusste, dass sie in Köln lebte.

So kam es, dass Willa auf dem Regal hockte wie eine Eule, die sich oben auf einen Ast niedergelassen hatte, der zwei Nummer zu klein für sie war. Ihre Beine baumelten haltlos nach unten und ihre Fersen schlugen rhythmisch nach den Schuhen, Schirmen und Telefonbüchern. Über ihren gekrümmten Rücken rollten langsam schmerzende Wogen ihrer Bandscheiben, ihr Bauch tat weh durch die permanente Anspannung und ihr Hinterteil war schon nach kürzester Zeit vollkommen taub.

Willa hatte sich den Hörer unter das rechte Ohr geklemmt, was ihre verdrehte unnatürliche Haltung auf dem Regal noch verstärkte. Sie wechselte ihre linke und rechte Hand mit dem Weinglas ab.

An der jeweils freien Hand knabberte sie an den Nägeln wie ein Kaninchen an einem *Häupl* grünem Salat.

Neben ihrer Hüfte, gerade noch am äußersten Rand des Regals, stand die zweite Flasche, bei der sie angelangt war. Wieder ein mittelmäßiger Supermarktwein, aber total *wurscht*, sie hätte selbst Wein aus einem Tetrapack getrunken, nur um für Onkel Willi vernebelt genug zu sein.

Jimmy strich um die unteren Ecken des Regals und spähte von Zeit zu Zeit hoch zu seinem Frauchen. Gerne wäre er nach oben gesprungen und hätte sich an ihrer Hüfte gerieben, er konnte ihre Unruhe und den Stress aus allen ihren Poren riechen, doch auf dem Regal gab es keine freie Stelle mehr für ihn. Also lief er unter ihren nackten wippenden Beinen hin und her.

Wilhelm August Stark hob nach dem vierten Klingeln ab.

Willa ließ ihn nicht mal hallo sagen.

»Wenn du mir sagst, warum du's gemacht hast, lass' ich dich in Ruh'. Ehrenwort! Hand drauf! Warum? Nur das! Spuck's endlich aus!«

Willa merkte selbst unter Alkohol, dass sie wieder in ihren Heimatdialekt verfiel. Dafür hasste sie sich ebenso sehr wie für den Anruf.

Die Stille am anderen Ende der Leitung war fast so lang wie der Weg von Köln nach Graz.

Der ältere Mann mit den grauen Strähnen im ungepflegten Bart wischte sich in seinem Dachbodenzimmer in der Hammerlinggasse den Schweiß von der Stirn.

Wieder einmal dachte er an den festen Mittelbalken des Holzgerüsts im Giebel und an seinen Gürtel. Doch seit neunzehn Jahren kam er schon zu dem Schluss, dass sein Tod alles nur schlimmer machen würde. So konnten die Familie von Heidi Stäbler, seiner verstorbenen Verlobten, und seine eigene Restfamilie, Schwester nebst Nichte, ihn lebendig im Fegefeuer schmoren lassen.

Wenn Willa dachte, sie wäre die einzige, die ihn mit Anrufen quälte, so täuschte sie sich gewaltig.

In seinem kleinen Wohnschlafraum mit Kochgelegenheit stank es nach altem Fett und Knoblauch. Die Hitze unter dem Dach erreichte schon im Frühjahr über dreißig Grad und Willi Stark erwartete ein weiterer Sommer, in dem er sich wie ein Grillhendl am Spieß fühlte. Was ihn wieder zum passenden Vergleich seiner persönlichen flammenden Vorhölle führte.

Gerne hätte er getrunken, hätte sich ein dunkles Puntigamer Bier in den trockenen Rachen gekippt und dann vielleicht noch drei oder vier Marillenschnaps dazu. Doch er musste haushalten, schon Mitte des Monats reichte das Geld vom Staat kaum noch fürs Essen. Also ertrug er das lallende, teils flehende, teils wütende Gezeter seines kleinen Willa-Mausi-Mädels.

Wahrscheinlich hätte sie ihn mit ihrer Dienstwaffe erschossen, wenn sie auch nur geahnt hätte, dass er sie in seinen Gedanken immer noch so nannte. Er stand mit dem Hörer in der Hand auf und machte das einzige Fenster weit auf, doch die bleierne Wärme von draußen machte nichts besser.

Ich hätte im Gefängnis bleiben sollen, dachte er. Drinnen war die Hoffnung noch nicht gestorben. Drinnen hatte er sich ausgemalt, draußen alles wieder gut machen zu können. Einmal pusten, einmal heilen, wie er zur kleinen Willa früher gesagt hatte, wenn sie sich die Knie aufgeschürft hatte. Er würde Heidis Eltern unter die Arme greifen, seiner Schwester Anna und seiner Nichte Willa der beste Bruder und Onkel sein.

Er würde seine Tat bereuen und erklären und sie alle würden zusammen weinen um Heidi und ein Leben, das die gelbe Macht der Eifersucht in den Tod gerissen hatte. Ein Schlag mit der Faust, ein Sturz auf eine Tischkante und ein Leben war ausgelöscht worden wie eine Kerze im Wind.

Sechs Jahre, so hatte ihm sein Verteidiger Dr. Emil Weichsel zugeraunt und grinsend geblinzelt, als wäre es ein sechswöchiger Urlaub in Italien.

Willi Stark hatte sich gut geführt, hatte sich die letztlich nur drei

Jahre mit Hoffnung und den ersten Semestern eines Studiums der Rechtswissenschaften vollgestopft. Nur um am Ende hier zu sitzen, unterm heißen Dach, arbeitslos, nutzlos, losgelöst von Gesellschaft und Leben.

Also doch lebenslänglich, wie sein Schwiegervater in spe, Heidis Vater Robert, es damals bei seinem Ausraster vor Gericht gefordert hatte.

»Unsere Heidi hat kein Leben mehr, der Lump soll auch keins mehr haben!« Diese Beleidigung hatte ihn in ihrer tragischen Harmlosigkeit mehr als alles andere getroffen. Selbst die deftigen Ausdrücke im Gefängnis waren dagegen leichte Kost gewesen. Willi Stark, ein Frauentotschläger im Affekt und ein Lump. Heidi, ich vermisse dich. Immer noch und immer wieder. Es tut mir leid, jede verschissene Sekunde meines Lebens leide ich. Sollte er das Willa am Telefon sagen? Wartete sie stellvertretend für alle anderen darauf?

Willi Stark kannte das Prozedere. Immer wenn es schlecht lief in Willas Leben, war er der Sündenbock. Das war schon nach seiner Tat und dem Prozess und dem Skandal so gewesen.

Willa war zehn. Zehn und die Verwandte eines Mörders.

Totschlag im Affekt hin oder her.

Davor hatte sie ihn geliebt und vergöttert. Ihren Onkel Willi. Der Vaterersatz für die kleine Tochter seiner alleinerziehenden Schwester.

Danach das Hassobjekt, der Unmensch, der Killer.

Hatte Willa eine schlechte Note in der Schule oder sich mit ihren Mitschülerinnen geprügelt, weil sie als Mördernichte gehänselt wurde, »der Willi is' schuld«. Gab es Liebeskummer, schlechte Noten, Streit oder eine berufliche Absage, »der Willi hat' s mir versaut«.

Später kamen die ungelösten Fälle. Alle Untaten gingen natürlich auf Onkel Willis Konto. War ein Verbrecher nicht zu kriegen, konnte man stattdessen den familieneigenen Mörder anrufen.

Immer betrunken. Willi hatte sich mehr als einmal überlegt, mit seiner Schwester über Willa und ihren Alkoholkonsum zu reden, aber bitte, wer will denn Ratschläge von einem rechtskräftig verurteilten Totschläger? Affekt hin oder her. Reue in den Abfalleimer gekippt. Also nahm er die Anrufe seines kleinen Willa-Mausi-Mädels wie ein kleines Geschenk einer noch nicht ganz toten Hoffnung an. Besser die Beschimpfungen und die ewige Warum-Fragerei in Willas schlechten Zeiten als gar keinen Kontakt wie bei seiner Schwester Anna.

Wenn Willi ehrlich war und das war er meistens, für Lügen gab es in diesem überhitzten stickigen Zimmer keinen Platz mehr, hatte er schon seit Wochen auf Willas Anruf gewartet. Er verfolgte den Fall Monika Dahms seit ihrer grausamen Ermordung Anfang März. Im Fernsehen, später übers Internet im etwas schäbigen, verschmutzten Internet-Café um die Ecke. Dort durfte er umsonst an einen Computer, wenn nichts los war. Der arbeitslose Penner Willi tat dem Besitzer leid. Er spendierte ihm manchmal einen kleinen Braunen. Willi fragte sich, ob er diesen Kaffee und das Internet umsonst bekommen hätte, wenn der Besitzer von Heidi Stäbler wüsste, hielt aber natürlich aus Selbstschutz den Mund.

Zuerst gab es tagelang die neuesten Meldungen, dann verschwand der Mord wegen eines Skandals beim Verfassungsschutz im Hintergrund. Weil aber diese Woche der Oberstaatsanwalt Theo Prunk trotz Kritik erneut in seinem Amt bestätigt worden war und dem Fall Monika Dahms – vor allem diesem – oberste Priorität eingeräumt hatte, sich medienwirksam zwischen der Mutter und der Schwester am Grab Monikas und ihres ebenfalls vor Jahren verstorbenen Vaters hatte ablichten lassen, gab es eine mediale Wiederaufnahme und viel Publicity.

SOKO Moni wird nicht ruhen, bis der Mörder seiner gerechten Strafe zugeführt wird. Verspricht unser Mann am Hebel der Kölner Gerechtigkeit!

Was für ein Text.

Willi hatte die frühen Bilder vom Anfang noch im Kopf. Auch der ORF hatte darüber berichtet. Der Tatort, die abgedeckte Leiche. Die ernste junge Grazer Inspektorin mittendrin, jetzt natürlich als Teil der ermittelnden Mannschaft geführt, die ein persönliches Interview verweigerte und trotzig auf ihre Lippe biss. Vorne trug man die Bahre Richtung Leichenwagen, im Hintergrund sah Willi zwei Polizisten in Uniform und seine Nichte.

Später entdeckte er seine Nichte noch auf einem Zeitungsfoto an einem runden Tisch zwischen zwei männlichen Kollegen unter der damals unspektakulären Überschrift *SOKO Moni ins Leben gerufen.*

Sie war also dabei. Sie war nach Deutschland ausgewandert. Lebte jetzt dort. Weit weg von zu Hause.

Klar, dass ihm niemand Bescheid gesagt hatte.

Der Fall blieb ungelöst. Monika Dahms Mörder lief seit zwei Monaten immer noch frei herum.

Scheinbar gab es jede Menge Spuren, aber keinen Täter. Jede Menge Verdächtiger, aber alle mit Alibi. Kein zweiter Würger-Fall mit spektakulärem Ende und einem Aufklärungserfolg für das Willa-Mausi-Mädel. In der Zeit hatte Willi Stark viermal die Ehre gehabt, von der betrunkenen Willa über die Leitung beschimpft zu werden. Nach dem Fahndungserfolg blieb das Telefon stumm und Willa nüchtern. Im Fall Moni D. Frustration auf allen Ebenen, also musste der Onkel-Willi-ist-daran-schuld Anruf kommen. Früher oder später.

Seine betrunkene Nichte am Ohr hustete.

Willi musste etwas sagen.

»Ich hab' dich im Internet g'sehn. Schaust gut aus, Mädel. Dei' Mutter kann stolz auf dich sein.«

Willa verschluckte sich, hustete noch mehr.

»Arschloch. *Gfrast.*«

Dann ein plötzliches Schluchzen. Der Hörer wurde aufgelegt.

Ein Tuten blieb in Willis Ohr zurück.

Besser ein Arschloch als ein Lump. Willi schloss das Fenster. Die Luft draußen stank mehr als drinnen. Er setzte sich aufs Bett. Blieb in seinem Fegefeuer in Graz zurück.

Willa blieb auf dem Regal in Köln hocken.

Sie fühlte den Schmerz in ihrem Rücken und den Schwindel in ihrem Kopf. Sie trank einen Schluck Wein, noch einen. Eine Träne rannte über ihre Wange, blieb kurz auf ihrem Kinn hängen. Dann ließ die Träne los und fiel wie über eine Klippe hinunter, direkt auf den Kopf von Kater Jimmy. Der miaute und sah zu Willa hoch. Willa prostete ihm zu. Der Kater nahm das als Aufforderung und sprang nach oben. Die Weinflasche kippte und fiel klirrend auf den Boden. Kater und Flasche hatten die Plätze getauscht. Der restliche Wein verteilte sich auf dem Boden des Flurs.

Rot wie Blut.

Genauso rot hatte das Parkett ausgesehen, als sie später in Monika Dahms kleine Wohnung in Nippes, in der Blücherstraße, gekommen waren. Eine hübsche Wohnung mit vielen Pflanzen und Büchern und einer Hängematte mitten im Wohnzimmer. So viele bunte Kleider im Schrank und Schuhe im Regal. Der Computer eingeschaltet, der Fernseher auf standby, eine CD von Nieve Nilsen im Player. Ein wenig Unordnung, Staub auf dem Fensterbrett, ein Smartphone auf dem Küchentisch.

Von dem Drama der Nacht erzählte nur der rote Fleck am Boden des Schlafzimmers, fast in der Größe eines kleinen Teichs. Am Morgen, als sie die Tür aufbrachen, war der Teich fast vertrocknet. In der Mitte ein einsamer Sessel, Blutflecken an den Stuhlbeinen. Kurzgeschnittene Stücke einer Wäscheleine auf der Sitzfläche. Im Blut Fußabdrücke, die weiter ins Bad führten. Blut an der Dusche, nicht viel, der Rest in die Kanalisation gespült.

Die junge Frau war in ihrem eigenen Zuhause zu Tode geprügelt und ausgeblutet worden. Ihr Körper gewaschen. Transportiert. Dann im Stadtwald abgelegt. Wie ein Stück rohes Fleisch.

Warum? Immer wieder diese eine Frage.

Onkel Willi hatte Willa nie eine Antwort darauf gegeben.

Der Mörder von Monika Dahms auch nicht. Er war noch auf freien Fuß.

Der Lump.

9

Helene kannte den Mann nicht, der vor der Eingangstür stand und lächelte. Er war groß und wirkte trotz seiner dunklen Bekleidung sympathisch.

»Haben Sie meine Pizza?«, war ihre Frage, aber im selben Moment sah sie, dass er leere Hände hatte. Große leere Hände.

Aus einem unerfindlichen Grund kam Helene die Erinnerung an ihre Großmutter, Oma Irmi, die Mutter ihres Vaters, eine angeheiratete Pintao, also die Schwiegertochter des Weltumrunders Enrique, die ihren drei Enkeln früher die alten Märchen vorgelesen hatte.

Warum hast du so große Hände?

Das wollte Helene am liebsten fragen, ließ es aber. Der Mann vor ihr wusste nichts von Oma Irmi und hätte sie nur komisch angeguckt. Helene lächelte zurück und wartete.

Immer noch sagte er nichts, stand so da.

Helene fiel auf, dass sein Haar am Ansatz heller war, als hätte er es sich dunkel gefärbt oder einfach ein Farbspray darüber gesprüht und es dann nach hinten gekämmt. Warum das denn? Bei aller Liebe für den Karneval, aber jetzt war Mai.

Die Sonne war am Untergehen, ihre letzten Strahlen kamen durch das Glasfenster am Treppenaufgang hereingekrochen und tauchten den Flur in ein glänzendes Strahlen, das zu dem Lächeln des Mannes passte.

Er sah sie an. Langsam von oben bis unten. Gott sei Dank trug sie noch Shirt und Jeans und nicht nur ihr Badetuch.

Warum hast du so große Augen?

Helene roch den Vanilleduft, der hinter ihr aus ihrem fertigen Bad stieg, und sehnte sich nach der Pizza und der wohlverdienten Ruhe am Freitagabend. Sie wurde ungeduldig. Wenn er ihr ein Zeitschriftenabo verkaufen wollte, sollte er mit der Sprache herausrücken. Helene räusperte sich und wechselte vom einen auf den anderen Fuß.

»Was wollen Sie denn bitte? Ich hab' kaum Zeit.«

Ihre Stimme wurde ungehaltener.

Der Typ war vielleicht eher ein Versicherungsvertreter, obwohl er mit seinem flauschigen schwarzen Pullover und seiner schwarzen Jeans eher einem großen dunklen Teddybären glich. Bitte lass ihn kein Mitglied von so einer Sekte sein, dafür hatte Helene heute wirklich keinen Kopf mehr. Diese Leute bissen sich fest und ließen nicht locker und auf gar keinen Fall wollte sie heute über Gott oder welchen Erlöser auch immer sprechen.

Der Mann machte einen Schritt nach vorne und stand direkt unter ihrem Türrahmen. Für eine Sekunde dachte Helene, dass er sie gleich küssen würde, auch ohne Mistelzweig.

Dann öffnete er seinen Mund wie zu einem Gähnen.

»Hallo Liebes.«

Helene machte einen Schritt zurück.

Warum hast du so ein großes Maul?

Die Faust traf sie in den Magen.

Mit so einer Geschwindigkeit und Wucht, dass ihr die Luft noch im Stehen wegblieb. Ihr Mund öffnete sich wie das Maul einer Schnappschildkröte, dann erst klappte ihr Oberkörper nach vorne und unten.

Der Mann fing sie mit seinem linken Arm auf, sie hing wie ein Faultier auf seinem Unterarm. Gleichzeitig machte er zwei große Schritte in die Wohnung hinein, schloss mit der Rechten sanft die Tür hinter sich und drehte den Haustürschlüssel einmal um.

Helenes Hirn war langsam wie zähflüssiger Honig.

Sie konnte keine Angst oder Panik spüren, dachte nur an das Märchen, das Märchen von dem Mädchen mit dem roten Käppchen und daran, was denn dieser seltsame große Wolf hier in ihrer Wohnung wollte. Plötzlich sah sie Oma Irmis Gesicht vor sich. Ihr alter faltiger Mund öffnete und schloss sich, sie schob das Kinn nach vorne, um das Gebiss in Position zu bringen, und erzählte der kleinen Helene weiter vom Märchen. Wenn sich nicht in Helenes Eingeweiden ein brennender und heißer Schmerz langsam nach außen zu dehnen begonnen hätte, hätte sie geglaubt in der Zeit zurückgerutscht zu sein.

Der linke Arm des Mannes lockerte sich unter Helenes Oberkörper und Helene rutschte nach unten und plumpste auf den Vorzimmerboden. Von ihrer Hüfte zuckte ein Stechen hoch, gesellte sich zu dem heißen Brennen in ihrem Magen. Das Linoleum knarrte, ihre Fußsohlen suchten auf der glatten Oberfläche Halt, fanden keinen.

Die ganze Aktion hatte keine zehn Sekunden gedauert. Der Fremde war in Helenes Wohnung, noch bevor Helene wieder Luft holen konnte.

Das Brennen im Magen wurde zu einem orkanartigen Brausen.

»Oooh!«, war der einzige Laut, zu dem sie fähig war.

Ooohhh! Wie: Oh mein Gott, da ist ein Mann in meine Wohnung eingedrungen und jemand muss die Polizei rufen oder Oh! Der böse Wolf ist zu Besuch gekommen, um mich zu fressen oder einfach Oh! Der Schmerz in meinem Magen ist so groß. Ihr Hirn suchte nach einem Vergleich. Als hätte sie in ein Stück Peperoni-Pizza mit glühendem Lavakäse gebissen.

Dann war der Mann über ihr, ragte auf wie ein Riese, also statt Rotkäppchen das Märchen von Hans und der Bohnenranke, dem Hans, der ins Reich der Riesen geklettert war.

Helenes Riese legte seine großen Hände unfassbar sanft um ihre zusammengekrümmte Gestalt und hob sie wie eine Feder hoch. Er hob sie so hoch, dass ihr Gesicht direkt vor ihm war. Helene konnte fühlen, dass ihre Beine keinen Kontakt mehr zum Boden hatten, sie schwebte über der Erde. Seine Augen waren vor ihren Augen, seine Lippen vor ihren. Wieder wechselte die Geschichte in Helenes Kopf. Rumpelstilzchen oder besser Rübezahl? Dieser Besuch schien sich zu einer Märchenstunde auszuweiten.

Der Fremde hob Helene noch höher und legte sie sich wie einen Sack über die Schulter. Der Schmerz in ihrem Magen legte mit voller Wucht los und Helene stöhnte.

Mit drei großen Schritten war der Fremde im Wohnzimmer, drehte sich im Kreis und orientierte sich. Er machte zwei weitere Schritte, warf einen Blick in die kleine Küche mit dem Tisch am Fenster und den zwei Küchenstühlen. Wenn Helenes Bruder Johann und seine Kumpels hier wären, könnten sie gemeinsam den Kerl dingfest machen. Dann die Eltern anrufen um sie in ihrer ewigen Sorgenmacherei zu bestätigen. Bei diesem Anruf konnte Helene sie auch gleich fragen, ob sie mal wieder an Oma Irmis Grab gewesen waren.

Helenes Gedanken flatterten wie eine Horde aufgeschreckter Gänse.

Der Mann bewegte sich weiter, machte mit dem Knie die Tür zum Schlafzimmer auf.

Helene hing immer noch auf seiner Schulter. Sie wagte keinen Laut, keine Bewegung, keinen tiefen Atemzug. Nur ihre Gedanken rasten von links nach rechts, schlugen Pirouetten.

Ihr Magen brannte wie Feuer, ihr Herz trommelte, ihre Finger krallten sich in den Flausch des dunklen Pullovers. Solange sie sich festkrallen konnte, konnte der Fremde sie nicht mehr schlagen. Sie glich einem ängstlichen Tier, das sich an seinen Peiniger klammerte.

Ihr langes Haar rutschte über ihre Augen, sie konnte ihre Wohnung nur in Kleinteilen an ihrem Gesichtsfeld vorbeiziehen sehen. Helene wurde von den Bewegungen des Mannes auf und ab gehoben, spürte den Kreis, den er durch das Zimmer zog. Sie pustete nach oben, eine Locke hob sich und in dem kurzen Moment sah Helene aus ihrer erhöhten Position heraus ihr Bett, die aufgerollte Tagesdecke, das pinke Badetuch.

Vergewaltigung! brüllte ihr Hirn. Die Panik überschwemmte die vielen anderen Gedanken. Sie zog ihren Oberkörper von der Wirbelsäule aus nach oben, hob die Beine nach hinten an und begann zu schreien.

Schreie eines Vogels, den die Katze erwischt hatte.

»Pscht!«

Der Fremde ließ sie von der Schulter in seine Arme gleiten und wiegte sie wie ein weinendes Kind. Er presste ihren Kopf an seine Brust und ihre Schreie versickerten im Flausch seines Pullovers, wurden gedämpft, hätten nie den Weg bis nach draußen, raus aus der Wohnung zu den Nachbarn geschafft.

»Pscht!«

Noch einmal das Wiegen.

Doch Helene wagte einen Ausbruch, strampelte mit den Beinen, schlug mit den Armen, drückte ihren Kopf nach hinten frei. Endlich ein lauter Schrei. Einmal angefangen, war Helenes Stimme nicht mehr zu bremsen. Einmal aus der Erstarrung befreit, konnte sie nicht mehr zurück und ihr Kehlkopf stieß weiter diese lauten, zu Tode geängstigten Schreie aus.

»Leise, Liebes, leise!«

Das Wiegen wurde zu einem Wogen wie Seegang, und Helene spürte die Verkrampfung in den Armmuskeln, die sie oben hielten, konnte die Ungeduld im schwerer werdenden Atmen des Fremden fühlen. Sie wollte nicht verstummen, wollte ihm nicht zu Willen sein, wieder kam das Wort *Vergewaltigung* zwischen ihren Hirnwindungen durch. Ihre Schreie wurden schriller, sie fanden zu einer Lautstärke zurück, die auch Nachbarn wahrnehmen konnten. Helene bewegte Arme und Beine wilder, sie versuchte sich frei zu strampeln, trat um sich, schlug um sich. Sie spürte seinen Kopf, der zurückzuckte, merkte, wie der Griff sich lockerte, die großen Hände Probleme bekamen sie festzuhalten.

Der Mann wirbelte mit der schreienden, um sich schlagenden Helene herum, rannte aus dem Schlafzimmer, durchquerte das

Wohnzimmer. Drehte sich wieder im Kreis. Dann waren sie beide im Bad, im großen schönen Bad mit der vierbeinigen freistehenden Wanne, das der großartige kluge Architekt, dessen Namen und Nummer sie bis heute nicht wusste, geplant hatte. Helene stieg das Vanillearoma tief in die Nase, sie atmete es mit jedem Schrei tiefer ein, Vanille rann ihren Kehlkopf hinunter wie Öl.

Der Mann ging mit ihr in die Knie und versuchte Helene auf den Badezimmerfliesen abzulegen. Die absurde Hoffnung keimte in ihr auf, dass er müde geworden war, sie ihn mit ihren Schreien und Tritten erschöpft hatte und er aufgab. Sie suchte in ihrem Hirn nach dem Wort Hilfe.

Doch im nächsten Moment kam nur ein langgezogenes spitzes Kreischen aus Helenes Kehle, das eher dem Laut eines Tieres glich. Der Fremde hatte Helene grob am Hinterkopf gepackt, riss sie an ihren Haaren nach oben, dass sie das Gefühl hatte skalpiert zu werden. Für eine Zehntelsekunde konnte sie sein Gesicht sehen, mein Gott, er lächelte immer noch. Alle Hoffnung verbrannte wie eine Sonnenfinsternis die Netzhaut eines ungeschützten Auges verbrennt.

Dann wurde sie eingetaucht, untergetaucht, mit dem Oberkörper ins Wasser gezwungen. Ihre Finger suchten Halt am Rand der Wanne, rutschten ab wie glatte Sohlen auf Parkett. Schaum und Vanille und heiße Wärme kamen über sie.

Ihr Kreischen ging in ein Gurgeln über. Dann war sie unten. Versuchte verzweifelt Badewasser mit Vanilleduft zu atmen. Ihr Herz pumpte wild, in ihren Ohren rauschte ein tosender Wasserfall, ihre Lunge schrie statt ihrer Stimmbänder tonlos nach Luft.

War Helene am Ende dieser Märchenstunde, die mit dem bösen Wolf an der Tür begonnen hatte, in der Geschichte von der Meerjungfrau gestrandet, die der Sehnsucht nach dem unerreichten Geliebten den Tod vorzog?

Mit einem Ruck verließ sie ihren Körper, war in einem Moment gefangen in dem nicht atembaren Vanillewasser ihres Bades, im nächsten klebte sie an der Decke und schaute auf das Szenario unter ihr. Sah, wie der Fremde mit seiner großen Pranke ihren Kopf und Oberkörper unter Wasser drückte. Sah, wie ihre Beine strampelten. Sah, wie das Wasser spritzte und der Schaum in viele Teile zerstoben im Badezimmer umherflog.

Helene hatte von solchen außerkörperlichen Erfahrungen einmal gelesen, hatte einen Bericht davon in einer Talkshow über Nahtoderfahrungen gesehen, hatte allerdings mehr den Moderator mit seinen schönen Zähnen und seinen gepflegten Fingernägeln beobachtet. Wenn sie es überlebte, könnte sie sich auch melden, in der Runde des Moderators sitzen und ihm direkt ihr Interesse zeigen. Wenn sie das überlebte, war sie sicher ein Fall für die Medien. Helene erinnerte sich an eine Frau in der Runde, die nach einer harmlosen Operation einen Herzstillstand hatte und deren verstorbene Eltern samt Großeltern und einer Schar Engel sie sanft zurück ins Leben schickten.

Hier an der Decke ihres Badezimmers gab es keine Engel und auch Oma Irmi tauchte nicht auf. Keiner schickte sie zurück oder kam sie abholen. Nur ihr Hirn drehte sich weiter unermüdlich in diesem bizarren Kreis springender Gedanken. Die Pizza fiel ihr ein. Peperoni mit extra Käse, handgemacht. Bis die verdammte Pizza kam, würde sie ertrunken sein. Plötzlich tat es Helene unendlich leid, diese Welt mit leerem, knurrendem Magen zu verlassen.

Etwas zerrte an ihrer Perspektive. Sie sah nach unten.

Der Mann hob seinen Arm und ihren schlaffen Oberkörper aus dem Wasser.

Helene blinzelte, war wieder in ihrem Körper und alle Gedanken ertranken blitzartig im reißenden Schmerz ihrer Lunge. Sie spuckte Vanilleschaum, sie keuchte und würgte. Sie empfand zwischen den Qualen die Freude, Sauerstoff statt Wasser atmen zu können. Verdrängte alles andere. Sie war am Leben, sie konnte atmen. Sie spuckte und atmete, keuchte und atmete, würgte und atmete.

»Bist du jetzt still?«

Der Mund des Fremden war an ihrem nassen Ohr. Seine Stimme

war ein weiches Flüstern. Er war der Wolf, der Prinz und der Riese. Der Zauberer und Herrscher über die Märchenstunde. Er hatte Helene ihren Atem wiedergegeben.

Das Wasser brannte wie Feuer in ihren Augen. Ihre Lungen loderten. Ihr Magen zuckte.

Sie senkte ihren Kopf, hob ihn hoch und senkte ihn wieder.

Ja, sie würde still sein.

Und wenn sie nicht gestorben sind, dann leben sie.

Nur das.

10

»Ihre Pizza kommt, Signora. Zwölf Minutenen!«

Eine große Peperoni mit extra Käse. Zwölf Minutenen?

Das war nicht zu schaffen. Niemals.

Paul fragte sich, warum Cosimo Capriccio immer wieder dieses »zwölf Minutenen« in den Telefonhörer kratzte. Abgesehen davon fragte sich Paul, wann der Kehlkopfkrebs Cosimo einholen würde bei seinem Zigarillokonsum. Paul überlegte das ganz neutral und aus reinem Interesse an der Medizin. Sobald ein Studienplatz frei würde, würde er sich auf ihn stürzen wie ein Raubvogel auf eine Maus oder wie Cosimo auf seine Zigarillos. Dann ade Pizzaauslieferjunge und hallo Medizinstudent.

Seine Tante hatte ihm versprochen sein Studium zu finanzieren, nicht die Wartezeit darauf, da könnte ja jeder kommen und der alten Lady etwas vormachen. Nein, Tante Agatha war trotz ihrer 87 noch sehr helle im Kopf. Helle und prinzipientreu. Eine Abmachung war eine Abmachung und selbst im Falle ihres Ablebens vor Pauls Studienbeginn hatte sie für ihn einen Treuhandfond angelegt, der erst bei seiner Immatrikulation ausgezahlt würde. Also musste Paul abwarten und durchhalten.

Vielleicht lag schon morgen der Bescheid in der Post und dann

»Ciao Cosimo« samt seiner Schwester Aurora, der Köchin und heimlichen Herrscherin des kleinen Pizzaservices *Azur* am Lindenthaler Gürtel. Ein Familienbetrieb und immer noch Geheimtipp. Ohne Auroras unermüdliche und schmackhafte Kunst des Pizzabackens hätte die ganze Familie Capriccio kein Einkommen. Cosimo konnte höchstens Zigarillos rauchen und seine zwölf Minutenen in den Telefonhörer krächzen.

Wie kam er bloß auf diese Zeitspanne?

Wenn Cosimo auflegte, machte er sich erstmal in aller Seelenruhe einen Zigarillo an und zog den würzigen scharfen Duft tief in seine Lungen. Das allein dauerte schon eine von den angeblichen zwölf Minutenen. Kam noch eine Bestellung dazwischen, versprach er wieder seine zwölf Minutenen und paffte dann weiter.

Erst nach zwei oder drei Zügen wandte er sich der Gegensprechanlage zu und gab seiner Schwester Aurora oben im ersten Stock die Anweisung. Da die Spezialität des kleinen Ladens eine absolut frisch gebackene Pizza war, dauerte es noch mal zwischen zehn und zwölf Minuten je nach Anzahl und Größe, bis die Bestellung über den Speiselift nach unten kam. Aurora stellte jede Pizza in ihrem eigenen Pizzaofen her, oben in der familieneigenen Großküche. Sie schuftete im Akkord.

Unten gab es nur die Bestellaufnahme, das ›Büro‹, wie Cosimo den Raum nannte, der in zwei Bereiche unterteilt war. Die Raucherecke mit Telefon für Cosimo und zwei Stühlen für die wartenden Auslieferer. Auf der anderen Seite eine alte Kaffeemaschine und stapelweise Pizzakartons für Paul und Cosimos Cousin Salvo. Paul brauchte weitere eine bis zwei Minuten, um die dampfende Köstlichkeit in den speziellen azurblauen Karton zu verstauen und sich auf sein Rad zu schwingen. War Paul unterwegs oder ein Kunde rief aus einem anderen Bezirk an, machte sich Salvo mit seinem Alfa Romeo auf den Weg.

Paul stoppte schon aus Spaß seine Ausfahrten und war erst einmal unter vier weiteren Minuten bei einem Kunden aufgekreuzt, der quasi ums Eck wohnte. Doch da sich bis heute keiner beschwert hatte, blieb Cosimo bei seinem falschen Versprechen.

Cosimo legte auf, zündete seinen Zigarillo an, der fünfte seit fünf, das Geschäft lief gut, der Freitag war immer ihr bester Abend. Er inhalierte, ein nächster Anruf kam herein. Diesmal gleich drei auf einmal, zwei Salami, eine Peperoni mit extra Zwiebel und dazu eine Flasche Valpolicella. Auch der Wein kam vom eigenen kleinen Gut der Familie Capriccio, das im Nordwesten Veronas von einem weiteren Cousin bewirtschaftet wurde. Paul staunte immer noch, wie er, nicht verwandt, nicht verschwägert mit den Capriccios, überhaupt den Job im *Azur* bekommen hatte.

Nach drei Zügen gab Cosimo die Bestellungen nach oben durch, Paul hörte Aurora durch die Gegensprechanlage seufzen. Er stellte sie sich manchmal angekettet am heimischen Pizzaofen vor und nur ihr Bruder hatte einen Schlüssel, den er ihr erst zuwarf, wenn auch die letzte Pizza geknetet und geworfen, belegt und gebacken war.

Paul mochte Aurora, die zwar ein paar Jahre älter war als er, aber von einem dunkellockigen Flair umgeben, das von Meer, heißem Wind und glänzendem Wein erzählte. Er hatte sich fest vorgenommen, wenn er seine Liefertätigkeit endlich an den Nagel hängen konnte, sie nach einem Rendezvous zu fragen. An einem heiligen Sonntag, da hatte das *Azur* Ruhetag. Oder er würde Cosimo um Erlaubnis fragen, das erschien ihm sicherer. Doch zuerst die Zulassung zum Studium. Ein junger angehender Arzt war ein besserer Verehrer als ein kleiner Lieferjunge.

Die Tür zum Büro stand offen und ein weicher Wind wehte in den Raum, der den Zigarillodunst, der um die abgetrennte Ecke quoll, zur Tür hinaustrieb. Es war Mai, der Monat neuer Liebe und Paul seufzte, während er die Kartons faltete und auf den Speisenaufzug wartete.

Cosimo sah um die Ecke und hielt Paul einen Zettel hin.

»Die gehte nach Krieler Straße 9, Pintao. Zwölf Minutenen.«

Paul schaute auf seine Uhr, es waren seit dem Anruf schon acht Minuten vergangen.

»Die zweite Bestellung, die dreier, macht Salvo mit Auto, zwölf Minutenen.«

Paul öffnete seinen Mund und wollte endlich eine Erklärung für diese ständige Zeitansage. Er würde das Büro nicht verlassen, bevor ihm Cosimo nicht seine bescheuerte Standardfloskel erklärt hatte.

Der Speisenaufzug bewegte sich nach unten und im nächsten Moment dampfte eine Pizza, deren scharfer Geruch nach Peperoni und Käse sogar Cosimos Zigarillodampf erblassen ließ. Paul vergaß, was er gerade noch vehement vertreten wollte, dachte an Aurora und wie sie für ihn ganz persönlich eine Pizza backen würde, eine mit Rucola und Parmesan. Sie würden mit einem Glas Valpolicella anstoßen, auf ihn und sein Medizinstudium und das Geld seiner Tante. Aurora würde ihre vollen Lippen um den Rand des Glases stülpen, nein, sie würde den Rand ablecken.

»Und los und rausse, Paulo! Gibt nix zu träumen, sonst werden die Peperoni trocken!«

Paul kam aus seinem Tagtraum zurück und lächelte Cosimo zu, fand seinen Anpfiff in Ordnung, er war schließlich der Bruder der schönen Pizzabäckerin und mit ihm sollte man auf alle Fälle auskommen. Automatisch verstaute er die Pizza im Karton, ging nach draußen, schwang sich auf sein Fahrrad und hatte die Krieler Straße 9 keine drei Minuten später erreicht. Neuer Rekord.

Er klingelte bei Pintao und ein großer Mann in einem dunklen Pullover öffnete ihm. Paul überlegte kurz, ob nicht Pintao die nette Frau mit den langen blonden Locken gewesen war, aber natürlich konnte sie heute Abend Besuch haben, wer war im Mai nicht verliebt?

Paul sah, dass der Mann nass war. Sein Pullover und seine dunkle Jeans schienen wie in Wasser getränkt.

Der Mann zwinkerte Paul verschwörerisch zu, holte aus seiner Hose einen Zwanzigeuroschein. Auch der war nass und der Mann zuckte entschuldigend mit den Schultern.

»Behalten Sie den Rest!«

Das gute Trinkgeld und das Zwinkern gaben Paul die Gewissheit, dass die Blondine heute sicher noch Spaß haben würde. Einzig der dunkle, zu warm für diese Jahreszeit wirkende Pullover blieb Paul im Gedächtnis.

Dann radelte er die drei Minuten zurück zur Pizzeria *Azur*. Die nächste Auslieferung wartete sicher schon.

Den Rest des Abends teilten sich Aurora und rote Lippen, die sich langsam über den Rand eines Rotweinglases schoben, den Platz in seinem Kopf.

Als er viel später seine Zeugenaussage bei der Polizei machte, konnte er sich nur mehr an die Nässe und den Zwanzigeuroschein erinnern. Nach dem Verhör und seinen dürftigen Angaben und obwohl noch keine Zulassung gekommen war und seine Tante nichts locker machen würde, kündigte er seinen Lieferjob.

Es war ihm, als ob er sich an diesem Abend mitschuldig gemacht hätte und dafür büßen wollte.

II

Ihr linker Arm wurde taub.

Verschwand aus ihrem Körpergefühl, so als wäre er ausgeschaltet worden. Kein Kribbeln, kein Stechen mehr, wie sie es im rechten Arm und vor allem in ihrem Nacken spürte.

Dieses Entschwinden ihrer linken Extremität nahm schlagartig den gesamten Horizont ihres Denkens ein. Ihre Herzschläge verlangsamten sich, das panische Pochen in ihren Schläfen ebbte ab und auch die Schmerzen, die sich wellenartig über ihren Körper ausgebreitet hatten, traten höflich in den Hintergrund.

Selbst die große Angst war plötzlich zur Nebensache geworden.

Ihr linker Arm hatte sich in Watte, in Wolken oder einfach in ein gefühlsloses Nichts verwandelt. War dahingegangen, hatte sich ausgeblendet, schaltete sich ab aus dem Chaos ihrer inneren Empfindungen und äußerlichen Qualen.

Helenes Ganzheit war zerstört.

Ein zerbrochener Teller oder besser eine Porzellanfigur, die ein unachtsamer Besucher vom Regal gestoßen hatte und die am Boden zerschellt war. Porzellanfigur ohne linken Arm. Gab es ein Exponat mit diesem Titel in einem der dutzend Museen in Köln? Sicher. Nun hatte sie ihr menschliches Pendant gefunden.

Überhaupt fragte sie sich, wie dieser Freitagabend sich so hatte wenden können? Wie überhaupt ein Geschmack, ein Gedanke, ein Duft, ein Öffnen einer Haustür derart verzerrt werden und ins Absurde gleiten konnten? Wollte sie nicht ihre letzte Pizza vor dem großen Abnehmen genießen? Ein Bad nehmen? Sie roch Vanille und ihr wurde übel. Ihr Magen wollte sich nach oben stülpen und sich drehen, wie sich auch alles andere gedreht hatte.

Helene versuchte ihren Blick schräg nach unten zu richten. Wenn sie es schaffte einen Blick, nur einen einzigen Blick auf ihre linke Seite zu werfen, war sie wieder komplett. Wenn sie ihren Arm und ihre Hand wenigstens visuell wahrnehmen würde, konnte ihr Hirn wieder seine Arbeit aufnehmen und die Situation, in der sie sich befand, dokumentieren. Alles wäre wieder gut, wenn sie nur ihren verdammten linken Arm sehen könnte.

Ihre Augäpfel erreichten den unteren Rand des Sichtfelds, drehten sich so weit wie möglich nach links. Helene zwang und drückte sie in die linke äußerste Ecke.

Hatte Oma Irmi nicht einmal darüber gesprochen, dass die Augen, wenn man sie zu weit nach links oder rechts, oben oder unten zwang, stehen bleiben würden? Stehen bleiben, ja, so hatte Oma Irmi es genannt. Stehen bleiben wie eine Uhr oder ein Motor. Irma Pintao, geborene Veith, die angeheiratete Schwiegertochter von Uropa Enrique Pintao, dem Piraten. Nein, Pirat war er nicht gewesen, nur Seemann, einfacher Matrose.

Die Augäpfel würden stehen bleiben in der Ecke, und nie, das waren Irmis Worte, niemals wieder in ihre ursprüngliche mittlere Stellung zurückfinden. Oma Irmi neigte zu dieser Art von Geschichten. Zu den vielen Märchen hatte sie für ihre drei Enkelkinder immer absurde Lebensweisheiten zur Hand. Manchmal waren sie gruselig, wie das Steckenbleiben der Augäpfel, manchmal liebevoll, wie die Geschichte, dass wenn man sich verirrt hatte und eine Heuschrecke fing, sie mit ihren Fühlern immer Richtung Norden zeigte.

Mit zunehmendem Alter war Irmi selbst genauso seltsam geworden wie ihre Geschichten. Deshalb hatten sie Erich und Helga Pintao aus Mausheim auch in ein Lager gesteckt. Nein, nicht Mausheim, Helenes Eltern lebten am Mauspfad in Ingelheim. Und Omi Irmi war natürlich in ein Pflege- und Altersheim gekommen. Was war nur mit Helenes Gehirn los? Aber es tat ihr gut an Oma zu denken.

Zwölf Jahre war es schon her, dass Irma Pintao an einer Lungenentzündung gestorben war, über drei Jahrzehnte nach ihrem Mann Karl, dem Opa, den Helene nie kennengelernt hatte. Karl Pintao, Sohn von Enrique und seiner deutschen Frau Katharina, hatte kurz vor ihrer Geburt einen schweren Schlaganfall, von dem er sich nicht mehr erholte. Helenes ältere Schwester Barbara meinte, sich noch an Opas Lächeln erinnern zu können.

Auch Helene dachte mit einem Lächeln an Oma Irmi mit dem zerknitterten Gesicht und den vielen Geschichten, von denen zwar jeder wusste, dass sie ins Reich der Fantasie gehörten, sich aber doch vor ihrer Magie in Acht nahm.

Augäpfel bleiben eben stecken, Ohrwürmer knabbern gerne an Gehirnwindungen, Katzen lieben es sich auf das Gesicht Neugeborener zu setzen, ein Jucken in der Pobacke bedeutet ein baldiges Erbe, Nase popeln konnte die Nase dreimal größer anschwellen lassen und so weiter. Eine unendliche Skala an seltsamen Alltagsweisheiten. Meistens hatte sich Irmi beim Backen ihrer leckeren Kuchen hinreißen lassen, diese kleinen irritierenden Weisheiten von sich zu geben. Umso mehr solcher Geschichten, umso besser schmeckte der Teig.

Helene starrte immer noch in die untere linke Ecke ihres Gesichtsfelds und ihr Mund übernahm das Lächeln aus ihrer Erinnerung an Oma Irmi.

»Freust du dich, Liebes?«

Die Männerstimme holte sie schlagartig in die Gegenwart zurück.

Der Fremde hatte sich vor ihr hingekniet, um auf Augenhöhe mit ihr zu sein. Helene versuchte ihren Blick zu heben, doch ihre Augäpfel blieben nach unten gerichtet und bewegten sich nicht.

Steckengeblieben.

Also doch. Oma Irmi hatte in diesem Fall Recht gehabt.

Nicht nur, dass ihr linker Arm verschwunden war, auch ihre Augäpfel würden für den Rest ihres Lebens in die untere linke Ecke ihres Blickfelds starren. Helene, ein Fall für ein Kuriositätenkabinett.

Dann blinzelte sie und ihr Blick richtete sich automatisch wieder nach vorne. Tränen quollen über die unteren Lidränder. Das Gesicht des Mannes vor ihr verschwamm und ihr war, als wäre sie wieder unter Wasser getaucht worden.

Der Fremde drückte seinen Zeigefinger auf ihre Lippen. Seine Haut fühlte sich glatt an wie Papier.

Helenes Lächeln wurde taub wie ihr Arm.

Für Sekunden hatte sie kein Gefühl mehr in ihrer gesamten linken Seite. Für Sekunden verlor sie selbst die Fähigkeit zu atmen, so als wäre sie tatsächlich erneut unter Wasser getaucht und ihre Lungen konnten das andere Element nicht für ihr Überleben nutzen. Die Zeit dehnte sich unter dem Blick des Mannes und die Sekunden wurden zu einer zähen Masse aus Zeit und Druck in einer Tiefsee.

Sein Finger löste sich von ihren Lippen. Helenes Lächeln wollte zurück zu Oma Irmi, ihr Bewusstsein auch.

Der Schlag in ihr Gesicht war so hart, dass ihre Zähne aufeinanderknallten und ein Stück aus ihrer Zunge rissen. Das bringt mir meinen linken Arm nicht zurück, dachte Helene noch, dann setzte der Schmerz ein.

Das monströse Ding, das sich über ihre linke Schläfe, Wange und den gesamten Hals und die Schulter zog, setzte sich aus den schlimmsten Schmerzen, die Helene je gefühlt hatte, und der Überraschung über diese größte Brutalität, der Helene je begegnet war, zusammen. Ein Dröhnen in ihrem linken Ohr überrannte ihren Kopf und ihr Hirn. Ihre Zunge schrie auf – mit ihr Helene. Weniger ein Schrei, mehr ein kurzes gequältes Bellen.

Sein Zeigefinger war wieder da, bewegte sich von links nach rechts, stand still, deutete diesmal auf seinen eigenen Mund.

Pscht! Das hatten wir doch schon. Leise, sonst würden sie die Nachbarn stören. Helene musste gehorchen, erstickte den Schmerzensschrei mit einem Stöhnen.

Ihre Zunge in ihrem Mund brüllte weiter und Helene sehnte die Minuten zurück, als es nur um Angst und Panik und die gefesselten Hände und Beine ging. Sie wünschte sich den Moment zurück, als ihr linker Arm taub wurde und hätte die Lähmung ihres ganzen Körpers dem Schmerz in ihrer Zunge vorgezogen.

Das Wasser schoss jetzt nur so aus ihren Augen und Rotz, Spucke und Blut rollten in einer breiten Welle über ihr Kinn, über ihren Hals und weiter über ihren nackten Oberkörper. Ihr Busen war blank, ebenso ihr Bauch.

Noch im Bad hatte er ihr das nasse T-Shirt über den Kopf gerissen und versucht ihr die Jeans auszuziehen. Doch in dem nassen Zustand klebte die Hose an ihrem Po und ihren Schenkeln. Schließlich hatte er sie wieder kartoffelsackmäßig über die Schulter gelegt. Auf dem Weg aus dem Badezimmer war er in dem Wasser auf den Fliesen fast ausgerutscht und hatte eine halbe Grätsche hingelegt.

Helene hatte sich seinen Sturz so sehr gewünscht, gebetet, dass er fiel und sich den Kopf zu Brei schlug, doch ihr Gebet war nicht erhört worden.

Danach hatte er einen ihrer Küchenstühle genommen, sie links, den Stuhl rechts balanciert, Kraft hatte er. In ihrem Schlafzimmer stellte er den Stuhl ab, setzte Helene darauf. Wieder wollte er ihre Jeans ausziehen, noch immer klebte die Hose an ihrer Haut, also ließ er nur die Knöpfe offen und ihr weißer Bauch wölbte sich nach außen. Dann hatte er in seine eigene Hosentasche gegriffen und eine Schnur herausgezaubert, nein mehrere Schnüre. Zuerst hatte er Helenes Hände nach hinten gebogen, ihre Handgelenke aneinander gefesselt, war für Sekunden aus ihrem Sichtfeld verschwunden. Wieder vor ihr aufgetaucht, hatte er sich hingekniet, um dann je einen ihrer Fußknöchel an einem der Stuhlbeine zu verankern.

In diesen Minuten zuckte der Gedanke in Helene auf, einen Fluchtversuch zu unternehmen, doch für einen Moment hatte er die Fesselung unterbrochen und ihr in die Augen geschaut, still und kalt. Der Fluchtimpuls war wie die Sonne hinter einer Gewitterwolke verschwunden. Die Fesseln taten weh, die Schnur grub sich von der ersten Sekunde ins Fleisch. Keine Schnur, es war eine Wäscheleine. Wäscheleinenstücke. Vorgeschnitten für die Hände und die Köchel.

Er hatte sich also vorbereitet. Mitgebracht, was er brauchte. Das machte Helene mehr Sorgen als alles andere.

Sie fragte sich, wann er sie endlich vergewaltigen würde, denn darum ging es doch. Wartete er darauf, dass ihre Jeans trocknete? Oder, ein weit absurderer Gedanke stieg in Helene hoch, ein Gedanke, bei dem sie am liebsten laut und hysterisch gelacht hätte, war sie ihm zu dick? Würde er sie gefesselt auf dem Küchenstuhl sitzen und hungern lassen, bis die Pfunde purzelten? Gut, dann konnte sie danach wieder ihren Döner essen. Nein, ihre Pizza. Zubeißen und …

Dieser Schmerz in der Zunge!

Sie betete um eine Ohnmacht, doch ihr Unterwasserblick haftete immer noch auf dem Männergesicht vor ihr. Wie durch einen Zaubertrick war ihr kleines Oma-Irmi-Lächeln auf die Person ihr gegenüber gesprungen.

Der Mann wirkte tatsächlich erfreut.

Seine ganze Handfläche tauchte vor Helenes Augen auf.

Helenes Muskeln krampften und erwarteten den zweiten Schlag. Doch die Hand blieb einen Zentimeter vor ihrem Gesicht in der Luft stehen und überlegte es sich anders. Statt eines Schlages streckte sich der Daumen der Hand aus und wischte über Helenes Kinn, wurde von Rotz und Blut überzogen.

Dann zog sich der Daumen zurück und wurde von den Lippen des Mannes eingesogen. Die Lippen umschlossen den Daumen und leckten das Blut, den Rotz und die Tränen von Helene ab. Leckten den Daumen wie Eis am Stil, besser wie weichen zähen Pizzakäse.

»Schmeckt lecker, Liebes!«

Der Daumen kam wieder aus dem Mund, sauber brav abgeleckt. Vielleicht hatte der Mann ja nur aus Oma Irmis Kuchenschüssel die Teigreste probiert. Vielleicht lebte Oma Irmi doch noch. Vielleicht war alles hier nur eine Halluzination, ein Schreckgespenst im Kopf eines kleinen Mädchens namens Helene, dem bei ihrer Oma Irmi ein Ohrwurm ins kleine Köpfchen gekrochen war und an ihren Hirnwindungen knabberte. Helene aus Ingelheim. Tochter zweier netter Spießer, Enkelin einer senilen Omi, Urenkelin von Enrique, dem Seefahrer.

Helene zwinkerte mit den Augen. So als wollte sie sich aus ihrer Situation wegblinzeln.

Der Mann stand auf und beugte sich über sie. Ein kleiner Schrei entkam ihrer Kehle. Rau und trocken und irgendwie unmenschlich. Der Schrei eines Tieres in Todesangst. Sie spürte seine Hände hinten an ihren Handgelenken. Er überprüfte noch mal die Fesseln. Dann war sein Gesicht wieder vor ihr.

Breit, groß und unmaskiert.

Das fiel Helene mit einem Mal auf. Sie hätte ihn später jederzeit identifizieren können. Doch würde es ein Später für Helene geben? Oder würde sie heute Nacht noch Oma Irmi wiedersehen auf der anderen Seite? Diesmal hätte Helene eine Geschichte für Oma Irmi, die von einem schwarzen Mann, einem bösen Wolf handelte und die nicht nur für Kinder erschreckend war.

Es klingelte an der Haustür.

Jetzt erschrak nicht nur Helene, auch das Gesicht des Mannes vor ihr zuckte zusammen.

Wenn sie schreien würde …

Der Fremde war in seiner Reaktionszeit schneller als Helene den Satz zu Ende denken konnte.

Die Spitze eines Messers blitzte vor Helenes Augen auf. Wurde vor ihren weit aufgerissenen Augen gedreht. Woher …?

Helene hielt den Atem an. Der Mann umrundete den Stuhl, Helene konnte ihn hinter sich hören, ein kleines reißendes Geräusch.

Mein Gott, er schneidet mir gleich die Kehle durch.

Dann waren seine Hände über ihrem Kopf, seine Finger vor ihrem Gesicht. Doch ohne das Messer. Stattdessen hatte er einen Klebestreifen zwischen seinen beiden Daumen und mit einem schnellen Griff klebte er Helene den Mund zu.

Wo der Kleber ihre wunden Lippen erwischte, wogte ein stechender Schmerz auf. Zugleich bekam Helene das Gefühl zu ersticken, wieder wurde ihr die Luft zum atmen genommen, bis sie merkte, dass sie durch die Nase Luft holen musste. Sie keuchte gegen das Klebeband an, beugte ihren Kopf nach hinten.

Sie erhaschte noch die Rückenansicht des Mannes, der ihr Schlafzimmer verließ.

Wieder klingelte es. Länger diesmal.

Das Licht im Wohnzimmer ging an. Nach einem Moment der Stille, hörte sie wie ihre Wohnungstür aufgemacht wurde. Jemand sagte etwas. Für Helene hörte es sich dumpf, weit entfernt an.

Der Pizzabote. Kommt in zwölf Minutenen.

Konnte es sein, dass nur es wenige Minuten her war, dass sie die Tür geöffnet und diesen bösen Wolf hereingelassen hatte? Unfassbar. Sie hätte geschworen, seit Stunden in seiner Gewalt zu sein.

Hoffnung keimte auf. Würde dem Pizzaboten etwas auffallen, etwas komisch oder merkwürdig vorkommen? Schließlich bestellte Helene immer beim *Azur*, dem kleinen Pizzaservice am Gürtel. Meistens kam ein junger Student, der gerne mit ihr schäkerte. Bitte Gott, lass ihn nach mir fragen.

Eine zweite Stimme kam dazu.

Der Fremde. Der böse Wolf mit freundlicher, sympathischer Stimme.

»Behalten Sie den Rest!«

Helene wurde bewusst, dass sie heute Abend wohl niemand mehr retten würde. Die Hoffnung fiel in einen tiefen Brunnen.

In ihrem Kopf machte etwas Klick.

Oma Irmi stand plötzlich neben ihr. Die junge, noch unverheiratete Irma Veith manifestierte sich vor Helenes Augen so klar wie der Mann mit dem Messer. Sie wirkte so jung und gar nicht kauzig. Schön war sie, blond und schlank. In der Hand hielt sie einen hölzernen Löffel. Es fehlte nur noch die Schüssel mit dem Kuchenteig. Sie beugte sich über Helene und drückte ihr einen Kuss auf die Stirn.

»Wenn du eine Raupe öffnest, ist der fertige Schmetterling schon drinnen. Das hoffen wir zumindest.«

Die junge Oma Irmi ließ ihre Weisheit los und platzte dann wie eine Seifenblase.

Helene atmete weiter, durch die Nase.

Die Stimmen draußen verebbten.

Die Haustür wurde zugemacht.

Helene wartete.

Der Schmerz in ihrer Zunge war in ein konstantes Pochen übergegangen.

Doch ihr linker Arm war wieder aufgewacht und machte sich mit Nadelstichen bemerkbar. Sie fühlte sich wieder ganz. Das freute Helene in diesem Moment so, dass sie wieder lächeln musste. Hoffnung ist die Raupe Nimmersatt, Omi, versuchte sie in die Stille ihrer kurzen Verschnaufpause zu flüstern. Ihre Lippen wetzten am Klebeband. Das Lächeln blieb dort haften wie an einer Fliegenfalle.

Ein Schatten verdunkelte das Licht aus dem Wohnzimmer.

Mann und Messerspitze waren zurück.

Ohne die Pizza. Nur der Geruch breitete sich langsam zwischen ihnen in der Wohnung aus. Draußen war die Dämmerung hereingebrochen. Der Fremde ging ans Fenster und ließ die Jalousien herunter. Dann kam er zu Helene zurück und ging vor ihr in die Knie. Er tätschelte ihren weißen Bauch.

Der Geruch nach Vanillebadeschaum wurde von Peperoni mit Käse überlagert. Helenes Magen knurrte und irgendwie fand sie das am schrecklichsten.

12

Fritz sehnte sich nach der Dunkelheit.

Kurz nach neun, kaum, dass die Dämmerung über die Stadt hereinbrach und die ersten Lichter in den Wohnungen angingen, griff er zu seinem Feldstecher. Wer hätte gedacht, dass ihn das Geschenk seines Neffen Kevin doch so erfreuen würde.

Zuerst war er etwas verstimmt gewesen, als Kevin vor drei Wochen mit dem Fernglas ankam und ihm, nachdem Fritz es aus dem Karton genommen und in seinen Händen hin und her gedreht hatte, Tipps und Anweisungen gab.

Dachte sich Kevin im Ernst, dass Fritz einen banalen Feldstecher falsch herum halten würde und eine Anleitung dazu brauchte, an welchem der nur zwei Regler man drehen musste, um Zoom und Schärfe einzustellen?

Mit dem Ding könne man zehn Mal bis dreißig Mal vergrößern, wie Kevin unterstrich. Fritz vermutete, dass sein Neffe das Ding billig auf dem Flohmarkt bekommen hatte, die Regler in der Mitte wirkten abgegriffen und am Ende eines der beiden Gläser war ein hauchdünner Sprung zu erkennen. Außerdem konnte Fritz nirgendwo eine Markenbezeichnung finden.

Außerdem war da die Frage, wozu Fritz ein solches Ding überhaupt brauchte.

Die Küche und das Esszimmer von Fritz' Dreizimmerwohnung gingen auf die Bachemer Straße hinaus, vorbeifahrende Autos und Passanten konnte man mit bloßem Auge gut sehen, wenn man aus dem Fenster sah. Das Wohn- sowie auch das Schlafzimmer lagen innenseitig direkt über einem Garten, an dessen Ende ein Seniorenheim stand. Links um einen weiteren Innenhof, der als Parkplatz genutzt wurde, waren Mietshäuser ähnlich seinem eigenen und rechts konnte man durch eine große Tanne hindurch auf ein dreistöckiges Einfamilienhaus sehen. Das war's.

Doch Kevin hatte, nachdem er mit seinen plumpen Anweisungen fertig war, Onkel Fritz einen verschwörerischen Blick zugeworfen. Mit einem »Viel Spaß damit« war dann das Thema erledigt gewesen und Kevin war schnell auf seinen kaputten Auspuff zu sprechen gekommen, den er dringend reparieren musste, was eine Summe von 300 bis 450 Euro kosten konnte. Fritz hatte sich seine Verstimmung nicht anmerken lassen, schließlich war Kevin der einzige Nachkomme in seiner Familie, Fritz' Ehe mit Sabine war kinderlos geblieben. Mit einem Seufzen, das Kevin ignorierte, hatte er dem jungen Mann einen 500-Euroschein in die Hand gedrückt. Wenigstens hatte Kevin versucht seinem Onkel eine Freude zu machen, bevor er mit seinem eigentlichen Anliegen herausrückte.

Dazu kam, dass der Junge trotz seines chronischen Geldmangels gut geraten war. Man konnte doch heutzutage schon froh sein, wenn ein junger Mann ohne Abi eine Ausbildung zum

Bäckergesellen dem Nichtstun in der Arbeitslosigkeit vorzog. Als Kevin ihm noch einen Kuss auf die Wange drückte, war Fritz gerührter als erwartet.

Dann war alles schnell gegangen. Schon am ersten Abend hatte Fritz den Feldstecher in seine Hände genommen und ihn auf das Altenheim gegenüber gerichtet.

Das linke untere Zimmer und sein Bewohner hatten ihn förmlich angesprungen. Ein alter Mann saß reglos an seinem Tisch, trug einen grauen Jogginganzug. Vor ihm ein Teller mit einer undefinierbaren grünen Suppe, die er nicht angerührt hatte. Die Tür war aufgegangen, eine junge Frau in einem weißen Kittel war hereingekommen und hatte den Alten mit dem Löffel gefüttert.

Eine Szene so einfach und banal wie das Leben eben meistens lief. Und doch. Fritz war an der Szene hängengeblieben und hatte die Suppe nahe heran gezoomt, sich überlegt, woraus sie bestand. Hatte auf die fütternden Hände der Pflegerin gesehen, wie sie den Löffel hob und an den alten teilnahmslosen Mund führte. Er war richtig aufgeregt gewesen, als er ganz nah zoomte und eine rote Schürfwunde am Daumen der Pflegerin entdeckte. Der kleine Sprung im linken Glas wirkte dabei wie ein surrealer Strich inmitten dieses Stilllebens. So zumindest redete Fritz sich das Flohmarktmodell schön.

Weiter ging die Reise. Im zweiten Zimmer hatte sich eine ältere mollige Dame zu einer Musik gewiegt, die Fritz nicht hören konnte, aber der Hüftschwung war nicht von schlechten Eltern. Ein Fenster weiter machte ein dünnes, wirklich uraltes Männlein Kniebeugen. Seine Falten und Runzeln hatten Fritz' Zoom ganze zwanzig Minuten lang beschäftigt.

Drei Stunden später waren die Lichter ausgemacht worden, nur oben der Raum für die Nachtschicht blieb hell erleuchtet. Der alte Mann von Zimmer eins hatte immer noch an seinem Tisch vor einem leeren Suppenteller gesessen, bewegungslos, vergessen von der Welt und scheinbar auch vom Pflegepersonal.

Als Fritz selbst zu Bett ging an diesem späten Abend, schlief er seit langen Wochen endlich wieder durch bis in den Morgen.

Fritz war in die Welt des Beobachtens gefallen wie in eine Telenovela. Schon am nächsten Abend nahm er seinen Feldstecher wieder zur Hand und ließ sich von nachbarlichen menschlichen Banalitäten faszinieren.

Ich bin ein geborener Spanner, dachte er, als er den Feldstecher weg vom Seniorenheim und hinüber zu dem ersten Wohnhaus linker Hand schwang.

Tatsächlich hatten die meisten keine Vorhänge oder Rollos an ihren Fenstern und Fritz konnte ungeniert seinen dreißigfachen Zoom auf seine Nachbarn richten. Er hatte sich seinen Gartenstuhl vom Balkon hereingeholt und saß auf einem Kissen, damit sein Hinterteil nicht wieder einschlief wie am zweiten Abend, als er schon nach einer halben Stunde und dem Beobachten von zwei Pflegern, die Karten spielten und sich gegenseitig betrogen, herumgehoppelt war wie ein kranker Hase, um wieder ein Gefühl in seinen Arsch zu kriegen.

Das Ritual wurde ausgebaut. Ab der dritten Woche trug er Hemd und Hosen, wenn er sich ans Fenster setzte, gerade so, als ginge er ins Theater oder Kino. Er hatte sich mit dem Stuhl und Kissen auch ein Glas Wein angewöhnt. »Spannen mit Niveau« nannte Fritz das bei sich.

Dann kam der 4. Mai, ein Freitag.

Am Morgen hatte er sich bei seinem Spaziergang im Stadtwald, der gleich einmal ums Eck und die Krieler Straße hinunter begann, gefragt, ob es ein Zeichen großer Vereinsamung war, von einem Flohmarkt-Feldstecher derart inspiriert zu sein. Sicherlich. Sabine war schon fünf Jahre tot, er inzwischen seit zwei Jahren von seinem Posten als leitender Ingenieur in einem Wasserwerk pensioniert. Außer einem befreundeten Ehepaar, das in Sülz lebte, und Kevin, der regelmäßig nach Köln kam, um hier nach einer Bäckerlehrstelle zu suchen, verkehrte Fritz tatsächlich mit niemandem mehr. Sabine war die Kommunikative gewesen, sie hatte Grillabende geplant und Bekannte umworben, nach ihrem Tod hatte Fritz die Arbeit genügt, jetzt klaffte ein großes Loch zwischen ihm und der Gesellschaft. Wenn man ehrlich war, kümmerte sich keiner darum, was ein verwitweter Rentner den ganzen Tag so machte, womit er die Stunden und Tage totschlug, um das Ticken der Uhr zu übertönen. Seine viel jüngere Schwester Lotte, Kevins Mutter, die mit ihrem dritten Mann in Kerpen wohnte und einmal im Monat pflichtschuldig anrief, hatte ihn gefragt, warum Fritz nicht Kurse an der Volkshochschule oder Seniorentanzen belegte, das würde das einsame Vergreisen etwas aufhalten. Er empfand Lottes Formulierung als unverschämt und grob. Er fragte sie auch nicht, warum sie die Männer wie Hemden wechselte und ihren einzigen Sohn mit so einem dummen Namen wie Kevin bestraft hatte. Keine Altenbespaßungen, bitte. Noch nicht. Er gehörte weiß Gott noch nicht zu dem Haufen, der ihm gegenüber im Altenheim saß.

Dazu kam, dass auch seine Trauer um Sabine noch Zeit brauchte. Fünf Jahre waren nicht genug. Fünf Jahre waren ein erster Schritt und vielleicht würde es noch einmal fünf Jahre dauern. Sabine war sein Anker und seine Muse gewesen. Die Jahre nach ihrem Tod nur ein Flügelschlagen zwischen Tränen und Einsamkeit. Fritz wollte sich selbst und seinen Erinnerungen genügen.

Umso mehr verwunderte ihn die Sache mit dem Feldglas. Vielleicht war seine kindliche Freude darüber doch ein Zeichen, dass er sich unbewusst wieder nach mehr menschlichem Miteinander umsah. Noch aus der unbemerkten Distanz, aber interessierter als ihm selber lieb war.

An diesem Abend – als Fritz wieder in seine neue Rolle als Spanner gefallen war – fiel sein erster Blick auf die Erdgeschoßwohnung des Mietshauses linker Hand. Das Altenheim würde später vor den Fritz-Zoom kommen.

Das Pärchen hatte es sich wie jeden Abend vor dem Fernseher

gemütlich gemacht. Fritz nannte sie Susi und Strolch des Feierabendcouchkuschelns. Sie futterte immer Chips und er nuckelte an einem Bier. Der Fernseher lief ohne Unterbrechung. Ihr Kopf lehnte an seiner Schulter, sein bierfreier Arm lag lässig über ihren Nacken. Bald würde er seinen Kopf in ihre Richtung drehen, sie aufstehen und kurz darauf mit einer neuen Flasche für ihn zurückkommen. Seit drei Wochen dasselbe jeden Abend. Mehr Klischee ging wohl nicht. Die Bilder flackerten über die Mattscheibe, keiner der beiden schien zu reden. Sie knabberte, er trank und diese Szene einer modernen Beziehung blieb konstant unverändert, während Fritz seinen Blick darauf zoomte.

Fritz hob das Fernglas an, erster Stock, und ein unglaublich übergewichtiger Mann füllte sein gesamtes Blickfeld aus. Fritz stellte den Zoom etwas zurück, bis er auch das Zimmer des Mannes sehen konnte. Der Dicke saß tatsächlich auf einem Trimmdich-Fahrrad, das unter seiner Leibesfülle versank und kurz vor dem Zusammenbrechen schien. Die gepolsterten Schenkel des Mannes steckten in kurzen Shorts und seine Beine hoben sich in einem Tempo, als würde der Dicke in Zeitlupe Fahrrad fahren. Trotzdem liefen ihm die Schweißperlen wie dicke gelbliche Tränen über das Gesicht und den Oberkörper. Sein T-Shirt zeigte mehr nasse als trockene Stellen und auf seinem monströsen Bauch wogten Fettrollen wie Wellen am Strand. Immerhin machte der Dicke heute Sport, dafür sollte ihm schon mal eine Medaille verliehen werden, dachte Fritz, bemerkte aber zur selben Zeit, das neben dem Trimmdich-Rad auf dem kleinen Tisch eine große Flasche Cola stand. Vergebene Liebesmüh', was der Übergewichtige da trieb. Fritz seufzte und kehrte zu dem Pärchen zurück. Chips und Bier und Fernsehen. Fritz schmunzelte, das Leben im Altenheim gegenüber wirkte oft spannender und abwechslungsreicher.

In der Wohnung neben dem Pärchen war alles dunkel, an zwei Fenstern waren die Rollos heruntergelassen. Das Paar schien also übers Wochenende verreist oder ausgegangen. Schade, Fritz hatte die beiden schon mal beim Vorspiel beobachten können, ein Highlight in seinem neuen Spannerleben.

Wieder eine Etage nach oben, neben der Wohnung des Dicken war ein Fenster erleuchtet, Fritz konnte das Wohnzimmer sehen, die Einrichtung repräsentierte ihre weibliche Bewohnerin. Weiter ging sein Blick zum Schlafzimmerfenster, das mit einem großen Farn dahinter fröhlich wirkte.

Wenn Fritz Glück hatte, konnte er seinen Freitagabend doch mit einer kleinen erotischen Einlage krönen. Die junge Frau, die dort wohnte, ließ zwar das Schlafzimmer unbeleuchtet, vergaß aber regelmäßig, dass die Lampe aus dem Wohnzimmer wie ein indirekter Strahler wirkte und Fritz sie sehen konnte, wenn sie sich auszog, bevor sie ins Bad ging. Sie ließ sich immer Zeit damit – Fritz konnte wunderbare Hüften und einen Popo sehen, der was hergab – und wickelte sich am Ende in ein großes Badetuch, bevor sie zurück ins erleuchtete Wohnzimmer ging und dann ins Bad und aus seinem Sichtfeld verschwand. Wie gerne wäre Fritz ihr gefolgt, er stellte sich die Szene, wie die junge Frau in ihre Wanne oder unter ihre Dusche stieg, höchst romantisch vor. Mit keinen weiteren Hintergedanken, das schwor er sich seit drei Wochen. Er wollte seiner Sabine bis in den Tod treu bleiben.

Die Vorhänge waren heute halb zugezogen, ließen aber immer noch das Sichtfeld in der Mitte frei. Das Licht des Wohnzimmers schickte einen breiten Streifen hinein. Eine Seite des Bettes wurde erleuchtet, dahinter war ein breiter Schrank zu erkennen.

Vor dem Bett stand heute ein Küchenstuhl, der Fritz eigenen ähnelte. Die junge Frau saß darauf mit entblößten Brüsten. Fritz erschrak und zuckte zurück. Er nahm den Feldstecher herunter und schluckte. Hatte er sich nicht eine erotische Einlage gewünscht? Was gab es Schreckliches an nackten Brüsten, die er schon mehrmals gesehen hatte? Oder irritierte ihn nur die Abweichung seiner Spannerroutine? Hatte er sich nicht Spannung am Freitagabend gewünscht?

Fritz hob das Fernglas an und drehte seine dreißiger Zoomkraft zum blanken Busen zurück.

Die junge Frau im Lichtstreifen saß immer noch reglos auf dem Stuhl. Jetzt fiel Fritz die unnatürliche Haltung auf. Ihre Beine waren gespreizt, Fritz konnte sehen, dass sie eine Jeans trug, die aber vorne weit geöffnet oder sogar aufgerissen wirkte. Ihr Bauch und Oberkörper klafften straff und weiß in dieser Nacktheit auf. Die junge Frau war kerzengerade aufgerichtet, ihre Schultern und Oberarme unnatürlich nach hinten gedehnt. Ihre Unterarme und Hände hinter dem Stuhl verborgen.

Konnte es sein, dass die Frau gefesselt war?

Fritz musste husten. Er ließ den Feldstecher fast fallen und hielt sich automatisch die Hand vor den Mund. Mit einem Mal wollte er das Ding zur Seite legen, es zurück in seinen Karton vom Flohmarkt stecken.

Nach dem Husten schlich sich die Neugierde zurück und mit ihm der Feldstecher, den Fritz sich wieder vor seine Augen klemmte. Erste Etage, neben dem Dicken. Die Frau im halbdunklen Schlafzimmer.

Es war ganz deutlich. Die junge Frau musste an die Stuhllehne gefesselt sein, ihre Haltung ließ keinen anderen Schluss zu. War es eine Art Vorspiel? War Fritz der Zeuge eines dieser erotischen Fesselspiele?

Er musste das Gesicht der Frau sehen. Der Lichtstreifen, der aus dem Wohnzimmer kam, endete an ihrem Hals. Fritz konnte ihr Kinn und unter tiefen Schatten einen Teil ihrer linken Gesichtshälfte erkennen. Oder waren die Schatten Blut auf ihrer Haut? War Fritz auf ein Verbrechen gestoßen wie einst James Stewart in *Das Fenster zum Hof*?

Unvermutet musste Fritz über diesen Gedanken hysterisch lachen. Er legte den Feldstecher auf das Fensterbrett und hielt sich den Bauch. Das Lachen endete so schnell wie es entstanden war und die Stille in seinem Wohnzimmer danach ließ Fritz frösteln.

Er stand auf, ging zur Toilette und erleichterte sich. Sein Zwerchfell schmerzte.

Er kam zurück, setzte sich und nahm seinen Feldstecher wieder hoch. Drüben in der Fesselspielwohnung, waren die Rollos heruntergelassen worden. Er konnte nichts mehr erkennen.

Aus irgendeinem Grund beunruhigte Fritz das mehr als alles, was er gesehen hatte. Seine Fantasie begann zu arbeiten. Konnte es tatsächlich sein, dass er zufällig Zeuge eines Verbrechens geworden war? Einer Vergewaltigung?

Oder würde er sich nur blamieren, wenn er sich bei der Polizei meldete, sich als Spanner zu erkennen gab, nur um sich dann peinlich berührt bei dem Liebespärchen zu entschuldigen.

Fritz starrte durch sein Fernglas auf die blickdichten Rollos. Je länger er starrte, umso unruhiger wurde er. Die Haltung der barbusigen Frau. Die Arme zu sehr nach hinten verdreht, um noch als Spaß durchzugehen. Seine Augen schmerzten und er legte das Fernglas ab. Stand auf, machte Licht im Wohnzimmer, lief durch seine gesamte Wohnung. Einmal, zweimal, dreimal. Setzte sich auf die Couch, machte den Fernseher an. In einer Talkshow beschimpften sich die Leute lautstark. Fritz zappte. Eine Frau im Dirndl sang von ewiger Liebe und einem Gebirgsbach. Fritz machte den Fernseher wieder aus. Die Stille drückte. Magensäure stieg in seiner Speiseröhre hoch. Er verfluchte Kevin und das Fernglas und seine Neugierde. Fritz stand auf, ging in die Küche und holte sich ein Alka-Seltzer aus dem Schrank. Schluckte es mit einem Glas Wasser.

»Verdammt und zugenäht!«

Ein altmodischer Fluch von einem zu früh pensionierten einsamen Witwer. Sabine fehlte ihm, sie hätte eine Lösung gewusst. Plötzlich kam er sich schäbig vor. Niemals hätte er in Gegenwart seiner Frau fremde halbnackte Weiber beglotzt. Was war aus ihm geworden? Ein einsamer Spanner mit mulmigen Gefühl und Angst vor einer Blamage.

Fritz holte sich das schnurlose Telefon aus dem Vorzimmer. Er wollte seinen Neffen anrufen und sich beschweren, nein, ihn beschimpfen wegen dieses dummen Geschenks, das ihm nur einen steifen Nacken und Sodbrennen beschert hatte. Sollte Kevin es doch zurücknehmen. Sie wussten doch beide, dass es nur als Alibi diente, um dem alten Onkel Fritz wieder Mal Geld aus der Tasche zu ziehen. Vielleicht würde er auch die barbusige Unbekannte erwähnen und seinen Neffen nach neumodischen Sexpraktiken fragen. Es konnte doch sein, das es zur Zeit »in« war sich fesseln zu lassen. Mein Gott, so was hatte es schon zu seiner Jugendzeit gegeben und wer weiß, wenn Sabine auf so was gestanden hätte, hätte er sich selbst vielleicht überreden lassen.

Mit dem Telefon in der Hand setzte er sich wieder auf die Couch. Ließ Zeit verstreichen. Die drückende Stille in der Wohnung fiel ihm mit einem Mal unangenehm auf. Der Geruch der Einsamkeit.

Anrufen oder nicht, das war jetzt die Frage.

Zumindest die Auskunft.

Das Freizeichen am anderen Ende der Leitung.

»Sie sind verbunden mit Ihrer Telefonauskunft vor Ort, was kann ich für Sie tun?«

Fritz räusperte sich.

»Guten Abend, mein Name ist Fritz Kalb. Könnten Sie mir die Nummer der Polizeiwache in Köln-Lindenthal oder Köln-Sülz geben?«

»Selbstverständlich. Hier gibt es eine Nummer in Sülz. Soll die Nummer angesagt werden oder soll ich Sie gleich dorthin verbinden?«

»Gerne dürfen Sie mich auch verbinden, danke, junge Frau.«

»Bitte legen Sie nicht auf, die Verbindung wird aufgebaut. Danke, dass Sie Ihre Telefonauskunft vor Ort gewählt haben, der Anruf kostet Sie 80 Cent aus dem deutschen Festnetz.«

»Ich danke Ihnen auch, junge Frau und ich wollte …«

Die Stimme am anderen Ende der Leitung war schon weg. Es folgte das Tuten des Freizeichens.

Fritz überlegte, ob er auflegen sollte, entschied sich aber dagegen.

»Ich werde mich schrecklich blamieren, ich alter Sack.«

Fritz sprach immer noch in den Hörer hinein.

13

Als der Notruf eintraf, stand Torsten Schötter gerade an der Kasse von *McDonald's*.

Torsten konnte keine Nachtschicht beginnen ohne vorher einen Schwenk zum McFick, wie er ihn nannte, zu machen. »Warum gerade dieser Spitzname?«, hatte Melek Arslan ihn am ersten Abend ihrer gemeinsamen Schicht gefragt. »Weil es genauso geil ist in einen Burger zu beißen wie eine Nutte zu ficken«, so der Schötter zurück.

Torsten Schötter pflegte seit Jahrzehnten eine deftige, vulgäre Ausdrucksweise und er liebte es Frischlinge zu schocken. Vor allem Frauen. Er sah sich selbst als ein wandelndes Macho-Klischee und war stolz darauf. Grob und gröber wie die Straße eben, war sein Motto. Die kleinen neuen Polizistenbabys von der Akademie warf man am besten ins kalte Fick-dich-ins-Knie-Wasser. Wer auf der Straße fuhr, sollte die Straße auch ficken. Wenn er für jedes Mal, wenn ihm das Wort aus dem Mund fiel, einen Euro bekommen hätte, wäre sein Häuschen im Bergischen jetzt abbezahlt.

Melek aber hatte ihre Lippen zu einem undefinierbaren Halblächeln hochgezogen und geantwortet: »Was soll ich beim McFick machen? Mir vorstellen, die heiße Apfeltasche sei ein Schwanz?«

Worauf beide in ein unglaublich langes und unglaublich nasses Gelächter ausgebrochen waren. Als es zu Ende war, hatte sich Torsten über die junge Deutsch-Türkin gebeugt, ihre Hand genommen und einen Kuss darauf angedeutet. Zwar war diese fast rührende

Geste das erste und einzige Mal vorgekommen, aber danach war sie seine bevorzugte Partnerin für die Nachtschichten.

Der Schötter, der Torsten, der schon über sechsundzwanzig Jahre Polizeidienst auf dem Buckel hatte und nie daran denken wollte auf einen Bürostuhl zu wechseln, machte von seinem Vorrecht Gebrauch, sich seine Frischlinge selbst aussuchen zu dürfen.

Die Arslan, die Melek, der Löwenengel, wie sie Torsten ihren Namen hätte übersetzen können, wenn sie das je gewollt hätte, fragte sich manchmal, ob diese Tatsache wirklich ein Vorteil für sie war.

Heute war Cheeseburger Abend.

Die laue Nachtluft des Kölner Vorsommers machte Torsten gierig auf Käse. Gleich drei Burger und dazu eine richtige große Cola, nicht das angeblich zuckerlose verfickte Light-Zeug. Melek hatte sich zu einer heißen Apfeltasche überreden lassen, die ihr der Schötter als erstes schon mal ins Auto gebracht hatte, nicht ohne mit seiner Zunge an der Backe eine eindeutige Geste zu machen. Sie boxte ihn daraufhin auf den Oberarm, fester als beabsichtigt und Torsten ertrug es männlich. Der Schötter zog seine Fick-dich-Masche durch, obwohl die Arslan kräftig an seinem harten Kern bohrte. Er mochte sie und wenn ihm eine Ficken-wir-die-Kleine-Phantasie in die Quere kam, stellte er sich die junge Türkin lieber schnell als seine uneheliche Tochter vor und gefiel sich in der Ersatzvaterrolle mehr als ihm lieb war.

Schließlich sah er seine eigenen neunzehnjährigen Zwillingstöchter nur noch, wenn sie Kohle vom Papa brauchten.

Der Laden in Sülz war kein Drive-In und Torsten hatte den Streifenwagen verlassen um seine fettige Nachtration zu holen. Die Tür stand weit offen, mehrere Fastfood-Vertilger saßen an den drei Tischen draußen. Das Polizeiauto stand halb auf dem Bürgersteig und das Fenster auf Meleks Fahrerseite war heruntergelassen. Als Marie Lolls spröde Stimme von der Einsatzzentrale über Funk herein kam, hallte es aus dem Wagen wie durch ein Megafon.

Nicht nur der Schötter, sondern auch die Leute an den Tischen sahen zum Einsatzfahrzeug. Torsten zuckte zusammen. Er wollte lossprinten und ins Auto, doch der Kassierer hatte ebenfalls den Kopf erhoben und stierte auf die junge Türkin in Uniform, die das Funkgerät aus der Halterung nahm.

»Mach mal schneller und stier nicht Löcher in die Nacht, Jung!«

Der Kassierer duckte sich, als hätte der Streifenpolizist seine Waffe auf ihn gerichtet, tippte aber zugleich in dieser Haltung weiter die Rechnung ein. Torstens Kopf dröhnte. Scheiße, jetzt kriegt die ganze Straße mit worum es geht und einer der Idioten meldet das sicher der Zentrale. Einer petzt immer. War in der Schule schon so, änderte sich später im Leben keinen verfickten Millimeter.

Doch die Arslan war schneller.

Torsten sah, wie sie mit einer Hand das Funkgerät aus der Halterung nahm und mit der anderen das Fenster an der Fahrerseite schloss. Gleichzeitig setzte sie ihre Mütze auf, gerade so, als ob sie noch eine geheime Extrahand hätte, von der ihr Partner nichts wusste.

Ihre schnellen Reaktionen überraschten Torsten wieder einmal. Ob am Schießstand oder wenn sie einem randalierenden Betrunkenen die Hände hinter dem Rücken zusammenzog und ihn in die Knie zwang. Da merkte der alte verfickte Schötter den feinen Unterschied. Sein verbrauchtes Hirn hatte nach sechsundzwanzig Jahren aktiven Dienstes eine Verzögerungszeit von einigen Sekunden. Sekunden, die im Ernstfall über Leben und Tod entscheiden konnten.

Alter Schötter, du bist vielleicht wirklich fällig für den Schreibtisch. Dort kannst du dann die Akten obszön anmachen. Er schnauzte den Kassierer noch mal an, doch verdammt schneller zu machen, sie wären alle nicht zum Vergnügen hier.

Im Auto saß er kaum auf dem Beifahrersitz, als Melek schon anfuhr. Sie blinkte und bog auf den Gürtel Richtung Lindenthal. Machte Blaulicht und Martinshorn an.

»Was is'n verdammt noch mal los?«

»Eine Frau wird bedroht. Häusliche Schwierigkeiten in der Krieler Straße 9.«

»Mensch, Arslan, ist doch beschissen klar. Er will die Sportschau gucken, sie lieber ficken. Dann ist die Sportschau rum und er will ficken, und sie telefoniert mit ihrer Mutter. Der Streit eskaliert und sie ruft uns an. Wir kommen, sie weint, er entschuldigt sich und meine Cheeseburger sind kalt.«

»Ist deshalb deine Ehe gescheitert?«

»Halt doch dein Maul.«

»Wenn man nicht glauben wollte, dass du auch irgendwo einen guten Kern hast, müsste man dich erschießen.«

Melek boxte ihm zum zweiten Mal schmerzhaft in den Oberarm, es brannte an der Stelle, wechselte vom dritten in den vierten Gang und packte Torstens *McDonalds*-Tüte, um sie auf den Rücksitz zu verfrachten. Also hatte sie doch drei Hände oder mehr, wie eine indische Göttin oder ein türkischer Flaschengeist. Torsten fühlte sich einarmig und alt. Er lachte kurz und hilflos auf. Sie bogen vom Gürtel in die Bachemer Straße ein. Ein Radfahrer bremste an der Straße haarscharf ab und zeigte den Beamten einen Stinkefinger hinterher.

»Wichser, Scheißer, verficktes Arschloch.«

Torsten bekam auf dem Beifahrersitz einen Wutanfall. Melek versuchte ihn zu bremsen.

»Schötter, *kapa çeneni* … Halt doch deinen dummen Mund!«

Sie bogen rechts in die Krieler Straße ein. Gegen die Einbahn.

Die Arslan fuhr den Streifenwagen hart über die Bordsteinkante. Die Sirene schreckte die kleine Gasse auf. Schon öffneten sich einige der Fenster, die Besucher der kleinen Eckkneipe am Beginn der Straße drehten ihre Köpfe, ein Hund fing zu jaulen an.

Melek stellte die Sirene ab, ließ aber das Blaulicht weiter kreisen und öffnete die Fahrertür. Die Stille nach dem Martinshorn ließ sie immer an den winzigen Gebetsraum ihres Vaters im Flur denken. Was als Besenkammer gedacht war, wurde zu Dursun Arslans heiligem Ort. Dorthin zog er sich zurück, wenn seine beiden Jobs ihm keine Zeit für die Moschee ließen. Auf diesen paar Quadratmetern, in dieser Enge und Winzigkeit herrschte seit sie denken konnte eine wunderbare leise Andacht, ein Duft nach Kerzenwachs und Tee. So laut es im restlichen Haus zuging, mit den Eltern, fünf Kinder, einem Schwiegersohn, zwei Enkelkindern und einer uralten Tante, so hielt sich dort ein stiller besinnlicher Geist auf.

Plötzlich hatte Melek Sehnsucht nach dieser Stille und hätte Torsten Schötter und sein rohes Mundwerk gerne zum Teufel gejagt. Sie war nicht gegen den Wunsch ihres Vaters zur Polizei gegangen, um sich diese ständige Motzerei unter der Gürtellinie anzuhören. Erfahrener Kollege, von dem man lernen konnte hin oder her. Nach dieser Schicht würde sie den Mut aufbringen und um einen anderen Partner bitten.

Das Lichtsignal drehte seine Runden und tauchte das Haus Nummer 9 in ein blau leuchtendes Madonnengewand. Ein kleiner Junge beugte sich weit aus einem der geöffneten Fenster und brüllte »Polizei, Polizei!«

Torsten beugte sich aus der halb geöffneten Beifahrertür.

»Halt's Maul, Fetz!«

»Torsten, reiß dich jetzt bitte zusammen. Oder lass dich endlich an den Schreibtisch versetzen und gut ist es.«

»Kaum lässt man sie fahren, glauben sie schon, sie hätten das Sagen.«

Der Schötter nölte, doch in gedämpfter Lautstärke, und warf einen sehnsüchtigen Blick auf seine Cheeseburger-Tüte auf der Rückbank. Später würden die Burger kalt und die Cola lauwarm sein. Verfickte Scheiße noch mal. Wenigstens in Gedanken konnte er alles auskotzen, was er wollte.

Melek Arslan stand schon an der Tür von Haus Nummer 9, ihre Augen sondierten die Namen und sie drückte auf einen der Klingelknöpfe..

»Wo streiten diese Lindenthaler-Assis denn, Melek?«

»Der Anrufer sagte erste Etage, links. Ich denke, das müsste hier bei Pintao sein.«

»Wer hat denn angerufen?«

»Laut Einsatzzentrale ein Nachbar, einer von gegenüber.«

»Scheiße, dann ist es nur ein Spanner, der sich wichtig machen will.«

Melek verkniff sich einen weiteren Kommentar und klingelte noch mal, diesmal länger.

Torsten Schötter drückte gegen die Haustür, das Schnappschloss sprang anstandslos auf. Der Verriegelungsmechanismus war entweder defekt oder von den Hausbewohnern auf »offen« gestellt worden.

»Nach dir, Kollegin.«

In diesem Moment wurde die Tür von innen vollständig aufgezogen und ein großer Mann in schwarzer Jeans, mit einem schwarzen flauschigen Pullover, der im Licht der Flurbeleuchtung nass schimmerte, kam heraus.

»Wollen Sie rein?«

Seine Stimme klang zu hoch und irgendwie gekünstelt. Melek musterte ihn.

»Ja, wir haben eine Meldung, dass in der ersten Etage links eine Frau bedroht wird.«

»Davon weiß ich nix, bin noch Single.«

Mit der Quakstimme wirst du das wohl auch länger bleiben, dachte Torsten gehässig. Der Hausbewohner zuckte mit den Schultern und zwinkerte Melek aufmunternd zu. Dann hielt er den Beamten die Tür auf. Melek war schneller drinnen, als Torsten »Schmeer« sagen konnte.

»Ich laufe vor.«

Melek war schon im Flur, nahm zwei Stufen auf einmal. Torsten Schötter folgte ihr auf dem Fuße, er musste seinen Mann stehen und mithalten. Der Hausbewohner blieb noch unschlüssig an der offenen Eingangstür von Nummer 9 stehen. Er rief Torsten hinterher.

»Entschuldigung. Ich müsste mal weiter, wenn ich darf.«

»Ihr Name?«

»Rolf Sauer, von ganz oben. Ich kenn eh keinen hier vom Haus, leb erst seit zwei Wochen hier. Kann ich …?«

Melek drehte sich um, stieß mit ihrem Kollegen zusammen. Sie wollte zurück zu dem Hausbewohner, ihn anweisen, zu bleiben, sich der Polizei zur Verfügung zu halten. Der Schötter kam Melek zuvor.

»Hau mal ab, Mann. Meine hübsche Kollegin wird sich deinen Namen merken, die is' ein clever Mädche.«

Rolf Sauer und Torsten Schötter lachten ein kurzes gemeinschaftliches Männerlachen, dann drehte sich der Mann weg und wurde von der lauen Luft draußen verschluckt. Melek wollte protestieren, doch sie hielt sich zurück. Später, wenn sie beide wieder auf dem Revier waren und den Schreibkram erledigten, würde sie ihrem Partner ihre Meinung sagen. Sie hätte den Mann nicht einfach in den Abend verschwinden lassen.

Melek stieß Luft statt Worte aus, dreht sich und nahm weitere zwei Stufen auf einmal. Sie war in der ersten Etage, der Schötter gerade mal auf der ersten Biegung. Das erfüllte sie kurz mit Schadenfreude. Weiter durch den Flur nach links.

Da war die Tür mit der Aufschrift *Pintao H.*

Melek klingelte, klopfte zugleich und rief.

»Polizei. Würden Sie bitte öffnen!«

Die Wohnungstür rechts von der Treppe ging auf. Ein Mann mit riesigem Wohlstandsbauch in Shorts und vollkommen verschwitztem Shirt streckte seinen Kopf heraus. Sofort war ein Geruch von Schweiß und gebratenem Fett im Flur. Dann war Torsten Schötter endlich an Meleks Seite und übernahm den Nachbarn.

»Wir haben eine Meldung, dass es hier häusliche Schwierigkeiten gibt. Haben Sie uns angerufen?«

Der Dicke schnaufte und schüttelte seinen Kopf. Sein Bauch schüttelte sich in Fettwellen mit.

»Hab' nur Fernsehen geguckt und bin auf meinem Trimmrad gefahren. Da, wo Sie grade klopfen, lebt 'ne junge Frau, allein. Hab' noch keinen Freund bei der gesehen. Und hab' auch nichts gehört.«

Melek schoss der Gedanke, dass Sport doch sicher auch bald Mord bei dem Dicken sein konnte, durch den Kopf.

Torsten schlug ebenfalls an der Tür.

»Hallo! Öffnen Sie bitte oder wir müssen die Tür eintreten.«

Der Dicke kratzte sich am Bauch. Sein Fett bewegte sich mit.

»Wow, das würd' ich ja gern mal sehen.«

»Gehen Sie zurück in Ihre Wohnung, ja. Sofort! Wir melden uns bei Ihnen.«

»Schon gut, Mann. Ich wollt' nur sehen, wie die kleine Türkin da die feste Tür aufkriegen soll?«

Melek Arslan hätte dem Dicken gerne gezeigt, wie schnell sie ihn auf den Flurboden gebracht hätte mit Handschellen um seine fetten Handgelenke. Stattdessen nickte sie ihrem Kollegen zu. Torsten hob seinen Fuß und trat schnell und hart gegen das Holz, das mit einem einzigen krächzenden Laut nachgab. Die meisten Menschen wären schockiert darüber, wie leicht man sich Zutritt zu ihrer sicheren Behausung verschaffen konnte. Die Tür zu *Pintao H.* schwang auf.

Die Arslan zog ihre Waffe und verschwand in der fremden Wohnung.

»Polizei, wir kommen jetzt rein!«

Torsten dreht sich zum Dicken um und sah, dass der Mann sich freiwillig hinter seine Eingangstür zurückgezogen hatte, nur sein strenger Geruch hing noch im Flur.

»Scheiße!«

Diesmal war es nicht der Schötter, der das Sch-Wort in den Mund nahm. Meleks Stimme kam aus dem Inneren der Wohnung.

Eine Nuance zu hoch, zu schrill.

Gefahr im Verzug, schoss es dem Schötter durch den Kopf.

Torsten zog ebenfalls seine Waffe und war schneller bei Melek, als er es von seiner verlangsamten Reaktionsfähigkeit erwartet hätte. In Notsituationen war er also immer noch zu gebrauchen, du kannst noch lange auf mich warten, du verfickter Schreibtischjob. Dann stand er hinter seiner jungen Kollegin und war froh, keinen seiner drei Cheeseburger gegessen zu haben.

»Verfickte Hundescheiße!«

Torsten Schötter drückte sich wie immer einer Nuance vulgärer aus.

14

Sie hing wie ein Luftballon in der oberen hinteren Ecke ihres Schlafzimmers. Nein besser! Wie eine Spinne.

Acht Beine. Dicker Hinterleib. Giftdrüsen.

Wippte an der Decke und sah nach unten. Vibrationen hatten sie geweckt. Näherkommende Töne, die sich rhythmisch auf und ab wiegten wie sie selbst.

Von ihrer Perspektive aus konnte sie auf das Bett sehen. Ihre acht Punktaugen ermöglichten ihr ein weites Gesichtsfeld. Die kleinen weißblauen Wölkchen der Bettwäsche waren wie ein Blick in einen umgedrehten Himmel. Die drei Kissen wirkten wie ein Gebirge, die Tagesdecke am unteren Rand wie eine eingerollte bunte Riesenschlange. Das Badetuch ein Farbklecks in Pink. Sie sah die Staubschicht, die sich auf der Oberfläche des Ikea-Pax-Schiebetürenschrankes gebildet hatte. Den Staub auf der Hängelampe sah sie und auch die Spinnweben in den oberen Ecken.

Vorne am Fenster waren die Jalousien heruntergelassen worden. Sie überlegte, wann das getan worden war und warum überhaupt. Die Rollläden sollten in der Nacht offen bleiben, um morgen das Tageslicht und die Sonnenstrahlen herein zu lassen.

Ein Samstag würde morgen anbrechen, Zeit für Muse und Einkäufe.

Zwischen dem Fenster und dem Bett stand einer der Küchenstühle. Wann war der ins Schlafzimmer getragen worden? Und wozu?

Auf dem Stuhl saß eine Puppe.

Eine große Puppe in einer merkwürdig unnatürlichen Haltung.

Von ihrer Position in der oberen Ecke aus konnte die Spinne nur den hinteren Teil der Puppe sehen. Irgendwer hatte die Hände der Puppe hinter der Stuhllehne mit einer Wäscheleine zusammengebunden. Die Ellbogen waren eng aneinander gedrückt und die nackten Schultern bogen sich schmerzhaft weit nach hinten.

War die Puppe oben ohne? Das blonde Haar hing verschwitzt und nass seitlich über der linken Schulter, der Kopf der Puppe war gekippt. Interessant war auch der dunkle Fleck unter dem Küchenstuhl. Sie konnte sich nicht erinnern, je einen solch großen dunklen Fleck auf dem hellen Teppich gesehen zu haben.

Was stimmte hier nicht?

Sollte die Puppe nicht vor dem Fernseher abhängen und sich fragen, ob Stefan Raab wieder seinen Kandidaten schlagen würde? Nein, das kam erst morgen Abend im Fernsehen.

Sollte die Puppe sich nicht ein Käsebrot zurechtmachen, ohne Butter, um endlich Kalorien zu sparen? Nein, auch das war erst für den Samstag geplant.

Hatte die Puppe nicht baden wollen und dann noch ihre Beine enthaaren? Nein.

Oder doch? Nass war die Puppe ja geworden.

Wer hatte geklingelt?

Niemand. Kein Klingeln. Niemand stand vor der Tür, absolut niemand.

Sie war nur ein Tier mit acht Beinen und gehörte zu einer Klasse der Gliederfüßer.

Sie schüttelte ihren ganzen Spinnenkörper, um die Fragen zu vertreiben, und konzentrierte ihren Blick auf die blonde Puppe auf dem Küchenstuhl. Um sie von vorne sehen zu können, musste sie ihre Stellung in der oberen Ecke verlassen.

Die Spinne krabbelte über die Zimmerdecke, Richtung Fenster. Sie umrundete die Lampe, der Staub kitzelte sie in der Nase. Die Struktur der Decke gab ihr Halt, sie konnte die kleinen porösen Unebenheiten fühlen. Am Ende der Decke kam die obere Fensterkante. Natürlich auch eine Schmutzschicht da drauf. Stellen, die mal geschrubbt gehörten.

Der Fensterrahmen war glatt. Sie produzierte aus ihren Spinnendrüsen einen Faden und ließ sich nach unten gleiten. Am Ende landete sie auf der Fensterbank zwischen dem Farn und der Studentenpflanze. Die Spinne hockte nun frontal der Puppe auf dem Küchenstuhl gegenüber.

Die Puppe machte einen völlig desolaten Eindruck.

Ihre Beine waren vorne an den Küchenstuhl gefesselt, ihre Jeans an den Knien und im Hosenschlitz eingerissen. Der Oberkörper der Puppe war tatsächlich nackt, das hatte die Spinne ganz richtig gesehen. Doch hätte man meinen können, die Puppe trüge ein enganliegendes Shirt in roten Schattierungen.

Die Farbe Rot überwog das Rosa der Puppenhaut bei Weitem.

Nein, es war kein Shirt, wie die Spinne nüchtern bemerkte, es war rote frische Farbe, die noch tropfte. Die Farbe tropfte aus offenen klaffenden Schnitten, die sich über den gesamten Bauchbereich zogen. Kreuz und quer. Wie ein Spinnennetz. Nur gröber.

Keine Spinne wäre je so unkoordiniert und grob vorgegangen.

Die Spinne hob ihre Mittelaugen und guckte in das Gesicht der Puppe.

Der Kopf hing schlaff auf der Seite, die blonden Haare verdeckten ein Auge und die linke Wangenseite. Die Nase wirkte zu platt und zu rot. In den Nasenlöchern trockneten verkrustete rot-braune Klumpen. Selbst aus dem rechten, sichtbaren Auge schien eine Spur roter Tränen zu laufen.

Mit dieser Farbe war nicht gespart worden, um die Puppe zu bepinseln. Ganz klar konnte die Spinne auch erkennen, dass der große Fleck unter dem Küchenstuhl und zwischen den Beinen der

Puppe riesig war. Sie wollte sich gar nicht vorstellen, welche Mühen es machen würde, all diese rote Farbe zu entfernen.

Die Puppe war wohl was für den Sperrmüll. Bei den Kölner Abfallbetrieben anrufen und abholen lassen.

Die Töne, deren Vibrationen sie oben in ihrer Ecke geweckt hatten, waren wieder da. Der Rhythmus steigerte sich und die Spinne wandte ihre Konzentration von der roten Puppe ab. Die Schwingungen kamen ihr entfernt bekannt vor und bereiteten ihr ein gewisses Unbehagen. Sie ließ sich tiefer fallen, vom Fensterbrett auf den Teppich und steuerte die nächste dunkle Ecke an, ein Gefühl trieb sie dazu, sich schleunigst in Sicherheit zu bringen.

Jemand klingelte. Dann eine Pause. Noch mal.

Die Spinne lief schneller. Sie war klein, die Wege weit.

Jemand klopfte an der Haustür.

Mitten im Lauf hielt die Spinne inne.

War es nicht schon das zweite Mal heute Abend, das jemand vor der Tür stand, der …? Nein, nicht weiter. Damit hatte die Spinne nichts zu tun.

Es klingelte wieder, das Klopfen nahm zu.

Jemand rief von draußen.

Die Spinne bekam Panik. Sie musste vorankommen, von der Stelle kommen, in ihre nächste dunkle Ecke flüchten. Spinnen waren zarte Wesen, die zertreten werden konnten von nächtlichen unbedachten groben Besuchern. Man konnte ihnen die Beine ausreißen, ihren Leib zerquetschen oder sie in roter Farbe ertränken.

Jemand trat die Tür zur Wohnung auf.

Jemand kam.

Mit ungeheurer Willenskraft hob die Spinne den Kopf.

Ihr Spinnenleib veränderte sich. Verformte sich und wurde größer. Mutierte zu einem viergliedrigen Wesen.

Ihre zwei Hände waren nach hinten gedreht. Ihre zwei Beine bewegungsunfähig. Ihr blondes Haar verdeckte ihr linkes Auge, das rechte war zugeschwollen und brannte. Sie bekam keine Luft durch den Mund, mit einem Keuchen zog sie den Atem durch die Nase ein. Ihre Lippen waren verklebt. Sie spürte ihr Herz in ihren Schläfen pochen, fühlte ihre dicke Zunge den ganzen Mundbereich ausfüllen. Ihre Brüste brannten. In der Mitte von allem ein Krater an Qualen. Ihr Bauch.

Schritte, hinter ihr.

»Scheiße«, rief eine hohe Stimme.

»Verfickte Hundescheiße«, sagte nach kurzer Pause eine andere mit kratziger Kehle.

Die Spinne blinzelte.

Dann sah sie die Welle. Nein, keine Welle, den Tsunami. Er türmte sich vor ihr auf, wurde größer und größer, überragte in Dimensionen alles, was sie seit Kindertagen an Stürzen, Brüchen, Operationen, Schnittwunden, Migräne, Fieber, Brechdurchfall, Sehnenriss und eingeklemmtem Rückennerv je erlitten, gespürt und durchlebt hatte. Der Tsunami nahm ihr in seiner Größe und zerstörerischen Kraft alle Sinne, alles Denken und jedes Gefühl für das Schöne. Ganz oben brach sich die Monsterwelle und schwappte über ihren Körper.

Scheiße und verfickte Hundescheiße, oh ja.

Der Tsunami war da.

Die Spinne schrie.

Helene schrie.

Der Schmerz und das Bewusstsein hatten sie erreicht.

15

In den zehn Minuten, die es dauerte, bis Fritz nach seinem Anruf das Martinshorn vernahm, war er fünf Mal auf der Toilette gewesen. Beim letzten Mal kamen zwei gequetschte Tropfen gefolgt von einem Brennen tiefer in seiner Harnröhre. Er unterließ es, die

Spülung zu betätigen, um Wasser zu sparen, und schloss demonstrativ den Deckel.

Er wollte sich Tee kochen, schaltete den Wasserkocher aber nach wenigen Sekunden wieder ab. Bis die Polizei bei ihm klingelte, wollte er seine Blase nicht wieder auffüllen.

Fritz stellte den Gartenstuhl vom Fenster weg hinaus auf den Balkon, legte das Kissen auf die Couch und schüttete den Rest vom Wein den Abfluss hinunter. Er wollte keinem zeigen, wie gemütlich er sich in seinem Spannerleben eingerichtet hatte. Der Feldstecher lag wie ein totes schwarzes Tier auf der Fensterbank vom Wohnzimmerfenster und erinnerte Fritz sekündlich an das Bild der gefesselten jungen Frau.

Einmal sah er sie als Sexsklavin, ihr Mund in erotischem Stöhnen aufgerissen, im nächsten Moment wurde vor seinem inneren Auge das Stöhnen zu einem Schrei der Qual und des Missbrauchs.

Fritz setzte sich auf die Couch, nur um eine Minute später aufzustehen und in der Wohnung auf und ab zu laufen. Für den Fall, dass er falsch lag und die Polizei umsonst gerufen hatte, überlegte er sich einen Entschuldigungstext für die Nachbarn mit dem eingebauten Vorwurf, sie hätten die Rollos doch von Anfang an herunter lassen können. Er stellte sich vor das Bild seiner verstorbenen Frau Sabine auf der Kommode und sprach ihr den Text laut vor. Dann bat er sie um Verzeihung für seine Dummheit und seine neu entdeckte Spannerleidenschaft.

Schließlich stand er am Küchenfenster und starrte auf die Straßenbeleuchtung der Bachemer Straße. Zweimal in diesen Minuten glaubte er Sirenen zu hören und zweimal fing sein Herz schneller zu schlagen an. Doch die auf- und abschwellenden Töne kamen nicht näher und Fritz beruhigte sich mit langen tiefen Atemzügen, die er gelernt hatte in der ersten Zeit nach Sabines Tod, um nicht überall und bei jedem in Tränen auszubrechen.

Damals als er ins Krankenhaus gekommen war, um Sabine nach einer harmlosen Operation am Ellbogen zu besuchen und man ihm sagte, dass es leider Komplikationen, leider einen Herzstillstand während der Anästhesie gegeben hatte und sie leider, »tut uns unendlich leid Herr Kalb«, verstorben war, hatte er auch im Krankenzimmer gestanden und auf das Licht der Oberleuchte gestarrt.

Wieder eine Sirene, die sich näherte, aber diesmal verstärkte sich der Ton, wurde höher und schriller und oben an der Straße war dieses blaue blinkende Licht zu sehen. Sie waren da. Die Männer von der Polizei. Oder Frauen von der Polizei, heutzutage eroberten die Damen alle einstigen Männerdomänen.

Der Einsatzwagen fuhr an seinem Haus vorbei und bog gegen die Einbahn in die Krieler Straße ein, verschwand aus seinem Blickfeld. Gegenüber auf der anderen Straßenseite machte ein Mann das Fenster auf und beugte sich weit über den Sims. Ein weiteres Fenster wurde geöffnet, aber Fritz sah dort niemanden den Kopf herausstrecken.

Das Martinshorn wurde abgestellt und die Stille danach wirkte wie eine Betäubungsspritze. Fritz hatte das Gefühl, seine Ohren wären taub und unempfindlich gegenüber äußeren Geräuschen geworden, nur das erneute schnelle Klopfen seines Herzens schlug innen in seinem Gehör an. Er verließ seine Position am Küchenfenster, ging zurück ins Wohnzimmer, auf den Balkon, um über den kleinen Garten zu dem Mietshaus links zu blicken. Er wagte es aber nicht mehr, den Feldstecher in die Hand zu nehmen, das Ding würde, nachdem alles überstanden war, auf dem Müll landen.

Wann würde das Rollo hochgehen und das in seinem Liebesspiel gestörte Pärchen mit einem verärgerten Polizeibeamten neben sich auf sein Fenster zeigen? Da, der traurige Witwer von gegenüber. Aber er hatte seinen Namen und seine Adresse bei seinem Anruf im Revier genannt? Korrekt wie er meistens war, sicherlich.

»Verdammt und zugenäht.«

Schon wieder dieser alberne Fluch. Hatte sein Hirn nichts Besseres zu bieten?

Fritz Entschluss kam schneller als sein logisches Denken Für und Wider abwägen konnte. Er kehrte vom Balkon ins Wohnzimmer zurück, nahm das Fernglas mit Daumen und Zeigefinger hoch, fast so als hätte es eine ansteckende Krankheit, sprang fast in seine Schuhe und verließ seine Wohnung, ohne hinter sich zweimal abzusperren, wie er es üblicherweise tat. Zwei Stufen auf einmal, sportlich für einen alten Spanner, rannte er nach unten und riss die Haustür mit Schwung und einem Hauch Hysterie auf.

Fritz rannte direkt in den Mann hinein.

Sein Kopf landete weich in einem flauschigen, sehr feuchten Etwas, das stark nach Kupfer und Vanille zugleich roch. Für einen Moment bekam Fritz keine Luft, das Fernglas rutschte aus seinen Fingern, fiel mit einem lauten Krachen auf den Asphalt des Gehweges. Der Mann machte einen Schritt zurück und ließ Fritz wieder atmen. Fritz wischte sich eine nasse Schmiere aus einem Gesicht und sah in die Höhe.

Der Mann wirkte athletisch. Er überragte Fritz um mindestens eine Kopflänge. Der dunkle Pullover, in den Fritz seinen Kopf getaucht hatte, war aus einem Angoramaterial und glitzerte nass, als ob der Mann damit geduscht hätte. Das Gesicht über dem Pullover wirkte dagegen trocken und ein wenig überrascht. Das Haar war dunkel und nach hinten gekämmt.

»'tschuldigung!«

Der Mann beugte sich mit Schwung nach unten und hob Fritz' Feldstecher auf. Vorne war das Glas mit Sprung komplett aus seiner Halterung gefallen. Nun war das Ding tatsächlich Schrott. Der Mann drückte es Fritz so fest an die Brust, dass dieser einen Schritt nach hinten machen musste, um das Gleichgewicht nicht zu verlieren. Fritz musterte den Mann einmal von oben bis unten. Nicht nur sein Pullover glänzte nass, auch seine schwarze Jeans wirkte bei näherem Hinsehen feucht.

»Rolf Sauer ist mein Name und ich müsste mal weiter, wenn ich darf?«

Die Stimme klang wie Dagobert Duck aus einem der alten Trickfilme. Fritz lächelte irritiert.

»Klar doch, war ja auch mein Fehler. Ich hätte nicht so rennen dürfen, alte Knochen sind zerbrechlich.«

Fritz zuckte bedauernd mit den Schultern. Rolf Sauer lachte ein kurzes quakendes Männerlachen, bis er merkte, dass Fritz nicht darauf einging. Sein Gesicht wurde so schnell wieder ernst, als wäre nur ein Blitz über den Nachthimmel gezogen.

Fritz streckte Rolf Sauer automatisch seine Hand hin, doch der drehte sich einfach um und ging mit großen weiten Schritten die Bachemer Straße hinauf, Richtung Gürtel, weg von der Krieler Straße, weg vom Einsatzwagen. Bevor Fritz noch weiter über den Mann nachdenken konnte, öffnete sich neben ihm eine weitere Haustür und eine Frau in Jogginghosen kam auf die Straße. An der Hand hielt sie ein Mädchen von etwa neun Jahren.

»Ist hier was passiert? Waren Sie schon um die Ecke gucken?«

Sie sah Fritz an und in ihrem Gesicht ging eine Veränderung vor sich.

»Oh mein Gott, brauchen Sie Hilfe?«

Fritz sah die Frau erstaunt an.

»Nein, mir geht es gut, ehrlich. Alles klar.«

»Aber Sie sind doch voller Blut im Gesicht!«

»Mama, geht es dem alten Mann nicht gut?«

Fritz verlor die Orientierung. Ein Rauschen klang in seinen Ohren. Warum sollte er plötzlich bluten?

Fritz wischte sich mit seiner freien Hand übers Gesicht und da war wieder diese Schmiere, diese feuchte Nässe, die er vom Pullover des Mannes hatte, der sich als Rolf Sauer vorgestellt hatte. Auf Fritz Hand waren Flecken und Streifen. Dunkle Farbe mischte sich mit roten Schlieren einer glitschigen Substanz. Er hob die Hand höher und begutachtete sie im Licht der Straßenlaterne.

Fritz holte seine Hand nach unten zu seinen Lippen und streckte die Zungenspitze heraus, schmeckte das rote Zeug. Es war klebrig. Ekelhaft.

Konnte es Blut sein? Hatte sich der Mann verletzt? Fritz sah die Bachemer Straße nach oben. Keine Spur mehr von Rolf Sauer. Der Abend wurde immer kurioser. Die Frau und das Mädchen standen immer noch ängstlich und unschlüssig vor Fritz.

»Mir geht es gut, ehrlich. Das ist nur … ähm rote Tomatensauce.«

»Dann haben Sie sich bekleckert, was?«

»Tja, ist gar nicht so leicht Spaghetti zu essen.«

Die Kleine kicherte und zog an ihrer Mutter.

»Komm, Mama, lass uns gucken gehen.«

»Sind Sie sicher, dass Sie keine Hilfe brauchen, wo die Polizei schon mal da ist?«

»Ja, hundert Prozent, gehen Sie vor, ich komme sofort nach.«

Die Frau ließ sich von ihrer Tochter voranziehen. Kurz vor der Kurve drehte sie sich noch mal um. Fritz winkte ihr aufmunternd zu. Die beiden verschwanden.

Fritz zog jetzt sein Hemd aus der Hose und wischte sich mit dem unteren Zipfel noch einmal über sein Gesicht. Der Stoff zeigte rote Schlieren. Fritz schnupperte und roch das kupferne Aroma, das ein seltsamer, zarter Hauch Vanille überlagerte.

Es war Blut. Kein Zweifel.

Manchmal gibt es solche Momente.

Da kommen eins und eins zusammen und ein Film beginnt im Hirn anzulaufen, der keine Freigabe unter achtzehn erhält.

Eine nackte gefesselte Frau. Vergewaltigt? Getötet? Ein alter Mann mit Blut im Gesicht, an den Händen, auf seinem Hemd, fällt der Polizei in die Arme. Alter Mann wird verhaftet, wird angeklagt. Alter Mann beteuert seine Unschuld, kennt er doch den wahren Täter, kennt seinen Namen. Doch Rolf Sauer ist wie Max Mustermann, ein Name ohne Person und Inhalt. Alter Mann landet hinter Gittern, die Beweislast des Blutes zu erdrückend. Alter

Mann stirbt im Gefängnis, der wahre Täter wird nie zur Rechenschaft gezogen.

Vorne an der Kreuzung zum Gürtel waren wieder Sirenen zu hören, keine Minute später bog ein Krankenwagen in die Bachemer Straße ein, in vollem Tempo. Dahinter noch ein Martinshorn, Verstärkung für die Polizei war unterwegs. Weitere Fenster gingen auf. Leute öffneten Haustüren, Schaulustige mit Fotohandys tröpfelten auf die Straße. Der Abend begann interessant und sensationell zu werden. Die Menge strömte in Richtung Krieler Straße, keiner von ihnen nahm mehr Notiz von dem alten Mann mit dem blutigen Gesicht, der mit großen Augen, wie zur Salzsäule erstarrt am Fußgängerweg stand. Keiner sah, wie der alte Mann sich blitzartig umdrehte und zurück in sein Haus wankte, stolperte.

Zur selben Zeit, weiter unten auf der Bachemer Straße 310, saß der freie Journalist Fin Baltus mit einem Kumpel beim Griechen. Er ließ sein Moussaka und seinen Samos stehen und war an der Krieler Straße 9, bevor die Absperrung erfolgte. Heute würde sein Abend werden, keiner seiner Journalisten-Konkurrenten war so schnell am Tatort. Ein Bericht vor Ort. Einer Intuition folgend schoss er einige Bilder mit seinem Smartphone, als die Krankentrage aus dem Haus geschoben wurde, und ließ es beim Anblick der Polizei schnell in seiner Jeansjacke verschwinden. Erst zu Hause, nach dem Bericht, den er noch per Handy am Tatort an RTL machte, betrachtete er lange die junge Frau mit dem blutig zerschundenen geschwollenen Gesicht auf der Trage. Ihre Augen, offen, leer, verschollen. Er wartete einen weiteren Tag, bevor er dieses erste Foto von Helene Pintao nach der Attacke des Messermanns, wie die Medien den Täter schon in der morgigen Ausgabe tauften, exklusiv an den *Kölner Express* verkaufte. Da waren viele weitere Moussakas und guter griechischer Wein drin. Da musste man seine Skrupel hinter sich lassen. So war der Job, leere Augen hin oder her.

Fritz Kalb, Witwer und Frührentner, der den brutalen Überfall auf die junge Frau gemeldet hatte, stand zu der Zeit, als Fin Baltus sein Bild der Woche schoss, schon unter der Dusche. Rote Spuren waren im klaren Wasser zu erkennen. Alles wurde fein säuberlich den Abfluss hinuntergespült. Fritz Kalb zog sich ein frisches Hemd und zur Sicherheit eine frische Hose an. Während die Waschmaschine lief, säuberte er sich extra noch die Fingernägel. Der kaputte Feldstecher lag wieder auf dem Wohnzimmerfenstersims, abgewischt und blank geputzt.

Erst eine halbe Stunde später, als die Polizei bei ihm klingelte und er mit feuchtem Haar die Tür zu seiner Wohnung aufmachte, erwachte er wie aus einem bösen Traum.

16

Wieder verließ sie ihren Körper. Als würde es zur ständigen Routine werden.

Doch diesmal war sie kein Spinnenwesen, kein achtbeiniges kleines Krabbeltier, das in seiner Mensch-Tier-Vereinigung eine traurige Parodie von Spiderman war. Diesmal war sie vollkommen körperlos. Wie das erste Mal, als sie in ihrem Vanilleschaumbad fast ertrunken war.

Sie schwebte.

Diesmal konnte Helene höher steigen. In ihrer körperlosen Gestalt ließ sie ihr Schlafzimmer, ihre Wohnung, sogar ihre Straße unter sich und konnte von ihrer Position über die Dächer von Köln sehen. Unter ihr drängte sich die Bachemer Straße in ihrer ganzen Länge, die fast bis an den inneren Gürtel reichte, wie eine sanftmütige Schlange durch die Häuserreihen. Am Aachener Weiher vorbei zog sich ein Zug bunter Autos, dazwischen wie Ameisen die Radfahrer. Es war Freitagnacht und viel los.

In den Himmel stieg Helene. Ihr weiter Blick umfasste schon den Neumarkt und den Beginn der Fußgängerzone. Vorne der

Dom. Ja, da vorne in einer Art dämmrigem Schönheitsschlaf lag die Kirche im gotischen Baustil, das Wahrzeichen der Stadt, die ihre Besucher schon am Hauptbahnhof mit der stillen und beeindruckenden Größe eines ewig unfertigen Bauwerks willkommen hieß. Es hieß doch, dass die Welt unterginge, wenn am Kölner Dom nicht mehr gebaut würde.

Wenn Helene sich in ihrer sphärischen Gestalt konzentrierte, meinte sie sogar in den Dom hineinsehen zu können, in die Gebetsreihen, über den Altar. Weiter blicke sie durch die dicken Mauern hindurch bis an den Fluss, den Rhein, noch weiter bis hinüber nach Deutz zum Auenweg, wo das Büro und die Redaktionsräume des *Elefanten* lagen. Luftlinie, das ist die Lösung, dachte sie, per Luftlinie könnte ich die tägliche Fahrt zu Arbeit im Nullkommanichts hinter mich bringen und würde auch bei den nervigsten Werbekunden eine heitere Gelassenheit ausstrahlen.

Heitere Gelassenheit. Das wirkte wie ein Stichwort, Helene fühlte das Ende ihrer Geisterfahrt nahen. Ihr Körper rief sie langsam zurück. Gerne wäre sie in dieser Sphäre geblieben, doch der Ruf war klar und nicht verhandelbar. Die Strecke zurück ließ sie sich Zeit, das ging, es war, als würde sie von hoch oben nach unten gleiten und direkt über dem Asphalt der Straße reisen, ein schneller Falter an einem lauen Frühlingsabend.

Sie dachte an den Frühling und die Liebe. Hatte sie sich nicht oft aufs Neue im Frühling verliebt und später im Herbst getrennt? Oft waren es diese beiden Jahreszeiten mit ihren unterschiedlichen Qualitäten gewesen, die sie emotional berührt hatten. Mal in erotischer turbulenter Aufwallung, mal im melancholischen welken Blatt einer Trennung.

Dieser Mai hatte noch jungfräulich vor ihr gelegen.

Dieser Gedanke ließ sie lächeln. So wirklich Jungfrau, das haute nicht mehr hin, schon ziemlich lange nicht mehr, wenn sie ehrlich war. Ihre konservativen Eltern hätten die Hände über den Kopf zusammengeschlagen und mit den Augen gerollt, ihre Mutter hätte dazu noch schwer geseufzt, wenn sie von den erotischen, sexuellen Abenteuern ihres mittleren Kindes zwischen den Reben des Weinguts Mett in Ingelheim gewusst hätte, bereits in dem Jahr, als Helene fünfzehn wurde. Früh übt sich.

Als hätte ihre Seele den Ruf gehört, war sie mit einem inneren Blinzeln dort, in der Mainzer Straße in Ingelheim, bog links ab, sah die Einfahrt und das Haus, das Zuhause von Mark, ihrem ersten großen Schwarm, einer Jugendliebe zwischen zarter Erfahrung und erster Lust. Ahnte in ihrer Körperlosigkeit ihren früheren jungen Körper zurück mitsamt der reinen intensiven Emotion.

Hatte sie nach der schnellen und lässigen Teenager-Trennung von Mark je wieder so empfunden? Oder nur apathisch auf einen Prinzen zu Pferde gewartet, der mit ihr in den Sonnenuntergang einer Beziehung reiten würde? Klar, es hatte Beziehungen, Affären gegeben. Mit Marcel war sie drei Jahre zusammengeblieben, mit Tom fast fünf. Der kleine Franzose fiel ihr ein, begeistert von Helene empfangen, bis seine Frau aus Paris anreiste. Volker natürlich, immer mit einer Kamera unterwegs. Selbst unter der Tagesdecke trug er nichts außer seinem Fotohandy. Helene fragte sich, ob nicht schon längst eindeutige Bilder von ihr im Internet kursierten. Und heute? Freddy Marowitz, der ihr eindeutige Signale mit schlechten Witzen gesendet hatte. Nicht zu vergessen, der alte Spanner vom Haus schräg gegenüber. Glaubte der Mann wirklich, dass man ihn nicht sehen konnte, mit seinem Feldstecher in der Hand, direkt hinter der Gardine an die Fensterscheibe gepresst? Zuerst wollte sie sich beschweren, doch dann fand sie es auch lustig. Zog sich extra langsam im Schlafzimmer aus, bevor sie ins Bad ging. Was konnte der schwache alte Pensionär ihr schon tun. Gönnte sie ihm also noch ein paar letzte erfreuliche Blicke.

Es war Zeit. Das Weingut, die Mainzer Straße, Ingelheim verschwanden schneller als ein Blitzlicht und Helene raste jetzt über den Asphalt der Bachemer Straße in Richtung ihres Körpers.

Ein Bild von einem neuen Mann schob sich zwischen ihre

leichten Frühlingsgedanken. Ein dunkler Prinz, ein Verehrer aus dem Schattenland der Phantasie, ein Galan aus einem Albtraum, der nie stattgefunden hatte, denn sonst wäre sie jetzt tot oder so gut wie. *Liebes* hatte er zu ihr gesagt und sie auf seine starken Arme genommen. War mit ihr ins Bad gegangen, hatte sie getaucht in einem Meer aus Schaum, Vanille und Schmerz. Hatte sie getauft und ihr einen neuen Namen gegeben. *Liebes*, die Prinzessin mit dem Bauch voller Blut, weil das Messer …

Helene hatte ihren Zielpunkt erreicht.

Alles schmolz zu einem dunklen Punkt zusammen, in dem sich ein Gesicht spiegelte. Das Gesicht nahm die Maske von tausend und abertausend Gesichtern an wie eine Krake, die sich vor Helene auftat und ihre Fangarme ausstreckte. Jeder Arm trug den Namen Schmerz, jeder Saugknopf am Ende der Tentakel den Namen Angst.

Das Gesicht, der Schmerz, die Angst, alles überflutete ihren Geist mit einer derartigen Wucht, dass sie es an ihren Körper, ihre arme geschundene manifestierte Existenz übergeben musste. Ihr Körper musste die Qual allein ertragen, ihr Geist umhüllte sich mit Schweigen und tauber Fassungslosigkeit.

Helenes Körper bäumte sich auf wie ein wildes, ungezügeltes Pferd. Selbst die Gurte an der Krankentrage konnten sie kaum stoppen. Sonja Lehrer, Medizinstudentin im vierten Jahr und neben dem Studium als Rettungssanitäterin tätig, die rechts neben der Trage saß und Helenes Vitalfunktionen im Auge behielt, reagierte mit einem kurzen Aufschrei, obwohl sie schon einiges gewöhnt war von den Nachtschichten. Doch die schwer verletzte Frau hatte seit ihrer Ankunft bis auf leise, fast unhörbare Atemzüge keine Regung gezeigt, selbst als Bernd und Sonja ihr einen ersten Druckverband am Bauch anlegten, um die Blutung zu stoppen.

Sie und Bernd waren zum zweiten Mal seit Sonjas Schichtbeginn aufgebrochen, sie wussten nicht einmal, wer den Wagen eigentlich fuhr. Selbst Bernd Singa, abgebrühter und erfahrener als Sonja

Lehrer, stieß einen Pfiff der Überraschung aus, als Helenes Körper hochschoss.

Bernd Singa mochte die Nachtschichten wegen seiner langjährigen Schlafstörungen, war ausgebildeter Rettungssanitäter ohne Ehrgeiz auf Studium oder mehr. Ein kerniger freundlicher Bursche, der die vierzig schon länger überschritten hatte und sich selbst gerne als ewig helfender Bengel, mit einer Klammer um das B, bezeichnete. Bernd saß am Kopfende der Trage am Beatmungsgerät.

Die dritte im Bunde im engen Hinterteil des Rettungswagens war Dr. Greta Kerry. Sie war als letzte vor Ort gewesen mit ihrem grünen VW Käfer, der ihr auch als Dienstwagen diente.

Dr. G. Kerry stand auf dem Schild am weißen Kittel, Kerry wie die irische Butter, hatte Sonja Lehrer gedacht und sich nach dem Ende der Schicht und einem Frühstück gesehnt.

»Das ist Helene!«, hatte Bernd zu Dr. Kerry gesagt. Nur Helene.

Helene: hoher Blutverlust und mögliche innere Verletzungen. Gewalteinwirkung durch ein Messer im gesamten Bauchraum. Prellungen, Blutergüsse, gebrochenes Nasenbein. Nicht bei Bewusstsein.

Dann waren sie alle mit Helene in den Rettungswagen gestiegen und Sonja hatte mit Daumen und Zeigefinger Helenes Handgelenk gehalten, als ob sie auf eine ganz altmodische Weise deren Herzschläge fühlen wollte.

Die Verletzte, das Opfer, die Patientin, oder einfach »Das ist Helene!« sah tatsächlich aus wie durch einen Fleischwolf gedreht, ihr Bauch mit den tiefen Schnittwunden bis hinunter in den Schambereich hatte am Tatort wie ein Stück angeschnittene Schweinelende, zubereitet für ein unerhörtes rohes Mahl eines Wahnsinnigen, gewirkt.

Der Krankenwagen fuhr mit hohem Tempo an, Blaulicht und Sirene durchzogen die Straßen. Bernd Singa und Sonja Lehrer versuchten das Gleichgewicht zu halten und erledigten ihre Arbeit dabei stumm und professionell wie immer, sahen aber in den Augen der Notärztin dieses kleine Flackern. Dr. Kerry dachte nicht, dass das Opfer durchkommen würde, ihre hellen Pupillen flackerten wie das Flügelschlagen eines kleinen Todesengels.

Dr. G. Kerry, 37, Notfallmedizinerin, seit drei Jahren mit eigener privater Praxis neben ihrem Job im Elisabethkrankenhaus, tatsächlich mit einem in Deutschland lebenden Iren verheiratet, aber Margarineesserin, gab der Patientin schon allein wegen des hohen Blutverlustes keine große Überlebenschance. Sie war überzeugt, noch auf der Fahrt ins Krankenhaus den Tod der Patientin notieren zu müssen, ohne dass diese ihr Bewusstsein wiedererlangen würde.

Als Helene im Krankenwagen das erste Mal zu sich kam und ihr Körper sich mit dieser heftigen anfallartigen Reaktion zurückmeldete, war es aber Dr. Kerry, die am schnellsten reagierte.

Während Bernd Singa und Sonja Lehrer noch ihre kurzen Laute der Überraschung ausstießen und sich ihre beiden Oberkörper synchron nach hinten beugten, war Dr. Kerry schon über der Verletzten. Mit einer Hand drückte sie Helene an der unverletzten Schulter kräftig nach unten, streckte sich in voller Länge, schlang die andere Hand um die Knie des sich windenden Körpers, um ihn zu stabilisieren, ohne die Wunde an der Bauchdecke weiter aufzureißen.

»Schnell, Ketamin. 25 Milligramm.«

Dr. Kerry polterte die Anweisung, das Martinshorn war auch im Inneren des Krankenwagens laut und schneidend. Sie versuchte ihr Gleichgewicht nicht zu verlieren, als sie schlingernd um eine Kurve fuhren.

Sonja Lehrer fasste sich schneller als ihr Kollege und zog das Beruhigungsmittel in der Spritze auf. Sie stach die spitze Nadel in Helenes Oberarm. Bernd Singa hüstelte noch schuldbewusst, war dann aber sofort wieder am Kopfende der Trage.

Helenes Körper zuckte immer noch und sie spuckte Schleimklumpen in die Atemmaske.

»Freimachen, schnell!«

Der Krankenwagen nahm die nächste Biegung und Bernd hielt sich am unteren Medizinschrank fest. Er ging in die Hocke, stabilisierte seine Position und nahm ihr die Atemmaske ab, die innen mit Speichel und Blut bespuckt war.

Das ist Helene! hatte die Augen offen und sah ihn an.

Direkt.

Ihre Pupillen weiteten sich.

Zuerst war es nur ein Krächzen. Dann fanden ihre Stimmbänder Halt und ein Schrei kam aus ihrem Mund, der diesmal allen dreien eine Gänsehaut über den Rücken laufen ließ. Helenes Stimmbänder erzeugten einen silbrigen Ton in einer schmerzhaften Frequenz.

Ihr Herzschlag beschleunigte sich und ihre Beine begannen erneut unkontrolliert auf die Trage zu trommeln. Ihre Finger verkrampften sich zu Fäusten. Blut breitete sich auf dem Tuch aus, mit dem ihre Bauchdecke verdeckt war. Der Druckverband ließ nach.

Diesmal war Sonja Lehrer es, die am schnellsten reagierte.

»Bernd, geh weg von ihr, sie kollabiert sonst.«

»Was …?«

»Sie hält dich für den Täter, geh weg, schnell!«

Bernd Singa richtete sich auf. Der Krankenwagen fuhr durch ein Schlagloch und Bernd taumelte gegen den Defibrillator.

»Scheiße!«

Dr. Kerry ließ Helenes Knie los, kam ganz dicht an ihr Gesicht und nahm ihr die Sicht auf den Sanitäter. Sie beugte sich hinunter an Helenes Ohr.

»Alles ist gut, Helene. Alles ist vorbei. Sie sind im Krankenwagen. Ich bin Greta und wir bringen Sie jetzt in die Notaufnahme ins Elisabethkrankenhaus. Bitte, Helene, versuchen Sie langsam zu atmen. So ist es gut.«

Die leise Stimme von Dr. Greta Kerry wirkte. Und das Ketamin. Das ist Helene! beruhigte sich zusehends, ihre Augenlider klappten noch einmal weit auf, fielen dann wie eine Tür durch einen heftigen Windstoß schnell zu.

Der Krankenwagen hielt.

Bernd Singa rieb sich den Kopf und öffnete die hinteren Türen, sprang hinaus und machte die Schienen bereit. Sonja und Dr. Kerry schoben die Trage hinaus, Bernd wagte sich nicht mehr in die Nähe der Verletzten. Als die Trage in seine Richtung anfuhr, sprang er sofort zwei Schritte nach hinten, als wäre sie heiß und fettig.

An der großen gläsernen Eingangstür zum Krankenhaus standen zwei junge Ärzte und zwei Pfleger, sie wirkten wie weiße Schwäne in der Dunkelheit. Dr. Greta Kerry drehte sich zu Bernd Singa um. Ihre Lippen waren Striche der Konzentration.

»Wir schaffen das schon allein, Sie bleiben draußen, okay?«

Sie sah Bernd in die Augen. Zum zweiten Mal heute Abend wurde er direkt ins Visier genommen. Doch diesmal war nur Strenge im Blick. Dr. Kerrys helle Pupillen hatten aufgehört zu flattern. Er verstand.

Sonja Lehrer schob die Trage weiter zur großen automatischen Tür hin, die sich mit einem weichen Wischlaut öffnete. Dr. Kerry drehte sich von Bernd weg, schloss zu Sonja auf, instruierte die beiden Ärzte. Die Gruppe mit Helene auf der Trage wurde vom Inneren des Krankenhauses verschluckt. Die Tür schloss sich, ein weiteres *Wisch* und weg waren sie.

Bernd Singa blieb unruhig draußen stehen, trat von einem Fuß auf den anderen. Schließlich umrundete er den Krankenwagen und blieb an der Fahrertür stehen. Der Rettungsfahrer, der ebenfalls Bernd hieß, beugte sich aus dem geöffneten Fenster.

»Was is?«

Bernd Singa merkte, dass er schwitzte. Zugleich fror er, als hätte er Fieber.

Der andere Bernd reichte dem schwitzenden Bernd eine Wasserflasche aus dem Fenster.

»So schlimm oder was?«

Bernd Singa nahm einen Schluck und schaute nach oben. Ein halber Mond und erste Sterne.

»Die hat mich für den Täter gehalten, verstehst du?«

Der andere Bernd nickte, verstand aber nicht.

17

Melek Arslan saß im Streifenwagen auf der Rückbank hinter der Trennwand und trank aus dem großen Cola-Becher den Rest, der sich nicht auf dem Rücksitz ergossen hatte. Ihr Magen schmerzte immer noch.

Mehr noch schmerzte ihr Ego. Sie hätte niemals von sich geglaubt eine solche Memme zu sein. Die Zeit bei der Streife, die Nächte mit Torsten Schötter, die Betrunkenen, die Junkies, die Kleinkriminellen. Das alles hätte sie auf den Anblick der gefesselten, halbnackten und blutverschmierten Frau vorbereiten müssen.

Und doch hatte sie sich übergeben.

Spontan im Hausflur. Hatte ihre heiße Apfeltasche aus sich herausgeworfen wie eine Ladung Schrot aus einer Flinte. Immerhin war sie rausgerannt, aus der Wohnung hinaus, weg vom Tatort, sodass nicht noch mehr Spuren verunreinigt wurden. Der Schötter war mit dem Funkgerät in der Hand hinter ihr her. Und schon kam die Apfeltasche. Und mehr. Schleim, Wasser, gelbe Galle am Ende. Alles, was drin war. Im Flur. Vor Torsten Schötters Füße.

Das war vielleicht die größte selbstverschuldete Demütigung. Heute Abend hatte er ihr noch zugenickt und ihr väterlich auf die Schulter geklopft, während er Rettung und Verstärkung rief, dann war er in die Wohnung zurückgerannt. Aber in einer Woche oder weniger, wenn der erste Grashalm über die Sache wuchs, würde er sie damit aufziehen. Wenn sie Glück hatte nur, wenn sie beide allein ihren Dienst machten. Wenn sie großes Glück hatte und der Schötter gnädig war.

»Verfickter Scheißkerl!«

Melek merkte, dass ihr das Fluchen gut tat. Die ausgespuckte Beschimpfung ließ die Wut in ihr Herz. Das tat ihrem Magen besser als der Schrecken. Schrecken, das war es, was sie empfunden hatte. Und Grauen. Nicht das Blut, davon gab es genug zu sehen während der Schichten, Elend und mehr Kotze als sie heute erbrochen hatte.

Dieses gleichgültige Grauen im Zimmer. Es schien davon erfüllt zu sein. Hass und eine sinnlose unvorhersehbare Gewalt hatten hier gewütet. Sie erinnerte sich an das Märchen *Ali Baba und die vierzig Räuber*, das sie in ihrer Kindheit von der Mutter einer Freundin vorgelesen bekommen hatte.

Ali Babas Bruder Kasim hatte Ali Baba das geheime Wort abgeluchst, mit dem man die Räuberhöhle öffnen konnte, aber genau dieses Wort vergessen, als er wieder ins Freie kommen wollte. Die vierzig Räuber waren zurückgekehrt, hatten den Armen gefunden, voll beladen mit ihrem sauer erbeuteten Gold, und ihn zu Brei geprügelt. Der Räuberhauptmann hatte ihn schließlich mit seinem Säbel enthauptet. Ali Baba hatte den Körper und Kopf seines Bruders später aus der Höhle schaffen und begraben können. Melek hatte nachts einen heftigen Albtraum gehabt und sich selbst im Traum umringt von den vierzig bärtigen grausamen Männern gesehen, die sich im nächsten Moment auf sie stürzen würden. Der Hauptmann vorneweg mit hocherhobenem Säbel. Sie war erwacht und hatte sich die Seele aus dem Leib gekotzt. So wie heute.

Märchen waren nichts für kleine Kinder.

Oder war sie einfach nur damals schon eine Memme gewesen? Hatte ihr Vater sie deshalb mit allen Mitteln von ihrem Traumberuf abbringen wollen, weil er ahnte, dass seine Melek im Angesicht des wahrhaft Bösen versagte, sogar kotzte?

Am liebsten hätte sie das Auto gestartet und wäre auf den Schießplatz gefahren. Schießen beruhigte sie immer. Zielen und Treffen gaben ihr Sicherheit. Scheiße, dass dieses verfickte Schwein von einem Täter nicht mehr am Tatort gewesen war. Sie hätten ihn gestellt und wenn er zu fliehen versucht hätte, wäre er von Melek Arslan erschossen worden.

Sie schüttelte den Kopf.

Was für unwürdige und rachsüchtige Gedanken.

Melek betrachtete ihre Hände. Sauber gewaschen hier auf der Toilette der Eckkneipe. Eine rote Spur noch am Handgelenk, schon getrocknet. Schade, dass sie nicht erst auf diesem stillen Örtchen und allein hatte erbrechen können.

Nach ihrer Kotzerei hatte sie sich über den Mund gewischt und war sofort zurück an den Tatort gegangen, ins Schlafzimmer. Torsten kniete neben der Frau und war dabei ihre Fesseln an den Handgelenken zu zerschneiden. Zwei Wäscheleinenstücke lagen schon auf dem Bett, auf einem grell pinken Badetuch. Melek hatte sich nicht zuerst um das Opfer gekümmert, hatte ihre Pflicht verletzt, war zur Memme und zum Feigling geworden.

Neben der Wäscheleine lag die kleine digitale Kamera. Der Schötter hatte vorher Bilder geschossen, für die Aufklärung wichtiges Material. Auch dabei hatte die Arslan versagt. Vielleicht sollte man sie an den Schreibtisch versetzen.

Schnell war Melek neben Torsten in die Knie gegangen und hatte ihm geholfen. Das Klebeband vorsichtig von den Lippen der Frau abgezogen, sie gestützt, als ihr Körper vom Stuhl nach unten glitt. In der Not hatte Torsten eines der Kissen genommen, es auf den aufgeschlitzten Bauch des Opfer gepresst, ein hilfloser Versuch die Blutung zu stoppen. Melek hatte sich zu der Frau gekniet, ihre Hand auf das Kissen gedrückt und ihr mit der anderen übers Haar gestreichelt.

»Hilfe ist da, *benim Küçüğüm, benim yildizim*, mein Kleines, mein Stern …« Damit hatte ihr Vater sie immer getröstet.

Das Gesicht der Frau, blau und grün, die Lippen aufgeschlagen, die Nase geschwollen, Blut hinter dem Ohr. Melek konnte rote Flecken am Hals sehen, eine Verletzung am Oberarm. Eine Schwellung am Schienbein. Sie sah die linke Brust der Frau angeschwollen und rot. Auch am Haar war Blut, dass Meleks Handfläche rot einfärbte.

Der Bauch. Vor allem der Bauch. Die Haut wie eine geplatzte Tomate. Das Kissen saugte sich bereits voll. Die offene Jeans schon blutgetränkt. Der Teppich unter dem Stuhl glänzend nass von Blut.

Wie viel Liter konnte man verlieren, bevor man ausgeblutet war?

Torsten Schötter war aufgestanden, hatte in sein Funkgerät noch mal nach Verstärkung gebrüllt. Hatte die Kamera vom Bett gefischt, weitere Bilder gemacht. Melek würde auch mit drauf sein. Mit Blut an ihren Händen und auf ihrer Uniform. Soviel warmer Lebenssaft, soviel kalte Brutalität.

Melek hatte geschaudert, gezittert.

Immer noch war ihr, als hätte sie Steine im Magen. Im Polizeiwagen waren die Fenster geschlossen, es war stickig. Auf der Rückbank konnte man sich ein wenig wie ein böser Mensch, ein Verbrecher fühlen. Das war Melek recht, sie hatte nach ihrer unerhörten Kotzerei eine Strafe verdient. Sie schaute nach draußen.

Vor der Räuberhöhle, dem Tatort, waren inzwischen sicher mehr als vierzig Räuber aufgetaucht. Verstärkung, Kollegen und jede Menge Schaulustige. Der Krankenwagen mit der jungen Frau war schon auf dem Weg in die Notaufnahme. Sie hatte überlebt.

Nun ja, immerhin mehr Glück als Ali Babas Bruder hatte. Aber war es Glück nach einer solchen Tat wieder zu sich zu kommen? Mit den Erinnerungen zu leben und dem Trauma? Würde Melek das wollen?

Vorne trat der Schötter vor die Haustür. Melek kam er schmaler als sonst vor, vielleicht war er doch nicht so abgestumpft wie sie dachte. Drei weitere Kollegen drängten die Leute zurück, einer telefonierte. Torsten kam direkt auf den Wagen zu und machte die Tür auf. Die Innenbeleuchtung ging an. Melek trank die Cola aus. Sie schmeckte bitter und lauwarm. Torsten beugte sich zu ihr nach hinten.

»Alles klar mit dir, Kleines?«

Kleines hatte er sie wohl noch nie genannt. Auch eine Premiere. Nach dem Kotzen kommt das Kosen. Scheiß-Nacht!

»Ich hab' dein Erbrochenes oben im Flur abgegrenzt. Damit die von der Spurensicherung Bescheid wissen.«

»Danke Torsten, so 'ne Scheiße aber auch.«

Melek schien es so, als hätte sich die Beziehung zwischen ihnen umgekehrt, gedreht wie eine Münze im freien Fall. Sie, der Löwenengel, fand Gefallen am Fluchen und der alte Schimpfwortspezialist Schötter drückte sich mit einem Mal fast gepflegt aus. Er bedachte sie mit einem mitfühlenden Blick und seine Augen glänzten verräterisch nach Wasser.

»Melek …«

Der Schötter schluckte.

»Da drinnen, vorhin. Im Treppenhaus. Der Mann mit dem dunklen Pullover.«

»Du meinst Rolf Sauer mit der künstlichen Quakstimme.«

Melek Arslan erinnerte sich sofort an den Namen.

»Sollte sich herausstellen, dass er nicht hier im Haus wohnt und dass …«

Torstens Stimme wurde mit einem Mal hell und wie ein kleiner Junge, der einen großen Fehler eingestand, senkte er den Kopf, sodass Melek nur seinen Hinterkopf und den beginnenden Haarausfall sehen konnte. Wie alt war ihr Kollege?

»Ich soll den Vorfall unter einen türkischen Webteppich kehren?«

Torsten nickte, ohne Melek anzusehen. Sie fragte sich, wie viel Überwindung es ihn kostete, diese unerhörte Bitte an sie zu richten. Ob er eine Versetzung an den Schreibtisch überleben würde?

Noch eine Frage rollte durch ihren Kopf: was Marie Loll von der Zentrale an diesem kleinen Arschloch fand? Es war ein offenes Geheimnis, dass die beiden seit Jahren eine Affäre hatten.

Sie wünschte dem Schötter die Pest an den Hals, weil er einen Kollegengefallen von ihr einforderte, der zu weit ging. Heute war ganz klar ihre letzte gemeinsame Nachtschicht, Punkt und Schluss! Wenn er es jemals wieder wagen würde, sie zusammen einteilen zu lassen, würde sie die Dienstaufsicht verständigen.

Doch weil auch sie versagt hatte, gekniffen hatte, zusammengebrochen war, würde sie schweigen. Keiner werfe den ersten Stein. Was für ein Abend. Jetzt zitierte die kleine Muslime schon die Bibel.

Melek riss sich zusammen

»Gehst du zu dem Spanner-Anrufer in die Bachemer Straße, Torsten? Ich möchte hier noch etwas sitzen. Den fetten Nachbarn nehmen wir uns gemeinsam vor.«

Der Schötter atmete laut und beschämend erleichtert auf. Er hob seinen Kopf und sah ihr wieder direkt in die Augen. Der kleine, schuldbewusste Junge war wieder nur ein verbrauchter Streifenpolizist, der sich verzweifelt dagegen wehrte zum alten Eisen zu werden.

»Hast du die Schnitte am Bauch gesehen Melek? Kreuz und quer, wie ein Jägerzaun …«

Das Funkgerät in Torstens Hand krächzte. Beide zuckten zusammen. Marie Lolls Stimme drang wie ein Keil zwischen sie.

»Wie ist die Lage vor Ort, Leute?«

Torsten drückte die Tür wieder auf und war draußen, bevor Melek seine Antwort hören konnte. Melek legte den Kopf nach hinten, bis sie die harte Nackenstütze des Autositzes spürte.

Die Schnitte am Bauch. Ja, die verfluchten, beschissenen Schnitte am Bauch hatten sie beide gesehen, als hätte einer ein Muster machen wollen. Die Kreuz und die Quer, Sesam öffne dich! Etwas kratzte tief in Melek Arslans Hirn. Kreuz und Quer wie ein Jägerzaun. Dieser Vergleich. Den kannte sie.

»Verdammte verfickte Scheiße hier!«

Da war was.

Melek Arslan wollte nicht für immer Streifenpolizistin bleiben. Keine sechsundzwanzig Jahre wie Torsten Schötter und dann am 25. Jubiläum eine Torte und einen Polizistenstriptease. Später, nach mehreren Fehleinschätzungen an den Schreibtisch, bis die Rente kam und man in seiner Stammkneipe Stories von kuriosen Fällen und Mutproben erzählen konnte.

Melek interessierte sich für höhere Weihen, Aufklärung von Kapitalverbrechen. Hatte überlegt, dort nach oben zu steigen, eine Weiterbildung zur Kommissarin zu machen, weg von der Straße. Nicht mal ihr Vater war in ihre Pläne eingeweiht. Der hätte sich wieder Sorgen gemacht, hätte versucht es ihr auszureden. Nur die Sache mit den Nerven und der Kotzerei würde sie bearbeiten müssen.

Was würde wohl der heute Abend gezähmte und erniedrigte Schötter dazu sagen, wenn sie ihre Pläne in die Tat umsetzte? »Verfickte, karrieregeile Türkenfotze« oder »Alles klar, Mädche, viel Glück«?

Sie schob ihre Karrierepläne und ihren Kollegen aus ihren Gedanken. Darum ging es nicht. Es waren die Schnittverletzungen. Dieser Vergleich mit einem Jägerzaun, kreuz und quer über den Bauch gezogen. Der Mordfall vor zwei Monaten. Sie hatte den Bericht gelesen, hatte sich genauer informiert über diesen Fall, der Köln so erschüttert hatte.

Die Tote.

Moni-Gate hatte es der *Express* genannt. Hier in Lindenthal war es, am Weiher im Stadtwald. Die Frau, die ermordet worden war. Misshandelt, gefoltert, verstümmelt. Tiefe muskuläre Schnitte am Bauch, in Form eines Jägerzauns. Wer verdammt hatte den gerichtsmedizinischen Bericht geschrieben? Sein Name lag ihr auf der Zunge. Wenn sie den wüsste, wäre es ein Leichtes, über die Zentrale seine Handynummer zu bekommen. Sie musste ins Intranet, sich in das interne Polizeinetz einloggen.

Meleks Herz begann schneller zu schlagen. Sie hörte es in ihren Schläfen.

Ein Mann von der Spurensicherung riss vorne die Autotür auf.
»Verdammt! Kann uns einer mal Kaffee besorgen?«
Die Arslan schrie fast auf. Fast. Schaffte es, sich nur zu räuspern. Aus ihrem Magen stieg ein Brennen hoch, nach dem Erbrechen und der Erschütterung kam die Wut, so heftig und schnell wie zuvor die Apfeltasche.
»Die Eckkneipe hat offen, hol ihn dir selbst, *salak*!«
»Was?«
Da kam Melek eine Idee. Die Eckkneipe. Einer der Gäste hatte an seinem Laptop geschrieben, während er sein Bier trank.
»Du kriegst deinen Kaffee, *Bir fahişenin oğlu*!«
»Was?«
Melek grinste, hievte sich nach vorne und stieg schnell aus dem Wagen. Sie schob den Kollegen von der Spurensicherung grob zur Seite und ging Richtung Eckkneipe.
»Verfickte Kollegen! Verfickte Kaffeetrinker!«, flüsterte sie.
Melek Arslan gefiel es plötzlich auf Torstens Seite der Medaille.

18

Willa saß auf der Couch.
Auf ihrem Schoß laut und ziemlich zufrieden schnurrend Jimmy. Die Scherben der Weinflasche waren aufgekehrt, der rote Fleck am Flurboden weggewischt, alles entsorgt, auch Willas abgekaute Nägel.
Sie hatte ihr Handy neben Jimmy liegen, den Kopfhörer im Ohr, und lud sich Musik herunter. Die Bässe von Alex Clares Nummer eins Hit *Too Close to Love You* dröhnten nach draußen, Jimmy zuckte von Zeit zu Zeit mit den Ohren. Der rote Kater angelte nach dem dünnen Kabel, aber mit einer derartigen trägen Langsamkeit, als wäre er zum Faultier mutiert. Der Fernseher war an, der Ton auf lautlos gestellt, die Terrassentür zum kleinen Innenhof offen, es war ein warmer Abend, schon fast sommerlich.

Willa hatte sich beruhigt, einen starken Kaffee gekocht und sich das verrotzte Gesicht mit kaltem Wasser gewaschen. Wenn sie Glück hatte, kam sie morgen an einem dicken Kopf vorbei. Obwohl sie den Anruf bei ihrem Onkel gerne ungeschehen gemacht hätte, war sie sich bewusst, dass es sicher nicht das letzte Mal gewesen war. Andererseits, sollte der Kerl doch immer und immer wieder spüren, wie sehr seine unüberlegte Tat ihr Leben und das ihrer Mutter aus dem Gleichgewicht gebracht hatte. Ganz zu schweigen vom Leben der Familie der verstorbenen Heidi. Nein, nicht verstorben, ermordet. Von eben jenem Onkel Willi, dem Willa ihr Mörderblut verdankte.

Nach ihrer ersten Arbeitswoche bei der Grazer Polizei hatte sie sich ins Archiv begeben und die alten Fallakten angesehen. Ihre Hände hatten gezittert, als sie den schmalen dreiseitigen Ordner auf den Besuchertisch legte und aufklappte.

Der Fall Adelheid Stäbler:

Wilhelm August Stark, geb. 1961, wohnhaft in der Liebenauer Hauptstraße 364 in Graz hatte am 15. September 1993 gegen 22:00 in der gemeinsamen Wohnung seine Verlobte im Zuge einer heftigen Auseinandersetzung ins Gesicht geschlagen. Die Frau, Adelheid Stäbler, geb. 1962, war in Folge des Schlages gestürzt und unglücklich auf die Tischkante des Küchentisches gefallen. Dieser Sturz hatte eine Blutung in ihrem Gehirn nach sich gezogen. Trotz der sofort verständigten Rettung konnte beim Eintreffen des Notarztes nur noch der Tod von Adelheid Stäbler festgestellt werden. Der geständige Wilhelm August Stark wurde auf das nächste Revier, ebenfalls auf der Liebenauer Hauptstraße gebracht. Im späteren Verfahren gegen Wilhelm August Stark wurde dieser wegen Totschlags im Affekt zu 6 Jahren Haft verurteilt. Fall abgeschlossen.

Seine Entlassung erfolgte bereits drei Jahre später 1996 wegen guter Führung. Dazu noch ein kleiner Artikel in der Kronenzeitung, aufs Titelblatt brachte es ein Totschlag schon damals nicht mehr.

Keine große Sache. Kein Serienkiller, kein grausames Gewaltverbrechen, kein Genius des Bösen oder so was in der Art. Ein Streit, der eskaliert, ein Mann, der die Beherrschung verliert, eine Frau, die fällt und nie mehr aufsteht.

Willa sah das Gesicht ihrer Mutter Anna vor sich, wie sie völlig aufgelöst und verweint an Willas Bett gekommen war. Willa hatte schon geschlafen, am nächsten Tag war Schule. Als Anna Stark das Licht im Zimmer ihrer einzigen Tochter anknipste, hatte das Kind im ersten Moment geglaubt, es wäre schon Morgen, der Alltag ginge wieder los, die Schule, die Freundinnen, das Gekicher, das Gezanke, die Hausaufgaben, die Schwärmerei für die damals noch nicht getrennten *Take That*.

Doch Alltag gab es für die kleine Familie, die aus Anna und Willa und Onkel Willi bestanden hatte, nicht mehr in den nächsten Jahren.

Bis dahin waren sie die starken Starks gewesen. Hielten zueinander, in guten und weniger guten Zeiten. Schlechte Zeiten haben auch ihre Berechtigung, hatte Onkel Willi immer gesagt, die schweißen zusammen.

Anna hatte ihrer Tochter früher oft die Geschichte erzählt, wie Onkel Willi ihrem damaligen Freund Lorenz, als sie schwanger wurde, eine anständige Tracht Prügel angedroht hatte, wenn dieser sich nicht der Verantwortung als werdender Vater stellen würde. Doch der feige, aber richtig hübsche Lorenz Guggerbauer, der Anna Stark in dem Reisebüro, wo sie arbeitete, kennengelernt hatte, machte sich schneller aus dem Staub, als Anna »Ich bin schwanger« sagen konnte. Heute lebte Lorenz angeblich in Florenz, es gab immer noch spärliche Postkarten, aber nie Interesse oder Unterhalt. Ja, wenn der Willi den Lorenz nach seinem Verschwinden gefunden hätte, ja dann.

Später, nach dem Totschlag, erzählte Anna die Geschichte nie mehr. Vielleicht, wenn der Willi den Lorenz doch gefunden hätte, wäre er schon früher im Bau gelandet und die arme Heidi hätte überlebt. Vielleicht.

Anna, junge Mutter, sitzengelassen in schwierigeren Zeiten als heute, war mit der Erziehung von Willa und ihrem Job ohnehin schon überfordert. Nach der Verhaftung und Verurteilung ihrer einzigen Stütze, ihres geliebten älteren Bruders, verfiel sie schließlich in Depressionen.

Bis heute nahm sie morgens immer noch ihre stimmungsaufhellenden Medikamente, ihre Fröhlichmacher. Sie besuchte immer noch eine Selbsthilfegruppe und dort hatte sie auch ihren jetzigen Lebensgefährten, Klaus Kunst, kennengelernt. Ein einfacher Mann, der nach seiner Scheidung ebenfalls in Depression plus Messietum verfallen war, sich aber aus eigener Kraft wieder gefangen hatte und als Bauarbeiter seine Brötchen verdiente. Bei ihm fand Anna Stark endlich wieder den Halt, der seit der Verhaftung ihrer Bruders verloren schien.

Willa versuchte Klaus zu mögen, schon allein, weil sie froh war, dass ihre Mutter nicht mehr allein leben musste, aber ihr Herz war zu misstrauisch geworden, um sich je wieder einem männlichen – menschlichen – Wesen zu öffnen. Dazu passte ihre geplatzte Verlobung mit Michi ebenso wie ihr Singleleben mit Kater Jimmy.

Keine der beiden, weder Anna noch Willa, hatten nach Willis Entlassung Kontakt gewollt und Willi hatte es respektiert. Nur ein einziges Mal vor neun Jahren hatte Anna ihren Bruder zu Weihnachten eingeladen, aber nach einem Zusammenbruch von ihr, der in der Klinik endete, wurde dieses Treffen abgesagt und nie mehr nachgeholt.

Außer natürlich die Anrufe.

Die hatten nach Willis frühzeitiger Entlassung begonnen. Willa, damals gerade vierzehn geworden und ein traumatisierter Teenager, hatte die Nummer in einem Brief entdeckt, in dem Anna von Willis Verteidiger Dr. Weichsel über die Entlassung ihres Bruders informiert worden war. Willa hatte sich die Zahlen mit einem Kuli auf den Unterarm geschrieben und erst nach zehnmal Duschen verschwanden sie wieder von der Haut. Aus ihrem Gedächtnis nie wieder. Keine zwei Wochen später, als sie in Mathe vollkommen versagte und Angst hatte, die Versetzung in die nächste Klasse nicht zu schaffen, hatte sie die Zahlenfolge zum ersten Mal gewählt.

Onkel Willi war nach dem dritten Klingeln dran. Schon damals hatte sie ihn weder begrüßt noch ein Gespräch mit ihm begonnen, sondern nur nach dem Warum gefragt.

»Warum hast du die Heidi erschlagen? Mörder! Sau! Dreckhaufen!«

Anfangs versuchte er mit ihr zu reden. Ihr den Sachverhalt zu erklären. Seine Reue, seine abgesessene Strafe, sein schlechtes Gewissen. Doch Willas wichtige erste Frage blieb seltsam unbeantwortet. Ein stummer blutroter Fleck auf weißem Rauschen. Damals wie heute.

Heute wieder.

»*And it feels like I am just too close to love you*«, dröhnte Alex Clare in Willas Ohren.

Ein Anruf kam herein.

Willa drückte auf die Pausentaste für die Musik und nahm das Gespräch an. Es war Harro deNärtens und endlich breitete sich ein wärmeres Gefühl in Willas Herzen aus, das nicht vom Alkohol kam. Sie hatte den beleibten Rechtsmediziner von Anfang an gemocht. Er hatte ihr einmal im Vertrauen gestanden, dass er seinen Vornamen dem Lieblingshund seiner Mutter verdankte und seinen Nachnamen den dänischen Wurzeln seines Vaters. Als dänische Dogge mit Gewichtsproblemen, so hatte er sich beschrieben und Willa damit Tränen vor Lachen in die Augen getrieben. So hätte sich Willa ihren Vater gewünscht, wenn der sich nicht schon vor ihrer Geburt aus dem Staub gemacht hätte.

Doch heute gab es Jimmy. Und manchmal welche wie Harro. Und den Beruf, der kam zu allererst.

»Habe ich das Fräulein Ösi gestört?«

Willa grinste. Harro liebte ihren Spitznamen. Sogar bei offiziellen Dienstbesprechungen nannte er sie so.

»Ich liege mit einem großen behaarten nackten Mann auf der Couch und ziehe mir einen Porno rein.«

Harro lachte und keuchte zugleich. Willa überlegte, ob das Keuchen von seiner Kurzatmigkeit wegen seiner vielen Pfunde kam oder ob sie manchmal mit ihrem deftigen österreichischen Humor zu weit ging. Doch Harro deNärtens war kein Weichei, das waren sie alle nicht. Willa wollte ihn lieber auf väterlichem Abstand halten, bevor er sich vielleicht noch Hoffnungen auf eine Affäre machte. Egal wie alt oder dick er war.

»Was verschafft mir denn die Ehre, Harro?«

»Wir könnten ein Opfer haben, das zu Monika Dahms Fall passt.«

»Was? Wieso hat mich Peter Kraus nicht …«

»Willa, hör zu! Eine Streifenpolizistin hat mich angerufen. Vor einer Stunde gab es einen Überfall auf eine junge Frau in der Krieler Straße in Lindenthal. Die Frau wurde übel zugerichtet. Gefesselt, geprügelt, getreten. Und geschnitten. Am Bauch. Kreuz und Quer. Ist auf dem Weg ins Krankenhaus fast verblutet.«

Willa richtete sich so schnell auf, dass Jimmy mit einem Ruck von ihrem Schoß fiel. Der Kater zog sich unter den Couchtisch zurück und beobachtete mit Sicherheitsabstand seine aufgeregte Mitbewohnerin.

»Und sie hat überlebt?«

»Ja, durch Zufall. Ein Nachbar hat wohl rechtzeitig die Polizei alarmiert. Ich bin im St. Elisabethkrankenhaus in Hohenlind und habe mir die Verletzungen angeschaut. Ich brauche die Genehmigung für DNS-Proben vom Opfer. Darauf warte ich noch, dann erst rufe ich Peter Kraus an. Verstehst du, Willa?«

Willa war schon auf dem Weg in den Flur und bückte sich nach ihren Turnschuhen. Jeans, Shirt, Lederjacke reichte.

»Bin schon fast da. Ist sie ansprechbar?«

Sie machte einen Umweg in die Küche, goss sich den Rest ihres aufgebrühten Kaffees in die Tasse, schluckte ihn kalt hinunter. Das musste reichen um den Alkohol gänzlich aus Kopf und Atem zu vertreiben.

»Noch nicht. Kann aber jederzeit aufwachen. Eine meiner Kolleginnen vom Institut ist auch schon auf dem Weg, diese Untersuchungen muss eine Frau machen. Komm einfach!«

Harro brach das Gespräch ab.

Willa steckte das Handy in ihre Hosentasche und suchte nach den Autoschlüsseln. Verdammt. Immer wenn man sie dringend brauchte, verschwanden sie.

Erst vor drei Wochen hatte Willa ihren alten Mazda 323 aus Graz nachholen können. Ihre Mutter Anna hatte einen Bekannten von Klaus Kunst rekrutiert, der nach Frankfurt musste. Der Mann hatte den Autozug genommen und sie hatten sich am Hauptbahnhof getroffen, wo Willa ihren alten Spezi übernommen hatte und mit ihm nach Köln zurückgefahren war. 183 000 Kilometer und 14 Jahre hatte er auf dem Buckel, fuhr aber wie einer, der direkt aus der Fabrik kam. Endlich hatte sie auch hier wieder vier Räder unter dem Hintern.

In ihren Eingeweiden rumorte es. Wenn Willa ehrlich war, hätte sie jetzt schon ihren kleinen Finger darauf verwettet, dass das Opfer im Krankenhaus und Monika Dahms den Täter gemeinsam hatten. Doch Bauchgefühl allein ließ Peter Kraus nicht gelten. Willa hatte ohnehin das Gefühl, dass er sich mit ihrer impulsiven Art nicht anfreunden mochte. In den letzten Wochen hatte sie schon öfter davor gezittert, dass der alte Rocker sie nicht mehr im Team haben wollte und sie zurück nach Graz musste. Harro gab ihr nun die Gelegenheit, sich vor allen anderen vor Ort mit dem Opfer zu befassen. War es derselbe Täter, hätte die SOKO Moni eine erste brauchbare Zeugin an der Hand.

Jimmy war Willa in den Flur gefolgt und gab ein besorgtes Mauzen von sich.

Willa bückte sich schnell und strich Jimmy über den Rücken.

Wieder miaute der Kater und legte die Ohren zurück. Willa sah die Autoschlüssel neben dem Regal. Sie musste sie heruntergeschoben haben, als sie sich darauf gehockt hatte, um mit Onkel Willi zu telefonieren.

»Danke, Süßer, das war der richtige Tipp!«

Jimmy drehte sich diesmal kommentarlos um und schlenderte ins Wohnzimmer auf die Couch. Wenn sie zurückkam, würde er sicher schon eingerollt schlafen.

»Bin gleich wieder da, Schätzchen!«

Willa verfolgte Jimmy und kraulte ihm die Ohren. Soviel Zeit musste immer sein. Er schnurrte.

So war sie also, die Lebenspartnerschaft mit einem Kater.

19

Torsten Schötter klingelte sofort Sturm.

Familie Kalb stand über der Klingel auf einem verschnörkelten Messingschild mit einer eingravierten schwarzen Rose. Torsten mochte solchen Schnickschnack nicht. Er mochte keine Rosen oder Blumen anderer Art, er mochte das Wort *Familie* nicht mehr, weil ihn Thea mit den Zwillingen vor über zehn Jahren verlassen hatte, und er mochte schon gar keine nachbarschaftlichen Spanner.

Klar war es gut gewesen, dass der Mann die Polizei verständigt hatte, aber wieso hatte einer mit Familie überhaupt Zeit am Fenster rumzuhängen und die Nachbarschaft auszuspionieren? Gute Frage für den Schötter und er würde eine Antwort bekommen, er hatte nicht vor sanft mit der Petze umzugehen. Ob er nun die junge Frau gerettet hatte oder nicht.

Der Schötter war nicht nur ungeduldig, er fühlte sich geradezu unwohl.

Das lag nicht allein an der Frau, die sie vor einer halben Stunde mit geschnetzeltem Bauch in der anderen Wohnung gefunden hatten. »Geschnetzelt« war ein gutes Wort für den Zustand des

Opfers, fand Torsten, auch wenn es in einem solchen Fall kaum gute Worte zu finden galt.

Letztendlich würde es auf eine Beziehungstat hinauslaufen, da war er sich sicher. Darauf lief es doch immer hinaus.

Er will, sie nicht. Es waren doch immer die Weiber, die ihr Leben öde fanden und ihre hart arbeitenden Männer verließen. Immer. So war das auch bei Thea gewesen.

»Es ist mir zu wenig«, genau das hatte sie gesagt.

Blass und aufgequollen vom vielen Heulen hatte sie ihm dieses Zuwenig als Abschiedsgruß hingeworfen und ihre Koffer gepackt. Nur Kinder und Küche waren ihr zuwenig gewesen. Auch seine Person war ihr zu wenig gewesen. Er ganz besonders war ihr zu wenig gewesen. Sein Gehalt, seine Kariere, seine Bildung, letztlich sicher auch sein Schwanz waren ihr zu wenig gewesen. Eins auf die Fresse hätte er ihr geben sollen. Nicht mitheulen wie ein verfickter Softie aus der höheren Schicht, der sich mit einem Aufsichtsratsposten oder einem sattem Erbe Villa und Pool und hübschere Frauen als Thea leisten konnte.

Das war es, was er sich seit zehn Jahren nicht verzieh, dass auch er, der Torsten, der Schötter, der Klischee-Bulle, der Schrecken der bösen Buben, der Saufkumpel, der FC Köln Fan, der Grillmeister und das Familienoberhaupt, geheult hatte wie ein kleiner geprügelter Junge.

Aber das war es nicht oder nicht nur, was ihm im Magen lag. Nicht die alte Suppe mit Thea und den Zwillingen, die alte unverdaute Demütigung. Letztlich hatte ihm das Singleleben besser gefallen, als er es sich bis heute eingestand. Sein lockeres Verhältnis zu Marie Loll war seit Jahren das offene Geheimnis auf dem Revier und ehrlich gesagt, der Neue von Thea, der Dieter, der Öbwalden, sorgte gut für seine Ex und die Mädchen. Augenscheinlich war der als Steuerberater nicht mehr zu wenig. Also genug. So hatten die ehemaligen Eheleute Schötter doch beide ihren Frieden gemacht, na ja, bis auf die Heulerei damals. Vielleicht war das Ganze mit der unverarbeiteten Ehe eine kleine Show von ihm, um Marie Loll auf Abstand zu halten. Ein zweites Mal gab es kein Gelöbnis. Immerhin hatte sich Marie noch nie beklagt.

Was Torsten im Magen lag, war die Begegnung im Hausflur, bevor sie zu der Wohnung im ersten Stock hochgestürmt waren. Der Mann im schwarzen glänzenden Pullover, in schwarzer Jeans, einfach der schwarze Mann mit der Quakstimme. Wie hatte der gesagt, dass er hieß? Verdammt, sein Gedächtnis ließ ihn genauso im Stich wie seine Reflexe.

Rolf Bauer oder so. Sein Hirn wurde langsam zum Sieb.

Melek hatte es sofort gewusst, die Besserwisserin, ja er sollte ihr doch mal seinen kleinen Schötter zeigen, väterliche Gefühle hin oder her, obwohl der ja auch mal zu wenig gewesen war und in seiner Leistungsspanne im Moment mit Marie Loll voll ausgelastet ist.

Rolf Sauer, so hieß der Mann.

Verfickte Scheiße! Nie im Leben hieß der Rolf Sauer. Der Typ hatte ihm einen beliebigen Phantasienamen zugeworfen und sich aus dem Staub gemacht. Der wohnte dort nicht, hieß nicht Bauer oder Sauer oder sonst wie. Sollte er ihn im Bericht doch erwähnen? Melek würde es tun. Die Arslan hätte diesen Mann auch nicht so mir nichts, dir nichts hinaus in den Maiabend spazieren lassen. Im Streifenwagen hatte Melek Torsten Gnade gewährt, ihm ihre Unterstützung signalisiert, kein Wunder nach dem ersten Schrecken und ihrer Kotzerei.

Aber würde sie sich an die Vereinbarung halten, wenn es sich später als gravierender Fehler bei den Ermittlungen herausstellen würde? Außerdem würde es ab heute der Keil in ihrer Partnerschaft sein, dass Torsten ihn einfach hatte gehen lassen. Er hatte sich ja quasi mit dem Typen verbrüdert.

Was, wenn der die Frau da oben …?

Verfickte und verdammte Scheiße, wenn es herauskam, dann war er schneller hinter dem Schreibtisch als ihm lieb war oder ganz draußen. Schwerer polizeilicher Fehler des Beamten vor Ort. Suspendierung. Frühpensionierung. Worte, die auch Torsten die Kotze hochtrieben. Oder die Tränen. Alle zehn Jahre mutierte er zur Heulsuse.

Ein älterer Herr öffnete.

Torsten Schötter zog eine Augenbraue hoch. Auch noch so ein alter Kacker als Spanner, großartig. Der Mann war mindestens Mitte Sechzig und sein nasses dünnes Haar klebte auf seiner Stirn. Hatte er gebadet? Er trug ein gebügeltes hellblaues Hemd und eine hellgraue Trainingshose. An den Füßen war er barfuss, als hätte er vergessen, wo seine Hausschuhe waren. Er roch intensiv nach Seife. Seine Gesichtsfarbe war von einem blassen Gelb und auf seinen Wangen konnte man hektische rote Punkte sehen. Außerdem zitterten seine Hände und er hielt sich am Türgriff fest.

»Torsten Schötter, Polizei. Sie haben uns angerufen?«

»Fritz Kalb, bitte, kommen Sie doch herein.«

Der alte Mann schwankte, als er den Türgriff losließ und voraus durch den Flur ins Wohnzimmer ging. Dort setzte er sich sofort auf das graue Zweiersofa und nahm eine gekrümmte Haltung ein. Torsten kam der Gedanke, dass er heute Abend nicht der einzige war, dem etwas Schweres im Magen zu liegen schien.

Torsten nahm gegenüber an der Kante eines ebenfalls grauen Lesesessels mit hoher Lehne Platz und holte seinen Block und den Stift aus seiner Uniformjacke. Zwischen ihnen stand ein niedriger hölzerner Couchtisch ohne Tischdecke. Die Einrichtung schrie förmlich nach Langeweile und Öde. Nur an den Wänden gab es eine regelrechte Flut an gemalten und gezeichneten Bildern. Wozu diese vielen Kleckserereien? Ein Wohnzimmer war kein Museum. Torsten fragte sich, wo denn der Rest der Familie Kalb geblieben war. Vielleicht im Zu-Wenig-Land.

»Ich muss Ihre Personalien und eine erste Aussage aufnehmen, Herr Kalb. Später werden Sie sicher noch meine Kollegen von der Kriminalpolizei aufsuchen. Wohnen Sie allein hier?«

Fritz Kalb zog die Luft mit einem tiefen Grollen ein. Sein Brustkorb hob sich bis zu den Schultern hoch und die roten Flecken auf den eingefallenen Wangen leuchteten auf wie Warnblinklichter.

»Ich bin Rentner. Und Witwer. Total allein.«

Dem Schötter ließen diese Worte eine Gänsehaut über den Rücken rieseln. Er nickte Fritz Kalb zu. Der räusperte sich, als hätte er mehr als einen Frosch geschluckt.

»Ich habe einen Neffen, den Kevin und der hat mir das Fernglas geschenkt. Meine Frau ist schon so lange tot und ich bin nach draußen und ...«

Der Zusammenbruch des alten Mannes kam mit solcher Geschwindigkeit, dass Torsten Schötter trotz seiner Kantenposition auf dem Lesesessel nicht rechtzeitig zu Fritz Kalb kam um ihn aufzufangen.

Fritz' Oberkörper fiel vornüber auf den hölzernen Couchtisch, der zwischen ihnen stand, sein Kopf schlug mit einem lauten Krachen auf das Holz. Fritz Kalb blieb nicht unten, sondern hob seine Stirn wieder an, um ein weiteres Mal krachend auf die Tischplatte zu fallen. Und noch einmal von vorne. Kopf auf Holz.

Torsten musste an einen überdimensionalen Specht denken, der auf der Suche nach Nahrung einen Baum malträtierte. Nur das Fritz Kalbs Kopf und Kiefer nicht zum Schlagen oder Hämmern auf Holz gebaut waren. Schon beim zweiten Mal zeigte sich Blut auf der Stirn des alten Mannes und als Torsten endlich Stift und Block fallen ließ und mit einem großen Schritt die Seite wechselte, liefen auch aus der Nase und über die Lippen des Alten rote Blutfäden.

Torsten Schötter dachte an das Gebiss alter Leute und die Preise beim Zahnarzt. Dann dachte er an seine eigenen verlangsamten Reflexe und seine falsche Entscheidung vorhin und kam sich älter vor als der ausgeflippte Witwer. Er presste seine Hände auf Fritz Schultern und drückte ihm sein Knie in die Lenden, um ihn von einer weiteren Vorwärtsbewegung abzuhalten.

»Mann, was ist denn? Scheiße! Reißen Sie sich zusammen, Mann …«

Torsten Schötter holte mit links aus und knallte dem Alten eine auf die Backe. Das Klatschen war besser als das Klopfen, auch wenn die gelbliche Haut von Fritz sofort anschwoll. Torsten spürte das Blut auf seiner Hand und ekelte sich vor dem Alten und vor sich selbst. Er fühlte sich hilflos und schäbig, einen alten Kerl ins Gesicht zu schlagen.

Doch der Schlag brachte Fritz Kalb endlich wieder in eine aufrechte Position. Er dehnte seinen Oberkörper weit nach oben, Torsten hörte ein lautes Knacken im Rücken des Alten und seine Hände krampften sich zu Fäusten. Seine wässrigen Augen sahen zu dem Polizisten auf und darin lag eine Mischung aus Schuld, Angst und grenzenloser Panik. Torsten Schötter ließ den Druck auf Fritz Hüften und Schultern langsam abebben. Mit hoher Wahrscheinlichkeit hatte er dem alten Mann auch noch blaue Flecke und einen Bluterguss zugefügt.

Torsten blickte sich im Zimmer um. Auf einer Kommode sah er neben einem Foto einer recht hübschen rothaarigen Frau Taschentücher liegen.

»Wenn ich Sie jetzt loslasse und da rübergehe, versprechen Sie mir, nicht wieder auszuflippen?«

Fritz Kalb nickte nur. Dann fuhr er sich mit dem rechten Hemdsärmel über Lippen und Nase. Der hellblaue Stoff färbte sich sofort dunkelrot. Seine Lippen zuckten vor Schmerzen, doch Fritz stöhnte nicht auf. Sein Blick ging nach unten und blieb auf dem blutigen Ärmel hängen. Torsten riskierte es, den alten Mann loszulassen.

Der Alte redete los wie eine Gewehrsalve.

»Ich habe mein Hemd und meine Hose in die Maschine gesteckt und gewaschen. Währendessen habe ich geduscht und meine Haare gewaschen. Aber da, das Blut folgt mir. Wie vorhin auf der Straße. Ich bin aus der Tür und in den Großen hineingerannt. Sein

Pulli war nass. Nass von Blut. Seine Stimme war ein hohes Quäken. Dann war ich voller Blut. Ich habe alle Beweise vernichtet und bin schuldig. Aber mein Neffe, der Kevin, kann nichts dafür, der hat mir das Fernglas geschenkt. Meine Frau ist schon so lange tot und ich bin einsam.«

Torsten Schötter blieb in der Bewegung, im Schritt Richtung Kommode stehen. Er wandte Fritz Kalb den Rücken zu, als dieser seine gestammelten Sätze von sich gab.

Der Große. Der Mann. Mit dem Pulli. Nass glänzend von Blut. Auf der schwarzen Wolle nicht zu erkennen. Mit der gekünstelten quäkenden Stimme.

Rolf Sauer. »Von ganz oben«, hatte der gesagt.

»Hau mal ab, Mann, meine hübsche Kollegin wird sich deinen Namen merken«, hatte Torsten gesagt.

»Wenn Sie mich verhaften, muss ich noch meine Schwester anrufen. Bitte!«, sagte Fritz Kalb hinter ihm.

Der Torsten, der Schötter schüttelte nur seinen Kopf. Seine Kehle verengte sich. Alle zehn Jahre. Und seine Ex Thea hatte recht gehabt.

Er war zu wenig.

20

Der Abend im Literaturcafé *Goldmund* neigte sich dem Ende zu.

Peter kam es vor, als hätte er heute mal wieder als einziger den Mund aufgemacht, die richtigen Fragen gestellt.

Apropos, er persönlich fragte sich sowieso, warum Leute zu einem Literaturabend mit anschließendem Gespräch mit dem Autor kamen, um hinterher einfach nur dumm dazusitzen und mit aufgeschlagenem Buch auf das Signieren zu warten. Selbst wenn der Autor den Durchbruch noch schaffen konnte und dann sicher nicht mehr hier sitzen und lesen und seinen Hut rumgehen lassen würde, konnte man mit solchen Unterschriften ein Buch doch eher versauen als aufwerten. Wenn er endlich mit seinem eigenen Buch beginnen würde, würde er sich das Signieren verbieten. Damit könnte er seinen Marktwert sicher noch steigern, dann, wenn dieses Buch einmal fertig sein würde.

Heute hatte er Fragen an den anderen Autor gestellt. Fragen nach dem Hintergrund. Fragen nach dem Wie und Warum. Das Bohren. Das Nachhaken.

Peter kam deshalb. Jemand, der schrieb und ein spezielles Thema wählte, musste darauf gefasst sein, zu sich und seinen Theorien befragt zu werden. Egal, welches Genre.

Natürlich war dieser Abend komisch gemeint. Natürlich wollte der Autor, ein gewisser Clemens Koch, mit seinem Thema über Kochsendungen und Laienköche unterhalten. Aber es durfte doch die Frage gestattet sein, ob der Mann tatsächlich Koch hieß und übers Kochen schrieb und ob er wirklich nur Frauen getroffen hatte, die nicht kochen konnten und ob seine Oma tatsächlich einen Strudelteig ziehen konnte, durch den man die Zeitungsannoncen sah und sie nur deshalb Opa an Land gezogen hatte. Welche Zeitung hatte man durch den Teig eigentlich gelesen und war es später eine süße oder herbe Strudelfüllung geworden? Peters Fragen waren von penetranter Art.

Peter kam zu jeder dieser einmal im Monat stattfindenden Literaturlesungen unbekannter Autoren im *Café Goldmund.* Diese Freitagabende gehörten zu seinem Pflichtprogramm genauso wie die Lese-Matineen, die es in unregelmäßigen Abständen am Sonntag gab. Schließlich wohnte er dem *Goldmund* gegenüber, war arbeitslos, nur so lange bis sein Buch fertig sein würde. Also war er kein asozialer Schmarotzer.

Kunst konnte niemals schaden, kostenlose Unterhaltung ebenso wenig. Hier, im meistens überfüllten Nebenzimmer des *Goldmunds*, unter den anderen Literaturfreunden, fühlte er sich wieder als Teil der Gesellschaft. Unter Leuten, unter Menschen, die ihn, wenn er seine Fragen stellte, wahrnehmen mussten. Hier war er keine Nummer, sondern ein gleichwertiger Zuhörer und Gast.

Den einen Kaffee zur Lesung konnte man sich auch mit Hartz IV noch leisten. Überhaupt dankte er jeden Morgen dem Regelsatz und der bezahlten Wohnung mit Dusche und Etagenheizung. Peter war keiner, der sich beschwerte, Peter war einer, der sich duckte und im System nicht auffallen wollte. Bis jetzt hatte seine Taktik gut funktioniert. Morgens lange zu schlafen war mehr wert als unterbezahlte Arbeit. Ein-Euro-Jobber mussten oft auch samstags arbeiten. Unvorstellbar, morgen früh raus zu müssen. Er tat doch keinem weh mit seinem kleinen Unterhalt. Und später konnte er der Gesellschaft etwas zurückzahlen, mit seinem Buch. Wann auch immer. Wie auch immer. Dazu wollte er sich selbst keine Fragen stellen, die waren exklusiv für die unbekannten lesenden Autoren reserviert.

Krimis, Grusel, Frauengeschichten, alles war dazu da, gehört und auch befragt zu werden. Autoren, die schon mehrmals hier gelesen hatten, rollten mit den Augen, wenn sie Peter in der letzten Reihe auf dem Sofa sitzen sahen. Nach ihren Vorträgen, in der sogenannten Autorenfragestunde hob er immer und immer wieder die Hand wie ein wissbegieriger Oberschüler und die anderen Zuhören mussten ihre Köpfe drehen, um ihn zu sehen. Die Jungautoren fühlten sich verpflichtet brav zu antworten und die Köpfe gingen wieder nach vorne. Hin und Her wie bei einem Tennismatch.

Solange, bis der Vorleser genug hatte oder der Wirt und Chef des Literaturcafés die Fragestunde aufhob. Peter wurde im Laufe der Zeit schon eine Institution für sich und bildete sich ein, dass manche der Besucher gerne auch seinetwegen und seiner Fragen wegen kamen.

Heute war die Fragestunde eine Qual für alle Anwesenden – außer für Peter. So witzig und unbeschwert Clemens Koch sein Buch auch geschrieben hatte, so untalentiert war der junge Autor doch in freier Rede. Eine geschlagene Stunde hatte Peter ihn traktiert und bloßgestellt mit seinen oft unnötigen und seltsamen Fragen. Fast die Hälfte der Zuhörer war bereits leise nach Hause gegangen, nur die eingefleischten Signierfans warteten geduldig. Der Wirt hatte Peter schließlich gestoppt und dafür auch heute Applaus geerntet. Peter hatte es für sich beansprucht. Danke, sagte das Klatschen, danke, dass wenigstens einer nachgefragt hat.

Die Verbliebenen drängten sich vorne am Tisch des Autors. Peter schlürfte den Rest seines inzwischen kalten Kaffees und sah sich die Herde der Nichtfrager und Signiergierigen mit einem verächtlichen Grinsen an.

»Hey Peter, Kumpel!«

Peter sah auf.

Sein Kumpel ragte neben dem Sofa auf wie ein Turm.

Der große Mann mit den dunkelblonden Haaren kam seit letztem Herbst zu den Lesungen. Er war einer der wenigen gewesen, die auch eine Frage zu einem Liebesroman aus der Zeit von Ludwig XIV. gestellt hatten und war Peter damit sympathisch aufgefallen. Außerdem waren an diesem Abend Peter und sein Kumpel die einzigen Männer gewesen und Peter hatte sich nach der Fragestunde sofort mit einem »Ich bin der Peter, hallo!« neben ihn gesetzt.

»Hey Kumpel«, hatte der Große zu ihm gesagt und keine Sekunde später war auch eine junge Frau zu ihnen gestoßen und Peter hatte nichts mehr über den Mann herausfinden können. Aber am nächsten Literaturabend hatte er seinem neuen Kumpel gleich zugewunken und ihm einen Platz neben sich auf dem Sofa angeboten.

Der Mann hatte auch nach der nächsten Lesung Fragen an den Vorleser gestellt, als Peter ihm kurze Momente Luft dazu ließ, noch dazu zwei gute und eine witzige, und Peter mochte ihn noch mal ein wenig mehr. Danach allerdings hatte er wieder mit einer anderen Frau ein Gespräch begonnen und Peter links liegen gelassen. Der Große kam gut an beim weiblichen Publikum. Peter nahm es sportlich und hielt den Platz neben sich im nächsten Monat wieder frei.

In der letzten Zeit hatte der Große nur ein einziges Mal bei den monatlichen Literaturlesungen gefehlt und trotzdem war es Peter nicht gelungen, weiteren Kumpelkontakt zu ihm aufzunehmen. Wenigstens seinen Vornamen hätte er gerne gewusst.

»Auch ein Hey, du mein Kumpel, du!», stammelte Peter mit großen Augen. Es war das erste Mal, dass der Große Peter von sich aus ansprach.

Der Mann schien heute etwas verwirrt oder irritiert zu sein, sein Haar war noch nass, als ob er es vergessen hätte nach dem Waschen zu föhnen. Auf seiner Stirn waren dunklere Flecken. Tönte er seine Haare? Sein Shirt wirkte wie zu oft getragen, wie aus der Altkleidersammlung gefischt. Außerdem war es ihm sicher zwei Nummern zu klein.

Der Mann setzte sich neben Peter. Peters Herz schlug schneller. Heute war endlich der Abend der Verbrüderung.

Peter ging in medias res.

»Hast heute ein Buch über Kochen und Frauen verpasst ...«

Der Mann sah ihn direkt an. In den Augen des Großen lag für einen Moment eine Tiefe und Kälte, dass Peter sich einen neuen und vor allem heißen Kaffee gewünscht hätte. Vielleicht hatte der Mann einen Unfall gehabt oder seine Frau hatte ihn verlassen, wenn er denn verheiratet war? Peter sah auf die Hände des Großen. Die Fingerknöchel waren rot und geschwollen, die Ränder der Nägel dunkel.

»Alles okay mit dir Kumpel?«

Der Blick des Großen hellte sich auf.

»Hast du mich nicht gesehen, Peter? Ich stand an der Tür, kam zu spät rein.«

Peter überlegte.

Zögerte kurz. Der Raum war übervoll gewesen.

Nach dem Beginn der Lesung hatte sich Peter auf den Autor fixiert und nachher war er mit seinen Fragen beschäftigt gewesen. Und doch, er mochte Zuhörer nicht, die zu spät kamen und die

Tür wie Diebe aufmachten, sich zu einem freien Platz schlichen oder peinlich berührt in der Ecke stehen blieben. Von seinem Sofa in der letzten Reihe war ein Nachzügler nicht zu übersehen. Er warf den Zuspätkommern immer gerne einen bösen Blick zu. Peter musterte seinen Kumpel irritiert, doch als ihm der Mann seinen Arm um die Schulter legte, überwog die Freude über die kameradschaftliche Geste.

»Darf ich dir noch einen Kaffee spendieren, Peter?«

Peters Herz schlug mit einem Mal schneller.

Als hätte jemand in seiner Einsamkeit ein Licht angezündet. Er bekam endlich die Gelegenheit mehr über seinen Kumpel zu erfahren, Peter war doch der König der Fragen. Wer weiß, was sich daraus noch ergab? Eine Kumpelfreundschaft fürs Leben? Vielleicht später sogar das Thema von Peters Buch. Peter nickte gerührt und der Große erhob sich schnell, ging aus dem Nebenraum an die Theke, um zu bestellen.

Zwei Frauen lösten sich mit jeweils einem Buch in der Hand vom Autorentisch und setzten sich Peter gegenüber.

Sein Kumpel kam zurück, sah die Frauen. Setzte ein sympathisches Lächeln auf. Sein Blick war wieder offen und direkt. Man konnte sein enges Shirt, die Flecken auf der Stirn und die schmutzigen Nägel leicht übersehen.

Der Mann war ein Frauentyp, ganz klar.

»Mesdames, ich gebe eine Runde aus, möchten Sie sich anschließen?«

Peter wollte protestieren, sich gegen die Störung ihrer Kumpelzweisamkeit auflehnen. Doch dann dachte er an den freien Kaffee und die Gesellschaft der beiden Frauen. *Mesdames* klang echt gut. Musste er sich merken. Peter rieb sich die Hände, griff nach seiner vollen heißen Kaffeetasse und pustete über den Rand.

Peter und sein Kumpel machten einen drauf.

Und Peter musste morgen nicht früh raus.

21

Dieses Mal erwachte Helene direkt in ihrem Körper.

Keine Spinne, kein Freiflug an die Decke oder über Köln. Das außerkörperliche Reiseangebot war wohl zu Ende gegangen.

Helene öffnete ihre Augen.

Alles lag glasklar vor ihr.

Sie lag in einem Krankenbett.

Helene fühlte keinen Schmerz. Ihr Körper gab keine nennenswerten Signale von sich. In ihrer linken Hand steckte eine Nadel, die mit zwei weißen Pflastern befestigt war. Daran hing eine Kanüle und an dieser ein langer dünner Schlauch, der über ihre linke Schulter nach oben führte zu einem silbernen Ständer, an dem wiederum ein Infusionsbeutel befestigt war. Hinter dem Ständer ein kleines Nachtkästchen, auch in weiß. Eine leere Vase stand darauf, wartend auf Blumen. Weiter hinten ein großer Kasten mit Knöpfen und Reglern und einem Monitor, der aber ausgeschaltet war.

Ihr anderer Arm steckte in einer Schlinge. Über Nase und Mund spürte sie eine Plastikmaske, Sauerstoffversorgung.

Wenn sie den Blick senkte, konnte sie über das Plastikteil hinweg auf eine weiße Decke schauen. Ihr Bauch ein heller Hügel, ihre Knie und Füße kleine Erhebungen, die im gedämpften Licht des Krankenzimmers graue Schatten auf das Weiß des Lakens warfen. Das Licht oben an der Zimmerdecke war ausgeschaltet, nur über der Tür und hinter Helenes Kopf gab es Lichtquellen.

Vorne an der Mauer ein schmaler Schrank, daneben eine Tür, die nur angelehnt war, der Eingang zu Dusche und WC. Links eine breitere Eingangstür, rechts direkt neben dem Bett ein Stuhl. Darauf eine junge Frau, die mit ihrem Handy spielte und abwechselnd an ihren Nägeln knabberte.

Helene atmete tief ein.

Die Frau blickte sofort auf und sah Helene direkt in die Augen. Über ihre schmalen Lippen huschte eine kurze Welle, die ein

Lächeln sein konnte, dann beugte sie sich mit ausgestrecktem Arm über Helenes verbundene Schulter und drückte den Rufknopf.

Helene keuchte und das Plastikteil beschlug.

»Gleich kommt jemand und nimmt Ihnen das Ding ab.«

Die Mundwinkel der jungen Frau zuckten wieder nach oben. Ihr Blick hastete von Helene zu ihrem Handy, sie schien in Eile zu sein oder zumindest unter Stress zu stehen.

Sie war schmal gebaut, wirkte wie ein Kind mit großen Augen und kleinen Händen. Ihre dunklen Haare kräuselten sich vorne an der Stirn und waren hinten zu seinem Pferdeschwanz hochgebunden.

Helene erinnerte sich daran, vor Jahren *Die Nebel von Avalon* gelesen zu haben. Oma Irmi hatte ihr das Buch zu Weihnachten geschenkt. Das letzte Weihnachten vor ihrer Lungenentzündung, die Irma Pintao schließlich von dieser Welt geholt hatte.

Helene hatte das Buch in drei Tagen verschlungen und es später noch mehrmals gelesen. Sie war in dieser Interpretation um die Artussage regelrecht versunken. Doch am meisten hatte sie die Stellen auf der heiligen Insel Avalon geliebt, die Gemeinschaft von Priesterinnen und zauberkundigen Frauen stellte sie sich einfach herrlich vor. Vor dem Einschlafen malte sich ihre Phantasie dieses märchenhafte Land hinter den Nebeln aus, sie selbst streifte durch die Apfelbaumalleen und traf auf die Bewohner dort.

Die junge Frau neben dem Krankenbett trug zwar legere Jeans und eine Lederjacke, aber mit einem dunklen Umhang und einem Mond auf der Stirn hätte Helene jetzt gedacht, dass Morgan le Fay aus dem Buch entstiegen wäre, die Nebel geteilt hätte und zu ihr ans Krankenbett geeilt war.

Die Tür links öffnete sich und eine korpulente Krankenschwester in einem weißen Kittel und einem blonden Knoten auf dem Kopf kam herein. Sie drückte auf einen Schalter neben der Tür und eine harte weiße Helligkeit ließ das Krankenzimmer erstrahlen. Die Frau lächelte ein routinemäßiges Lächeln und rückte ihren weißen Kittel zurecht. Helene ordnete ihr die Rolle einer untergeordneten Priesterin der heiligen Insel zu. Sie trat an Helenes Bettkante.

»Ja, da ist ja jemand endlich wieder zu sich gekommen. Schön, schön.«

»Könnten Sie ihr die Sauerstoffmaske abnehmen?«

Morgan le Fays Stimme klang befehlsgewohnt und wirkte zu tief und voll für den schmächtigen Körper.

»Chefarzt Doktor Horms ist gleich hier.«

»Wenn Sie es auch machen können, machen Sie es.«

Morgana widersprach man nicht.

Wer würde wohl als Nächstes kommen, Arthur mit dem sagenumwobenen Schwert oder Lancelot, der unglückliche Galan der schönen Königin Guinevere?

Die Krankenschwester, oder besser Priesterin, kontrollierte den Infusionsbeutel am Ständer und ihr dicker Busen nahm für einen Moment Helenes gesamtes Blickfeld ein. Dann tauchte ihr rundes Gesicht vor Helenes Augen auf und sie zwinkerte ihr zu. Mit Daumen und Zeigefinger hob sie die Maske an und schob sie langsam über Helenes Stirn nach hinten. Helene merkte erst jetzt, dass ihre Nase mit einem ebenfalls weißen Pflaster beklebt war. Eingepflastert und verhüllt wie eine Mumie war sie.

»Bekommen Sie selbstständig Luft?«

Helene versuchte gleichmäßig weiterzuatmen und stellte erfreut fest, dass ihre Lunge sich ohne Anstrengung hob und senkte. Sie wollte etwas sagen, aber nur ein trockenes Krächzen kam aus ihrer ausgedörrten Kehle. Durst. Wenn sie wieder sprechen konnte, würde das ihr erstes Wort sein. Helene nickte und deutete auf ihre Kehle.

Wieder zwinkerte die Priesterin und Helene versuchte zu lächeln. Doch ihre Lippen waren so trocken und spröde, dass der Versuch sie zu einem Stöhnen bewog.

»Schmerzen?«

Helene verneinte mit einer vorsichtigen Drehung ihres Kopfes. Die Muskeln in ihrem Nacken knirschten.

»Durstig?«

Helene hätte die Priesterin küssen können. Ihr Nicken war stärker, sodass der Infusionsschlauch neben ihr wankte.

»Ich hole Tee, dann geht es gleich besser.«

Die Priesterin drehte sich vom Krankenbett weg und zu Morgan le Fay hin.

»Bitte warten Sie mit allem Weiteren, bis der Arzt hier ist. Ja?«

Morgana stand auf und nickte ihrerseits der Priesterin zu. Dieses Nicken drückt eher ein stolzes »wir werden sehen« aus. Die Priesterin blieb noch einen Augenblick an der offenen Tür stehen und schien zu überlegen, ob es wirklich in Ordnung war, die Kranke mit der Zauberin allein zu lassen. Doch dann drehte sie sich schnell um und verschwand aus dem Zimmer.

Morgan le Fay kam um das Bett herum und an Helenes linke Seite. Vorsichtig setzte sie sich an den Rand des Bettes. Sie schob ihre kurzen Finger unter Helenes Hand mit der Kanüle. Ihre Haut fühlte sich weich und zart an. Sie dehnte ihren Oberkörper nach vorne, bis sich ihr Gesicht fast in gleicher Höhe mit dem von Helene befand.

»Wissen Sie, warum Sie im Krankenhaus sind?«

Helene schloss die Augen.

Ihr Hirn war gläsern wie das Wasser, das Avalon umfloss. Ihre Erinnerungen schwammen wie flitzende Fische darin.

Glocken. Vanille. Eine Spinne und ein Netz. Nein, eine Spinne ohne Netz. Der Küchenstuhl im Schlafzimmer. Gehört dort nicht hin. Eine überdimensionale Werbeseite in der Familienzeitschrift *Elefant* mit roten Klumpen, die Blut sein konnten. Ein Messer. Schaumkronen über den Wellen eines Meeres. Des roten Meeres. Eine Reise, ein Kuss. Hatte sie jemand ausgezogen? Ja, aber es hatte keinen Sex gegeben. Aber Leidenschaft, die Leiden schafft. Ein

Spruch von Oma Irmi. Oma Irmi kauft das Buch *Die Nebel von Avalon* für ihre mittlere Enkelin. Helene geht baden. Über allem der Duft einer Peperoni Pizza mit extra viel Käse.

Helene merkte, dass Morgana schon längst wieder zu ihr sprach. Ihre dunkle Stimme drang über die heilige Insel.

»... somit könnten der Überfall und der Mord in einem direkten Zusammenhang stehen. Wir brauchen die Proben jetzt. Draußen wartet mein Kollege. Geben Sie Ihr Einverständnis?«

Helene versuchte den Weg eines der Fische in ihrem Erinnerungssee zu verfolgen. Ihr kam es so vor, als würde ihr Hirn vor Anstrengung knacken.

Der Überfall.

Ja, sie war überfallen worden. Ein Überfall in ihrer eigenen Wohnung. Sie hatte baden wollen und es hatte geklingelt. Sie war an die Tür gegangen, um die bestellte Pizza anzunehmen. Da war dieser große Mann gewesen. Wer war in den Nebeln von Avalon der eigentliche Böse gewesen? Morganas inzestuös mit Arthur gezeugter Sohn. Sein Name war böser Wolf? Nein. Falsches Märchen. Zuviel leere Stellen in ihrem Kopf.

Helene hätte schwören können, dass aus ihrem Hirn Rauchfäden aufsteigen müssten, so konzentrierte sie sich. Morganas Daumen bewegte sich auf Helenes Handfläche.

»Die Proben! Geben Sie Ihr Einverständnis?«

Helene nickte wieder. Den Kopf zu bewegen war schließlich alles, was sie seit ihrem Erwachen tun konnte.

Morgan le Fay schien vor Helenes Augen fröhlicher zu werden, sie hatte wieder einmal ihren Willen durchgesetzt. Sie löste ihre Finger von Helenes Hand und hastete zur Tür. Riss sie förmlich auf. Verschwand um die Ecke.

Im selben Moment kam die einfache Priesterin zurück. Mit einer Kanne Tee. Sie stellte die Kanne am kleinen Nachtkästchen ab und holte einen Lappen aus der Schublade. Benetzte ihn mit der

Flüssigkeit und drückte ihn weich auf Helenes Lippen. Das war wahrlich wie Magie. Eine Träne der Dankbarkeit löste sich automatisch aus Helenes Augenwinkel.

Bewegung an der offenen Türe zum Krankenzimmer. Morgana kam zurück. Mit ihr ein dicker Mann, der die Priesterin in seiner Fülle mindestens verdoppelte. Merlin? Helene erinnerte sich, dass der Druide im Buch immer als groß und schlank beschrieben wurde, doch der Mann strahlte ein Wissen und eine Ruhe aus, dass Helene beschloss in ihrer Geschichte würde er Merlin mit Wohlstandsbauch sein. In ihrer Phantasie konnte sie das Drehbuch bestimmen. Es machte Helene mit einem Mal Spaß. Das und die herrliche Flüssigkeit auf ihren Lippen ließen sie kichern. Es klang nach außen wie das Gurren einer Taube.

»Das tut gut, nicht?«

Die Priesterin tauchte den Lappen wieder in den Tee und diesmal rannen Tropfen über Helenes Lippen in ihren Mund. Ihre Zunge jubelte. Wie edles Öl rann die Flüssigkeit ihre Kehle hinunter und endlich konnte sie einen ersten Laut von sich geben.

»Daaa…«

Danke.

Der dicke Merlin tauchte auf ihrer rechten Seite auf und strich ihr sanft über Wange und Stirn. Seine fülligen Finger fühlten sich samtig wie die Pfoten einer Katze an.

»In den nächsten Minuten wird eine Mitarbeiterin von mir, Frau Doktor Milla Latisch, eintreffen und einige Proben und Abstriche von ihrem Körper nehmen. Wir brauchen das dringend für weitere Untersuchungen. Wir werden es mit der größten Vorsicht und dem größten Respekt tun, keine Angst. Wenn Sie einverstanden sind, könnten wir auch einen Abstrich nehmen um festzustellen, ob Sie vergewaltigt worden sind.«

Morgana tauchte neben Merlin auf. Sie wirkte neben dem fülligen Druiden wie ein Grashalm neben einem Apfelbaum. Der Dicke drehte sich zu der Zauberin um und sagte so leise etwas zu ihr, dass Helene nur ein Wispern mitbekam. Dann kam sein rundes Gesicht wieder in ihr Blickfeld und diesmal verdeckte seine Gestalt Morgana vollkommen, so als hätte sie sich im Nebel aufgelöst. Merlin strahlte Zuversicht aus.

»Alles wurde mit Frau Dr. Kerry, der Notfallärztin, und dem Chefarzt, Herrn Dr. Horms, der Ihren Fall soeben persönlich übernommen hat, abgesprochen. Sie helfen uns und sich selbst mit Ihrem Einverständnis. Danke. Danke für Ihren Mut.«

In diesem Moment betrat eine weitere Figur aus den Nebeln von Avalon das Krankenzimmer. Ein schlanker Mann in einem weißen Kittel. Groß. Mit dunklem Haar.

Helene erkannte den Großen sofort.

Das war er.

Der Sohn von Morgana. Der einzige, inzestuös gezeugte Sohn von König Arthur. Am Ende der Mörder seines Vaters. Der Zerstörer des Imperiums. Der Weltenvernichter. Der schwarze Mann.

Mordred!

Mordred, so lautete sein Name.

Es gab einen Namen für das Ding und das Ding nahm Gestalt an.

Die gute Magie in dem Zimmer verschwand. In Helenes Kopf begann sich ein Rad zu drehen voll wirrer Gedanken und schlimmer Empfindungen. Morgana und Merlin würden sie opfern auf dem Altar der Proben, die sie so dringend haben wollte. Oma Irmi war schon so lange tot. Lag mit Augen, die am Ende stecken geblieben waren, in ihrem Sarg. Kein Schutz, kein Entkommen, Mordred hatte die Führung übernommen. Avalon begann hinter den Nebeln zu versinken und mit ihm alle anderen Figuren der Geschichte bis auf den einen.

Helenes Stimmbänder fanden Halt an ihrer befeuchteten Kehle und sie bereitete sich auf einen Schrei vor. Sie hob und senkte die Brust um Anlauf zu nehmen. Der Schrei musste gewaltig sein. Musste die heilige Insel erschüttern. Bevor sie mit dem Pumpen nach Atem fertig war, schob sich ein Bild zwischen sich und der Realität.

Mordred, der schwarze Mann, zückte plötzlich ein Schwert.

Nein, ein Messer.

Er kam mit zwei großen Schritten an Helenes Krankenbett und hob das Messer weit nach oben, es glitzerte im harten Licht der Lampe. Dann fuhr es nach unten, schnitt mit einer Leichtigkeit durch die weiße Decke, tiefer durch ihre Haut, ihre Muskeln, ihre Eingeweide, hielt erst an, als es ihre Wirbelsäule berührte und dort auf Widerstand stieß. Keiner der Anwesenden schien sich daran zu stören, keiner half ihr. Blut schoss in hohem Bogen aus ihrem Bauch und ein roter See breitete sich auf dem weißen Laken aus.

Endlich war Helene bereit für ihren Schrei.

Da hob Morgan le Fay ihre Arme und deutete in ihre Richtung. Morganas Lippen murmelten magische Worte und die Nebel senkten sich über Helene.

22

Um sechs Uhr morgens, am Samstag, den 5. Mai, trafen sie sich im Konferenzraum des Polizeipräsidiums am Walter-Pauli-Ring 2-4, rechtsrheinisch, auf der *Schäl Sick*, ein alter Begriff für falsche Seite.

Das Team.

Nach diesem Wochenende würde es wieder dutzende weitere Mitarbeiter geben, die sich mit Anrufen, Auswertungen und Hinweisen beschäftigen. Doch der heutige Morgen gehörte nur ihnen.

Der SOKO Moni.

Der erste Kriminalhauptkommissar, Peter Kraus, Spitzname *Der alte Rocker*, leitete die SOKO.

Peter Kraus war zwar mit seinen 59 Jahren jünger als sein Namensvetter, aber weder musikalisch noch gutaussehend. Seine schwindenden Haare und seine Hakennase machten ihn eher zu einem Typ, der einem hässlichen Geier ähnelte. Wenn man seine drei hübschen Töchter und seine ebenfalls entzückenden beiden Enkeltöchter sah, war man froh, dass sie alle nach seiner Frau kamen.

Er hatte den inneren Kern seiner Mannschaft bewusst klein gehalten. Alles Interne und Wichtige wurde zwischen den sechs, mit ihm sieben, Leuten ausgetauscht, die er in die SOKO berufen hatte.

Den Platz neben Peter Kraus schnappte sich Kriminalkommissar Frank Zauber, seit gestern 52.

»Na, gestern gefeiert, Zauberer?«

»Dass ich wieder ein Jahr älter bin? Nö! Keinen Bock!«

Seit fast dreißig Jahren war Frank ohne Unterbrechung bei der Mordkommission Köln tätig und immer noch »nur« Kommissar. Natürlich hätte er mehr Ehrgeiz an den Tag legen können, aber seit seiner Scheidung war er froh mit seiner Einsamkeit klar zu kommen und kümmerte sich nicht mehr um eine Karriere. Er hatte die Nachtstunden im Hildegardis Krankenhaus verbracht, aber vergebens auf das Erwachen des Zeugen Fritz Kalb gewartet.

Kriminaloberkommissarin Dr. Marielle Kaiser-Rhön brachte eine Schachtel mit frischen Croissants auf den Tisch, deren appetitlicher Duft nicht zu dem Grund, weswegen sie alle hier waren, passen wollte. Marielle trug eine gelbe Jogginghose, Peter Kraus fragte sich, ob sie vor dem Teamtreffen Laufen gegangen war. Sie klappte ihren Laptop auf und rief die aktuellen Meldungen im Internet auf. Dazu die ersten Auswertungen der Spurensicherung.

»Ich hoffe, du hast auch an den Latte Macchiato zu den Hörnchen gedacht?«

Clemens Wächter, ebenfalls Kriminaloberkommissar, gähnte in seine hohle Hand. Er setzte sich seinem Chef gegenüber, stierte auf die gepflegten Fingernägel seiner rechten Hand. Er hatte es übernommen, die Eltern von Helene Pintao aus dem Schlaf zu reißen. Sie waren inzwischen im Krankenhaus eingetroffen.

»Wir sind nicht zum Vergnügen hier!«, mahnte der alte Rocker.

»Trotzdem sollten unsere Gehirne positiv gestimmt werden. Bei mir geht das ausschließlich über gutes Essen.«

Harro de Närtens, der füllige Gerichtsmediziner betrat zusammen mit Sandra Kano, die für Presse-und Öffentlichkeitsarbeit zuständig war, den Raum. Sandra, die wegen ihres Wangen-Piercings *Cheeks* gerufen wurde, hatte einen Stapel ausgedruckter Seiten unter ihre Achsel geklemmt.

»Für Kaffee wäre doch diese Woche Clemens zuständig oder?«

Clemens Wächter gähnte wieder und zuckte mit den Schultern. Sandra Kano begann die Ausdrucke zu verteilen.

»Hier habe ich schon mal die ersten Infos für alle ausgedruckt.«

Marielle warf ihrer Kollegin einen langen Blick zu.

»Eine Rundmail hätte genügt, Cheeks.«

Sandra Kano schnaubte: »Und wer bitte kriegt Peters Zorn ab, wenn Clemens oder der Zauberer wieder mal nicht ihre elektronische Post abgefragt haben?«

»Wenn alle da sind, möchte ich gerne anfangen.« Peter Kraus klopfte auf den Tisch.

»Unser Fräulein Ösi fehlt …«

Als die Sonne bereits am Kölner Himmel aufgegangen war, kam Willa Stark völlig verschwitzt als letzte in den Konferenzraum gehetzt. Aber mit einem langen Karton in Händen in dem sieben Kaffeebecher hin und her schwankten.

Nach dem Besuch im Krankenhaus war Willa direkt an den Tatort in der Krieler Straße 9 gefahren und hatte sich einen ersten Überblick verschafft. Die junge türkische Kollegin hatte ihr hilfsbereit alle Details, die sie bis jetzt hatten, aufgezählt und sie waren gemeinsam den Notruf und die ersten Zeugenaussagen durchgegangen.

Melek Arslan erklärte noch mal ihre Gründe für den Anruf bei Harro deNärtens, ihr Kollege Torsten Schötter hielt sich auffallend zurück. Als die Rede auf die anderen Parteien im Haus kam, bekam er einen Hustenanfall. Melek warf ihm einen langen und wie Willa fand verachtenden Blick zu.

Melek Arslan und Willa Stark hatten die Wohnung des Opfers betreten. Der riesige Blutfleck auf dem Teppich wirkte wie ein Tintenklecksbild bei einem psychologischen Test. Was erkennen Sie darin? Einen gefolterten weiblichen Schmetterling.

An den Rändern war das Blut getrocknet und wirkte rostig, doch der Teil in der Mitte glänzte immer noch feucht. Zwei weitere Kollegen von der Spurensicherung bewegten sich um den Stuhl, als würden sie einen langsamen Walzer tanzen. Die Beweisaufnahme war in vollem Gange.

Im Badezimmer war die Wanne noch eingelassen und es roch penetrant nach Vanille. Ein Handtuch am Waschbecken war voller Blutflecken, der Täter hatte sich im Bad Gesicht und Hände gereinigt, bevor er die Wohnung verlassen hatte.

Melek Arslans Blick blieb daran hängen.

»Was für ein abgebrühter Typ muss das denn sein, hört die Sirenen und macht sich in aller Seelenruhe noch sauber, *inanılmaz!*«

»Hauptsache er hat uns genügend Spuren hinterlassen.«

Der Anruf von Harro deNärtens war hereingekommen, als Willa mit Melek in der schmalen Küche stand. Der Rechtsmediziner war vom Krankenhaus in sein Institut gerast und hatte eine der Proben von Helene Pintaos Körper einem Schnelltest unterzogen.

Der Vergleich am Computer war eindeutig. Sie hatten es mit demselben Täter zu tun wie bei Monika Dahms.

Willa war ein unpassendes *»Bingo!«* herausgerutscht, das Harro nicht kommentierte. Sie legte schnell auf, nur um sofort bei Peter Kraus anzurufen und Alarm zu schlagen.

Kraus hatte mürrisch gegrunzt, als Willa ihn aus einem frühen Feierabendschlaf vor dem Fernseher riss. Doch zwei Sätze von Willa später war er hellwach, fragte mit keinem Wort nach, wie Willa und Harro zu dem neuen Opfer und den Proben gekommen waren, sondern setzte sofort eine erste gemeinsame Besprechung für sechs Uhr morgens im Präsidium an.

Bis dahin würde die Kerntruppe aktiviert und aus dem Feierabend geholt sein. Sein Team würde übernehmen.

Heute Nacht würde es keine Ruhe und keinen Schlaf mehr geben.

Willa Stark machte am Tatort weiter, ging mit Melek Arslan noch einmal den Ablauf durch, machte mit ihrem Handy eine Reihe eigener Fotos.

Danach wollte sie mit dem Mann reden, der das Verbrechen gemeldet hatte. Der Nachbar hatte nicht nur dem Opfer das Leben gerettet, er war auch ein weiterer wichtiger Zeuge, hatte wohl direkten Kontakt mit dem Täter gehabt. Erstaunt hörte sie, dass der ältere Herr zusammengebrochen war und sich nun im Hildegardis Krankenhaus befand.

Peter Kraus war schneller in der Krieler Straße aufgetaucht als erwartet und Willa hatte ihm Bericht erstattet. Anschließend war sie ins Hildegardis-Krankenhaus gefahren, wurde dort vertröstet. Man habe Fritz Kalb mit Beruhigungsmitteln ins Land der Träume geschickt. Keinesfalls sei er im Moment ansprechbar. Frank Zauber war schlecht gelaunt dazu gekommen, wollte den Zeugen als Erster befragen.

Schließlich war Willa bei Harro deNärtens im rechtsmedizinischen Institut gelandet. Als Willa wieder auf die Uhr sah, war es kurz nach fünf und Harro schlug vor, auf dem Weg nach Kalk ins Präsidium ein schnelles Frühstück in einer Bäckerei einzunehmen.

Willa hatte abgelehnt, sie wollte noch nach Hause, ihren Kater versorgen. Jimmy lag ausgestreckt quer über dem Fernsehsessel und machte kurz ein Auge auf, als sein Frauchen seinen Napf füllte. Als Willa sich zu ihm hinkniete und seinen Kopf kraulte, schlug er zweimal mit seinem buschigen roten Schwanz auf das Kissen.

Lass mich und geh deiner Wege ohne mich zu stören, sagte sein funkelnder Blick.

Willa ließ ihn auch und war ihrer Wege gerannt. Hinaus zum Auto, sie brauchte einen zweiten Versuch um zu starten, entweder war sie zu übermüdet, um noch eine gute Autofahrerin zu sein, oder ihr Wagen gab langsam den Geist auf.

Der Motor war beim zweiten Versuch doch angesprungen und Willa hatte auf den leeren Kölner Straßen richtig aufs Gas treten können. Als sie die Zoobrücke über den Rhein überquerte, hatte sich der Himmel rot orange gefärbt, loderten die ersten Sonnenstrahlen auf.

Willa ließ die Autofenster nach unten gleiten und atmete den Duft dieses Morgens ein. Der Fahrtwind bauschte ihr Haar und sie fühlte sich so frei wie eine Amazone. Unter ihr das Wasser des Rheins, über ihr der sich erhellende Himmel. Hier wollte sie bleiben und wenn sie dafür Theo Prunk und Peter Kraus oder auch ganz Europol in den Hintern kriechen musste. Nein, kriechen war nichts für Willa, den Arsch aufreißen würde sie sich mit ihrem Einsatz, so dass sie sie im Team behalten mussten. Im Radio lief Lady Gaga und sie sang die Zeilen mit.

»Oh there ain't no other way, Baby I was born this way, Baby I was born this way …«

Dieses befreite Gefühl hatte nur eine halbe Minute angehalten. Am Ende der Brücke war ihr Wagen an einer Baustelle geblitzt worden. Das holte sie in die Gegenwart zurück. Ein weiterer Strafzettel, den die Grazer Behörde über ihr österreichisches Nummernschild bekommen würde, ein weiteres Formular, das sie deswegen ausfüllen musste.

Willa war hier in Köln, um das Team zu unterstützen. Nicht weniger, aber auch nicht mehr.

Zurück in die harte Realität.

Derselbe Täter.

Monika Dahms, tot am Weiher.

Helene Pintao, schwer verletzt, nur durch einen Zufall gerettet.

Also ein Serientäter. Durfte man ihn schon so nennen?

Eine Querstraße vor dem Präsidium hielt Willa vor einem Kiosk und stieg aus. Sie brauchte schnell noch einen Kaffee. Ein Blick auf ihre Uhr sagte, dass sie schon fast zu spät war.

»Bitte einen Kaffee zum Mitnehmen.«

Sie überlegte kurz.

»Na, besser sieben Mal einen Kaffee.«

»Stammst du aus Bayern?«

Der Mann am Kiosk grinste sie etwas anzüglich an. Willa seufzte.

»Keinen Bock zum Quatschen, Mann. Sieben Kaffee. *Dalli, dalli*!«

Der Mann ließ die Pappbecher volllaufen und sagte nichts mehr.

Willa schaffte es, die sieben Becher weder im Auto noch auf dem Weg vom Parkplatz zum Konferenzraum auszuschütten.

Als sie um die Ecke bog, wandten sich ihr sechs Köpfe zu.

Peter Kraus winkte ihr ungeduldig, Willa saß kaum auf einem der harten Stühle, da hob er seine Stimme schon.

»Schön, dass wir komplett sind. Um elf ist eine Pressekonferenz angesetzt und bis dahin möchte ich so viele Infos haben, dass Sandra und ich den Typen auch was vorsetzen können. Willa und Harro werden uns zuerst alle darüber aufklären, wie sie den Zusammenhang zwischen unserem Opfer Nummer eins im März und der jungen Frau, die gestern einen ähnlichen Überfall nur knapp überlebt hat, hergestellt haben. Dann die anderen mit ersten Berichten. Die Zeit läuft. Willa, du zuerst!«

Willa räusperte sich.

Peter Kraus fuhr ihr ins erste Wort.

»Noch was. Die SOKO Moni wird um den Zusatz Helene erweitert. Willa, jetzt bist du dran.«

Willa Stark begann die Ereignisse des gestrigen Abends zusammenzufassen. Danach kamen reihum die anderen Ermittler an die

Reihe. Die Chancen mussten besser stehen, jetzt da sie ein zweites Opfer hatten.

Seit zwei Monaten jagten sie dem Mörder hinterher.

III. AUGUST

Zwei Monate später taten sie es immer noch.

23

Es ist Anfang August, ein Freitag, der dritte Tag des neuen Monats.

Sonnenschein, 31 Grad.

Köln dampft unter der Hitze.

Helene steht vor Fritz' Wohnung. Sie tritt unruhig von einem Bein auf das andere.

In der Hand hält sie einen kleinen Blumenstrauß.

Nach einem tiefen Seufzen drückt sie auf die Klingel. Von drinnen hört man Schritte Richtung Tür kommen.

Helene reißt ihre weiße Korbhandtasche auf und stopft die Blumen in letzter Sekunde hinein. Der Blütenkopf einer Margarite schaut noch heraus.

Fritz öffnet die Tür.

Helene trägt ein schlichtes blaues Sommerkleid und Sandalen, die unter dem Rocksaum hervorlugen. Kein Make-up. Keinen Schmuck.

Helene hat sich sehr verändert.

Das blonde Haar ist dunkelbraun gefärbt und kurz geschnitten. Sie hat stark abgenommen, ist schmal und blass geworden. Dunkle Ringe unter den Augen. Ihre Finger fahren unruhig durch ihr Haar, sie kratzt sich schnell und heftig im Nacken.

Fritz wirkt älter und ungepflegter als damals im Mai.

Er trägt nur eine alte braune Short und ein Unterhemd. Trotzdem schwitzt er.

Helene und Fritz stehen sich gegenüber.

»Ja?«

»Hallo.«

Pause.

Fritz räuspert sich: »Ich dachte, es wäre der Paketdienst, sonst hätte ich nicht geöffnet.«

Helene ist etwas zu laut und zu heiter: »Erwarten Sie denn ein Päckchen?«

»Nein.«

»Dann sind Sie einer dieser netten Nachbarn, die Pakete für die anderen annehmen?«

»Ich kenne meine Nachbarn nur vom Sehen.«

»Kann ich reinkommen?«

»Was möchten Sie denn? Ich gebe ganz sicher immer noch kein Interview.«

Jetzt erst erkennt Fritz Kalb in der schmalen brünetten Frau seine Nachbarin. Seine Wangen bekommen eine rote Tönung.

»Entschuldigen Sie, ich … ich habe Sie nicht sofort erkannt … ich meine … die neue Frisur, schick.«

»Ich komme, um mich zu bedanken.«

»Klar. Nett. Ich meine, schön. Aber ja, kommen Sie doch rein. Einfach durch den Flur und dann geradeaus ins Wohnzimmer.«

»Was für eine große, helle und schöne Wohnung.«

»Zu groß für mich allein. Könnte auch umziehen, aber wenn mein Neffe auf Besuch kommt, ist es gut.«

»Ich habe den ganzen Juni im Hotel gewohnt.«

»Habe ich in der Zeitung gelesen.«

»Ja?«

»Sie haben doch der *Bild* ein Interview gegeben.«

»Schuldig.«

»Ich mag die *Bild* nicht.«

»Aber Sie lesen sie, nicht wahr?«

Helene lacht laut auf. Es reicht nicht bis an ihre Augen.

Pause.

»Es war das einzige. Am Anfang hatte ich noch das Bedürfnis mich zu äußern. Darüber zu reden. Ich habe viele Mails und Briefe von anderen bekommen, die Opfer von Gewaltverbrechen wurden. Reden hilft am Anfang. Kennen Sie das?«

»Ich gehöre einer Generation an, die Schweigen für Gold hält.«

»Aber auch viel Scheiße war dabei. Post von aufgegeilten Irren, die mich bedauerten, weil ich nicht noch dazu vergewaltigt worden bin, und mir einen Fick anboten. Verzeihung, ich gebe nur diese vulgären Zeilen wieder. Auch manche Opferverbände meinten, ich ticke nicht mehr richtig, weil ich mich zu dem *Bild*-Interview habe überreden lassen. Ich würde mein Schicksal als Sensation verkaufen. Dabei habe ich kein Geld dafür genommen.«

»Wollen Sie sich setzen?«

»Oh, was für eine tolle Gemäldesammlung. Selbstgemalt?«

»Ja, nein. Teils, teils. Ein paar der Zeichnungen sind tatsächlich von mir.«

»Toll!«

»Und es sind keine Gemälde im eigentlichem Sinne. Es sind alles reine Zeichnungen. Das hier ist sogar eine ziemlich teure Heliogravur einer Don Quijote Zeichnung von Salvador Dalí. Handsigniert.«

»Mmh. Dalí war der mit dem komischen Schnurrbart.«

»Ja.«

»Mmh. Und der Don Quijote war der mit den Windmühlen.«

»Genau.«

»Sehen Sie, mein Hirn tickt doch immer noch richtig.«

Fritz lächelt. Helene atmet tief ein.

»Vielleicht mögen Sie mich auch mal malen?«

»Zeichnen. Wollen Sie einen Kaffee oder lieber was Kühles bei der Hitze?«

»Ein Kaffee wäre schön.«

Fritz bleibt stehen und sieht Helene an.

»Im Gesicht habe ich keine Narben. Nur am Bauch. Es ist wie ein Spinnennetz. Immerhin ging keiner der Schnitte so tief, dass ein Organ verletzt wurde. Entweder hatte ich Glück oder es war Absicht. Wenn die Baucharterie getroffen worden wäre, hätte ich aber trotzdem keine Chance gehabt. Also wohl Glück.«

»Entschuldigung, ich wollte Sie nicht … Ich mache uns Kaffee.«

Fritz geht in die Küche.

Helene geht von Zeichnung zu Zeichnung. Streicht mit dem Zeigefinger über das Bild links unten. Es zeigt eine junge Frau, die neben einem schattigen Baum im Freien steht. Von hinten. Sie ist tatsächlich nackt. Ihre Pobacken sind fest und ihre Beine lang. Das Bild ist mit einem *F* signiert.

Helene ruft zu Fritz in die Küche. »Ich nehme auch immer ein Teilchen dazu. Einfach irgendwas. Blöde Gewohnheit, ich weiß, aber so ist das. –

Wer ist die nackte hübsche Frau auf dem Bild links unten?«

Fritz ruft aus der Küche: »Oh, das ist schon lange her. Eine Jugendliebe.«

»Wow, dann haben Sie es gemalt, ich meine, gezeichnet?«

»Schuldig.«

»Ist es dieselbe Frau wie auf dem Foto auf der Kommode?«

»Nein, das Foto ist von Sabine. Meiner verstorbenen Frau.«

»Oh.«

Pause.

»Von welchem Zimmer aus haben Sie mich damals beobachtet?«

Fritz antwortet nicht. Helene geht zum Fenster neben der Balkontür.

Fritz kommt mit zwei Tassen Kaffee auf einem Tablett zurück. Neben Zucker und Milch liegt eine noch geschlossene Schachtel mit Nuss-Nougat-Pralinen. Fritz stellt das Tablett ab.

»Ich kann mein Schlafzimmerfenster sehen, da drüben, aber es wirkt doch sehr klein.«

Fritz räuspert sich. »Ich hatte ein Fernglas.«

Helene setzt sich auf die lange Couch in der Mitte. Fritz nimmt ihr gegenüber Platz. Seine Hände zittern leicht, als er ihr Kaffee in die Tasse gießt. Der Couchtisch ist neu.

»Oh, Pralinen, das ist fein. Darf ich Sie öffnen?«

»Bitte.«

Das Geraschel der Pralinenschachtel ist laut in der Stille von Fritz Wohnung.

»Fühlen Sie sich nicht einsam in dieser großen Wohnung?«

Fritz zuckt nur mit den Schultern. Helene legt sich eine Praline neben die Kaffeetasse.

»Ich musste mich erst wieder an meine vier Wände gewöhnen. Aber ich wollte wieder zurück. Meine Therapeutin hielt zuerst nichts davon, sie meinte, ich solle mir eine neue Bleibe suchen. Das Hotel war teuer. Ich habe immer noch unbezahlten Urlaub beim *Elefanten.* Das ist eine Familienzeitschrift. Ich arbeite, ich meine, ich habe da in der Akquise gearbeitet.«

»Ich weiß.«

»Wann habe ich Ihnen das erzählt?«

»Das Interview.«

»Oh ja. Dumm von mir. Sehr dumm. Vielleicht lag es am Interviewer. War sehr höflich. Und zurückhaltend. Wer würde das von *Bild* denken …!«

Helenes Lachen klingt wie das traurige Bellen eines Kettenhundes.

Fritz hat Helenes Tasse bis zum Rand gefüllt. Weder Milch noch Zucker hätten darin mehr Platz.

»Meine Freundinnen Lena und Anne haben die Blumen gegossen. Abwechselnd. Seit ich zu Hause bin, welken sie wieder vor sich hin. Kein grüner Daumen. Neue Küchenstühle habe ich. Klar. Natürlich ist auch der Teppich weg. Soviel Blut. Im Krankenhaus haben sie mir zweimal eine Transfusion verpasst. Das Hotel war mit Frühstück. Und abends konnte man im Restaurant nett essen. Wie viele Gemälde, nein, ich meine natürlich Zeichnungen sind das an der Wand?«

»Ich müsste nachzählen. In der Innenstadt gibt es eine Kunstgalerie, die Reproduktionen verkauft. Dort habe ich früher immer mal zugeschlagen. Vor dem Tod meiner Frau. Sie mochte das auch. Mein Neffe meint, ich hätte sein Erbe damit vermindert. Ich sehe es als Investition in die Kunst. Doch Kevin hat keinen Sinn dafür. Er hat endlich seine Ausbildung zum Bäcker begonnen im *Café Frank* in Alsdorf. Das Fernglas war von ihm. Guter Junge im Grunde.«

»Wissen Sie, es hat nicht mal zwei Stunden gedauert.«

»Was?«

»Der Besuch vom Messermann.«

»Sie meinen … Oh Gott, jetzt ist es mir klar. Verzeihen Sie ich …«

»Die Presse nennt ihn so.«

»Ein saublöder Name.«

»Ich nenne … egal. Wenn Sie nicht gespannt hätten, hätte es vielleicht die ganze Nacht gedauert. Aber wahrscheinlich wäre ich bald gestorben. Wie die andere.«

»Monika, hieß sie, oder?«

»Die Moni, ja. Die wurde tatsächlich stundenlang … Kein Spanner mit einem Fernglas zu Stelle.«

»Es war der gleiche Täter, steht in der Zeitung.«

»Oh ja. Alles weist darauf hin. Gleiche Vorgehensweise, gleiche DNS, gleiches Täterprofil. Bessere Spuren gibt's selten. War wohl ein Fest für die Ermittler. Natürlich nur, bis sie die Ergebnisse keinem zuordnen konnten. Willa Stark meint, der Täter sei davor noch nie straffällig geworden oder sonst wie aufgefallen. Willa Stark ist eine vom Ermittlerteam. SOKO Moni. Oder auch SOKO Helene.«

Helene lacht wieder dieses unnatürliche Lachen, ihre Augen wirken ängstlich. »Ich würde meinen Namen lieber unter einem Ihrer Bilder sehen. Jedenfalls, im SOKO-Team sind alle ziemlich frustriert. Sie können nur warten, bis er vielleicht wieder zuschlägt. Außer ich würde ihn sehen. Wiedererkennen. Ich könnte ihn identifizieren. Vielleicht kommt er noch mal zu Besuch zu mir, schließlich ist er ja nicht fertig geworden.«

»Mein Gott, sagen Sie bitte nicht so was …«

»Und? Werden Sie mich denn mal zeichnen?«

Pause.

»Ich habe Ihnen Blumen mitgebracht als Dankeschön.«

Helene holt den inzwischen ziemlich mitgenommen aussehenden Strauss aus ihrer Korbhandtasche. Fritz Hände zittern wieder, als er ihn nimmt. Er schwitzt ziemlich stark, Schweißflecken breiten sich auf seinem Unterhemd aus.

»Ich hole eine Vase mit Wasser.«

Fritz verschwindet wieder in der Küche.

»Das Bild von der nackten Frau ist wirklich schön. Nackt und unschuldig …«

Helene kommen Tränen, sie lässt sie über ihr Gesicht laufen. Fritz kommt mit der Vase und den Blumen zurück. Erschrocken bleibt er stehen. Helene steht auf.

»Ich glaube, ich muss gehen.«

»Aber … Ich …«

»Verzeihen Sie, dass ich meinen Kaffee nicht ausgetrunken habe, aber eine Praline würde ich gerne noch mitnehmen.«

»Nehmen Sie die ganze Schachtel, bitte.«

»Ehrlich?«

»Ich habe eine Nussallergie. Wenn ich das Zeug essen würde, könnten Sie diesmal für mich den Notruf wählen.«

Helene wischt sich endlich die Tränen von den Wangen und lächelt Fritz an. Es ist das erste Mal, dass das Lächeln auch ihre Augen erreicht. Sie geht direkt und schnell an die Haustür. Fritz läuft hinter ihr her. An der Tür dreht sich Helene um und streicht dem alten Mann zart über die unrasierte Wange.

»Danke. Sie haben mir das Leben gerettet.«

Fritz lächelt ein wenig beschämt.

»Und Sie mir diesen Tag. Ich wäre heute vor Langeweile und Einsamkeit fast gestorben. Ich meine … Na, Sie wissen schon. Das dunklere Haar steht Ihnen.«

»Da ich wieder ihre Nachbarin bin, kommen Sie mal zu mir auf einen Kaffee? Versprochen?«

»Ehrenwort eines Rentners. Und ich werde mich vorher duschen und rasieren.«

Diesmal lachen beide.

Helene streckt ihre Hand aus, Fritz nimmt sie. Merkt, dass sie ihm ihre Handynummer zugesteckt hat. Bekommt einen roten Teint auf den Wangen.

Dann dreht sich Helene um und läuft zur Treppe.

Bevor Helene ganz hinter der Biegung der Treppe verschwunden ist, dreht sie sich mit dem Oberkörper noch mal zu Fritz um. Ihre linke Hand streicht suchend über das Treppengeländer, ihr Blick ist offen und direkt auf Fritz gerichtet. Eine kurze Strähne ihres braunen Haares fällt über ihre linke Schläfe und sie pustet sie nach hinten.

»Wissen Sie was: Ich mag Spanner.«

Dann ist sie um die Biegung verschwunden.

Fritz steht noch im Türrahmen und diesmal lacht er zu laut, während über seine Wangen die Tränen rinnen.

24

Die unteren Zweige der großen Weide am Weiher hingen fast über die Hälfte im Wasser. Mit ihrem ausladenden Blätterdach bildete der Baum ein Zelt über seinen breiten Wurzeln. Es hielt die Hitze und die Blicke der Spaziergänger im Stadtwald ab.

Helene hatte sich in eine der natürlichen Kuhlen gekauert, die zwei dicke braune Wurzeln neben dem breiten Stamm gebildet hatten, und wiegte sich vor und zurück. Ihre Füße waren bloß, ihre Arme um ihre Knie geschlungen. Sie summte eine Melodie, an die sie sich wie aus weiter Ferne erinnerte. Neben ihr auf dem Wasser schwamm eine kleine Blässhuhnfamilie vorbei. Mutter und zwei Kinder. Die kleinen fiepten laut und paddelten hinter ihrer Mutter her. Über dem Wasser war ein Schwarm Mücken zu erkennen, sie tanzten im wechselnden Licht von Sonne und Schatten.

Sie dachte an Fritz Kalb und seinen Feldstecher.

Wenn er Helene am 1. Juli noch ausspioniert hätte, wäre er Zeuge ihrer Rückkehr in die Krieler Straße 9 geworden.

Ganz allein ist Helene zurückgekehrt, hat weder ihre Mutter noch eine ihrer Freundinnen dabei. Auch den Vorschlag ihrer Therapeutin Dr. Langner, am ersten Tag bei ihr zu bleiben, hat Helene abgelehnt.

Warum? Weil es ihre Wohnung und ihr Leben waren. Keiner sollte sich wieder dazwischen drängen. Wenn sie sich eine neue Wohnung gesucht hätte, hätte sie sich zum zweiten Mal ausgeliefert und überwältigt gefühlt. Sie würde zurückkehren und ihr Leben wieder aufnehmen, in ihrem alten Zuhause. Keiner sollte ihr da dazwischenfunken. Hineingehen, abgehen, einen Kreis ziehen, den Kreis, den Mordred mit ihr über der Schulter gezogen hatte, rückgängig machen. Zumindest hatte sie es sich damals im Krankenhaus und später im Hotel immer so vorgestellt. Lächerlich, naiv.

Helene steckt den Schlüssel in das Schloss und dreht ihn um. Sie freut sich auf ihr Zuhause, hat sich schon im Krankenhaus nach ihren vier Wänden gesehnt. Später im Hotel noch mehr. Da ist der Flur. Helene stellt ihren kleinen Koffer ab. Geht weiter. Die Luft ist frisch, das Wohnzimmer gesaugt, sauber. Wahrscheinlich hat Anne hier geputzt, als sie das letzte Mal die Pflanzen gegossen hat. Die Küchenzeile glänzt, neben dem Klapptisch an der Wand lehnen drei neue Ikea Plastikstühle in grün.

Im Schlafzimmer ist ein neuer Teppich ausgelegt worden. Anne und sicher auch Lea haben mehr als nur sauber gemacht. Haben erneuert. Helene kommen die Tränen vor Dankbarkeit. Als letztes geht sie ins Bad. Dort ist alles beim Alten geblieben. Die große freistehende Wanne ist leer und trocken.

Über ihre Leichtigkeit erstaunt, kehrt Helene ins Wohnzimmer zurück und setzt sich auf die Couch. Hier will sie wieder leben, denkt sie noch. Weiterleben nach dem Überleben.

Mordred ist da. Manifestiert sich in der Mitte des Zimmers, als hätte er auf dem Raumschiff Enterprise das Beamen gelernt. Lächelt. Groß, dunkel – ein Prinz der Finsternis. Kommt auf Helene zu und beugt sich über sie. Küsst ihren Mund, ihren Hals, streichelt ihren Bauch.

»Weiche von mir«, schreit Helene und springt auf. Nein, er wird ihr die Rückkehr nicht kaputtmachen, nicht ihr Zuhause, nicht ihr geschenktes zweites Leben. Sie rennt in die Küche, stößt sich an der Türkante, holt den Besen aus der Abstellkammer, schwingt ihn. Eine Vase geht zu Bruch, ein Bild fällt von der Wand. Helene schreit, springt durch die Wohnung, schwingt den Besen in der Luft, eine Hexe, die sich von einem Fluch befreien will. Sie stolpert über ihre eigenen Füße und landet im Schlafzimmer auf dem neuen Teppichboden. Ganz weich ist er und beige.

Dort bleibt sie liegen.

Mordred ist verschwunden, nur ein kurzer Gewitterschauer schlägt gegen das Fenster, trommelt eine wilde Melodie. Und trotzdem bleibe ich, denkt Helene noch, dann schläft sie ein, den Besen in der Hand, auf dem Teppich, schläft eine Stunde, kommt zu sich, steht auf, holt ihren Koffer und beginnt ihre Sachen auszusortieren und einzuräumen.

Jetzt unter dem Baum kam Helene aus diesem erinnerungsschweren Tagtraum hoch. Als hätte sie ein fremdes Kommando vernommen, hörte Helene mit Summen und Erinnern auf und robbte auf ihrem Hinterteil bis nach vorne an das Ufer des Weihers. Dort streckte sie ihren Körper aus und tauchte ihre Füße ins Wasser. So hatte die Leiche von Monika Dahms dort gelegen, die im März ermordet worden war. Natürlich war Moni nackt gewesen, aber die Haltung stimmte.

So viele Berichte in den Zeitungen, so viele Sendungen zu Moni Dahms und später natürlich zu Helene Pintao. Einiges hatte Helene gelesen, einen Bericht im Fernsehen gesehen, danach aber so gezittert, dass sie sich selbst verboten hatte, noch einmal so einen visuellen Versuch zu unternehmen.

Monika und Helene.

Die eine tot, die andere hatte überlebt.

Mordred hatte nur halbe Arbeit geleistet.

Fritz Kalb war bei der Erwähnung des Mannes, der sie überfallen hatte, ganz blass um die Nase geworden. Kein Wunder, wenn es stimmte, was Willa Stark ihr erzählt hatte, dass er mit Mordred zusammengestoßen war, als dieser sich aus dem Staub gemacht hatte. Nächstes Mal musste sie Fritz darüber befragen, ob es ihm schlaflose Nächte bescherte. So verfallen und alt wie er gewirkt hatte.

Sie dachte über den Unterschied von Nacktheit nach.

Auf dem selbstgezeichneten Bild von Fritz Kalb, die hübsche Nackte von hinten betrachtet. Eine Tatortfotografie von Monika Dahms, wie sie da am Weiher lag.

Willa Stark hatte am Computerbildschirm schnell durch die Datei geblättert, nach langem Zögern und inständigem Bitten von Helene.

»Eigentlich dürfen Sie das nicht sehen«, Willa Stark hatte sich laufend geräuspert, aber Helene hatte sich durchgesetzt. Sie hatte solange gebettelt, bis die Ermittlerin eines der nicht veröffentlichten Tatortfotos anklickte. »Danke Willa«, hatte Helene gehaucht, »es hilft mir«. Das war nur die halbe Wahrheit gewesen. Helene hatte einen Blick auf das Schicksal werfen wollen, das ihr erspart geblieben war. Oder das sie nicht zu Ende gelebt hatte.

Von Helene selbst gab es ein öffentliches Bild als Opfer direkt nach dem Überfall. Ein freier Journalist hatte mit seinem Handy Helene auf der Trage fotografiert. Das geschundene Gesicht, die blutige Nase. Am schlimmsten aber ihre weit geöffneten Augen, die einfach ins Leere starrten. Wenigstens war ihr Körper bedeckt gewesen.

Für Helene hätte die Schwerverletzte auf den Weg in die Notaufnahme jeder sein können, sie konnte weder in ihrem Kopf noch in ihren Empfindungen eine Verbindung zu dieser Person herstellen.

Ein Spanner hatte mit Helenes Bild ein gutes Geschäft gemacht. Ein anderer Spanner hatte Helene das Leben gerettet. Linien, die sich trafen, Schnitte, kreuz und quer. Wie ein Jägerzaun.

Helene spürte die Wellen über ihre Beine gleiten.

Sie schloss die Augen und versuchte ihren Körper zu verlassen. Sie stellte sich vor, wie sie über allem schwebte, über dem Baum, dem Weiher, über Lindenthal und Köln, über Deutschland und letztlich über der ganzen blauen Welt.

Angenehm und warm berührte das Wasser ihre Haut.

Schweben und Loslösen, Frieden finden.

Sie schaffte es nicht.

War es die Todesangst gewesen, die sie zu ihren außerkörperlichen Erlebnissen geführt hatte? Sie hatte Willa Stark und den anderen erzählt, dass sie sich an das Meiste nicht mehr erinnerte, aber das war wiederum eine halbe Lüge gewesen.

Die Verwandlung in eine Spinne, der Flug über Köln, das Gleiten an die Badezimmerdecke sah sie vor sich wie Videos von einem überaus spannenden Abenteuerurlaub. Immer wieder abrufbar und für die Ewigkeit ins Netz des Bewusstseins gestellt.

Tiefe Eindrücke, starke Bilder.

Helene atmete langsam. Versuchte, die Geräusche um sich auszublenden. Sank tiefer.

Wenn sie wieder fliegen könnte, dann …

Schritte neben ihr ließen Helene mit einem Schrei hochfahren.

Der Schrei wurde mit dem Echo eines lauten Krächzens erwidert. Ein langer faltiger Arm hob die Äste der Weide an und Helene sah die Gestalt einer älteren Frau, die sie mit besorgten Augen musterte.

»Schlafen Sie oder sind Sie tot?«

Helene schüttelte ihren Schrecken ab und lachte.

»Wenn ich tot wäre, würde ich mich sicher nicht mit Ihnen unterhalten können.«

Die alte Frau stemmte ihre freie Hand in die Hüfte.

»Ich dachte nur, weil ich schon eine Weile da stehe und nur ihre Füße gesehen habe, ich dachte, Ihnen geht es nicht gut.«

Die alte Frau kam ganz unter den Zweigen durch und baute sich vor Helene auf.

Sie trug wie Helene ein leichtes Sommerkleid. Über einer Schulter hing eine blaue Tasche, über der anderen eine große Aldiplastiktüte. Ihre grauen Haare standen in alle Richtungen, ihr Gesicht war eine Straßenkarte an Falten.

»Hier ist es schön kühl, nicht?«

Helene schnupperte den Geruch der Alten. Schweiß, alter Käse und kräftiger Zimt. Sie begann durch den Mund zu atmen. Ihr Dekolleté juckte. Helene kratzte sich schnell und wild. Die alte Frau schüttelte den Kopf.

»Nicht kratzen, sonst wird es noch blutig.«

Helene setzte sich auf und griff nach ihrer Korbhandtasche, die am dicken Baumstamm lehnte. Sie holte ihre Sandalen heraus und zog sie an.

Die Alte langte ebenfalls in ihre Alditüte und brachte ein blumenbesticktes, aber schmutziges Stoffkissen zum Vorschein. Sie legte es auf die Erde und setzte sich stöhnend.

»Sie können gern bleiben, solange ich die Enten füttere. Hier bin ich mit ihnen ungestört. In die Ecke kommt kaum einer. Und die Hitze ist erträglicher. Diese Hitze ist sowieso nicht normal. Man könnte aus der Haut fahren, so heiß ist es.«

Die Enten hatten die alte Frau entdeckt und wiedererkannt.

Wie auf Kommando schwamm eine ganze Horde über den Weiher auf Helene und die Alte zu. Auch die Blässhuhnfamilie war unter ihnen. Die alte Frau griff wieder in ihre große Alditüte. Diesmal kamen zwei durchsichtige Tüten, eine prall gefüllt mit Brotstücken, die andere mit Salatblättern, zum Vorschein. Das Geschnatter und Gepiepe der Enten wurde lauter. Es ging zu wie bei einer Massenspeisung.

Helene überlegte.

Vielleicht würde es sie von ihren dunklen Gedanken über Tod und Überleben ablenken, wenn sie doch hier bei der Alten blieb und die nette Entenschar fütterte. Alles ging weiter. Dort, wo der Körper der jungen Moni gelegen hatte, wurden heute Enten versorgt. Dort, wo es Tod gegeben hatte, wimmelte es vor lautstarkem Leben.

Sollte das für Helene ein Zeichen sein?

Eines der Blässhühner tauchte unter. Helene begann innerlich zu zählen und war bei zehn angelangt, als der schwarze Kopf sich wieder über Wasser zeigte.

Helene fiel ein, dass sie das erste Mal ihren Körper verlassen hatte, als Mordred sie unter Wasser getaucht hatte. Halb ertrunken in nach Vanille duftendem Badeschaum.

Sie fasste eine schnelle Entscheidung.

»Tschüs und viel Spaß noch!«

Helene winkte der alten Frau zu und duckte sich unter den Ästen durch. Hier in der lärmenden Fröhlichkeit gab es nichts zu finden.

25

Die Wanne war voller Wasser.

Der Wasserhahn tropfte. Es klang wie Schläge auf nackter Haut.

Helene atmete flach und langsam.

Sie war froh, dass sie weder das Angebot ihrer Freundin Lena, eine zeitlang bei ihr und ihrem Mann in Marienburg zu wohnen, noch von Anne, zu Helene auf die Couch zu ziehen, angenommen hatte.

Ihr starkes Bedürfnis allein zu sein, hatte die Freundinnen erschreckt und Anne sogar beleidigt, doch das musste die Beziehung aushalten. Schon im Krankenhaus hatte Helene gespürt, dass beide, so hilfsbereit sie auch waren, der eigentlichen Sache des Überfalls aus dem Weg gingen und mit Helene lieber über die Zeit *danach* oder belanglosere Themen redeten. Den Überfall in Worte zu fassen, darüber konkret zu sprechen, bereitete den beiden bei aller Fürsorge großes Unbehagen, als würde etwas von Helenes Trauma auf sie abfärben.

Lena Groß-Winterkern, die sich nach ihrer Hochzeit mit dem Inhaber der Optikerkette Leon Winterkern für einen Doppelnamen entschieden hatte, war seit ihrer gemeinsamen Schulzeit in Ingelheim mit Helene befreundet. Lena war im selben Jahr wie Helene nach Köln gezogen, aber eher um einen reichen Mann zu finden als um wirklich unabhängig zu leben.

Anne Franziska Zink dagegen war wie Helene auf der Suche, doch ihre Schüchternheit und ihr konservatives Denken standen ihr im Weg. Sie hatte Helene bei einem Tangokurs in der Volkshochschule vor acht Jahren kennengelernt, kein neuer Mann, sondern diese Freundschaft war geblieben.

Für Helene war nach Mordred das Thema Männer tabu. In all den Wochen seit dem Überfall hatte sie weder über eine neue Bekanntschaft noch überhaupt über Körperkontakt zu einem männlichen Partner nachgedacht. Jeder Kuss, jede Berührung würde Erinnerungen wecken. Und welcher Mann konnte es ertragen, wenn seine neue Eroberung sich nach der ersten Zärtlichkeit schreiend im Bad einschloss.

Helenes ältere Schwester Barbara hatte ihr bei ihrem einzigen Besuch im Krankenhaus geraten sich zu überlegen, die Seiten zu wechseln. Barbara lebte auch deshalb so weit von Ingelheim und den Eltern entfernt, weil diese auf ihre Liebe zu Frauen nur mit Unverständnis und Fassungslosigkeit reagiert hätten. In Rom war sie frei wie ein Vogel und mehr Italienerinnen als angenommen entschieden sich im Land der heißblütigen Machos eher für ihre Artgenossinnen. Keine Frau sei jemals zu so etwas fähig, hatte Barbara trocken festgestellt, und als Johann ihr eine Reihe von Mörderinnen aufgezählt hatte, war sie einfach aus dem Krankenzimmer gestürmt und erst nach einer Stunde wiedergekommen. Danach hatte sich Barbara bei Helene entschuldigt, ihr dummer Kommentar war überflüssig gewesen und in Wahrheit ihrer Hilflosigkeit wegen des Schicksals ihrer Schwester entsprungen. Johann bat wiederum Barbara um Verzeihung und am Ende weinten alle drei und umarmten sich. Später sprachen die Geschwister nur noch über alte Zeiten in Ingelheim und tauschten gemeinsame Erinnerungen aus.

Andere Freunde und Bekannte waren am Krankenbett aufgetaucht. Ihre Kollegen von der Zeitschrift *Elefant*, Laura Gent, selbst Freddy Marowitz, zu keinem dummen Witz mehr fähig. Die Leute von der Polizei. Immer wieder Willa Stark, Helenes Morgan le Fay, zu der sie das größte Vertrauen hatte. Leute von der Presse belagerten das Krankenhaus. Dem kleinen kurzatmigen Journalisten von der *Bild* schließlich, der sie mit seinen gekeuchten Witzen über die Journaille im Allgemeinen zum Lachen brachte, gab Helene später ihr einziges Interview. Mit Foto, das die Leser brauchten, um sich eben ein Bild zur Story zu machen.

So viele Gespräche, so viel nichtssagende Leere.

Helene war froh, dass es jetzt Stille gab. Stille und Einsamkeit.

Die beste Zeit hatte sie im Hotel erlebt.

Sie hatte sich mit Hilfe von Willa Stark unter falschem Namen eingetragen. Die Presse spürte sie nicht auf, obwohl nach ihrem Interview in der *Bild* viele nach ihr und dem Namen des Hotels gesucht hatten.

Die Stunden auf dem Zimmer waren zwischen Dösen und Löcher in die Luft starren zerronnen. In den Nächten mit angeknipster

Nachttischlampe und ihrem Laptop auf den Knien war an Schlaf meistens nicht zu denken. Helene hatte ein Filmportal entdeckt, bei dem man alte Filme herunterladen konnte. Ausschließlich gute abgehangene Filmschinken. Das war so weit von ihr und ihrem Schicksal entfernt, dass es sie nicht ängstigte oder nervös machte. Ihre Gedanken schwammen auf einer trüben Oberfläche, sie verfolgte auf dem Bildschirm Dialoge zwischen Doris Day und Rock Hudson oder schmunzelte über Heinz Erhardt und Heinz Rühmann.

Während der Vormittage, wenn das Zimmer sauber gemacht wurde, hatte sie ihre Krankenhaustermine wahrgenommen oder war ziellos in der Innenstadt herumgelaufen, hatte angefangen lustige Postkarten zu kaufen, nur um sie später alle wieder im Müll zu entsorgen. Der Rest des Tages verstrich mit Dösen und Luftgucken, manchmal einem Telefonat, manchmal einer kurzen E-Mail.

So war der Juni zu Ende gegangen. Ein schlechter Sommermonat mit viel Regen und herbstlichen Temperaturen. Alle beschwerten sich über das Wetter und Helene mit ihnen, es war ein gutes unverfängliches Thema.

Es hatte ein Treffen mit Lena und Anne gegeben, das Wetter und Leons neueste Affäre hatten die Zeit schnell vorbeigehen lassen. Helene hatte ihre Therapie begonnen und war schließlich zurück in die Krieler Straße 9 gezogen.

Über den Juli und die Zeit nach ihrer Rückkehr konnte und wollte Helene jetzt nicht nachdenken. Sonst würde sie nie den Mut für das heutige Vorhaben finden.

Helene hockte wie ein angeschossenes Tier vor der freistehenden Badewanne mit den vier verschnörkelten Füßen.

Nach dem Besuch bei Fritz Kalb und ihrer Begegnung mit der Alten unter Monis Baum, war sie sofort nach Hause gelaufen und hatte sich bis auf die Unterwäsche ausgezogen. Sie sah ihren Bauch und die Narben nicht gerne. Vollkommen nackt zu sein, machte sie nervös, es fühlte sich schutzlos und ausgeliefert an.

Helene hatte den Hahn aufgedreht und sich ein Bad eingelassen.
Nur reines Wasser.
Seit ihrem Rückzug das erste Mal. Im Krankenhaus war sie zuerst mit einem Lappen gewaschen, dann abgebraust worden, im Hotel hatte es sowieso nur eine Duschkabine gegeben und seit sie zu Hause war, hatte sie die Wanne immer ignoriert und war schnell unter die Dusche gesprungen.
Es war also soweit.
Helene geht wieder baden.
Dieser Satz brachte Bewegung in ihren Körper. Sie stand auf und kletterte über den Rand der Wanne. Das warme Wasser tat an den Beinen gut, es erinnerte sie an Geborgenheit. Helene setzte sich langsam, spürte, wie das Wasser sie gleichzeitig nach unten zog, sie umarmte, wie eine alte lange nicht gesehene Freundin wieder aufnahm.
Ihr Po tauchte unter, ihr Bauch, ihr Rücken.
Helene merkte, dass sie immer noch Unterhemd und Höschen trug. Egal. Sie glitt tiefer in die weiche Flüssigkeit, streckte sich aus, fühlte das Wasser am Rücken und an ihren Armen und an ihren Brüsten.
Mein Gott, wie hatte sie das Baden vermisst.
Sie paddelte mit den Fingern auf dem Wasser. Sie hob ihre Zehen an, winkte mit den großen.
Ihr Herz klopfte schneller, in ihrem Ohr war ein singender Ton.
Da war eine Hand, es riss sie hoch, da war ein Untertauchen in Vanilleschaum, »leise Liebes«, sagte jemand.
»Weiche von mir!«
Helene schrie laut und setzte sich mit Schwung auf, das Wasser schwappte über. Nein, nicht jetzt. Sie würde es keiner Erinnerung, keinem Gedanken, keinem noch so kleinen Fetzen in ihrem Kopf gestatten, sie im Bad zu stören. Heiliger Raum. Sie legte ihre nassen Handflächen auf ihre Augen und wiederholte den Bannspruch flüsternd: »Weiche von mir.«

Ihr Kopf beruhigte sich. Ihr Herz klopfte in seinem Rhythmus. Sie lehnte sich wieder zurück und überließ sich dem Wasser.

Helene tauchte unter.

Die Geräusche dämpften sich. Entfernter Hall einer anderen Welt war zu hören. Ihre Ohren, ihr Mund liefen voll, erfüllten Helene mit Frieden.

Sie öffnete die Augen.

Licht bewegte sich über ihr. Als hätte sich ihre Seele nach außen gestülpt und würde außerhalb des Körpers schweben. Das hatte sie sich gewünscht. Freiheit, Loslösung, Empfindungslosigkeit.

Über dem Wasser, über der Wanne die weiße Zimmerdecke. Drei Risse darin. Waren sie schon immer da gewesen?

Helene musste atmen und tauchte auf.

Schon während sie keuchend nach Luft rang, spürte Helene die Erleichterung, die das Untertauchen ihr gebracht hatte.

Sie nahm einen tiefen Zug Sauerstoff und sank wieder unter die Wasseroberfläche.

Der Schall unter Wasser spielte ihr einen Streich. Wenn sie mit den Fersen am Boden der Wanne schabte, klang es, als würde irgendwo die schräge Hupe eines Oldtimers erklingen. Ein Wagen, der mit laufendem Motor darauf wartete, sie aus ihrem inneren Chaos zu entführen. Sie öffnete wieder die Augen. Licht webte Streifen über ihr. Weiter oben die drei Risse in der Decke.

Auftauchen. Einatmen. Zurück nach unten.

Helene blubberte mit den Lippen. Luftblasen stiegen auf, nahmen ihr für kurze Zeit die Sicht. Wie ein kleines Kind formte sie Laute unter Wasser, machte Tierstimmen nach, testete, wie ihre Stimme durch das nasse Element verändert wurde.

Auf. Atmen. Keuchen. Unter.

Drei Risse an der Decke.

Nein, nicht mehr an der Decke. Diesmal näher. Keinen Meter von ihr entfernt. Sie machte eine Rolle und drehte sich und hing in der Luft. Unter ihr die Badewanne. Ein bleicher Frauenkörper in

Unterhose und Unterhemd mit weiten aufgerissenen Augen unter Wasser starrte zu ihr hoch.

Ein Sog. Ihre Lunge holte Helene zurück.

Die Zeit verging und als Helene das nächste Mal ihren Kopf mit einem tiefen Schnaufen aus dem Wasser streckte, sah sie, dass die Haut an ihren Händen bereits schrumpelig und weiß geworden war. Sie merkte, dass sie fror, das Badewasser war abgekühlt.

Helene seufzte enttäuscht und beschloss aus der Wanne zu steigen. Ein Schüttelfrost erfasste sie draußen, sie schälte sich aus der nassen Unterwäsche und griff nach dem weißen Badetuch, dass an der Wand hing. Sie schwang das Handtuch über ihre Schultern und begann zu rubbeln und von einem Bein auf das andere zu treten.

Dabei fiel ihr Blick auf ihren Bauch.

Wie rote Flüsse in einer aufgequollenen Einöde zogen sich die Wunden über ihren gesamten Bauch und Unterleib. Vierzehn vernarbte Schnitte. Die tieferen, kraftvolleren von rechts nach links waren immer noch an den Rändern wellig und die Haut schien dort keine Kraft zu besitzen, um sich wieder zu glätten. Die schmaleren dazu quer gezogenen hatten sich zu weißen Strichen transformiert. Die größte Narbe in der Mitte, die tiefste Fleischwunde, die nur mithilfe der entnommenen Haut vom Oberschenkel hatte geschlossen werden können, führte vom Oberbauch am Nabel vorbei und dann weiter bis an den Beginn ihrer Scham.

Wie hatte sie es überleben können?

Helene wandte den Blick nach vorne in den Badezimmerspiegel. Die dünne junge Frau mit den kurzen braunen Haaren hatte riesige, angstgeweitete Augen, aus denen ein unsagbares Entsetzen sprach.

Und doch war Helene heute froh.

Sie hatte mit dem Untertauchen eine Möglichkeit gefunden, Körper und Seele wieder zu trennen.

»Helene geht wieder baden«, sagte Helene laut in den Spiegel hinein.

Die blasse Brünette versuchte ihr zuzulächeln. Es war eine gequälte Grimasse.

26

Bis Willa die Idee mit der Liste hatte, wurde Helene Pintao fast zu Willa Starks Albtraum.

»Sie können mich jederzeit anrufen, Tag und Nacht«, waren Worte, die Willa bereute, wenn ihr Handy um sechs Uhr Morgens klingelte. Seit Ende Mai schon hatte Helene Willas Nummer.

»Ich bin mir sicher.«

»Haben Sie ihn gesehen, Helene?«

»Ich weiß, ich habe das schon mehr als einmal gesagt, aber ich habe die ganze Nacht überlegt und ...«

Es verging kaum eine Woche ohne Verdächtige.

»... und diesmal ist er es. Seine Augen, es waren *seine* Augen.«

Einmal waren es *seine* Hände im Baumarkt an der Kasse, einmal *sein* Nacken im Bus vor ihr und einmal war es sogar die Beule in *seiner* Hose gewesen, die Helene schwören ließ, den Täter erkannt zu haben. Dazu kamen der Postbote, der Bankangestellte am Schalter, der Fahrkartenkontrolleur im Bus. Eine endlose Reihe an Phantommännern, die allesamt eines gemeinsam hatten. Sie wurden von Helene Pintao eindeutig erkannt und kurze Zeit später wieder aussortiert.

Seit Helene wieder in ihrer eigenen Wohnung wohnte, hatte sich die Lage verschärft. Schon davor im Krankenhaus und auch in den Wochen im Hotel hatte Helene Willa Verdächtige gezeigt – aber immer mit der Betonung auf *möglich* und *vielleicht*. Keiner der Männer hatte es bis heute auch nur in den engeren Kreis geschafft.

Helene Pintao war die Frau, die überlebt hatte, die den Täter von Angesicht zu Angesicht erlebt und überlebt hatte. Trotzdem konnte sie keinen einzigen konkreten Hinweis geben. Es war zum

Verzweifeln. Das Team hatte große Hoffnungen in die Zeugin gesetzt, die sich aber schnell in Luft aufgelöst hatten.

Schon bei der Erstellung des Phantombildes hatte es eine herbe Enttäuschung gegeben. Zuerst weigerte sich Helene neben Wolf Rogen zu sitzen, um mit ihm und der Gesichtserkennungssoftware an einer Typisierung zu basteln.

Wolf war genial darin, aus einigen wenigen Beschreibungen von Zeugen die richtigen Puzzelteile aus der Datenbank herauszuholen. Er fand zu den meist sehr emotionalen Sätzen die richtigen Lippen oder Augenpaare. Wolf ließ sich durch ein »der guckte irgendwie debil« inspirieren und legte zu solchen Sätzen Münder, Augenbrauen und Backenknochen wie bei einem künstlerischen Portrait vor. Gab es keinen Treffer, kreierte Wolf ein Merkmal neu und erweiterte die Datenbank. »Dat is es!« war oft der Lohn der mühevollen Kleinarbeit.

Bei Helene Pintao, die sich erst neben Wolf setzte, als sowohl Willa Stark als auch Marielle Kaiser-Rhön dazukamen, gab es kein echtes Echo auf die hunderten Möglichkeiten. Mit zitternder Stimme erzählte Helene von einem sympathischen grausamen Lächeln, ohne sich auf einen Mund fixieren zu können, von einem schwarzen tiefen Blick, ohne eine Form der Augen richtig zu finden.

Nach zwei mühevollen Stunden blieb Helene bei einem Gesicht, das dem von Wolf Rogen wie ein Bruder ähnelte. Willa Stark sah, wie Marielle den Kopf schüttelte. Willa hatte abgebrochen und war mit Helene nach draußen einen Kaffee trinken gegangen.

Mit Fritz Kalbs Beschreibung hatte das Team mehr anfangen können. Der Witwer hatte zwar in einem Anfall von Panik alle Spuren an seinem Körper abgewaschen, aber zusammen mit Wolf Rogen eine ziemlich gute Typisierung herausgearbeitet. Die Polizei hatte dieses Bild an die Medien weitergegeben.

Bei einem Eiscafé und einem Wasser in der kleinen Eisdiele zwei Straßen hinter dem Präsidium hatte Helene Pintao Willa von der Häufung der Männer erzählt, die sie zu erkennen glaubte. Von ihren ersten Gesprächen mit ihrer Therapeutin Dr. Langner, von ihrer Mutter, die wieder nach Ingelheim abgereist war. Dass sie in klarem Wasser badete, bis ihre Haut zu schrumpeln anfing.

Während Helene redete, hörte Willa Stark nur mit einem Ohr zu und dachte an den Vortrag des Fallanalytikers Dr. Peter Orwinski. Er war schon nach Monika Dahms Tod hinzugezogen worden und nach dem Überfall an Helene Pintao zum zweiten Mal von Düsseldorf nach Köln gekommen. Peter Kraus hielt große Stücke auf ihn, er leitete beim LKA Nordrheinwestfalen die Gruppe für die operative Fallanalyse, kurz OFA, und hatte die Polizei in Köln schon zweimal beraten, beide Male mit Erfolg.

Mann von Mitte dreißig bis maximal fünfzig. Lebt in gesicherten Verhältnissen. Gesellschaftlich eingebettet, vermutlich in einer festen Beziehung, vermutlich auch Kinder. Dieser Typ kann der klassische Soziopath sein. Nach außen integriert, höflich, angepasst, nach innen eine tickende Zeitbombe. Ich kann mir vorstellen, dass er beide Male keine Tötungsabsicht hatte. Er will seine Opfer zerstören, quälen. Emotional und körperlich niederringen. Die Schnittwunden sind der Hauptakt in seiner Inszenierung. Der Bauchraum seiner weiblichen Opfer spielt eine große Rolle. Er will diesen Körperteil in Stücke schneiden, fast so, als wolle er ihn mit einem starken Muster markieren. Der Tod seiner Opfer ist keinesfalls sein Höhepunkt, kein Schnitt ging tief genug, um die Frauen zu töten. Monika Dahms starb an dem Blutverlust, bei Helene Pintao wäre es ebenso gekommen. Er sticht nicht, er hackt nicht, er schneidet. Er hat zu der Gewalt und dem Schmerz, den er zufügt, kein Gefühl, sie sind Mittel dieser Markierung, dieses Schnittmusters. Es gibt keine Empathie für sein geschundenes Gegenüber. Ich sehe das Ablegen der Leiche des ersten Opfers im Stadtwald als eine spontane Reaktion auf dessen Tod, keine Zurschaustellung. Zufällige Auswahl, zufälliger Abladeplatz. Er könnte ein Nachbar sein, ein Mann, der eine Frau zufällig bei einer Abendveranstaltung trifft und sie nach Hause begleitet. Er lässt das Geschehen auf sich zukommen.

Es könnte gut sein, dass er schon öfter unterwegs war, dass einige seiner Versuche im Vorfeld scheiterten. Wenn Zeit und Ort stimmen, schlägt er zu. Erst bei den konkreten Misshandlungen mit dem Messer folgt er klaren Mustern. Das wird auch bei einem möglichen dritten Opfer so sein. Unser Mann ist ohne Frage ein Serientäter.

Das Wort *Zufall* hatte Willa wieder an diesen Gott denken lassen und sie hatte sich gefragt, ob sie und das Team bei all den Möglichkeiten und Zufällen überhaupt je eine Chance hatten, beide Verbrechen aufzuklären. Vor allem, bevor ein neues geschah.

Wenn sie also dem Zufall eine der Hauptrollen gab, konnte es ihr *zufallen*, dass tatsächlich einer der Männer, die Helene Pintao erkannte, der richtige war.

Die schwer traumatisierte Helene und die Nadel im Heuhaufen. Schon allein deshalb hörte sie sich Helenes Anrufe an.

Außerdem hatte sich Willas Bauch bemerkbar gemacht, hatte mal wieder gegurgelt, als sie Helene ihre Nummer gab. Wenn sie ehrlich war, klammerte sie sich ein wenig an die Idee einer Mörder-Such-Lotterie.

Am Montag, den 6. August, klingelt Willas Handy immerhin erst um zehn.

»Willa ist hier.«

Eine völlig aufgelöste Helene Pintao war dran. Willa war seit einer halben Stunde auf dem Revier und saß am Computer in dem Büro, dass sie sich mit Marielle und Clemens teilte. Willa bereitete sich auf ein Verhör vor, sie assistierte heute gemeinsam mit Clemens Wächter bei einem anderen Fall. In der langen Zeitspanne ohne Ergebnisse waren die Mitglieder der SOKO Moni/Helene auch wieder in andere Ermittlungen einbezogen.

Heute hätte sie auf Helene gerne verzichtet.

»Das Versicherungsbüro auf der Gleuelerstraße.«

»Dort haben Sie ihn gesehen?«

»Er arbeitet dort. Ich hätte es viel früher erkennen müssen.«

Eine Pause trat zwischen Willa und Helene ein. Helene atmete schnell und ihre Stimme war hoch.

»Gäbe es die Möglichkeit für einen Gentest?«

Diese Frage stellte Helene immer.

In ihren Augen musste es doch eine Selbstverständlichkeit sein, die verdächtigen Männer aufs Revier zu bestellen und zur Abgabe einer Speichelprobe zu zwingen. Weigerte sich einer, war doch der Fall schon so gut wie gelöst.

Doch in Realität sah die Sache anders aus. Man musste stichhaltige Beweise vorlegen, einen Anfangsverdacht, zumindest eine Gruppe von Verdächtigen mit klaren Argumenten eingrenzen. Die SOKO konnte nicht einfach zum Staatsanwalt spazieren und von ihm verlangen, einen Speicheltest für Köln und Umgebung anzuordnen. Oder gleich für ganz Nordrheinwestfalen. Würde man böse sein, könnte man sagen, dass jeder in diesem Land oder noch böser, jeder auf dieser brutalen Welt derjenige welcher sein konnte.

Der Massengentest im Moni-Fall in Nippes im März, bei dem die Kölner Polizei immerhin 307 Männer in der Umgebung von Monika Dahms Wohnung getestet hatte war ein Reinfall gewesen.

Willa erinnerte sich, dass auch Ende April in Aachen in einem anderen Mordfall schon zum zweiten Mal über tausend Männer zu einem Massentest geladen worden waren und auch dieser Fall immer noch ungelöst auf dem Schreibtischen Staub ansetzte.

»Gentest geht leider nicht, Helene, das wissen Sie doch. Aber ich nehme ihn auf die Liste.«

»Die Liste?«

Willa Stark hatte bis zu diesem Anruf selbst nicht an eine Liste gedacht. Sie hatte Helene Pintaos Anrufe und Hinweise immer schnell auf Zettel gekritzelt. Auf ihrer rechten Schreibtischhälfte, die linke okkupierte Clemens Wächter, spießte sie die Notizfetzen auf einem altmodischen langen Nagel in einem Holzstück auf. Acht Verdächtige hatte Willa tatsächlich schon überprüft, einen davon auf das Revier bestellt. Man konnte nie wissen. Bis jetzt hatte sich bei keinem Willas Bauch gemeldet.

Doch so eine Liste war eine gute Idee.

Willa konnte die Männer, die Helene in immer kürzeren Abständen wiederzuerkennen schien, konzentriert sammeln und dann einen nach dem anderen gezielt überprüfen. Die Idee der Nadel im Heuhaufen fühlte sich zu gut an, um darauf zu verzichten.

Natürlich in ihrer Freizeit. Die SOKO würde nicht die Zeit einplanen können, neben den konkreten Spuren und den anderen neuen Fällen Phantomen hinterherzujagen. Außer Harro hätte sie keiner unterstützt. Marielle vielleicht noch. Doch Marielle hing in einem Fall mit Kindesmissbrauch im Internet fest und war nervlich an der Belastungsgrenze. Also blieben nur Willas freie Tage.

Die gab es manchmal und Willa versuchte sie ermittlungsfrei zu gestalten. Köln und seine Menschen sollten doch auch erkundet, erfühlt werden. Immerhin hatte sie es geschafft mit einer kleinen Kindereisenbahn eine Tour vom Kölner Dom über das Severinsviertel bis zum Zoo zu machen. Demnächst wollte sie endlich auch ein paar romanische Kirchen besichtigen, aber dieses Demnächst plante sie schon seit Februar.

Willa war nie der Typ gewesen, der loszog und Menschen ansprach. Obwohl die Rheinländer ein freundliches und offenes Wesen hatten, war es Willa noch nicht gelungen außerhalb der Dienstelle Kontakte zu knüpfen.

Wenn man vom Karneval absah.

Willa schämte sich heute noch für ihren Einstieg in dieses Hauptjahresereignis ihrer neuen Wahlheimat Köln. Sie hatte noch bei dem Entführungsfall mitgearbeitet. Marielle Kaiser-Rhön war auch mit im damaligen Team gewesen, hatte Willa angerufen und zum Rosenmontagsumzug mit anschließender Party eingeladen. Immer verkleiden, immer gut drauf sein. Willa hatte sich einen Steirerhut aus ihrer Heimat auf den Kopf gesetzt und ihre

Lederhosen aus dem Koffer geholt. Sie fand also doch Verwendung für diese alpine Traditionskleidung, die ihr ihre Mutter und Klaus als Abschiedsgeschenk präsentiert hatten. Dazu Zöpfe und rote Backen. Marielle, als Meerjungfrau mit am Boden schleifenden Fischschwanz unterwegs, hatte gejubelt, als sie Willa sah.

Der Umzug war ein endloses Stehen in der dritten Reihe gewesen und ein Kölsch jagte das nächste. Dann wieder einer Stunde, bis sie endlich in das Bierlokal hineinkamen, in dem sich die Maskierten tummelten wie die Termiten im Bau. Da war Willa schon ganz schön hinüber gewesen und als sie ein gut aussehender Robin Hood anbaggerte, hatte sie alle Hemmungen hinter sich gelassen und war mit ihm nach Hause ums Eck gegangen. Am Morgen danach war sie ohne Lederhose, aber immer noch mit Steirerhut auf dem Kopf erwacht und hatte sich leise ein Taxi gerufen. Mit Hut und dann auch Hose und nach Bier, Zigaretten und Männersaft stinkend war sie zu Hause angekommen und hatte sich erst dort übergeben.

Keine zwei Wochen später hatte sie Robin Hood tatsächlich auf dem Revier getroffen, er hieß Gerald Hinnewald und arbeitete im Betrugsdezernat. Sie hatten sich zugelächelt und waren stumm aneinander vorbeigeschlichen.

Willa erinnerte sich, dass auch sie nach diesem One-Night-Stand fast jeden zweiten Mann als denjenigen welchen wiederzuerkennen glaubte. Erst als ihr Gerald wirklich über den Weg gelaufen war, hatte dieses Phantomerinnern ein Ende gehabt. Das Gedächtnis konnte schöne Streiche spielen.

»Ja, auf die Liste, Helene. Ich wollte Ihnen schon davon erzählen, Ihr Anruf kam genau richtig. Ich habe eine Liste angelegt. Der neue Verdächtige kommt jetzt dazu.«

Willa öffnete das Word-Programm, erstellte eine Tabelle und trug sich Zeit und Ort von Helenes neuer Sichtung ein. Helene konnte sogar den vollen Namen mit Adresse und Handynummer des möglichen Täters vorlesen, der Mann arbeitete bei der

Versicherung und hatte Helene sein Kärtchen zugesteckt. Willa bezweifelte, dass der Täter, so angepasst er nach Dr. Orwinski zu sein schien, eine solche Chuzpe an den Tag legte.

»Willa?«

Helenes Stimme klang dünn und kraftlos am anderen Ende der Leitung.

»Ja?«

»Könnten Sie mir noch die Nummer von Monis Mutter geben?«

»Wozu?«

»Ich weiß noch nicht. Meine Therapeutin meinte, ein Kontakt könnte mir helfen.«

Willa zögerte.

»Ich verspreche Ihnen, die Frau sofort wieder in Ruhe zu lassen, wenn sie mich nicht sehen will. Bitte Willa, es könnte mir guttun.«

Willa verkleinerte die Liste und rief die Unterlagen von Monika Dahms auf. Hier standen die Nummern von Monis Mutter Rose Dahms zu Hause, bei ihrer zweiten Tochter, von deren Arbeitsplatz im Altenheim, die Handynummer und sogar die von ihrer Nachbarin. Sie wollte immer erreichar sein, wenn die Kripo den Mörder fand.

Wenn, ein bitteres und nagendes Wort. Ein Wort, das kein Ermittler gerne benutzte.

Zu der Zeit, als der Frust im Team zunahm, weil sie trotz aller Spuren und Hinweise keinen konkreten Ansatzpunkt finden konnten, hatte Willa bei einer Teambesprechung den Begriff: *Gott des Zufalls* in den Raum geworfen. Frank Zauber hatte geschmunzelt und gesagt, ja, diesen Titel gäbe es auch im Theater zu sehen. Sandra Kano hatte ihn darauf hingewiesen, dass er es wohl mit *Der Gott des Gemetzels* verwechsle, einer Art tragischen Beziehungskomödie. Darauf hatte Frank nichts mehr erwidert.

Der Gott des Zufalls. Und eine Liste, die ihm gefallen könnte.

Willa gab Helene die Nummer von Rose Dahms.

Helene bedankte sich seufzend.

Nachdem sie aufgelegt hatte, fühlte sich Willa leichter. Sie schloss Monis Akte und vergrößerte die Liste, schrieb den Mann von der Versicherung in die erste Spalte. Machte Zeilen dazu. Holte den Stapel Zettel vom Nagel – sortierte, trug ein. Machte eine zweite Tabelle. Eine für Männer, deren Namen Helene gleich mitgeliefert, eine zweite für Unbekannte, von denen Helene wenigstens Ortsangaben gemacht hatte. Am Rand tippte sie ein Zeichen bei den acht Verdächtigen, die sie bis jetzt überprüft hatte.

Weitere Zeilen folgten. Ein halbes Dutzend weitere Phantome von Helene Pintao. Oder ein halbes Dutzend weitere Möglichkeiten. Die Liste schwoll an und Willa sah ihre Wochenenden schwinden.

Gott des Zufalls, nimm mein Opfer an, dachte Willa.

27

Als es an der Haustür klingelte, zuckte Helene zusammen.

Diese automatische Reaktion war geblieben. Überhaupt hatte der Überfall sie in vielen Punkten neu konditioniert wie einst Pawlows Hund durch die Glocke. Sie sabberte zwar nicht, wenn sie ihr Essen zubereitete, aber sie entwickelte mehr und mehr Sonderlichkeiten in ihrem Verhalten.

Helene nannte es Ticks. Die nahmen zu.

Obwohl Dr. Langner sie für ihre Fortschritte lobte, war es Helene, als versank sie immer tiefer in einem Strudel aus Ängsten und immer neuen Neurosen. Bei jeder Sitzung schien es Helene, als käme eine neue für die Therapeutin dazu, wie bei der Ausgrabung einer antiken Stadt.

Frau Dr. Klara Langner quittierte alles mit einem breiten Lächeln. Die Frau war eine stattliche, wohlgeformte Person mit großem Vorbau, die Helene an die ältere Sophia Loren erinnerte. Sie ließ Helene einfach reden. In den zehn Sitzungen, die sie bisher auf der gemütlichen Bank verbracht hatte, keine Couch weit und breit in diesem Therapieraum, war sie nur zweimal mit einer Nachfrage unterbrochen worden.

Helene schlief nur mehr mit einem Nachtlicht.

Helene aß im Stehen und schnell, als hätte sie einen Termin. Wenn sie sich zu einer Mahlzeit an ihren Tisch setzte, kam ihr das gesamte Essen wieder hoch. Der Nebeneffekt, dass sie beträchtlich an Gewicht verloren hatte, machte ihr manchmal Freude, meistens jedoch nahm sie es einfach hin.

Sie färbte ihr Haar fast jede Woche nach. Jede helle Strähne, die sich zeigte, auch wenn es ein mattes Grau war, erinnerte sie an das frühere Blond. Moni war auch blond gewesen.

Aus einem Grund, den Helene am allerwenigsten verstand, konnte sie nicht mehr mit dem Auto fahren. Kaum setzte sie sich hinters Steuer, wurde ihr übel, dermaßen, dass sie es gerade noch schaffte auszusteigen und sich zu übergeben.

Gerne hätte sie bereits wieder gearbeitet, Laura Gent hatte ihr sogar angeboten, von zu Hause zu akquirieren und Werbekunden zu kontaktieren. Doch nachdem die Polizei nicht nur alle ihre privaten Bekannten unter die Lupe genommen, sondern auch jeden ihrer beruflichen Kontakte zu Kunden zurückverfolgt hatte, waren Leute abgesprungen, hatten Anzeigen storniert oder sich beschwert mit so einem Irren in einen Topf geworfen zu werden. Helene hatte von sich aus darauf verzichtet, sofort wieder zu arbeiten.

Ohnehin hatte Helene Schweißausbrüche, wenn sie telefonierte oder E-Mails schrieb. Selbst hinter vertrauten Namen konnte sich der schwarze Mann versteckt halten, Mordred lauerte im Hintergrund jeder Stimme, jedes geschriebenen Wortes.

Mordred tauchte im Fernsehen auf, als Gast in einer Talkshow oder im Hintergrund einer Reportage, selbst im sonntäglichen Tatort war er ein Schatten hinter dem Kommissar, ein Statist in der Menge. Helene unterließ das Fernsehen bis auf Tierdokumentationen fast vollkommen.

Helene bekam regelmäßig Juckattacken. Von einer Sekunde zur anderen musste sie sich an den unterschiedlichsten Stellen so lange und mit solch einer Intensität kratzen, dass es blutete.

Helene hatte eine Phobie gegen Aromadüfte entwickelt.

Vanille war verständlicherweise die Hölle und blieb es auch.

Seit dem Überfall hatte sie nur ein einziges Mal versucht eine Kugel Vanilleeis zu essen.

Ihre Mutter, die keine drei Tage nach der Rückkehr in die Krielerstaße von Ingelheim nach Köln gekommen war, um Helene zu umsorgen, konnte sie gerade noch rechtzeitig auf die Toilette des Eiscafés bringen. Dort war das Eis, danach Helenes Frühstück und am Ende eine Menge gelber Galle aus ihr herausgeschossen. Immer und immer wieder hatte sich Helenes Magen zusammengekrümmt, ihre Narben am Bauch brannten und stachen.

Seither hielt sie sich von Vanilledüften jeglicher Art fern.

Auch von ihrer Mutter. Das hatte allerdings nichts mit dem Aroma zu tun als viel mehr mit den ängstlichen Augen, mit denen Helga ihr mittleres Kind ansah. War es früher schon schwer für die Eltern gewesen, keines ihrer drei Kinder im schönen Ingelheim wohnen und leben zu wissen, so war nach dem Verbrechen im Mai der Beweis für die lebensgefährlichen Großstädte erbracht. In Helgas Augen konnte Helene eine wissende hysterische Vorahnung erkennen, alles könnte sich wiederholen. Nach einer Woche mit vielen Streitgesprächen und vielen Tränen, hatte Helene ihre Mutter gebeten wieder an den Mauspfad und in die vermeintliche Sicherheit zurückzukehren. Papa Erich hatte Helga abgeholt und sich geweigert, in dieser Sache Partei zu ergreifen. Er war kein Mann mit großem Durchsetzungsvermögen, aber er schaffte es seine Frau ins Auto zu setzen und Helene wieder in ihr eigenes Leben zu lassen. Helene dankte es ihm mit Tränen und einer endlosen Umarmung. Ihre Mutter rief seither jeden Tag auf dem Handy an, aber immer öfter ließ Helene die Mailbox ihren Dienst tun.

Danach blieb Helene allein in ihrer Wohnung zurück und versuchte sich langsam wie eine uralte Schildkröte in ihrem Leben zurechtzufinden.

Als Therapieübung war Helene bei der Redaktion des *Elefanten* vorbeigegangen und innig und jubelnd begrüßt worden. Hier gab es mehr Verständnis und Aufmunterung, als sie es bei ihrer Mutter verspürt hatte, was sie traurig stimmte.

Mordred allerdings schwoll zu einem Monster an.

Mordred.

Diesen Namen hatte sie ihm schon im Krankenhaus gegeben. Dieser Name war so gut wie jeder andere.

Mordred blieb wie vom Erdboden verschluckt.

Der Leiter der SOKO, Peter Kraus, hatte ihr Polizeischutz angeboten, doch nach der endlosen Zeit ohne Fahndungserfolg, ohne Hinweise oder eine neue Bedrohung musste er vor den Kosten kapitulieren. Immerhin steckte seine Handynummer neben der von Willa Stark in Helenes Portemonnaie. »Jederzeit, bei Tag und bei Nacht«, hatte Willa Stark zu Helene gesagt.

Willa Stark und ihr Partner, Clemens Pächter oder Hächter, hatten ihr erzählt, dass die Lage nach dem grausamen Tod von Monika Dahms nur zwei Monate vor Helenes Überfall ganz ähnlich gewesen war. Haare, Spucke, Fingerabdrücke, alles lag offen da und schien die Ermittler zu verhöhnen. In keiner Kartei, in keiner Suchanfrage tauchte eine Übereinstimmung auf.

Ganz so wie sein computergeneriertes Bild nach Fritz Kalbs' Angaben in Presse und TV zwar hunderte Anrufe bei der Polizei, aber keinen einzigen Treffer ergeben hatte.

Der Kerl war wie sein Bild ein Phantom.

Oder ein angepasster, braver Bürger.

So hatte Harro deNärtens es ihr erklärt. Der dicke Gerichtsmediziner erkundigte sich regelmäßig nach Helenes Verfassung. Er war es auch gewesen, der ihr ihre jetzige Therapeutin empfohlen hatte.

Helene war sogar dreimal zu einem Treffen von Gewaltopfern gegangen, das zweimal die Woche im Bürgerzentrum in Nippes stattfand. Doch am vierten Abend war ein junger Mann dazugekommen, der Helenes Mordred war. Ähnlich wie im Krankenhaus. Obwohl der junge Mann selbst Opfer einer U-Bahn Schlägerei geworden war, hatte Helene keinen Fuß mehr an diesen Ort setzen können.

Es klingelte zum zweiten Mal.

Helene warf noch einen kurzen Blick in den Spiegel im Flur, sah in ihr schmales Gesicht mit dem kurzen braunen Haar. Es war, als wäre die blonde, etwas mollige Helene Pintao gestorben, so wie Moni Dahms. Die neue dünne und brünette Helene jagte einer Überlebensschuld und einem Mann aus einer längst versunkenen Sagenwelt hinterher.

Helene drückte auf den Knopf der Gegensprechanlage.

Als Helene aus dem Hotel zurück in ihre Wohnung gezogen war, hatte die Hausverwaltung bereits eine einbauen lassen. Zur Sicherheit der anderen Mieter. Lächerlich, wie Helene fand. Damals hätte sie Mordred auch mit Gegensprechanlage hochgelassen, dachte sie doch, dass *er* mit einer Pizza kommen würde.

In dieser Zehntelsekunde sieht sie *ihn* vor sich.

»Liebes«, sagt er, hält sein Messer in der rechten Hand, ein Küchenmesser, ein Gebrauchsgegenstand, wie er in jedem Haushalt zu finden ist. Helenes Nase ist zu der Zeit schon gebrochen, sie atmet Blut, ihr Schienbein brennt wie das Höllenfeuer, sie versteht nicht, warum er mit aller Wucht dagegen getreten hat.

Er steht vor Helene wie ein Dämon in Menschengestalt und Helene kann ihre Augen nicht von seinem Lächeln wenden. Warum hast du so ein breites Lächeln, böser Wolf? Warum?

Er scheint ihre Gedanken erraten zu haben. *Er* beugt sich zu Helene hinunter, tiefer, immer tiefer, bis seine Lippen ihr Ohr berühren.

»Ich bin dir nicht böse, Liebes!«

Diese weichen, nassen Lippen bewegen sich an ihrem Ohr. *Sein* Flüstern ist das Winden einer dunklen giftigen Schlange.

»Es ist nur so …«

Helene spürt das Eindringen des Messers in ihren bloßen Bauch, als ob ein Stein in einen tiefen Brunnen fällt. Eine Ewigkeit ist da nur eine Kälte, die von unten nach oben in ihr Herz strömt. Messer in Butter oder Löffel in rote Grütze, denkt sie, dann taucht der Stein in das Wasser und der Schmerz kommt. Ein Schwall an Schmerz. Mehr Schmerz als alles davor.

Schmerz paart sich mit Fassungslosigkeit. Verbindet sich mit dem Wunsch sterben zu können. Bitte, lass mich gehen, schnell und leicht. Ich trage dir nichts nach, nur lass mich gehen.

»Es ist demütigend. Das ist alles«, sagt er und richtet sich wieder auf. Zieht mit seinem Aufrichten das Messer nach oben, quer über Helenes Bauch. Sie kann den Schnitt in ihrem Fleisch, ihrem Fett, ihrem Muskel spüren. Ihr kommt es vor, als würden ihre Eingeweide sich nach hinten flüchten, als suchten sie Schutz hinter ihrer Wirbelsäule. Sie will nicht schreien, tut es aber. Der Schrei schlägt an das Klebeband, wird von ihm aufgesogen wie ein Schwamm und tropft zurück in ihren Kehlkopf.

Er schlägt sie wieder ins Gesicht. Fast ist sie dankbar, dass sich der Schmerz des Schlages dem Wahnsinn in ihrem Bauch entgegenstellt. Da, seine Lippen liebkosen ihr Ohr.

»Leise. Liebes.«

Helene wimmert.

Helene sieht nach oben. In seine Augen. Hofft, darin einen schnellen Tod zu sehen. Doch da ist nur …

»Weiche von mir!«

Die ältere Frau vor der Haustür räusperte sich.

Helene stieß einen kurzen Seufzer aus und war wieder in der Gegenwart. Sie konnte sich nicht erinnern, die Tür geöffnet zu haben, doch das war schon in Ordnung, sie hatte diesen Besuch erwartet. Scheinbar hatten sie sich auch schon begrüßt, denn die ältere Frau nickte Helene zu und hielt ihr einen Blumentopf vor die Nase.

»Aus meinem Garten, ein Zögling.«

Darin blühten dreifarbige kleine Blüten. Helene kamen die Tränen, so schön fand sie das Geschenk.

Helene nahm den Topf und drückte ihn an ihr Herz. Sie trat zur Seite und ließ ihren Besuch in den Flur. Die ältere Frau zog sich die Schuhe aus, bevor Helene sie davon abhalten konnte. Dann ging sie weiter und blieb im Wohnzimmer stehen.

»Schön wohnen Sie hier.«

Helene stellte den Topf auf dem Couchtisch ab, setzte sich in die Mitte der Couch und winkte die ältere Frau zu sich heran. Noch immer kämpfte sie mit den Tränen. Als die Frau neben Helene saß, konnte Helene sehen, dass auch deren Augen feucht waren. Sicher war es ihr unendlich schwer gefallen zu kommen. Doch sie war da und Helene war dankbar dafür. Vielleicht würde es beiden nach diesem Gespräch, dieser Verständigung besser gehen. Vielleicht.

Helene konnte immer noch nicht sprechen. Die ältere Frau hob spontan ihren Arm hoch und legte ihn um Helenes Schulter. Wieder stieß Helene einen kurzen Seufzer aus, der wie ein Splitter aus ihrem Herz trat, und gab nach. Ihr Kopf sackte an die Schulter der Frau und für einen Moment fühlte sich Helene geborgen.

Die ältere Frau seufzte auch, doch lang und inniglich, so als wollte sie mit ihrem Seufzen dunkle Schatten vertreiben, böse Erinnerungen bannen, um Platz für neue Gedanken zu machen.

Sie begann zu reden. Ihre Stimme legt sich wie Wasser auf Helenes böse Mordred-Erinnerung, Helene taucht unter wie in ihrem Bad und konnte doch weiter atmen. Wenn Willa Stark Morgan le Fay war, hatte Helene heute Besuch von der Herrin vom See Viviane bekommen.

Der Besuch war Rose Dahms, Monis Mutter, nicht leicht gefallen. Nach dem ersten Anruf von Helene hatte sie stundenlang geweint und danach in einem Wutanfall drei Teller an die Wand geworfen. Seit dem Tod ihrer jüngeren Tochter haderte sie vor allem mit dem da oben, mit Gott. Ihr Leben pendelte zwischen Wut und einer Verlorenheit, die sie schon mehrmals nach Schlaftabletten und einer Flasche Wein hatte greifen lassen. Ihr Mann Axel war 1997 an einem Herzinfarkt völlig überraschend gestorben, aber damit hatte sie umzugehen gelernt. Die Aufgabe, ihre beiden Töchter allein großzuziehen, hatte sie stark werden lassen, hatte sie Gott und seinem Versprechen auf ein Leben nach dem Tod nähergebracht, mit all der Trauer über den Verlust. Aber der gewaltsame Tod von Moni war etwas völlig anderes gewesen. Wo war Gott in dieser Nacht? Wie konnte er ein solch abscheuliches Verbrechen zulassen?

Doch in dieser tiefsten Nacht hatte ihr der verschmähte Gott doch ein Licht geschickt. Ihre ältere Tochter Britta war schwanger. Das Versprechen auf ein neues Leben würde auch Rose weitermachen lassen. Deswegen war sie auch gekommen. Für Helene Pintao, die Überlebende, sollte es weiter gehen. Schon in Monis Namen wollte sie dieser Frau Kraft geben.

Rose Dahms drückte Helene so fest, als könnte sie ihr verlorenes Kind damit rematerialisieren.

»Einmal, nach dem Tod meines Mannes, ich musste wieder ganztags arbeiten, fiel die Nachmittagsaufsicht in Monis Schule wegen Kreislaufproblemen aus. Mein Moni Schätzchen hat einfach die kleine Gruppe übernommen. Keiner der Schüler musste seine Eltern anrufen und nach Hause gehen. Damals, da waren alle Kinder noch ohne Handy und es wäre sicher ein Chaos ausgebrochen. Abends saß sie dann wie immer am Tisch und erzählte es mir, als sei es das einfachste auf der Welt als Dreizehnjährige eine ganze Gruppe Gleichaltriger zum Hausaufgaben machen zu überreden. Und die waren bei mir stiller als bei Frau Waderstatt, hat sie zu mir gesagt.«

Helene döste weg. Zum ersten Mal fühlte sie sich geborgen und verstanden. Rose Dahms redete weiter. In vielen Kulturen gilt es als heilsam, Geschichten über Verstorbene zu erzählen.

28

Nachdem Mia bereits geschlagene zwanzig Minuten auf ihre Verabredung gewartet hatte, schlich sich die alte Unsicherheit wieder ein.

Dagegen hatte sie doch den Kurs gemacht.

Flirten für Menschen mit Köpfchen hatte für ein verlängertes Wochenende ganze 380 Euro gekostet, doch der Leiter des Seminars, Coach Dante, hatte die vierzehn Teilnehmer, drei Männer, elf Frauen, gut motiviert. Er nannte sich Dante, weil er durch das Höllenfeuer der Unterwelt, das Singleleben, gewandert war, intelligent, belesen, attraktiv, aber trotzdem allein seit Jahren.

Durch sieben einfache Schritte würde sich innerhalb von sieben Wochen das Leben schlagartig verändern. Männer würden endlich den Mut haben ihre Traumfrauen anzusprechen und mit einem Korb voller Handynummern rechnen können. Frauen dagegen konnten aus ebenjenem Korb Männer auf weißen Pferden fischen, die ihre langen Listen an Partnerwünschen alle bestehen konnten. Eine erfüllte Zweisamkeit durch die Kraft der Suggestion.

Mia hatte geatmet und sich vorgestellt Aphrodite, die Göttin der Liebe, zu bitten, sie zu ihrem Seelenpartner zu führen. Sie hatte sich neue Gedankenmuster notiert und sich aus dem Internet sehr sexy und sehr sehr teure Unterwäsche bestellt, um dem Universum ihre Bereitschaft für den Mann ihrer Träume zu signalisieren. Intelligenz mit Erotik verbinden, dazu ein Hauch Esoterik, war die Formel.

Ihre WG-Mitbewohnerin Christiane, mit der sie auf der rechtsrheinischen Seite, der Schäl Sick, in Deutz wohnte, hatte nur den

Kopf geschüttelt. Sie hielt solche überteuerten Abzocker-Single-Kurse für reinen Unfug. Doch Christiane hatte gut reden, sie war seit drei Jahren mit einem Frankfurter Ladenbesitzer zusammen und plante nächstes Jahr auch zu ihm zu ziehen.

Als tatsächlich schon drei Tage nach dem Seminar Mia in einer Bar ein netter Typ angesprochen und sie um ihre Handynummer gebeten hatte, hatte Mia Christiane eine Jubel-SMS geschrieben. Der Typ war aber auch klasse. Grübchen am Kinn, Muskeln an den Armen, blaue Augen, trotzdem in der Lage mit ihr über das Tagesgeschehen zu sprechen. Karl, ein Student der Sozialpädagogik. Nur einen Tag später kam eine SMS von Karl mit einem Vorschlag für ein Date am Freitagabend.

Kein richtiges Date, es gab einen Vortrag *Der Mensch in seinen Welten* im Rautenstrauch-Joest-Museum und hinterher könnte man ja noch essen gehen. Mia schwebte im siebten Himmel.

Nun war es Freitagabend, Mia stand in einem hautengen Stretchkleid und schicker Clutch in der Vorhalle des Rautenstrauch-Joest-Museums und wartete. Mit jeder Minute wurde ihr Kleid enger und ihr Bauch dicker, ihre blonden Locken verloren an Halt und zogen sich nach unten zu glatten Strähnen. Auch die Menschen um sie herum schienen ihr mehr und mehr mitleidige Blicke zuzuwerfen. Sie praktizierte leise die zischende Atmung für die sinnliche Meditation und rief in ihrem Inneren Aphrodite an, ihr doch zu Hilfe zu eilen.

Weitere zehn Minuten und eine hilflose SMS an Karl ohne Rückantwort später, beschimpfte sie innerlich diese wankelmütige Göttin mit Fäkalworten und verfluchte ihre Dummheit, ihre Leichtgläubigkeit und ihre trügerischen Hoffnungen. Warum sollte ausgerechnet ein Typ aus einer Bar Interesse an einem Vortrag im Museum haben? Reingelegt hatte er Mia, sich einen saublöden Spaß erlaubt. Zum Teufel mit Karl. Und Dante sollte erst recht in der Hölle schmoren. Mia würde sich so unauffällig wie möglich nach Hause in ihr einsames Bett verdrücken. Vielleicht konnte man die Unterwäsche noch bei Ebay versteigern.

»Gehst du auch zum Vortrag?«

Der Mann, der Mia ansprach, war groß und gutaussehend. Er hatte zwar kein Grübchen am Kinn, konnte aber mit ihrer verpatzten Verabredung auf alle Fälle mithalten.

»Ja, das wollte ich, aber …«

Der Große zwinkerte ihr zu.

»Wenn ich je die Chance hätte, mit so einer bezaubernden Frau zu einem trockenen Vortrag zu gehen, ehrlich, ich …«

Er schluckte und sah sie mit schiefgelegtem Kopf an. Mia zog ihren Bauch ein und hakte sich spontan bei dem Fremden unter. Aphrodite schien auf Fäkal-Beschimpfungen zu reagieren.

Sie gingen nach drinnen.

Nach dem Vortrag regnete es leicht.

Durch die Hitze des Tages dampfte der Asphalt und die Cäcilienstraße vor dem Museum schien wie ein Dschungel. Die Schwüle drückte. Wie selbstverständlich blieb der Große an Mias Seite. Nach ein paar Schritten aus dem Museum hinaus, standen sie vor der überdachten Unterführung zur U-Bahn am Neumarkt.

»Dschungelwetter«, sagte Mias Begleiter.

Während der Veranstaltung, die langatmig und träge gewesen war, hatte Mia ihn von der Seite beobachtet und sich plötzlich unwohl gefühlt.

Zuerst die Verabredung mit Grübchenkinn Karl, den sie gerade mal eine Stunde von der Bar kannte. Dann dieser spontane verzweifelte Entschluss, mit einem noch fremderen Typen in den Vortrag zu gehen. Quatschte er jede x-beliebige Frau an? Hatte er ihr überhaupt seinen Namen genannt? Sicher nicht, denn bis zum Beginn der Veranstaltung hatte nur sie geplappert wie ein Wasserfall.

Stand es so schlimm um sie?

War sie wirklich so einsam und bedauernswert? Mia begann all die guten Dinge in ihrem jetzigen Leben aufzuzählen. Ihre letzte Beziehung war gar nicht so schlecht gewesen, Mia hatte sich getrennt, weil … so genau konnte sie es gar nicht mehr sagen. Sie hatte Freunde, sie hätte sich leicht mit einem von ihnen hier verabreden können, dann wäre sie nie in diese peinliche Situation geraten. Außerdem hatte sie einen guten Job in einem Architekturbüro, war gesund, klug und hätte auch in einem locker sitzenden Sommerkleid nicht schlecht ausgesehen. Christiane hatte vollkommen Recht gehabt. Dantes Kurs war aus dem Fenster geworfenes Geld.

Wenigstens hatte die Beschäftigung mit ihrem Inneren zwar nicht Aphrodite, aber wieder die vernünftige und positive Mia zum Vorschein gebracht.

»Gehen wir noch am Rhein spazieren Liebes?«

Mia wurde von seiner Stimme aus ihren Gedanken gerissen. Ihr Begleiter sah sie wieder mit rechtsgelegtem Kopf an. Er erinnerte sie an einen streunenden Hund. Die wedelten freundlich mit dem Schwanz, konnten aber jederzeit zubeißen, wenn man ihnen zu nahe kam.

Mia traf eine Entscheidung.

»Du, ich glaube, ich gehe doch gleich nach Hause. Es regnet, ich hab' keinen Schirm dabei und außerdem muss ich morgen früh raus. Du kannst mir ja deine Nummer geben, ich melde mich.«

»Welche Bahn nimmst du? Welches Viertel? Wo wohnst du?«

Seine letzte Frage hatte einen scharfen drängenden Unterton, der Mia nicht gefiel. Sein Mund zeigte ein sympathisches Lächeln, aber seine Augen wirkten im Licht der Straßenbeleuchtung auf einmal wie schwarze Knöpfe. Mia drehte ihren Kopf nach beiden Seiten, wie um die Müdigkeit zu vertreiben, sah sich aber nach anderen Nachtschwärmern um. Hier am Rand der Unterführung standen sie beide allein aber weiter vorne, wo die Taxistation am Neumarkt war, konnte sie andere Leute sehen. Gott sei Dank, jede Menge davon. Sie drehte sich von ihrem Begleiter weg.

»Ich nehme ein Taxi.«

Mia hätte keines gebraucht. Der Weg nach Deutz dauerte keine zehn Minuten. Eine Gänsehaut lief ihr trotz der Schwüle vom Nacken bis zu den Waden hinunter. Wenn der Typ mit ihr fahren wollte, würde sie den Taxifahrer um Hilfe bitten.

Sie hörte ihn hinter sich seufzen.

»Oh.«

Mia wandte sich ihm wieder zu, um ihn doch nach seinem Namen und seiner Nummer zu fragen. Für einen anderen Zeitpunkt vielleicht, zum Kennenlernen in einem Café oder so.

Sein schwarzer Blick war auf ihren Bauch gerichtet. Er stierte auf die Wölbung unter ihrem Stretchkleid. Was war das denn für eine Unverschämtheit?

Mia hatte für heute genug.

»Dann wünsch' ich dir noch einen guten Abend. Man sieht sich sicher mal wieder, Köln ist ein Dorf und den nächsten Vortrag im Rautenstrauch gibt es …«

Ihr Begleiter drückte ihr unvermittelt einen Kuss auf den Mund. Seine Lippen schmeckten nach saurer Milch. Mia war so überrascht, dass ihr die Luft wegblieb.

»Schlaf gut, Liebes. Ein ander' Mal, sicher.«

Er drehte sich um und ging die schmale Thieboldsgasse, die vom Neumarkt weg Richtung Stadtbibliothek führte hinunter. Der Dampf über dem Asphalt gab der Szene etwas Unheimliches.

Mia atmete laut ein, wischte sich mit dem Handrücken über die Lippen. Dann rieb sie sich mit beiden Händen die nackten Schultern, die Gänsehaut bedeckte jetzt ihren gesamten Körper. Sie musste plötzlich an Jack the Ripper denken. Oder an diesen Messermann, der immer noch frei herumlief.

Eine Gruppe junger Burschen kam die Treppen der U-Bahn hoch. Einer stieß Mia an der Schulter an und grinste sie angetrunken an. Sie drehte sich schnell weg und lief auf den Taxistand zu, spontan wollte sie sich tatsächlich eines leisten.

»Heißer Abend heute, was?«

Der Fahrer hatte alle Fenster offen und der Fahrtwind blies Mias blonde Haare in die Höhe. Er trug ein umgedrehtes Käppi mit dem Geißbock des 1. FC Köln und der Schweiß lief neben seinen dicken Brillengläsern in tiefe Mundfalten.

»Sie sehen blass um die Nas' aus. Geht's Ihnen nicht so?«

Mia sprudelten die Worte in einer solchen Geschwindigkeit aus dem Mund, dass sie am Ende Schluckauf bekam. Sie musste ihr unheimliches Erlebnis loswerden. Am Ende hickste sie und eine Träne lief über ihre Wange.

Der Taxifahrer schaffte es mit einem Auge die Straße im Blick zu behalten, mit dem anderen taxierte er Mia, während er ihrem Erlebnis lauschte. Seine Augen schwammen wie dicke Goldfische hinter den Gläsern.

»Das is ja 'ne Story für die Zeitung, Mädche. Ich kenn' da einen beim *Express*.«

Mia winkte ab.

Wieder holperte das Taxi zweimal bei Gelb über die Ampel, dann endlich kam die Tempelstraße. Mia hickste weiter, holte ein Taschentuch aus ihrer Handtasche und wischte sich schnell unter den Augen ab. Sie biss sich auf die Lippen. Schon wieder bereute sie ihre schnellen Entscheidungen heute Nacht.

»Hier können Sie mich absetzen.«

Der Taxifahrer redete weiter, von Irren, die ihren Frauen den Kopf abschnitten, nannte den Fahrpreis, erzählte vom Messermann, der seit März zwei Frauen in ihrem Zuhause überfallen hatte. Mia knüllte ihr Taschentuch zusammen. An den Messermann hatte sie auch schon gedacht. Mia holte ihr Geld heraus und gab ein gutes Trinkgeld. Der Fahrer konnte nichts für ihre Dummheiten. Seine Augen hinter der Brille glitten über Mias Stretchkleid.

»Haben Sie ihm Ihre Adresse gegeben?«

»Bitte?«

»Na, diesem Irren. Am Neumarkt. Weiß der jetzt, wo Sie wohnen?«

Mia schüttelte den Kopf. Ihr kamen wieder die Tränen. Als sie sich mit einem schnellen Schwung aus dem Taxi hievte, riss der Saum ihres engen Stretchkleides. Ein passendes Ende zu diesem versauten Abend.

Als Mia das Haus ihrer WG erreichte, blinkte der Taxifahrer noch mal. Mia sah, dass er gewartet hatte, bis sie an ihrer Haustür war. Sie hob winkend die Hand und suchte nach ihrem Schlüssel.

In der Wohnung war alles dunkel, Christiane schlief schon. Mia zog das zerrissene Kleid aus, ein langes weites Shirt an und setzte sich mit einem Glas Wasser auf den kleinen Balkon, der auf die Tempelstraße hinausging.

Mia rekapitulierte den Abend und schämte sich für sich selbst. Zuerst konnte sie es nicht erwarten, gleich mit jedem Fremden, der nur Hallo zu ihr sagte, wie eine brünstige Kuh mitzulaufen, dann sah sie in einem etwas schrägen Mann einen Serienkiller, der sie bereits in der U-Bahn abschlachten wollte. Das nächste Geld für ein Seminarwochenende sollte sie besser in eine Therapie stecken.

Doch ein Gefühl tief in ihrem Bauch, den sie am dunklen Balkon endlich entspannte, ein Gefühl, kaum mehr im ihrem Bewusstsein wahrnehmbar, sagte ihr, dass sie heute Glück gehabt hatte.

29

Die Hitze dauerte an.

Endlich gab es den langersehnten Sommer, doch natürlich war es alten Leuten zu heiß und Joggern zu schwül. Man konnte immer über das Wetter lästern, das war das Beste daran. Ganz Köln schien im Freien zu leben, die Straßenlokale waren überfüllt, die Autofenster heruntergelassen und überall erklang die unterschiedlichste Musik.

Auch deshalb hatte Helene einem Treffen mit Lena und Anne zugestimmt. Eine Sehnsucht hatte sie gepackt, eine kleine Ahnung davon, dass es vielleicht hinter all den Ticks und Ängsten einen Horizont geben könnte, der sich Wiederherstellung nannte. Abgesehen davon, dass Helene das Gefühl hatte, mehr und mehr von ihren Freunden wegzudriften. Inzwischen hatte sie mit Fritz Kalb schon öfter und mehr gesprochen, als mit allen Personen aus ihrem früheren Leben.

Es war Montag, der 13. August, Anne hatte ihren freien Tag, Lena sowieso nichts zu tun. Sie hatten sich nachmittags in der Stadt getroffen um einen Spaziergang am Rhein zu machen.

Dort war *er* Helene entgegen gekommen.

Sie erkannte ihn sofort wieder, Mordred war da. Seine große Gestalt, das dunkle Haar, der weiche Blick. Helenes Knie waren eingeknickt und Lena und Anne hatten sie auf die nächste Bank verfrachtet, wie ein Stück lebloses Holz.

Mordred war auf die drei zugekommen, hatte nach Helenes Wohlbefinden gefragt, ob er etwas für sie tun könnte, das läge sicher an der Hitze, viel Trinken müsste man jetzt. Anne hatte sich schüchtern abgewandt, Lena geflirtet, Helene tief ein- und ausgeatmet. Der Mann war nicht Mordred. Ganz klar. Helene hatte sich bedankt und versprochen, gleich etwas zu trinken, der Mann war wiederweitergegangen.

Helenes Verstand realisierte später immer, dass diese Männer nicht ihr persönlicher Bösewicht waren, weder der Arzt damals im Krankenhaus noch später der Taxifahrer oder wieder später der Typ in der Straßenbahn oder, oder, oder. Aber ihr Herz und etwas noch viel tiefer Liegendes übernahmen in diesen Augenblicken die Führung.

Ihr Herz fing an zu pochen und pumpen, in ihren Ohren erklang ein hoher reißender Ton, ihre Knie gaben nach, ihre Narben am Bauch ziepten wie vor einem Gewitter. Für Helenes traumatisierte

Psyche waren alle diese Männer *er*, es gab keinen Zweifel, auch keine Gnade für Helenes Schrecken im Wiedererkennen.

Als der Mann weitergegangen war, hatte Anne ihr ein feuchtes Taschentuch auf die Stirn gelegt.

»Das liegt an der Hitze«, hatte Helene die Worte des Mannes wiederholt und sich ein Lächeln abgequält.

In der Therapie hatte ihr Dr. Langner erklärt, dass dieses vermeintliche Wiedererkennen eine durchaus natürliche Reaktion der Psyche war. Man erlebt ein Trauma und einige Details brennen sich ins Gedächtnis. Werden unter komplett anderen Umständen ein oder mehrere Details wieder abgerufen, schließt das Gehirn auf die gleiche Situation und baut sich sein eigenes Puzzle zusammen.

So war es bei Helene mit ihren Begegnungen mit Mordred. Immer und immer wieder.

Die Liste musste schon lang sein. Die Liste, die Morgana alias Willa Stark angelegt hatte.

Manchmal hatte Helene angerufen und nur gestammelt, ein großer Mann in der Obstabteilung wäre es, bis Willa sie beruhigen und Helene ihn beschreiben konnte. Manchmal konnte Helene Willa genauere Angaben machen, dass *er* in einem Bistro Getränke ausschenkte oder Prospekte an Haushalte verteilte. Manchmal wusste Helene sogar die Namen der potentiellen Kandidaten. Willa Stark hörte geduldig zu und notierte. Den Täter so jemals zu finden war vielleicht absurd. Aber Helene war Willa Stark unendlich dankbar für die Hilfe.

Einmal unter Wasser war Helene eine weitere Geschichte von Oma Irmi eingefallen. Von drei kleinen Schweinchen, die immer, »Der Fuchs ist da« schrien, obwohl kein Angreifer weit und breit vor deren Haus stand und sie die anderen Tiere mit ihrem Fehlalarm aufschreckten. Am Ende war der Fuchs doch da und pustete das Haus der drei um und keiner kam ihnen mehr zu Hilfe.

Wenn Helene nicht aufpasste, würde auch ihr am Ende nicht

einmal Willa Stark zu Hilfe kommen, selbst wenn der Täter direkt vor ihrer Haustür stand und sie wegpustete.

Um diesen Montag und das Treffen mit Anne und Lena nicht gänzlich in eine traurige Schieflage zu bringen, überredete Helene ihre Freundinnen nach dem Zwischenfall am Rhein nach Lindenthal zurückzukehren und zumindest noch einen gemeinsamen Kaffee bei ihr ums Eck zu trinken.

Lena und Anne stimmten zu. Helene konnte den Blick sehen, den Lena Anne zuwarf, nur der Wahnsinnigen nicht widersprechen. Sie konnte es ihnen nicht wirklich verübeln, der Umgang mit ihr war schwierig geworden. Die drei fuhren mit der Straßenbahn von der Innenstadt in die Dürener Straße.

Als sie das Café betraten, freute sich Helene. Früher hatte sie diese kleine Konditorei mit ihren Tortenpaletten und Kuchentellern gemocht. Es verkörperte einen Hauch von ihrem alten Leben.

Zuerst war es wie immer gewesen, viele alte Leute, die mit ihrem lautstarken Geplauder den Lärmpegel ansteigen ließen, dazu der Duft nach frischem Gebäck und Kaffeebohnen. Helene hatte vor ihrer Tasse gesessen und Lena und Anne zugehört, die sich darüber stritten, ob es wirklich wichtig war, Urlaub in einem Fünf-Sterne-Hotel zu verbringen oder ob nicht ein Wohnwagen genügte, um glücklich zu sein.

Sie hatten noch einen Platz an der Tür gefunden, neben zwei alten Damen, die sich ihrerseits Geschichten über ihre Enkel und ihre Arztbesuche erzählten, wobei das eine nahtlos in das andere überging. Die Kellnerin hatte ihnen drei unterschiedliche Torten auf den Tisch gestellt und jede der Freundinnen probierte von jedem Stück. Helenes Milchkaffee schmeckte nach Normalität, die Torten nach süßer Lebensleichtigkeit. Im Geräuschpegel des Cafés fühlte sich Helene ein wenig wie in ihrer Badewanne, sie tauchte unter und schwamm in guten, vergangenen Gefühlen.

Mordred stand an der Kuchentheke.

Zuerst sah sie ihn nur von hinten. *Er* trug ein hellblaues T-Shirt und eine braune kurze Hose. Seine lockigen dunkelblonden Haare standen unfrisiert nach oben. An der Hand hielt er einen kleinen, etwa sechsjährigen Jungen, der sich umgedreht hatte und die Gäste beobachtete.

»Wollen wir der Mama auch ein Schokotörtchen mitbringen, Jakob?«

Mordreds Stimme war mild und weich, die Stimme eines liebevollen Vaters, der mit seinem Sohn frische Brötchen oder Kuchen holt. Der Junge schaute hoch und ein Lächeln huschte über sein Gesicht, seine Haare strohblond, seine Augen voller Vertrauen.

Mordred bestellte drei Schokotörtchen und fünf einfache helle Brötchen und strich währenddessen seinem Sohn über den Kopf. Das Kind duckte sich unter der Hand seines Vaters weg und lief ein paar Schritte die Theke entlang.

»Wir könnten alle Kuchen kaufen, dann haben wir eine Riesenauswahl für Mama. Okitoki, Papa?«

Einige andere Gäste schauten auf und lächelten.

Er holte sein Portemonnaie aus der hinteren Hosentasche und suchte das Geld zusammen, steckte es wieder ein. Dann drehte Mordred sich um und winkte seinem Sohn zu.

»Komm, mein Großer, wir müssen … Mama wartet. Okitoki?«

Er streckte seine Hand aus, der Junge kam folgsam zu ihm. Mit der anderen Hand nahm er die Tüte und beide drehten sich in Richtung Tür. Mordred und sein Sohn standen für Sekundenbruchteile Helenes Tisch gegenüber. Und Helene wusste es.

Dieses Wissen war nicht angstdurchtränkt und panisch wie bei den anderen Malen. Sie begann nicht zu zittern oder fühlte sich schwindlig und einer Ohnmacht nahe. Auch ihr Herz raste nicht, ihr Blutdruck stieg nicht an, keine Gänsehaut breitete sich über ihren Rücken aus.

Dieses Wissen war ein klarer Bergsee am Morgen eines sonnigen, windstillen Tages. Dieses Wissen war unerschütterlich und zugleich leicht wie eine Feder.

Helene spießte einen weiteren Bissen Torte auf ihre Gabel, irgendwo wehte ein Duft nach Vanille her. Sie atmete den Duft ein und führte die Gabel in ihren Mund. Kaute und schaute Mordred dabei direkt in die Augen. Sie beugte ihren Kopf und schenkte *ihm* ein Nicken, ein flüchtiges Lächeln, wie gute Bekannte es tun, wenn sie sich zufällig auf der Straße begegnen.

Mordred schien für eine Zehntelsekunde zu erstarren. Niemand außer Helene hätte diesen Wimpernschlag registriert. Niemand hätte in dem Aufeinandertreffen an eine tiefere Verbindung zwischen diesen beiden Menschen gedacht, geschweige denn an ein Verbrechen, ein blutiges Jägerzaunmassaker.

Leichten Schrittes gingen Vater und Sohn aus der Tür hinaus und in den heißen Montagnachmittag hinein. Bogen nach rechts ab, hielten sich an den Händen.

Helene schluckte den Bissen hinunter und wandte sich wieder ihren Freundinnen zu, erzählte von einem Kurzurlaub in Prag, damals noch mit Volker, entschuldigte sich, weil sie auf die Toilette musste. Ging nach hinten. Schloss die Tür ab. Setzte sich auf die geschlossene Brille. Holte ihr Handy aus der Hosentasche. Wählte eine Nummer.

Als die Mailbox anging, hinterließ sie keine Nachricht, legte wieder auf und kehrte an den Tisch zurück. Die drei blieben noch über eine Stunde sitzen. Es war fast so herzlich wie früher. Lena und Anne freuten sich über Helenes plötzliche Offenheit. Beim Bezahlen wollte Helene unbedingt die Rechnung übernehmen, sie rundete den Betrag großzügig auf und die Bedienung schenkte ihr ein herzliches Dankeschön.

Helene stand auf, umarmte ihre Freundinnen. Sie verabschiedeten sich und Helene bog von der Dürener Straße in die Krieler Straße ab. An der Nummer 9 schloss sie die Haustür auf, stieg die Stufen zum ersten Stock hoch, sperrte die Eingangstür auf. Ging hinein. Sperrte die Tür hinter sich zu. Legte die Handtasche auf das Sofa. Ging ins Bad.

Ließ die Badewanne ein.

Stieg mit Kleid und Schuhen hinein.

Tauchte unter.

30

Als Willa an diesem Montag, den 13. August, Helenes Nummer auf dem Display sah, zögerte sie. Willa war an diesem Nachmittag nicht ganz in der Verfassung mit Helene zu sprechen.

Peter Kraus war bei der wöchentlichen Teambesprechung ausgeflippt.

Keiner vom Team hatte es kommen sehen.

Cheeks alias Sandra Kano hatte mit geschäftiger hochkonzentrierter Miene an alle einen kopierten Zeitungsartikel verteilt.

Der *Kölner Express* hatte in seiner neuen Ausgabe einen brandheißen Aufhänger gefunden. Der unheimliche Messermann, wie der Täter seit Helene Pintao genannt wurde, hätte sich ein drittes Opfer ausgesucht. Eine junge Frau wäre dem Monster am Neumarkt vor dem Eingang zur U-Bahn begegnet. Nur das beherzte Eingreifen eines Kölner Taxifahrers hätte Schlimmeres verhindert. Dazu ein Bild eines lächelnden Mannes mit dicker Brille, der seine Fäuste ballte und vor seinem Taxi stand. *Wo ist die Polizei, wenn der Messermann zuschlägt?* stand unter dem Foto.

Das Fazit des Artikels lautete: Der Messermann würde wohl erst hinter Schloss und Riegel landen, wenn gewisse leitende Beamte, die doch nur ihre Pension und den nächsten Karneval im Auge hätten, endlich den Hut nehmen würden. Das zielte auf Peter Kraus, der diesen Herbst seinen Rückzug angekündigt hatte, sollte der Fall bis dahin nicht gelöst sein. Kraus hoffte inständig, dass die SOKO den Täter bis dahin schnappte.

In dem Raum waren es schätzungsweise über vierzig Grad, die

Klimaanlage war in einem Drittel des Gebäudes schon vor zwei Wochen ausgefallen und die Reparatur zog sich in die Länge. Sie hatten den Konferenzsaal räumen müssen, eine großangelegte Razzia im Rotlichtmilieu wurde geplant, die vielen Beamten für den Einsatz brauchten Platz.

Hier in dem kargen Zimmer, das bis heute keiner Abteilung zugewiesen worden war, sahen selbst die zwei Topfpflanzen, die halb vertrocknet am Fenster standen, selbstmordgefährdet aus. Die ehemals weißen Wände mit den grauen Spinnweben schwitzten helle Tropfen einer leimartigen Substanz aus. Frank Zauber hatte einen Tisch und sieben Sessel hineinstellen lassen, dazu ein fahrbares Regal mit Wasserflaschen, drei Kaffeekannen, Pappbechern und einer Kondensmilchdose.

Dieser Raum passte zu ihrer aller Stimmung.

Nach dem Misserfolg bei den Ermittlungen im Fall Monika Dahms war ein rauer und unflätiger Wind gegen die Polizei aufgekommen und das Team hatte viel Zeit daran verloren, unberechtigte Anschuldigungen zu dementieren. Theo Prunk verteidigte die Ermittlungen außen hin so gut es ging, doch seine Vier-Augen-Gespräche mit Peter Kraus wurden immer häufiger.

Dann der Mai.

Dann Helene Pintao.

Die SOKO Moni wurde um den Zusatz SOKO Moni/Helene erweitert.

Der Täter erhielt in der Presse den klingenden Namen *Der Messermann.*

Wieder war da dieses Eldorado an Spuren gewesen.

Es gab am Tatort Fingerabdrücke, Haare, Hautschuppen, Speichel und sogar ein benutztes Taschentuch.

Wieder war ein mittelgroßes glattes Küchenmesser verwendet worden. Der Typ, die Größe, die Klinge, alles konnte präzise anhand der Schnittwunden festgestellt werden. Die Fesseln an den Handgelenken und Knöcheln waren von einer handelsüblichen

Kunststoff-Wäscheleine abgeschnitten worden – mit Vollstahldraht Einlage, nicht dehnbar, reißfest, wetterbeständig, abwaschbar, hunderttausendfach verkauft.

Die Schuhe des Messermanns waren Größe 46. Die Marke ein gängiges Verkaufsmodell.

Die schwarzen Fasern stammten von einem Material mit Mohair-Anteilen, was die Aussage von Fritz Kalb bestätigte, der Mann hätte einen flauschigen dunklen Pullover getragen.

Das Alter des Täters lag geschätzt zwischen dreißig und Mitte vierzig.

Seine Blutgruppe war B-negativ, er litt unter einem leichten Eisenmangel, hatte im Gegenzug dazu zu viel Harnsäure im Blut, was mit seiner Ernährung zusammenhängen konnte.

Harro deNärtens hatte vorgeschlagen, einen Klon zu züchten, DNS-Material gab es genug. Das Team schmunzelte dazu, Harro nicht.

Die einzige Abweichung zwischen den Fällen von Moni und Helene – wenn man von Helenes Überleben absah – war die Haarfarbe des Messermanns gewesen. Er hatte sich bei Helene vorher den Kopf mit einem dunklen Farbspray besprüht. An den einzelnem Haaren, die man von ihm am Tatort sicher gestellt hatte, befand sich Sprühfarbe, wie sie Kinder und Karnevalisten für ihre Verkleidungen verwenden. Bei Monika Dahms hatte es diese Auffälligkeit nicht gegeben,

Die Frage nach dem Warum blieb offen.

Peter Kraus hatte entschieden, dieses Detail nicht an die Presse weiterzugeben. Es würde ihnen den Unterschied zwischen dem wahren Täter und eventuellen Nachahmern oder Verrückten schnell zeigen.

Alle ausgewerteten Informationen wurden laufend durch die Verbrecherdatenbanken geschickt. Marielle hatte sich sogar in den Verfassungsschutz gehakt, weil sie den Mann im Zeugenschutzprogramm wähnte.

Am Ende all dieser Tage und Mühen blieb auch im Fall Helene Pintao nur weißes Rauschen.

Einerseits fragte sich Willa Stark, Kaffee schlürfend, Nägel kauend – welche Nägel? Ha, ha –, ob sie nicht alle schon auf eine weitere abgeschlachtete Frau warteten.

Sie und Marielle wollten, dass der Begriff »Serienmörder« laut vor der Presse geäußert wurde. Der Fallanalytiker Dr. Orwinski nannte den Mann bereits so. Wenn der Zeitungsartikel stimmte, war der Messermann schon wieder auf der Suche. Peter Kraus und auch Clemens Wächter zögerten noch, wollten bei den Pressekonferenzen keine weitere Hysterie in der Öffentlichkeit. Willa fand, dass dieses vorsichtige Vorgehen eher das Klima anheizte.

Ein Sommer, der im Juni und Juli verregnet und kühl gewesen war, zog weiter. Dann kam der heiße August, als hätte die Sommersonne ihren Fehler in den vergangenen Wochen wiedergutmachen wollen.

An diesem heißen und brütenden Montagnachmittag war Peter Kraus ausgeflippt.

In den Sekunden, während Cheeks ihre Blätter verteilte und ihre Stirn in konzentrierte Falten legte und Clemens Wächter eine saftige Pointe über den Unterschied zwischen Presseleuten und Presswurst riss, unterbrach Peter Kraus' Ausraster die beiden. Seine Stimme erhob sich in rasender Geschwindigkeit nach oben an die Spinnwebendecke und überschlug sich vor hilfloser Wut.

»Es reicht mir mit diesem Dilettantismus! Es reicht mir mit Witzen und Bemerkungen und diesen elenden Besprechungen!«

Keiner wagte zu erwähnen, dass ja der alte Rocker selber auf diese Treffen bestand.

»Der Tag hat 24 Stunden und ich verlange von jedem von euch, bevor ihr an Essen, Trinken, Sex oder Schlafen denkt, euch mit diesem beschissenen Fall zu beschäftigen. Wenn es tatsächlich fast ein drittes Opfer gegeben hat, will ich davon zuerst von euch hören, ist das klar?«

Kraus stimmliche Stichflamme reichte aus, um einen Flächenbrand zu entfachen. Plötzlich schrie jeder jeden an.

Willa Stark knöpfte sich Frank Zauber vor, mit dem sie noch ein Hühnchen zu rupfen hatte. Sie hatte in drei durchwachten Nächten die Aussagen aller freien Mitarbeiter des *Elefanten* inklusive dem Reinigungspersonal und der Abrechnungsstelle überprüft. Frank hatte ihre Überstunden bei Peter Kraus mit keinem Wort in seinem wöchentlichen Statement erwähnt. Marielle brüllte Clemens Wächter an, warum er ihr immer noch nicht Helenes Krankenakte gemailt hätte. Clemens schnauzte zurück und knallte seinen Kaffeebecher auf den Tisch. Selbst Harro deNärtens keifte abwechselnd in Peter Kraus' und Sandra Kanos Richtung, dass er heute eigentlich dringend im Institut erwartet worden wäre und trotzdem hier Zeit verschwende.

Anschuldigungen und Beschimpfungen flogen durch den Raum und hallten nach draußen. Frank Zauber hatte die Tür zum Flur weit offen gelassen in der Hoffnung, den Sauerstoffgehalt im Besprechungszimmer zu erhöhen. Ein Streifenpolizist ging vorbei, blieb stehen und sah ihnen zu wie ein Besucher bei Sommerfestspielen einer alten Griechentragödie. Mit großen Augen und verwundertem Gesichtsausdruck.

Als Höhepunkt schrie Willa Stark in ihrem tiefsten Heimatdialekt: »Du saudeppertes Arschloch, du!« Dann machte sie mit ihrem Kopf eine schnelle Bewegung zur Seite und nach vorne und stieß wie ein junger Stier Frank Zaubers Kopf mit ihrer Stirn an.

Alle erstarrten und für Sekunden herrschte völlige Stille im Raum.

Clemens Wächter zerbrach das Gemälde, indem er zu lachen anfing.

»Das Fräulein Ösi muss sich beim Frauenfußball bewerben!«

Am Ende lachten sie alle. Frank Zauber am lautesten, während Willa sich peinlich berührt die Hand an ihre Stirn hielt.

Der Streifenpolizist rollte mit den Augen und setzte seinen Weg fort.

Peter Kraus lachte auch, nicht so herzlich wie die anderen, aber immerhin legte er sich eine Kopie des Zeitungsausschnitts in seine Mappe und nickte Sandra Kano entschuldigend zu.

»Schluss für heute Leute! Hitzefrei! Ich schlage vor, morgen selbe Zeit, treffen wir uns wieder. Bis dahin: Der Taxifahrer muss ausfindig gemacht werden und auch diese Frau, von der in dem Artikel die Rede ist.«

Frank gab Willa einen versöhnlichen Klaps auf die Schulter. Dann waren Clemens, Marielle und er mit einem »Guten Montag«, doch ohne Blickkontakt schneller zur Tür hinaus als eine Schulklasse wenn der Unterricht ausfällt.

Peter Kraus erhob sich seufzend, wischte sich die Schweißtropfen von der Stirn. Er schleppte sich langsam Richtung offener Tür, wirkte wie ein müder alter Geier, drehte sich dort noch mal um und winkte Harro deNärtens, ihm zu folgen.

Sandra Kano stierte noch auf eine ihrer Kopien, die einer vom Team mit einem obszönen riesigen Phallus bemalt hatte, der über den gesamten Zeitungsausschnitt ging. Dann huschte auch sie Richtung Tür und einem weiteren Rückruf an ein TV-Journal entgegen. Willa wollte hinter Sandra her, holte sie unter dem Türrahmen ein. Sandra drückte ihre Papier an ihre Brust wie einen Schutzweste.

»Bis morgen in alter Frische, Willa. Vielleicht sollten wir hoffen, dass uns dein Gott des Zufalls bald gewogen sein wird.«

Sandra beschleunigte ihre Schritte und hängte Willa recht brüsk ab.

Willa Stark blieb im Flur stehen. Sie stutzte. War es das jetzt? Ab jetzt warteten alle auf eine höhere Macht?

Sie nahm den Daumen in den Mund und begann die Nagelhaut abzureißen.

Ihr Handy vibrierte in der vorderen Tasche ihrer Jeans. Willa holte es heraus und sah Helenes Pintaos Nummer auf dem Display. Sie hatte das Handy vor der Besprechung leise gestellt. Der Vibrationsalarm massierte ihre Handfläche. Ein Finger schwebte über dem grünen kleinen Hörer.

In Willas Kopf brummte es wie in einem Hornissennest.

Was, wenn tatsächlich nichts anderes dahintersteckte als eine zufällige Begegnung zwischen Moni und dem Messermann? Irgendwo in Köln, bei einer der tausend Veranstaltungen, bei einem Konzert, einer Lesung, einem Public Viewing? Worte werden gewechselt, man gibt etwas von sich preis, etwa die Information, dass man allein lebt oder nachher noch die Bahn nach Nippes nimmt. Oder der freundliche Mann sitzt im selben Bus, im selben Café, weil er in der Nachbarschaft lebt, man kennt ihn vom Sehen, kommt ins Plaudern, erzählt, dass man abends oft allein …

Der Summton brach ab und die Mailbox ging an.

Willa spürte wie ihr der Schweiß in dicken Tropfen über den Rücken lief, und ihr die Hitze das letzte bisschen Konzentration ausbrannte. Helene musste heute auf einen Rückruf noch warten.

Zuerst wollte Willa raus. Raus aus dem Gebäude, vielleicht sogar raus aus der Stadt. Ins Auto und fahren. Die Fenster weit auf und den Fahrtwind spüren. Nach Westen vielleicht auf die A4 bis nach Aachen und weiter bis an die Grenze. Raus aus dem Land. Wenn sie Glück hatte, konnte sie dem Feierabendverkehr zuvorkommen.

In die Niederlande hinüber, vielleicht nach Landgraaf. Selbst wenn sie nur einen holländischen Käse einkaufte und Jimmy eine Dose mit niederländischer Aufschrift mitbrachte, würde ihr der Tapetenwechsel gut tun.

Mal sehen, wo sie der Gott des Zufalls an diesem Restmontag noch hintrieb.

Als sie abends mit Jimmy auf den Knien wieder an Helene dachte und ihre Mailbox checkte, hatte Helene keine Nachricht hinterlassen.

Jimmy schnurrte laut, Willas Bauch auch.

Sie drückte auf Rückruf, doch diesmal ging Helene nicht ran.

31

Fünf Tage später stand Fritz Kalb vor einer gelben Doppelhaushälfte am Schubertweg 13 – keine drei Straßen von seiner Wohnung entfernt.

Er trat unschlüssig von einem Bein aufs andere und fühlte sich sichtlich unwohl.

Auf dem Kopf trug er seinen alten Strohhut, die Sonne brannte schon den zehnten Tag in Folge vom Himmel und man konnte in diesem Sommer die Klimaerwärmung mit staubigen Händen greifen. Oder es war einfach nur ein heißer und schwüler August mit bis zu 38 Grad und mit heftigen Gewittern am Abend. Der Hut war Schutz vor der Hitze und Tarnung zugleich, Fritz stand nicht zufällig vor dem Haus.

Noch aber war es nicht Abend, kein Gewitter im Anzug, sondern erst früher Nachmittag und die Hitze machte ihm zu schaffen. Er kam sich ausgenutzt und blöde vor, hier vor einem fremden Haus zu stehen und darauf zu warten, dass der Hausherr vor die Tür trat.

Helene hatte ihm diesen Gefallen abgerungen.

Helene Pintao, die junge Frau, die er mit seiner Spannerei gerettet hatte und in die er sich ein klein wenig verliebt hatte nach ihrem Besuch bei ihm. Eine Schwärmerei ohne Hoffnung, da machte sich Fritz nichts vor, er würde als Witwer sterben und wünschte der armen Helene bald einen Mann, der die Wunden ihres Überfalls heilen konnte.

Doch in der Nacht nach ihrem Besuch hatte er einen erotischen

Traum gehabt, den ersten seit Sabines Tod. Helene hatte wieder in seinem Wohnzimmer am Fenster gestanden, er hinter ihr mit dem Feldstecher in Händen, sie hatten beide in Richtung Helenes Fenster geblickt, Helenes Hand aber hatte fühlbar an seinem Penis gerieben.

Nach dem Aufwachen mit steinhartem Glied hatte er es nicht übers Herz gebracht sich mit seiner eigenen Hand zu erleichtern, Sabines Gesicht kam ihm dazwischen, er hatte schmerzhaft lange im Dunklen gelegen und gewartet, bis die Schwellung abklang.

Am nächsten Morgen hatte er Helene angerufen und mit ihr geplaudert und sie hatten sich später beim Einkaufen getroffen. Ein Glas Wein beim Griechen ein Stück die Bachemer Straße hinunter folgte.

Fritz hatte Helene wegen ihres Mutes weiterzumachen bewundert. Er wagte sich kaum vorzustellen, wie es ihm ergangen wäre, hätte er ähnliche Torturen erlebt. Einmal noch zu Sabines Lebzeiten waren ihnen in Oberitalien am Strand vor ihrer gemieteten Ferienwohnung die Handtücher und ein paar hundert Lire geklaut worden. Selbst danach hatte er zwei Nächte schlecht geschlafen und sich mehrmals vergewissert, dass die Tür zu ihrem Erdgeschossappartement gut verschlossen war.

Beim dritten Treffen, bei ihm in seinem Wohnzimmer, hatte Helene wieder lange vor seinen Zeichnungen an der Wand gestanden, sich spontan umgedreht und ihren Bauch vor ihm entblößt, das Gitterwerk voller roter und brauner Narben, manche immer noch gewölbt und schwulstig dick, manche schon wie weiße Spinnenfäden. Erst kreuz und dann quer, hatte sie mit einer ausdruckslosen Stimme erklärt. Er hatte geweint und ihr jegliche Unterstützung geschworen, jeden Gefallen, was es auch war.

Doch langsam in der Hitze des Nachmittags verfluchte er sein Mitgefühl und seine Zuneigung.

Gestern hatte Helene ihn angerufen.

Das Schicksal hätte zu ihr gesprochen, der Zufall hätte den Täter direkt in ihre Arme getrieben. Diesmal war es sonnenklar. Kein Phantom, kein Streich ihrer Psyche.

Sie hatte so ruhig erzählt, als ginge es um das nächste Sonderangebot im Supermarkt, dass sie jetzt wusste, wo *er* wohnte und dass eine zweite Bestätigung das Beste wäre, um die Polizei und die Staatsanwaltschaft davon zu überzeugen, einen Gentest zu veranlassen.

Sie hätte den Mann nicht nur das erste Mal im kleinen *Café Bonnen* auf der Dürener Straße gesehen, sondern gleich am nächsten Tag auch beim Einkaufen im *Rewe* an der Ecke zum Gürtel und dann wieder in der Apotheke an der Falkenburgstraße. Beim dritten Mal, aller guten Dinge sind ja bekanntlich drei, auch aller schlechten, war sie ihm in einem großen Abstand gefolgt bis hierher in den Schubertweg 13. Der Mann war in die sonnenblumengelbe Hälfte des Hauses gegangen. Näher an das Haus heran hatte sich Helene nicht getraut.

Wer außer Fritz konnte Helene diese zweite Bestätigung geben? Gemeinsam würden sie dann zur Polizei gehen. Sein Wort würde noch mehr wiegen als ihres, denn hatte er nicht als einziger außer Helene selbst den Mann von Angesicht zu Angesicht gesehen?

Fritz verfluchte sich innerlich dafür, dass er ihr beim Griechen in Weinlaune die Geschichte mit dem Blut und dem großen Mann bestätigt hatte. Ihr die Details seines Versagens erzählt hatte. Fritz hatte um Verzeihung für sein ängstliches Nichtstun gebeten. Wenn er sich auf den Kerl gestürzt hätte oder zumindest sofort zu den Polizisten gerannt wäre, könnte der Mann schon hinter Schloss und Riegel sitzen. Auch wenn ihm später bei seiner offiziellen Aussage auf dem Revier ein Oberkommissar Clemens Wächter versichert hatte, dass der Rentner Fritz Kalb sicherlich niemals einen kräftigen jüngeren Mann hätte überwältigen können, verstand Fritz sein feiges Verhalten nicht mehr und schimpfte sich einen dummen ängstlichen alten Kerl.

Deshalb auch sein schlechtes Gewissen Helene gegenüber.

Sie hatte geseufzt.

»Fritz, ich trage Ihnen nichts nach.«

Trotzdem stand er heute hier, weil sie ihm doch etwas nachtrug und er sich in die Pflicht genommen fühlte. Fritz wollte den Täter für Helene identifizieren. Wenn er es war, konnte der offizielle Teil seinen Lauf nehmen.

Dabei war sich Fritz keineswegs so sicher, dass Helene den richtigen Mann entdeckt hatte.

Erstens hatte sie ihm gestanden, dass für sie in den letzten Wochen scheinbar jeder große Kerl ihr persönlicher *Mordred* gewesen war. Was allein für einen Namen sie sich für den Irren ausgedacht hatte?

Zweitens konnte sich Fritz bei aller Liebe nicht vorstellen, dass ein Gewaltverbrecher, der einen Mord und einen weiteren brutalen Überfall begangen hatte, gleich um die Ecke wohnen würde. In einer gelben Doppelhaushälfte. Mit Kind und Hund, wie es schien, denn zwischen den Garageneinfahrten an der Straße stand eine kleine, hölzerne Hundehütte. Oben in der Mitte der Mauer hing ein Basketballkorb und darunter neben der ersten Garagentür lehnte ein blauer Kinderroller.

Fritz' Weltbild wollte sich nicht derart erschüttern lassen und hier das Zuhause eines Irren sehen. Da blieb er stur, blendete aus, verdrängte.

Ein Auto bog um die Ecke.

Das achtundzwanzigste, seit er hier wartete, Fritz hatte mitgezählt.

Ein silberner Audi A3. Der Wagen hielt in der ersten Einfahrt, ein lustiges Kinderlied schallte aus den geöffneten Fenstern und nach einem letzten Törö wurde der Motor abgestellt. Eine Frau, Fritz schätzte sie auf Mitte bis Ende Dreißig, stieg aus. Hübsch, blond, modisch gekleidet, etwas mitgenommen durch Hitze und Einkauf. Sie öffnete die hintere Wagentür und beugte sich tief hinein. Fritz konnte ein lautes Kinderjubeln hören und ein etwa sechsjähriger Junge quetschte sich an ihrem Oberkörper vorbei nach draußen.

»Bitte, Jakob, bleib in der Nähe! Warte, bis ich die Einkäufe … Jakob, hörst du bitte!«

Sie war so mit ihrem Sohn beschäftigt, dass sie Fritz nicht wahrnahm. Der kleine Junge sprang ungebändigt mal vor und zurück, zerrte an ihrem Rock, nur um in der nächsten Sekunde das Auto einmal laut johlend zu umrunden. Dabei kam er der Straße bedenklich nah.

Fritz trat vorsichtig einen Schritt näher und nutzte die Gunst der Minute.

»Na, mein Kleiner, pass nur auf, da fahren die Autos ganz schön schnell durch.«

Die Frau war mit zwei Schritten neben Fritz und packte ihren Sohn fest an der Hand.

»Ich will allein gehen, Mama, lass mich laufen.«

»Bitte, Jakob, die Einkäufe.«

Fritz beugte sich nach unten und zwinkerte dem Kleinen zu.

»Willst du einen Zaubertrick sehen?«

Der Junge blieb wie angewurzelt stehen und war sofort Feuer und Flamme.

»Jaaaaaa!«

Die Frau nickte Fritz zu und ließ den Jungen los. Dann öffnete sie den Kofferraum und begann, große stabile Papiertüten auf den Asphalt zu stellen.

Fritz hatte inzwischen seine Hände gefaltet, die Kleinen und Ringfinger ineinander gehakt und einmal nach innen gedreht. Heraus kam ein Knubbel an Fingern aus dem in der Mitte der Daumen herausragte und dem Kind zuwinkte. Der Junge lachte begeistert auf.

»Können Sie mir das bitte auch zeigen, mein Herr?«

Fritz war beeindruckt von der höflichen Art des Jungen.

»Darf ich?«, fragte Fritz die Mutter, die sich mit zwei Tüten auf den Armen ihnen zugewandt hatte.

»Nur zu, wenn Sie eben mal die Zeit dafür haben.«

Fritz ging in die Knie und führte das Kunststück so langsam noch mal vor, dass der Junge ihn mit seinen kleinen Fingern kopieren konnte. Als beide ihre Finger verschränkt und ihre Daumen winkend zueinander drehten, lachte das Kind so fröhlich, dass Fritz vollkommen vergessen hatte, warum er hier gewartet hatte.

»Liebes, da bist du ja schon. Lass stehen, ich mach das.«

Eine Männerstimme flog über Fritz Rücken. Tief und freundlich. Kein Quaken, kein Krächzen.

Fritz drehte sich in kniender Position nach hinten und vor ihm ragte ein Riese von einem Mann auf.

Mordred, dachte Fritz und sein Herz begann zu rasen.

Die Hitze und die Aufregung ließen ihn taumeln. Der Mann kam näher, streckte seine Hände aus, Fritz duckte seinen Kopf nach unten. Doch nur der kleine Junge wurde mit Schwung in die Höhe gehoben und Fritz hörte einen Schmatz.

»Da ist ja mein Jakob wieder!«

»Papa! Ich hab' einen Zaubertrick gelernt!«

Fritz atmete einmal tief durch. Er musste sich zusammenreißen. Hier in einer hockenden gekrümmten Position gab er kein gutes Bild ab. Er stützte sich mit einer Hand am heißen Asphalt ab und kam wieder nach oben. Seine Knie knirschten, Schweiß floss in Bächen von seinem Rücken in seine Unterhosen.

Aufrecht stehend wirkte der Mann lange nicht so riesig auf Fritz, einfach ein großgewachsener Kerl in einem grünen, ausgewaschenen Shirt und Jeans. Sein Haar war auch nicht schwarz, sondern dunkelblond, und in seinem Gesicht wies nichts darauf hin, dass er Fritz gleich greifen und fressen würde. Fritz' Hirn verglich den dunklen Typen mit dem flauschigen Pullover vom 4. Mai mit dem jungen Familienvater von heute, den 17. August, am Schubertweg, der seinen Sohn auf den Schultern trug.

Nein, es konnte nicht sein. Durfte nicht sein.

Fritz hatte sich nur von Helenes Paranoia anstecken lassen. Der Mann lächelte breit.

»Danke, dass Sie kurz meinen Sohn abgelenkt haben.«

Die Frau erschien an der Seite ihres Mannes.

Ein idyllisches Bild. Vater, Mutter, Sohn im Sonnenschein.

Fritz Kalb wischte sich die Hand am Hosenboden ab.

»Hab' ich doch gerne gemacht. Schönen Feierabend noch.«

»Tschüs und Danke, mein Herr«, schrie ihm der Junge noch hinterher.

»Tschüs, Kleiner!«

Fritz ging drei Schritte, dachte an Helene und das Muster auf ihrem Bauch. Er atmete tief durch und ließ einen letzten Versuchsballon steigen. Er drehte sich zurück.

»Herr Sauer?«

Die Frau und der Junge waren schon im Haus verschwunden, der Mann tief gebückt im Kofferraum, um weitere Einkaufstüten herauszuholen.

»Rolf Sauer?«

Fritz wagte eineinhalb Schritte auf den Rücken des Mannes zu. Keine Reaktion. Langsam kamen die Schultern und der Kopf zum Vorschein. Der Mann wandte sich Fritz zu und Fritz hielt den Atem an.

In seinem Hirn arbeitete es weiter. Er versuchte sich noch einmal intensiv den Mann vor ihm mit schwarzem Haar und einem dunklen Blick vorzustellen, gab ihm eine quäkende Stimme und fügte diese Puzzleteile aneinander.

Fritz gab innerlich zu, es konnte möglich sein. Möglich. Mehr aber auch nicht. Es konnte wohl bei den tausenden großgewachsenen Männern möglich sein, die in Köln und Umgebung herumliefen.

In Fritz' Kopf schnappte etwas nach Luft und er hatte das Gefühl, seine Gehirnwindungen würden gleich überlasten und es gäbe einen Kurzschluss. Er verfluchte Helene, verfluchte Kevin und sein Fernglas, verfluchte den Tod seiner Sabine und die grausame Welt im Allgemeinen. Fritz hasste sich dafür, hier zu stehen und es noch einmal zu versuchen, hasste sich für seine Schuldgefühle Helene gegenüber.

»Rolf Sauer, das sind doch Sie? Oder?«

Der Mann gähnte und hielt sich die Hand vor dem Mund.

»Nein, tut mir leid. Wir sind die Hohens, Familie Hohen. Meiner Frau gehört ein Immobilienbüro auf der Theresienstraße, falls Sie mal Bedarf haben, Herr …?«

»Kalb, Fritz Kalb. Entschuldigen Sie, ich hatte Sie verwechselt und … Aber im Moment nicht. Keine Immobilie. Ich wohne richtig schön auf der Bachemer. Aber danke und … Schönen Tag auch und …«

Fritz merkte, wie er zu stottern anfing. Er schnaufte, der Schweiß brannte in seinen Augen. Wenn er hier nicht schnell wegkam würde er wohl auf der Stelle einen Schlaganfall erleiden. Er drehte sich so schnell um, dass das Haus und die Straße wie in einem Karussell an ihm vorbeiflitzten.

»Ebenfalls schönen Tag. Herr Kalb. Fritz Kalb.«

Fritz hob nur die Hand zum Gruß.

Er ging langsam Schritt für Schritt den Schubertweg hoch, bis er zur Kurve kam, wo die Straße nach rechts verlief und ein Pfad geradeaus direkt in den schattigen Stadtwald hineinführte. Dort musste er hin. Sich auf eine Bank im Schatten setzen und wieder zu sich kommen. Ob mit Feldstecher oder als mit Strohhut verkleideter Späher, er war für das Spannen und Ausspionieren definitiv zu alt. Er brauchte dringend einen Termin bei seinem Hausarzt.

Dem großen Mann im grünen ausgewaschenen Shirt, der sehr lange auf der Stelle stand und dem verwitweten Rentner hinterher starrte, lief ein dicker Schweißtropfen über die linke Schläfe.

32

Harro deNärtens kam tatsächlich mit Blumen in der Hand.

Als Willa ihm dafür einen Kuss auf die Wange drückte, wurde der beleibte Gerichtsmediziner rot.

Sie setzten sich in Willas kleinen Innenhof. Alle anderen Mieter schienen heute Abend ausgeflogen zu sein. Die Stille war perfekt. Willa entkorkte eine Flasche steirischen Merlot, diesmal den guten von Zuhause, und sie ließen den Wein atmen, während sie selbst atmeten.

Jimmy sprang auf Harros Knie und rollte sich ein. Obwohl ihm sofort die Augen tränten wegen seiner Katzenallergie, brachte er es nicht übers Herz den roten Kater herunterzuwerfen.

Willa kam nach draußen mit dampfenden Nudeln in einer großen Schüssel, über die sie recht grob rote Sauce gegossen hatte, und verteilte an sie beide Gabel und Löffel. Der runde Gartentisch war so klein, dass außer der Schüssel kein Platz mehr für Teller war. Sie drehten sich zueinander und drehten die Nudeln auf. Harro war erstaunt, wie viel in Willas kleinen Mund passte, und er ertappte sich dabei, ihr in Gedanken mit den Fingern die rote Sauce von den Lippen zu wischen. Ganz langsam. Abrupt legte er das Besteck zur Seite und wischte sich den Mund ab.

Harro deNärtens war kein unattraktiver Mann. Sein rötlichblondes Haar, ein Erbe seiner dänischen Vorfahren, war immer noch voll und leicht lockig an den Rändern. Seine Augen waren von einem milden Grün und seinem molligen Teddybärcharme war schon manche Dame erlegen. Doch in den letzten Monaten hatte er schon wieder kräftig zugelegt. Der Stress bei der Arbeit und der Bewegungsmangel hatten seine Pfunde rasant vermehrt. Warme Mahlzeiten wurden durch Snacks ersetzt, am besten fettig oder zuckrig. Dazu der Cola-Konsum.

Harro gab anderen gerne Ratschläge, was Ernährung und Bewegung betraf, selbst behandelte er seinen Körper wie eine Deponie für Fast Food und Süßwaren. *Ein Gfrett*, hätte Willa wohl dazu gesagt.

Harro haderte an diesem Samstagabend besonders mit seinem Übergewicht. Wenn er sich die zarte, fast feenhaft Willa so ansah, fiel ihm nur der Vergleich »Dampfwalze trifft auf Butterblume« ein. Außerdem stand da der Altersunterschied zwischen ihnen, achtzehn Jahre trennten eine ganze Generation. Zur Wahrheit gehörte auch, dass es noch nie fruchtbar gewesen war, sich mit einer Kollegin einzulassen.

Doch als Willa das Dessert, Kaiserschmarrn mit Zwetschenröster, garantiert zum Verlieben, in zwei weiteren Schüsseln nach draußen brachte, hätte er sich liebend gerne in sie verliebt, immer mit der nötigen Vorsicht natürlich, sie bei Intimität nicht zu zerquetschen. Stattdessen kraulte er ihrem roten Kater das Fell und die Ohren, während die Haare der Katze in seinem Hals kratzten und in seiner Nase kitzelten.

Nach dem üppigen Essen, das beide schwitzen ließ, machte Willa drinnen leise Musik an, Melanie Gardot sang von Sehnsucht und Leidenschaft. Unerfüllt.

Sie hatten sich aus einer Laune heraus verabredet, indem sie wetteten, dass keiner aus ihrer Truppe es schaffen würde, sich einen Abend lang nicht mit dem Fall Moni/Helene zu beschäftigen.

Es wehte ein warmer Wind, der Himmel über den Häuserdächern begann sich langsam purpurn zu färben. Willa dachte mit einem Mal mit Schrecken daran, dass es bald Herbst würde und der Messermann immer noch auf freiem Fuß war. Peter Kraus würde seinen Hut nehmen und das SOKO Team in noch größerer Ohnmacht zurücklassen.

»Es hat nichts mit uns zu tun, Willa. Wir sind nicht verantwortlich für das, was geschieht.«

Harro hatte seine Augen geschlossen, Jimmy auf seinen Knien schnurrte.

Willa war immer wieder erstaunt über die Sensibilität ihres

Kollegen. Man hätte meinen können, bei seinem Beruf müsste der Mann ein abgebrühter Kerl sein, aber Willa traute Harro mehr Bauchgefühl und Einfühlungsvermögen zu als all ihren anderen Kollegen, inklusive der Frauen.

»Du hast verloren, Harro.«

Willa lachte, es klang blechern.

Hatte in Wahrheit sie doch als Erste wieder den Fall in ihre Gedanken gelassen. Sie dachte an Helene Pintao und deren letzten Anruf ohne Nachricht. Nachdem Willa sich auf Helenes Mailbox gemeldet hatte, kam nur eine SMS zurück: *Alles gut, hatte mich nur verwählt.*

Willas Bauch hatte gegluckst und gegrummelt, als hätte sie ein Furzkissen verschluckt. Irgendetwas war anders an diesem Montag gewesen, mit Helene, mit ihrem Anruf, und danach.

Willa ärgerte sich selbst heute Abend noch, dass sie nicht an ihr Handy gegangen war. Doch sie war auch nur ein Mensch und dieser heiße Nachmittag und die Eskalation während der Besprechung hatten sie einfach erschöpft. Trotzdem nagte es in ihren Gedärmen.

Seit Willa denken konnte, war da immer dieses Misstrauen in ihr gewesen. Dieser Wunsch Vorhänge zu zerreißen und den Puppenspieler hinter den Kasperlfiguren zu sehen. Zu dem Misstrauen kam ein beißendes schlechtes Gewissen. Hätte sie sich in den zurückliegenden Jahren nicht mehr um ihre depressive Mutter kümmern sollen? Der innere Ruf Verbrecher zur Strecke zu bringen, hatte immer dominiert. Oder war es nur eine Art Flucht – nur weit weg von den Geschwistern Willi und Anna, Mörderbruder und Leidensschwester, in andere Fälle, die ihr nicht familiär nahestanden? Vielleicht war sie wie ihr verschwundener Erzeuger Lorenz nicht bereit Verantwortung zu übernehmen.

Harros weiche Stimme holte Willa in den Samstagabend zurück.

»Wie viele habt ihr geschnappt, während deiner Anfängerzeit in Graz?«

Harro hatte die Augen wieder geöffnet, ihr Grün schimmerte zu Willa hinüber.

Sie überlegte.

Der Würger-Fall war *das* große Ding gewesen, aber darüber hinaus? Ihre Kollegen hatten ganz am Anfang einen Fall aufgeklärt, wo eine Frau ihren Schwager mittels Gift ins Jenseits befördert hatte, Motiv Habgier. Und während des Würgerfalls gab es einen eindeutigen Totschlag, der Täter war an Ort und Stelle neben seinem toten Kumpel sitzen geblieben.

»Drei oder vier.«

»Gemessen an der Mordrate in Europa zu der Zeit ganz schön mickrig.«

»Harro, du süßes Buberl, ich kann mich doch nicht um jeden Mörder, der durch die Lande zieht, persönlich kümmern.«

»Siehst du. Erst wenn du auf einen Berg steigst, siehst du deine wahre Bedeutungslosigkeit.«

»Chinesisch?«

»Nein, Harroisch.«

Sie lachten und prosteten sich zu.

Die dritte Flasche Wein atmete schon offen neben der Terrassentür. Harro trank und verspürte plötzlich wieder Hunger. Wenn er so weiter machte, würde er bald auf keinem Gartenstuhl mehr Platz finden. Wie kam er eigentlich dazu, der zarten Willa Ratschläge zu geben. Sie sah ihn immer noch an. In der Dämmerung glitzerten ihre Pupillen wie die Augen ihres Katers.

Er mochte es, wenn sie ihm zuhörte.

»Es ist wichtig, dass ich jedem Fall, der bei mir auf dem Tisch landet, mehr als nur meine volle Aufmerksamkeit schenke, 110 Prozent. Aber es ist auch wichtig, dass ich am Ende ein Tuch über meine Besucher breite. Verstehst du, Willa?«

Willa nickte, nippte an ihrem Glas, drehte sich von Harro weg.

»Mein Onkel Willi ist ein verurteilter Mörder.«

Nachdem sie den Satz ausgesprochen hatte, fühlte sich Willa leichter als Luft.

»Ich meine, er ist ein verurteilter Totschläger. Im Affekt. Hat eine Frau erschlagen. Saß drei Jahre im Hefen.«

»Hefen?«

»Im Gefängnis, im Bau. Scheiße, immer wenn ich emotional werde, kommt der Grazer in mir durch.«

Wieder ein gebelltes gemeinsames Lachen.

Harros Bauch sprang wie ein Prellball auf und ab. Jimmy, der sich hartnäckig während der ganzen Zeit auf Harros Knien gehalten hatte, reichte es. Er legte einen eleganten Sprung Richtung Topfpflanzen hin. Dort entdeckte er eine fette Spinne, die durch den Abend krabbelte. Sofort war er hinter ihr her, sperrte ihr mit seinen Pfoten den Weg ab, nahm sie ins Maul, spuckte sie wieder aus. Schließlich rettete sie sich unter den Topf.

Willa stand auf, hob Jimmy hoch und drückte ihn an ihre Brust.

»Helene hat mir erzählt, dass sie das Baden wieder für sich entdeckt hat. Sie verbringt oft über eine Stunde in der Wanne. Ist das nicht für ihre Narben schlecht?«

Harro erhob sich ebenfalls, sein Hintern war eingeschlafen. Er drehte eine Runde um Willa und Jimmy herum.

Der Dozent kam in ihm hoch.

»Helene Pintao hatte insgesamt vierzehn Schnitte über den gesamten Ober- und Unterbauch verteilt, nur einer davon war so tief, dass von ihrem Oberschenkel eine Spalthaut abgeschält und darüber gelegt werden musste. Du würdest dich wundern, selbst bei so einer Wunde kann man schon nach zehn bis vierzehn Tagen wieder mit reinem Wasser duschen. Der Körper ist eine Regenerationsmaschine. Als ich Helene das letzte Mal im Krankenhaus besucht habe, hat sie mir ihren Bauch freiwillig gezeigt. Es sieht aus, als hätte ein ungezügeltes Kind mit einem roten Stift ein Karo gekritzelt. Heute ist es sicher noch besser verheilt, aber die tiefen Schnittwunden bleiben sichtbare Narben. Dabei hatte sie noch Glück.«

»Glück ist relativ, Harro!«

»Nein, ehrlich Willa, sie hatte Glück. Er war noch lange nicht mit ihr fertig. Wenn wir Monikas Körper mit dem von Helene vergleichen, war er erst in der erste Phase der Verstümmelung. Monika Dahms hatte nicht nur Helenes vierzehn Schnitte, sieben von links oben nach rechts unten und sieben in umgekehrter Richtung, sondern dazu das zweite verkleinerte Muster. In jedes dieser 36 Felder hat er noch mal einen Querschnitt gemacht, dass heißt noch mal 36 Einstiche und Schnitte dazu. Natürlich ist ihm nicht jeder Schnitt genau gleich und genau gelungen, der Bauchbereich ist keine glatte Ebene, aber dass er versucht hat ein Muster zu schneiden, war klar zu sehen. Stell dir vor, du hast ein dickes Stück Kotelett für den Grill und du verzierst es mit einem Karo, um es besonders saftig zu machen. Monika Dahms ist letztlich an Blutverlust gestorben, bei Helene wäre es nicht anders gekommen. Obwohl ich unserem Dr. Orwinski zustimme, unser Täter wollte nicht töten. Er hat aufgepasst.«

»Harro, das klingt wie ein böser Scherz?!«

»Nein, wirklich. Die Schnitte waren alle nicht so tief, dass sie ein inneres Organ verletzt hätten. Auch die Schläge und Tritte am Anfang dienten meiner Meinung nur dazu, die Frauen gefügig zu machen. Wenn man böse wäre könnte man auch sagen, er wärmte sich auf.«

Langsam ging die Dämmerung in einen dunklen Abend über. Im ersten Stock über ihnen ging ein Licht an. In Willas Topfpflanzen erglühten Solarkugelleuchten. Die Verzierungen im Glas ließen die Lichtquellen wie verzaubert tanzen. Doch zu ihrer Unterhaltung passte keine Romantik. Willa goss ihr Glas noch einmal voll.

»Wie es wohl ist, dieses Gefühl, wenn ein Messer in dein Fleisch eindringt?«

»Könnten wir das Thema wechseln, Fräulein Ösi, ich wollte noch einen Nachschlag von deinem Schmarrn.«

»Harro, du Gerichtsmedizinerhendl! Ich hab' mir auch noch

Marillenschnaps aus Graz schicken lassen, den mach' ich später auf und wir lassen die Zwetschgen darin schwimmen. Danach hab'n wir an Fetzn und alles ist blunzn! Auf deutsch: wenn wir betrunken genug sind, ist uns alles egal!«

Harro wollte Willa in diesem Moment packen und auf dem runden kleinen Gartentisch nehmen. Doch zuerst einmal würde der Tisch zusammenbrechen und dann würde es den nächsten Morgen geben mit Kater und Schuldgefühlen.

So lachte er nur so laut und lang, bis von oben jemand »Ruhe oder ich rufe die Polizei« rief.

33

Archie wusste nicht wirklich, dass sein vollständiger Name Sir Archibald war, aber der tsch-Laut in der Mitte seines abgekürzten Namens ließ ihn immer wieder aufs Neue wild mit dem Schwanz wedeln.

Er wusste, nach der Aufforderung *Sitz!* hatte er zu sitzen und wenn das *Platz!* ertönte, legte er sich flach auf den Boden und sah zu seinem Herrchen hoch. Meistens gab es danach eine Belohnung in Form eines leckeren Happens und somit war es für Archie leicht, den kleinen Befehlen seines Herrchens nachzukommen. Überhaupt war er ein umgänglicher Beagle, in der Nachbarschaft beliebt und auch zu seinen Artgenossen freundlich. Nur zu den Katzen hatte er kein wirklich gutes Verhältnis und jagte ihnen gerne hinterher. Hätte er sich eines wünschen können, wäre das die Fähigkeit gewesen, den Katzen auf Bäume hinterherklettern zu können.

Heute Morgen hatte Archie gelernt, auf *Roll dich!* eine herzerwärmende Rolle einmal nach links, dann nach rechts zu machen. Dazu floss nicht nur ein Freudentränchen bei seinem Besitzer, sondern es regnete förmlich kleine gepresste Häppchen, die die Form von Sternen und Kreisen hatten. Was Archie egal war.

Das neue Kunststück hatte Archie gerne bei der Freundin seines Herrchens heute Nachmittag wiederholt, die daraufhin ihr Eis mit ihm teilte, und einer Nachbarin abends beim Gassi gehen vorgeführt, die mit einem verschwörerischen Augenzwinkern in die Küche lief und ihm gleich drei Wiener Würstchen zusteckte. Am Ende des Gassigangs fütterte ihn der kleine Junge von gegenüber mit seinem halben Pausenbrot vom Vormittag und Archie selbst fand auf den letzten Metern nach Hause einen angebissenen weggeworfenen Hotdog, an dem noch der Senf klebte.

All das führte dazu, dass Archie am späten Abend Bauchschmerzen bekam und seine Ohren traurig hängen ließ. Sein Herrchen drehte noch eine Extra-Runde mit ihm, um die Verdauung anzukurbeln und Schlimmeres zu verhindern, aber umsonst. Kurz vor Mitternacht machte Archie auf dem Wohnzimmerteppich ein großes durchfallartiges Geschäft.

Sein Herrchen und dessen Freundin wollten gerade ins Bett und waren über die stinkende Brühe überhaupt nicht erfreut. Herrchen putzte fluchend den Teppich mit Schaum und Bürste.

»Montag geht's zum Onkel Doktor«, drohte Herrchen noch, doch über Montag machte Archie sich keine Gedanken.

Sein Herrchen ließ ihn noch gnädig ins Schlafzimmer – nur um ihn nach einem endlosen Furzkanonenschießen mit schwefelartigen Geruchswolken sofort und endgültig in den Garten zu verbannen. Diese Nacht von Freitag auf Samstag würde Archie unter freiem Himmel verbringen.

Draußen in der lauen Sommerluft kam noch ein gewaltiger Furz. Danach war dem Beagle, als könnte er wieder Bäume ausreißen oder besser gesagt es mit allen Katzen aus der Nachbarschaft aufnehmen. Die Luft war mit herrlichen Gerüchen des Sommers angefüllt. Archie lief wedelnd durch die Büsche, sprang kurz hoch, als eine Fledermaus nur einen halben Meter über seinem Kopf vorbeisauste, und suchte dann, die Nase am Boden, nach verborgenen Botschaften.

Er stromerte durch das Gebüsch bis an den hinteren Jägerzaun. Dort endete das Grundstück und der Garten seines Herrchens und die beiden Gartenparzellen der gegenüberliegenden Doppelhaushälfte begannen. Inmitten dieser Teilung stand ein großer Baum, der seine Äste neutral und jeden Zaun missachtend auf alle vier Gärten erstreckte. Anfangs war es wegen des Baums und der wuchernden Äste zu Streitigkeiten zwischen den Parteien gekommen, doch man hatte sich arrangiert. Archies Herrchen war von ähnlich sanfter Natur wie sein Beagle und hatte sich bereit erklärt, jeden Herbst den Rückschnitt der Äste zu bezahlen. Archie hob sein Bein am dicken Stamm.

Dort im Schatten stand einer.

Archie roch es viel früher, als er es in der Dunkelheit hätte sehen können. Der Beagle stellte sein Bein wieder ab und seine Ohren auf. Wäre er durch seine Blähungen nicht so abgelenkt gewesen, hätte er die Atemzüge des Menschen, der unter dem Baum stand, sicher schon früher wahrgenommen. Ganz klar war das Ein- und Ausatmen zu hören.

Besuch zu so später Stunde?

Archie setzte an um zu bellen, doch in diesem Moment wurde er angesprochen.

»Archie! Pst!«

Archie erkannte die Farbe der Stimme und verband sie mit Nachbarschaft und gelegentlichen Wurstscheiben. Trotzdem hielt er die Ohren angehoben und blieb auf der Stelle stehen. Er wedelte zweimal mit dem Schwanz, doch eher aus Verlegenheit.

»Archie, komm her!«

Der Beagle zögerte. Er war dazu erzogen worden, Besucher freundlich zu empfangen. Vor allem zu den Nachbarn, hatte er gelernt, war man respektvoll und folgsam.

Doch in der bekannten Stimme lauerte ein neuer unbekannter Unterton.

Ein unangenehmes Vibrieren, für Menschenohren nicht wahrzunehmen, lag darin. Dazu kam ein Geruch wie nach alten Stiefeln und trockenem ungesunden Schweiß, der die Nase des Beagles erreichte. Heute war der Nachbar anders. Etwas Bedrohliches war mit ihm unter den Baum gekommen.

Archie begann zu bellen.

»Archie, still! Und bei Fuß!«

Die vielen Stunden, die sein Herrschen darauf verwendet hatte Archie Gehorsam und Liebenswürdigkeit einzutrichtern, trugen Früchte. In der Stadt war es schwer mit einem Hund, der seinen Instinkten freien Lauf ließ oder Leute anbellte und Kinder erschreckte. Archies Herrchen hatte nicht nur am Hundeübungsplatz mit seinem Beagle die Kommandos geübt – nein, seine Freundin und die halbe Nachbarschaft hatten die Befehle an Archie ausprobiert.

Archie war darauf konditioniert zu gehorchen.

Er wedelte wieder etwas hilflos mit seinem Schwanz, hörte auf zu bellen, setzte sich brav in Bewegung. Archie machte sich ganz flach und kroch unter dem Jägerzaun durch und den letzten halben Meter zu dem Mann unter dem Baum hin. Er robbte vorwärts mit dem Bauch am Gras.

Direkt davor sprang Archie der Geruch nach etwas Verdorbenem und Schlechtem förmlich an. Er konnte dieses Etwas nicht sehen, wusste aber instinktiv, dass hier Todesgefahr lauerte. In seinem Kopf machte sich der Beagle bereit aufzuspringen und die Flucht zu ergreifen, Gehorsam hin oder her.

Der Tritt gegen seinen Körper ließ Archie eine Rolle nach hinten machen, fast so wie die, die er heute erst gelernt hatte.

Der Beagle jaulte auf und japste nach Luft. Der nächste Tritt schleuderte ihn in die Höhe. Nach einer weiteren Drehung in der Luft kam er mit einer Wucht wieder auf dem Boden auf, dass seine Knochen knirschten.

Archie versuchte zu bellen.

Er musste Alarm geben und Herrchen warnen.

Etwas Böses war in den Garten gekommen.

Etwas unerhört Widernatürliches.

Ein Tritt gegen seine Schnauze ließ dem Beagle keine Chance für einen Ton.

Archie fletschte die Zähne. Ein tiefes Knurren kam aus seiner Kehle und er versuchte sich aus der Gefahrenzone zu schleppen. Seine linke vordere Pfote war gebrochen und seine Rippen stachen in seine Lunge. Schaum trat aus seiner Schnauze. Er kam keinen Zentimeter voran.

Mit letzter Kraft rollte sich der Beagle auf den Rücken und streckte seinen verwundbaren Bauch und die Kehle hin.

Ich ergebe mich, in der Hundesprache.

Doch das Etwas, das unter den Baum am Jägerzaun stand, kannte keine Regeln oder Absprachen. Weder in der Hunde- noch in der Menschensprache.

Der nächste Tritt direkt in den weißen Bauch des Tieres war tödlich. Der Beagle atmete noch ganz schwach und bewegte sich nicht mehr.

Das Etwas bückte sich und strich Archie sanft über sein Fell.

»Braver Hund«, sagte es weich.

Archie schaffte es noch einmal, mit seinem Schwanz zu wedeln.

Dann war er im Hundehimmel.

Eine Viertelstunde später bekam in dieser Nacht noch jemand Besuch.

34

Lydia Hohen wälzte sich unruhig im Bett. Es war kurz nach Mitternacht.

Wie immer nach einem Streit mit ihrem Ehemann war es ihr nicht möglich einzuschlafen.

Dabei war es ungeheuer wichtig, morgen gut und ausgeruht auszusehen. Nicht morgen, schon heute, der neue Tag hatte ja schon begonnen und sie schlief immer noch nicht. Sie hatte ein Prachtobjekt zu vergeben und einen potentiellen Kunden an der Angel. Das Objekt stand in Marienburg, eine freistehende Stadtvilla mit einem Garten, den man ruhig schon als kleinen Park bezeichnen konnte. Der Kunde, der es sich leisten konnte, ein ehemaliger Spitzensportler, der in Köln seinen zweiten Wohnsitz aufschlagen wollte, erbat sich Diskretion und persönliche Rund-um-die-Uhr-Betreuung.

Selten genug bekam sie solche dicken Fische. Die richtig teuren Immobilien in und um Köln teilten sich drei große Agenturen, an deren Fersen sie nun schnuppern konnte.

Nicht, dass sie sich beklagte. Sie lebten gut von ihrem Job. Sie war in die mittlere Riege aufgestiegen und kümmerte sich um Bezirke wie Sülz, Lindenthal oder Junkersdorf. Sie verdiente die Raten für den Kredit für die Doppelhaushälfte, die sie mit Mann und Sohn am Schubertweg bewohnte, sie zahlte den privaten Kindergarten für Jakob, sie gönnte ihnen dreien schöne und gehobene Urlaube, kurz gesagt, sie brachte die Brötchen ins Haus. Die teuren vom *Café Bonnen*, wohlgemerkt, nicht die Aufbackbrötchen aus dem Kühlregal.

Deshalb war es ungerecht, dass ihr Ehemann ihr immer diese Vorwürfe machte. Besonders, wenn es um die Wochenenden ging. Klar, das Wochenende sollte der Familie gehören, aber wenn sie jedem Kunden, der sich Samstag oder Sonntag mit ihr treffen wollte, absagen würde, hätte sie es nie zu einem eigenen Immobilienbüro in der Theresienstraße gebracht. *Immobilien Lydia Hohen*, die Chefin und zwei Angestellte, wenn der Auftrag klappte, dann bald noch eine dritte Einstellung.

Lydia konnte verstehen, dass es für einen Mann immer noch schwer war, die zweite Geige zu spielen. Aber niemand hatte ihn gezwungen, nach der Geburt von Jakob seinen freien Job als Bühnenarbeiter aufzugeben, damit sich einer voll um das Kind kümmern konnte. Damals kam nicht nur das Kind, das neue gekaufte

Haus musste noch eingerichtet werden. Es lag auf der Hand, dass der Geringverdiener sich unterordnete. Inzwischen war Jakob den halben Tag im Kindergarten, das Haus fertig und immer noch trieb sich ihr Angetrauter zwischen alltäglichen Pflichten und seinen Hobbys herum. Der Garten, das Kochen, das Haus, Jakob morgens und nach dem Kindergarten, blieben Teil seiner Tagesgestaltung. Dazu die rituelle Freitagnacht, einmal die Woche von Frau und Kind frei, einmal die Woche für Kumpels oder Kultur wie Lesungen und Konzerte. Obwohl sie sich wunderte, dass er heute nach dem Streit so spät überhaupt noch losgezogen war.

Wenn Lydia genauer hinschaute, war ihr Mann eine schlechte Karikatur von einer gehobenen Hausfrau geworden. Sie hätte nichts dagegen gehabt, wenn er sich einen Job suchen und wieder ein ganzer Kerl sein würde.

Doch wünschte sie sich das wirklich?

Als er dieses Jahr in der winterlichen Grippezeit zweimal bei ihr im Büro ausgeholfen hatte, waren die Streitigkeiten zwischen ihnen eskaliert und sie hatte ihm vorgeworfen, Jakob zu vernachlässigen. Die Rollenumkehrung hatte sich zwischen ihnen schon zu tief eingegraben. Wie ein despotischer Ehemann war sie gewesen, der seine Frau wieder zurück an den Herd zwingen will.

Brauchte sie es denn, die Überlegene zu sein? War das nicht der Ausgangspunkt ihrer Beziehung gewesen?

Lydia hatte die Trennung von ihrer großen Liebe Bernhard nie verwunden, noch heute, fünfzehn Jahre später, trauerte sie ihm im Geheimen manchmal nach. Ihr Verlobter Bernhard Jahreis, ein gutaussehender aufstrebender Anwalt, hatte sie wegen einer Anderen sitzengelassen, kurz vor der geplanten Hochzeit. 1997, im Mai war es gewesen und auch dieses Jahr war sie im Mai in trüber Stimmung gewesen. In ihrem Herzen ging damals etwas zu Bruch, etwas machte dicht und verschloss sich. Lydia schwor sich nie wieder die Kontrolle abzugeben, nie wieder reines Empfinden zuzulassen.

Hatte es nicht daran gelegen, dass Bernhard schon vor der Hochzeit der Berufstätige, der Verdiener war, der Bestimmer und sie mit Anfang zwanzig noch eine kleine Studentin mit Träumen vom Traummann im Herzen? Bereit für ein kleines Familienglück ihre eigenen Ambitionen sofort aufzugeben?

Später nach der Trennung hatte sie herausgefunden, dass Bernhard sie am laufenden Band betrogen hatte. Die Letzte, eine Laura oder Lara, hatte einfach nur darauf bestanden, Lydias Platz als Nummer eins einzunehmen.

Wer die Kohle hatte, hatte das Sagen, war der Führer in einer Paarbeziehung, konnte verlassen, demütigen und betrügen, wann und wie er wollte. Bernhard hatte nach diesem Muster gelebt und Lydias Herz war auf der Strecke geblieben.

So etwas sollte Lydia nicht noch einmal passieren. Sie brach ihr Studium ab und nahm einen Job bei einer großen Immobilienagentur an. Dort begann sie schnell ein Verhältnis mit dem Chef und bekam die besten Kunden. Schon ein Jahr später schmiss sie die Anstellung und machte sich selbstständig. Sie ging in der Arbeit auf, im Privaten folgten lose Verhältnisse, mal aus Lust, mal aus Berechnung, aber immer ohne tiefe Zuneigung.

Dann hatte sie ihren jetzigen Mann getroffen.

Er war gut aussehend wie Bernhard, aber ohne Ehrgeiz und Dominanz. Ein Kerl, der sich treiben ließ. Er hatte früh seine Mutter verloren, nur losen Kontakt zu seinem Vater. Er besaß Charme, ohne ein Aufreißer zu sein. Er studierte ohne absehbares Ende, jobbte in der Philharmonie und beim Musicaldom beim Kulissenaufbau.

Er hatte die Führungsrolle an Lydia schon beim ersten Kinobesuch abgegeben, sie bestimmte den Film, sie nahm seine Hand in ihre. Hatte sie nicht schon damals die Karten bezahlt? Später entschied sie, wann er mit ihr schlafen durfte, wann die Beziehung ernster wurde, wann sie als Paar galten.

Lydia drehte sich auf die linke Seite, schob ihre Hand unter die

Wange und presste sie Augen zu. Wenn sie nicht bald Schlaf fand, würde sie sich eine Tablette holen. Es lag an der Hitze. In warmen Nächten hatte sie immer Probleme einzuschlafen.

Ihr Mann hatte sich nie beschwert über ihre Art, die Beziehung zu führen. Er hatte sich gerne ihr und ihren Plänen angeschlossen.

Oder machte sie sich etwas vor?

Hatte nicht in Wahrheit er seine Interessen und Vorlieben schon früh über die Hintertür durchgesetzt und nur an der Oberfläche den charmanten, hilfsbereiten neuen Freund gegeben, immer bereit einzuspringen, wenn sie sich allein fühlte, immer bereit seine Pläne umzustellen, wenn Lydia es verlangte oder brauchte.

Der Unterdrückte ist eigentlich der Tonangebende in einer Beziehung, das vermeintliche Opfer bestimmt die Richtung. Das hatte sie in einer Frauenzeitschrift vor Jahren gelesen. Heute noch erinnerte sie sich an diese Sätze.

Sie wollte kein Haus. Er fand es wichtig einen Garten zu haben, ein wenig Grün um sich herum. Sie wollte nach Berlin ziehen, er fand Berlin zu aggressiv und zog Köln vor. Sie wollte eine wilde Ehe und freie Partnerschaft, er trug den Verlobungsring angeblich schon seit dem dritten Treffen in seiner Tasche. Selbst in ihrem Intimleben wurde sie regelmäßig doch überredet. Wollte sie keinen Sex, blieb er solange beim Vorspiel, redete, spielte an ihren Brüsten und benutzte seine Finger, bis ihr Körper von allein reagierte und sie die Beine breit machte.

Und schließlich wollte sie nie ein Kind haben.

Lydia wechselte auf rechts, sah die leere Bettseite. Welches Kulturevent er sich wohl heute ansah? Beim Frühstück würden wieder Programmhefte oder Flyer auf dem Küchentisch liegen. Lydias Nase kitzelte und sie nieste ins Kissen.

Nein, sie tat ihrem Ehemann unrecht.

Er war meist liebevoll und fast immer gut gelaunt, ihr Sohn vergötterte ihn, sie führten ein gutes Leben als kleine Familie. Er bot ihr die Idylle, die ihr Bernhard versagt hatte, also sollte sie dankbar sein.

Wenn nur diese Streitigkeiten nicht wären.

Es ging immer um banale Kleinigkeiten, wie Lydia fand. Ein Termin mit einem Kunden am Samstag und ihr Mann war beleidigt, zehn Minuten zu spät nach Hause kommen ohne anzurufen und ihr Mann machte sich Sorgen, und so weiter. Wenn er sich beschwerte, flippte Lydia schneller aus als ihr lieb war. Ihr Leben war schnell und stressig, sie hatte keine Zeit für solch einen Mädchenkram. Verletzend und hart war sie dann, warf ihm vor, von ihrem Geld zu leben, sich durchfüttern zu lassen.

Einmal war es sogar so weit gekommen, dass sie ihm ins Gesicht geschlagen hatte, als ein Streit wegen eines Termins am zweiten Weihnachtsfeiertag eskalierte. Sie, die hübsche blonde Frau, diesem großen Kerl. Erschrocken waren beide schlagartig verstummt. Später hatte sie sich entschuldigt und seither war sie vorsichtiger mit ihrer Wut und Unruhe.

Doch heute Abend beim Abendessen, bevor Jakob ins Bett musste, war ihr Mann es gewesen, der einen Streit vom Zaun brach.

Morgen gab es ein samstägliches Elternfrühstück samt einer Piratenaufführung der Kleinen in Jakobs Kindergarten, doch morgen war der Termin in der Villa mit dem wichtigen Kunden. Ihr Mann wollte darauf bestehen, dass sie mitkam. Auch Jakob hatte gebettelt und geweint, was ihren Mann dazu veranlasste, sie vor dem Kind als Rabenmutter zu bezeichnen. Er wurde lauter, sie auch, Jakob heulend dazwischen.

Sie hatte sich in die Enge gedrängt gefühlt, hatte sich zu ihrem Mann am Küchentisch gebeugt, über die Butter und den Käse, hatte leise in sein Ohr geflüstert, so leise, dass Jakob es nicht hören konnte, ihr Mann es aber hören musste. Leise und gemein hatte sie das große Tabuthema zwischen ihnen als Verteidigungswaffe benutzt.

»Er ist ja nicht mal dein Kind.«

Ihr tat es leid, noch bevor der Satz zu Ende gesprochen war.

Denn auch das war Teil ihrer Beziehung. Nachdem Bernhard Jahreis sie vor Jahren betrogen hatte, war Lydia in ihrer Ehe selbst die Betrügerin geworden, hatte den Spieß umgedreht und im Laufe der Jahre regelmäßig Affären begonnen. Immerhin war sie keine Lügnerin, wenigstens diese Eigenschaft wollte sie bei ihrem Exverlobten lassen. Sie gestand ihre Verfehlungen offen ein und stellte es ihrem Mann frei zu gehen – oder ihr im Gegenzug auch fremdzugehen.

Schon vor der Ehe hatte ihr Mann beides nie getan.

In den vierzehn Jahren, die sie zusammen waren, hätte Lydia für seine Treue ihre Hand ins Feuer gelegt. Wenn ihr Mann Freitagabend sagte, er ginge zu einer Theaterlesung, dann ging er auch dahin. Zumindest wollte Lydia das glauben. Er kam bei den Frauen gut an, fand immer schnell Anschluss und zog einige verliebte Blicke auf sich. Aber niemals hatte sie Anzeichen für eine Andere gefunden. Nie gesehen, dass er seinerseits hübschen Frauen nachschaute. Wenn er beim Liebesakt in Lydia eindrang und sie *Liebes* nannte, sagte ihr Bauchgefühl, dass sie die einzige war.

Ihr Mann schien treu an ihrer Seite zu bleiben und schwieg zu ihren Eskapaden. Zuerst hatte sie gedacht, er wolle seine Großzügigkeit und Treue wie eine Fahne vor sich hertragen, dann aber akzeptierte sie es als Ausdruck seiner Liebe und seiner Bereitschaft, sie so zu nehmen wie sie war. Oder anders überlegt, einfach sein bequemes finanziertes Leben nicht aufzugeben?

Es reichte Lydia. Sie schwang sich aus dem Bett und taumelte zur Kommode. Sie würde sich ihre Dosis Schlaf holen. Sie spürte die Verpackung, drückte eine Tablette aus der Folie und machte sich auf den Weg ins Bad. Unten hörte sie den Nachbarhund kurz bellen. Der Beagle war der Liebling der Nachbarschaft, Jakob war wie alle Kinder verrückt nach dem kleinen Hund. Er hatte ihm sogar für seine Besuche eine schiefe kleine Hütte zusammengebaut. Erstaunlicherweise hätte sie ihrem Sohn den Wunsch nach einem eigenen Tier schon längst erfüllt, aber ihr Mann meinte, sie könnten dann nicht mehr so leicht in Urlaub fahren oder Jakob könnte eine Allergie entwickeln. Lydia hatte ihm Recht gegeben, sich aber im Stillen gefragt, ob ihr Mann nicht einfach nur die Liebe Jakobs mit keinem knuddeligen Haustier teilen wollte.

Im Bad drehte sie den Wasserhahn auf und spülte mit einem Schluck die Tablette hinunter. Lydia kehrte ins Bett zurück. Der Hund war nicht mehr zu hören und sie rollte sich wieder auf der linken Seite ein.

Ihre Schwangerschaft.

Einer ihrer Kunden. Ein junger Neureicher mit gegeltem Haar und einer Rolex am Handgelenk. Eine Karikatur, ein gelebter Witz und doch hatte sie geschrien, als er in ihr auf der Rückbank im Wagen kam und ihre Kondome vorne im Handschuhfach lagen.

Lydia wollte das Kind nicht.

Ihr Mann schon.

Sie hatte es ihm gebeichtet und sich schon nach einer Möglichkeit für eine diskrete Abtreibung erkundigt, doch er hielt sie davon ab.

»Was ist, wenn wir beide keine kriegen können, dann haben wir wenigstens das.«

Dabei hatte er ihr liebevoll über den Bauch gestreichelt. Wieder hatte er sich mit seiner weichen Art durchgesetzt und sie hatte das Kind bekommen. Jakob. Der Liebling ihres Mannes, aber ganz klar ihr Kind.

Jakob glich ihr wie ein Abziehbild. Darüber war sie wirklich froh, sie hätte nicht täglich in das vererbte Gesicht eines One-Car-Stands sehen wollen. So konnte sie ihren Sohn lieben und ihrem Mann dankbar dafür sein, dass er sie von der Abtreibung abgehalten hatte.

Jakob blieb ein Einzelkind. Lydia war tatsächlich bis heute nie mehr schwanger geworden.

Lydia erinnerte sich an eine Fernsehwerbung vor Jahren, noch vor ihrer Hochzeit, als ein Mann seinem Freund angeberisch seine Besitztümer vorlegte, mein Haus, mein Auto, mein Boot. Ihr Mann hatte sich scheckig gelacht und gemeint, so wäre seine Lydia.

Lydia hatte mitgelacht, damals.

Heute war es so, ihr Haus, ihr Büro, ihr Kind.

War ihrer beider Leben eine Art Abziehbild einer schablonenartigen Werbekampagne? Nach außen hui, nach innen pfui? Und Jakob? Wie würde er später die Rolle seiner Eltern bewerten? Wann überhaupt würde der richtige Zeitpunkt sein, ihm die Wahrheit zu beichten?

Lydias Augenlider wurden schwer. Die Tablette wirkte.

Später in der Nacht wurde sie von Schritten auf der Treppe geweckt. Ihr Mann kam zurück.

Sie schreckte hoch, merkte die Schwere hinter ihren Augen, die vom Medikament kam. Lydia rieb sich den Nacken. Dumpfer Druck hing hinter ihrer Stirn. Wahrscheinlich würde sie morgen früh nur mit einem Aspirin wieder frisch werden. Alles Schlucken nur für die Aussicht auf eine saftige Provision.

Im Schlafzimmer war es endlich frischer geworden. Der Wind ließ die Gardinen nach innen wehen, endlich ein wenig Abkühlung. Lydia rollte sich auf die rechte Seite.

Ohne Licht zu machen, kam ihr Mann ins Schlafzimmer und zog sich aus. Er verschwand kurz im Bad und sie konnte noch hören, wie er seine Zähne putzte, sich wusch und dabei summte.

Danach legte er sich neben sie. Sie drückte seinen Arm. Er drehte sich ihr zu.

»Du bist wach?«

»Kaum mehr, ich habe eine Tablette geschluckt.«

Seine feuchten Hände streichelten ihre Brust. Lydia nahm es kaum wahr. Die Wirkung des Medikaments zog sie zurück in die Tiefe der Träume.

Sie bemühte sich noch etwas zu sagen.

»Es tut mir leid. Vorhin. Mit Jakob.«

»Ich bin dir nicht böse, Lydia.«

»Ich verspreche dir, dass …«

»Alles ist gut. Morgen werden Jakob und ich das Ding im Kindergarten schon allein schaukeln Liebes.«

Er drückte ihr einen Kuss auf den Mund. Sie spürte seine Zunge zwischen ihren Lippen. Lydia drehte den Kopf weg. Alles war so schwer.

»Nein, ich bin zu müde.«

Seine Hände wanderten trotzdem nach unten. Bewegten sich, rieben. Er roch nach frischem Gras und Schweiß. Lydia wusste nicht mehr, ob er nur eine Gestalt aus einem Traum war. Es hätte auch Bernhard sein können, der zu ihr zurückgekommen war.

»Liebes.«

Sein Atem wurde schneller.

»Liebes.«

35

Clemens Wächter und Frank Zauber standen unschlüssig in Fritz Kalbs Flur, der zum Wohnzimmer führte. Willa Stark kam eben aus seinem spartanischen Schlafzimmer.

Fritz war am Sonntagmorgen nicht zum verabredeten Treffen bei seiner Schwester Lotte und ihrem Mann in Kerpen erschienen. Sie hatten sich schon länger nicht mehr gesehen und der Besuch von Kevin war ein guter Grund, ein Familienfrühstück zu machen. Lotte hatte daraufhin Kevin gebeten, auf dem Weg zurück bei seinem Onkel vorbeizufahren, es sah Fritz nicht ähnlich die wenigen Verabredungen, die er hatte, ohne Entschuldigung nicht einzuhalten.

Kevin hatte Sturm geläutet, dann mit dem Zweitschlüssel die Tür aufgesperrt und seinen Onkel auf der Couch vorgefunden. Tot. Er saß da in seinem Schlafanzug, die Augen offen, der Blick starr, als wäre er in ein ewiges Gespräch vertieft und könnte sich an seinem Gegenüber nie mehr satt sehen. Ein süßlicher Geruch hing in der Luft.

Kevin hatte den Notarzt und die Polizei gerufen. Doch der Arzt, der als erster vor Ort war, konnte auch nur den Tod des alten Mannes feststellen, sein Herz hatte sicher schon einen Tag vorher aufgehört zu schlagen. Die Leichenstarre war eingetreten. Nichts wies auf eine Fremdeinwirkung hin und nach der Totenbeschau wurde der Todeszeitpunkt circa 24 Stunden vordatiert, auf die Nacht von Freitag auf Samstag, 16. auf 17. August.

Kevin hatte heulend seine Mutter angerufen, die wiederum sofort die Nummer des Bestattungsinstituts herausgesucht hatte, mit dem Fritz Kalb schon kurz nach dem Tod seiner Frau Sabine einen Vertrag abgeschlossen hatte. Ordnung musste sein. Danach machte sie sich mit ihrem Mann auf den Weg nach Köln, wollte Kevin in der Leichenhalle treffen. Der Leichenwagen des Instituts stand keine zwanzig Minuten später vor der Tür, als hätten die beiden Angestellten vom Wochenenddienst mit laufendem Motor auf den nächsten Verstorbenen gewartet.

Erst als letztes kam ein Streifenwagen dazu.

Der Notarzt stellte den Totenschein aus und die Streifenpolizisten nahmen routinemäßig Fritz Kalbs Tod zu Protokoll. Kurze Zeit später war Fritz' Körper dezent und unauffällig weggebracht worden. Kevin machte sich auf den Weg zu seiner Mutter und seinem Stiefvater in der Leichenhalle am Westfriedhof.

Die Meldung der Polizisten war an das Revier in Sülz gegangen und ein junger, frischer Beamter namens Hugo Klose saß am Computer. Er war eifrig und ließ Fritz Kalbs Daten durch das Register laufen. Etwas später bekam der junge Beamte eine Meldung, dass der eben als verstorben gemeldete Fritz Kalb Zeuge in der Ermittlung Dahms/Pintao war. Die Mordkommission hatte ihn mehrmals vernommen im Zusammenhang mit dem Überfall auf

Helene Pintao, der wiederum im direkten Zusammenhang mit dem ungeklärten Mord an Monika Dahms stand.

Hugo Klose wählte übereifrig die Handynummer von Clemens Wächter, den er noch Freitagnacht auf ein Kölsch in der Altstadt getroffen hatte, und gab die Info weiter. Keine halbe Stunde später tauchte Clemens Wächter im Revier auf. Er wollte die Details aus erster Hand wissen und Hugo wiedersehen. Beide waren sich etwas näher gekommen. Clemens bekam die Infos über den Tod von Fritz Kalb noch einmal persönlich vorgetragen und klopfte Hugo betont kameradschaftlich auf die Schulter, damit keiner der Kollegen auf der Wache auf andere Gedanken kam. Die beiden verabredeten sich fürs nächste Wochenende.

Clemens Wächter verständigte seinen Chef.

Peter Kraus entschied, dass Clemens sich mit Willa Stark und Frank Zauber in der Wohnung des Verstorbenen treffen sollte. Danach ein telefonischer Bericht an ihn zurück. Morgen war Montag und bei der Besprechung würde Fritz Kalbs Tod als erstes besprochen werden.

Kevin wurde verständigt und aus der Leichenhalle des Westfriedhofs zurückgebeten. Er schloss den Beamten die Wohnungstür auf. Er selbst blieb draußen stehen, drückte Frank Zauber den Totenschein in die Hand. Es war ihm sichtlich unangenehm, die Wohnung, in der sein Onkel bis vor einer Stunde tot auf der Couch gesessen hatte, schon wieder zu betreten.

Willa Stark lief unruhig durch alle Zimmer. Sie inspizierte das Bad, die Wanne war trocken. Sie bemerkte, dass das Bettzeug verknautscht, die Decke aufgeschlagen war, Fritz musste wohl in der Nacht seines Todes aufgestanden sein. Vielleicht hatte er nicht schlafen können und wollte noch etwas fernsehen. Sie musste nachfragen, ob der Fernseher gelaufen war, als der Neffe die Wohnung geöffnet hatte. Am Ende ihres Rundgangs stand sie unschlüssig am Fenster und sah hinaus. Gegenüber ein Altersheim und ja, da links, das Haus Krieler Straße Nummer 9, im ersten Stock der

Blick auf den Balkon und die Fenster von Helene Pintaos Wohnung.

Frank Zauber drehte sich Richtung Eingangstür. Für ihn war der Fall klar.

»Laut Notarzt war es ein natürlicher Tod. Herzversagen.«

»Er war einer der Hauptzeugen im Fall Helene Pintao, Frank. Wir sollten nichts ausschließen.«

»Mal keine Teufel an die Wand, wo keine Flammen sind, Fräulein …«

Willa schickte Frank einen bösen Blick. Sie wollte noch nicht an einen natürlichen Tod glauben, ihr Bauch redete mit ihr. Oder trank sie in letzter Zeit einfach zuviel? Freitag mit Harro, gestern Abend allein mit Jimmy auf dem Schoß. Immerhin war sie nicht mehr blau genug gewesen, um Onkel Willi anzurufen.

»Ich schlage vor, wir lassen eine Obduktion machen, Frank. So können wir Sicherheit bekommen.«

»Lassen wir das mal unseren Boss entscheiden, ja, Fräulein Ösi!«

Clemens Wächter trat zwischen Willa und Frank. Er spürte ebenfalls ein Ziehen im Magen, bei ihm kam es aber immer noch von der Begegnung mit Hugo Klose. Er fragte sich, ob er es je wagen würde sich zu outen, und wenn ja, wie er mit seinen Kollegen danach klarkommen würde. Toleranz hin oder her, als Schwuler im Polizeidienst hatte man es selbst hier in Köln schwer. Mekka der Homosexuellen und Parade am Christopher-Street-Day hin oder her.

»Willa, Frank hat Recht, unser Messermann hatte es nie auf alte Männer abgesehen. Und zu dir Zauberer, wir werden trotzdem eine Obduktion veranlassen, das ist doch klar.«

Clemens und Frank machten sich auf den Weg aus der Wohnung. Willa war drei Schritte hinter ihnen. Kevin saß auf der obersten Treppenstufe im Hausflur und sah die Beamten mit rot verweinten Augen an.

»War was nicht in Ordnung mit Fritz?«

Frank Zauber klopfte Kevin von oben auf die Schulter.

»Alles klar, Junge. Wir müssen noch mit deiner Mutter reden. Fritz Kalb wird obduziert werden.«

»Was?«

Willa staunte einmal mehr über Franks mangelndes Einfühlungsvermögen. Sie setzte sich neben Fritz Kalbs Neffen.

»Kevin, das tun wir um sicherzustellen, dass kein Verbrechen vorliegt. Wir werden Ihre Mutter und Sie morgen aufs Präsidium bestellen.«

Frank Zauber konnte es nicht lassen sich noch mal einzumischen.

»Tut uns leid um deinen Opa, Junge.«

»Er war mein Onkel.«

In Willas Kopf summte es vor Wut, aber sie beherrschte sich. Keinem war geholfen, wenn sie Streit anfing. Sie nahm Kevin wie einen kleinen Jungen am Handgelenk und zusammen gingen sie nach draußen.

Vor der Haustür dachte sie wieder an Helene. Sie fasste einen schnellen Entschluss.

»Clemens, Frank, ich bleibe noch. Sagt einer von euch dem alten Rocker Bescheid?«

Clemens Wächter zeigte auf.

Frank Zauber klopfte Willa leicht auf den Oberarm.

»Und ich werde mich mit Harro deNärtens und der Leichenhalle kurzschließen. Wegen der Obduktion.«

Clemens und Frank grunzten zum Abschied und ließen Willa und Kevin zurück. Kevin putzte sich die Nase.

»Also, ich sollte zu meiner Mutter und meinem Stiefvater zurückfahren und sie darauf vorbereiten, dass Onkel Fritz …«

Er schluckte. Das Wort Obduktion machte vielen Angehörigen zu schaffen.

»Gehen Sie ruhig, Kevin, und danke, dass Sie uns in die Wohnung gelassen haben.«

Willa lief einmal um die Straßenecke und stand vor Helene Pintaos Haus.

Sie drückte auf die Klingel und wartete. Ihr fiel die neue Gegensprechanlage auf. Beim dritten Klingeln war klar, dass Helene nicht zu Hause war. Oder sie wagte es nicht, die Tür zu öffnen. Willa kratzte sich am Kopf und bohrte gedankenverloren in ihrer Nase. Ihre Nägel waren bis auf das Fleisch abgekaut und sie musste ihre Finger anderwärtig beschäftigen. Sie begann auf ihre Jeans zu trommeln.

Ihr letztes persönliches Zusammentreffen mit Helene lag über zwei Wochen zurück. Bei dieser Begegnung war Helene Willa zerstreut und fahrig vorgekommen. Sie sah noch dünner und durchscheinender aus, sie kam Willa wie ein Wesen aus einer Zwischenwelt vor, nicht mehr hier verwurzelt, aber auch noch nicht hinübergegangen. Sie waren die Dürener Straße hoch spaziert und hatten draußen in einem Ecklokal an einem Stehtisch in der Sonne ein Kölsch bestellt. Helene hatte alle größeren männlichen Gäste taxiert und prüfend gemustert.

»Gehen Sie noch zur Therapie Helene?«

»Jede Woche, tut mir gut.«

»Ehrlich?«

»Klar. Ich mache Fortschritte.«

»Nehmen Sie auch Psychopharmaka?«

»Nein, das will ich nicht.«

Der Kellner hatte die Kölsch auf den Tisch gestellt und ihnen ein Prost zugerufen. Helene war zusammen gezuckt wie vor einer Giftschlange.

»Der Kellner …! Willa, ich glaube …«

Willa hatte sanft ihre Hand auf Helenes Arm gelegt.

»Schauen Sie ihn sich noch mal genauer an, bitte.«

Helene hatte hingeschaut, ihre Stirn vor Anstrengung in Falten gelegt, den Kopf geschüttelt.

Danach war es besser gewesen. Sie hatten über Willas Kater

Jimmy geplaudert und Helene hatte sich überlegt, sich auch ein Tier zuzulegen. Vielleicht einen kleinen Hund. Freund und Beschützer zugleich. Nach einer halben Stunde wollte Helene wieder nach Hause, es erschöpfte sie stark, unter vielen Menschen zu sein.

Wie würde Helene den Tod von Fritz Kalb aufnehmen?

Willa Stark nahm ihr Handy zur Hand, überlegte es sich anders, sie musste mit Helene persönlich reden, sah, dass es gleich Mittag war und entschied sich nach Hause zu fahren.

Auf dem Weg zum Auto begegnete ihr Kevin wieder – immer noch in Lindenthal, die Bachemer Straße überquerend. Er hatte sich an der Tankstelle zwei Dosen Bier besorgt. Willa winkte. Kevin winkte zögernd zurück, als hätte ihn Willa bei etwas ertappt, und blieb von einem Bein aufs andere tretend stehen.

»Ich fahr' gleich in die Leichenhalle zurück. Ich wollte nur … Fritz war ein guter Onkel.«

Kevin sah nach unten.

Willa nahm das erneute Zusammentreffen als Wink.

»Kevin, als Sie heute Morgen in die Wohnung kamen, war da der Fernseher an?«

Kevin überlegte. Sah sie wieder an.

»Nö, sicher nicht. Ich könnte mich erinnern, wenn ich ihn ausgeschaltet hätte.«

»Hatte Ihr Onkel Schlafstörungen?«

»Keine Ahnung. Haben das nicht alle älteren Leute?«

»Kann sein.«

»Ich muss jetzt wirklich …«

»Kevin, könnte ich den Schlüssel für die Wohnung Ihres Onkels haben?«

»Warum?«

Weil mein Bauch wieder grummelt und mein Hirn summt, hätte Willa fast gesagt, lächelte aber nur aufmunternd.

»Keine Sorge, Kevin. Morgen gebe ich ihn Ihrer Mutter zurück. Versprochen.«

Willa verwarf die Idee nach Hause zu fahren. Sie würde sich in aller Ruhe noch mal allein in Fritz Kalbs Wohnung umsehen, vielleicht stach ihr noch etwas ins Auge. Willa musste Gewissheit haben, ob der Tod des Witwers nicht doch mit dem Messermann in Verbindung stand. Außerdem konnte sie danach noch einmal bei Helene klingeln.

Kevin kramte in seiner Hose und hielt den Schlüssel hoch. Willa merkte, dass sie unbewusst am Nagel ihres Zeigefingers gebissen hatte und brachte ihre Hand schnell nach unten.

Kevin grinste, drückte ihr den Schlüssel in die Hand.

»Onkel Fritz hat mal gesagt, unsere kleineren Laster machen uns zu größeren Menschen.«

Beide schmunzelten.

36

In der ersten Nacht nach Fritz Kalbs Tod träumte auch Helene vom Sterben.

Am Sonntagnachmittag hatte es mehrmals an ihrer Tür geklingelt. Helene hatte in der Wanne gelegen und die drei Risse an der Decke angestarrt.

Eine Stunde später hatte Willa Stark auf dem Handy angerufen und gefragt, ob sie heraufkommen könnte. Sie wäre schon zum zweiten Mal vor Helenes Haustür. Helene war an die Tür gegangen und hatte Willa hereingelassen. Willa war im Wohnzimmer stehengeblieben.

»Es tut mir leid, Helene, Fritz Kalb ist gestorben.«

Helene hatte genickt, als hätte sie es schon lange gewusst. Willa Stark redete weiter, erzählte von einem Herzstillstand und einer Obduktion. Fritz war alt gewesen, da konnte man jeden Tag sterben. Doch als Willa Helene in den Arm nehmen wollte, hatte

Helene sich gesträubt und beide Hände abwehrend in die Höhe gehoben.

»Ich muss ins Bad. Die Wanne ist voll, ich wollte eben rein. Danke, Willa, dass Sie extra vorbeigekommen sind, aber ich … Traurig, ja, der arme Fritz.«

Helene hatte Willa Stark praktisch nach wenigen Minuten wieder vor die Tür gesetzt. Kein Wort über Mordred am Schubertweg 13, keine Silbe zu Fritz und seinem Ausflug war über ihre Lippen gekommen.

Die Begegnung mit dem realen Mordred hatte sich auf Helenes Beziehung zu Willa Stark ausgewirkt. Es schien Helene, als hätte der Geist von Morgana Willa Stark verlassen. Willa war eine zwar hilfsbereite, aber unbedeutende Figur in Helenes Leben geworden. Eine Ermittlerin, der die Aufklärung am Herzen lag, nicht die Opfer. Willa Stark besaß Helenes Vertrauen nicht mehr in dem Maße, wie Helene ihrer Morgana vertraut hatte. Das Phantom Mordred wurde Realität, die Figur Morgan le Fay kehrte in die Seiten des Buches und in die Legenden um Avalon zurück.

Helene hatte Willa an der Tür noch gewunken und war tatsächlich baden gegangen. Das zweite Mal an diesem Sonntag.

Später ging es Helene eigentlich ganz gut. Sie hatte etwas gegessen und sich einen Film auf DVD angeschaut. Eine Liebeskomödie. Der Vater der Braut hatte Ähnlichkeiten mit Fritz gehabt. Das wollte sie ihm am nächsten Tag erzählen. Auch, dass die Kommissarin ihn für tot hielt.

Helene hatte sich die Zähne geputzt und war schnell und problemlos eingeschlafen.

Dann der Traum.

Sie hatte gebadet. Schon wieder? War untergetaucht. Wie immer blieb sie so lange unter Wasser, bis ihre Lungen förmlich nach Luft schrien. Inzwischen konnte sie es schon fast vier Minuten aushalten.

Keine zwei Wochen her, in einer Laune, bei einem Glas Wein in seinem Wohnzimmer, hatte sie Fritz gestanden, dass sie große Lust hätte, sich bei einem Kurs für Apnoe-Tauchen einzuschreiben. Sie erwähnte das Baden nebenbei, als sei es eine lustige Gewohnheit. Vor allem, weil sie keine fünf Minuten vorher ihren Bauch vor ihm entblößt hatte. Gleich darauf hatte sie eine Juckattacke am Po gehabt und war wie ein Pferd beim Fellwechsel auf seiner Couch auf- und abgewetzt. Eine lange schwere Gesprächspause folgte. Helene hatte mit Apnoe und dem Tiefenrausch in einer Wanne eine gute Möglichkeit, den Faden der Unterhaltung scherzhaft wieder aufzunehmen.

Fritz hatte das Glas gehoben und gelächelt und einen Toast ausgesprochen.

»Auf dass die Volkshochschule bald einen Wochenendkurs für Badewannen-Apnoe-Tauchen einführt.«

Helene hatte so lachen müssen, dass ihr der halbe Wein über ihre gelbe Bluse getropft war. Fritz hatte einen nassen Lappen geholt und war dann verlegen vor ihrem Busen stehengeblieben. Fast so, als wolle er gleich ihre Brüste berühren und daran reiben. Für eine Zehntelsekunde wollte sie sich aufrichten und ihrem Lebensretter die Brust hinstrecken, ihn belohnen, ihm eine erotische Freude bereiten.

Doch das Bild eines großen Mannes kam dazwischen, wie er ihre nackten Brustwarzen mit seiner Spucke einrieb und sie wieder und wieder *Liebes* nannte, während aus den Schnitten an ihrem Bauch so viel Blut quoll, dass Helene das Gefühl hatte, innerlich ausgewaschen zu werden. Der Schmerz im Bauch war von unerträglich heiß zu laut klopfenden Hammerschlägen gewechselt. Trotz alledem hatten sich ihre Brustwarzen aufgestellt.

Helene glaubte nicht, dass es in ihrem Leben jemals wieder einen normalen intimen Kontakt geben würde. Sie hatte Fritz den Lappen aus der Hand genommen und sich selbst um den Weinfleck gekümmert. Der restliche Abend war distanziert verlaufen.

Im Traum war Helene also aufgetaucht, um Luft zu holen, doch das Wasser hatte sich inzwischen in ihrem gesamten Badezimmer ausgebreitet. Sicher hatte sie vergessen, den Hahn abzudrehen und alles war vollgelaufen. Sie drückte ihre Fußsohlen vom Boden der Wanne ab und schwebte im Wasser nach oben. Sie hielt sich an der Stange des Duschvorhangs fest, zog sich am Handtuchhalter weiter. Die Handtücher wehten im Wasser wie Algen und sie sah ihre Zahnbürste und einen ihrer Hausschuhe an ihr vorbeitreiben. Helene erreichte die Tür. Vor ihren Augen tanzten schwarze Punkte, fast so schwarz wie das Haar ihres Peinigers. Sie brauchte Luft. Sie zog die Tür zum Wohnzimmer auf. Doch auch hier stand alles unter Wasser.

Ihre gesamte Wohnung war zu einem verdammten Aquarium geworden.

Sie brauchte Sauerstoff, so schnell wie möglich. Der Druck hatte ihre Augen erreicht und sie konnte fühlen, wie die Augäpfel nach vorne gepresst wurden. Mit zwei kräftigen Stößen schwamm sie Richtung Balkontür, dort draußen musste es das süße Oxygenium geben. Mit letzter Kraft schob sie den Riegel nach unten und riss die Balkontür nach innen, nur um die Welt vor ihrer Wohnung, vor ihrem Haus überflutet zu sehen. Alles war untergegangen, war zu einem Atlantis geworden.

Mit einem verzweifelten Blick nach oben sah sie, dass das Wasser bis in den Himmel reichte, vielleicht bis in die Sterne hinauf und weiter bis ans Ende aller Universen.

Helene gab auf und atmete das Wasser ein.

Ihr Organismus wurde eins mit dem Wasser, sie wurde ein Tropfen unter Milliarden, ein Teil der versunkenen Welt. Kurz bevor sie starb, war da eine Ahnung von Frieden und sie dachte, es ist doch nicht so schlimm, nicht so schlimm.

Dann war sie mit einem langen Schrei aufgewacht, der sie mehr noch als der Traum erschreckte. Der Schrei hatte mehr von einem verzweifelten Tier als von einem Menschen.

Sie hatte tief und lange geatmet und dabei geschluchzt. Das Nachtlicht war ihr wie eine tröstliche Oase der Wärme vorgekommen. Schließlich war sie aufgestanden und ins Bad gegangen. Alles trocken, nicht ein Tropfen klebte unter dem Wasserhahn. Ihr Gesicht im Spiegel über der Spüle war seltsam fremd und aufgequollen. Ihre schmalen Züge wirkten aufgedunsen. So als würde sie einen Kugelfisch ansehen, als sei sie zum Teil ein Wasserwesen in der versunkenen Welt geworden.

Zurück im Bett dachte sie daran, dass sie das alles Fritz Kalb erzählen musste. Er wusste schon mehr von ihren Ticks und Phantomen als ihre Therapeutin.

Als ihr Kopf das Kissen berührte, überkam sie eine große Traurigkeit, zu der sie kein Bild fand. Sie weinte sich in den Schlaf. Das Nachtlicht ließ ihre Tränen glitzern.

In der restlichen Nacht tauchte ein weiteres Traumbild auf. Willa Stark hatte ihre Dienstwaffe gezogen und zielte auf einen großen Wolf.

Am nächsten Morgen ließ sich Helene ein Bad ein und es war das erste Mal, dass sie zögerte ins Wasser zu steigen. Der Traum vom Ertrinken war ihr noch allzu lebhaft bewusst.

War er eine Botschaft oder eine Aufforderung, endlich die Dinge in die Hand zu nehmen, endlich Mordred in die Hände zu nehmen und sich ihm zu stellen? Warum sonst hatte sie Willa Stark kein Sterbenswörtchen von Mordred erzählt, wo doch gerade *er* unbedingt auf die Liste musste?

Helene hatte sich *gegen* Willa Stark und *für* Fritz Kalb entschieden. Er sollte Mordred ausspionieren. Er war der einzige, der außer Helene selbst Mordred an jenem Abend von Angesicht zu Angesicht gesehen hatte. Er musste zuerst sein Okay geben, bevor Helene sich an Willa und die SOKO wenden würde. Sie musste Fritz nach dem Bad anrufen und nach seinem Ausflug zu Mordreds Haus befragen.

Helene zog sich aus und stieg ins Wasser. Während sie untertauchte, begann sie nach Luft zu schnappen und konnte ihre Atmung nicht unter Kontrolle bringen, sie atmete unter Wasser weiter und sog einen Schwall in ihre Lungen ein.

Sie schlug um sich und verletzte sich den Knöchel am Wannenrand. Der stechende Schmerz fuhr bis hinauf zu ihrer Schulter. Sie krallte ihre Finger am Rand fest und zog sich wieder in die Höhe. Schnaufend und spuckend saß sie da, Wasser und Schleim liefen aus ihrer Nase. Sie weinte und spuckte zugleich und gab Laute von sich wie Schreie in höchster Not am Grund eines tiefen Brunnens.

Fritz war tot.

Das hatte ihr Willa Stark gestern gesagt.

Fritz Kalb war tot und Helene hatte ihn in den Tod geschickt.

Da konnte Willa Stark hunderte Male beteuern, dass der alte Mann an einem Herzstillstand gestorben war, Helene wusste es besser. Mordred hatte sein drittes Opfer gefunden, Helene hatte ihm die Beute direkt vor die Nase gesetzt, hatte sich zur Komplizin und Verräterin gemacht.

Was hatte der alte Mann vor seinem Tod gesehen? Ein Messer, ein Lächeln wie aus einem Albtraum? War er gleich gestorben, weil er von Helene wusste, wie viel Schmerz und Blut auf ihn zukommen würde, wenn Mordred erstmal begann mit seinen Spielen? Hatte er in seinen letzten Minuten auf das Foto seiner Frau oder das gezeichnete Bild seiner Jugendliebe geblickt? Oder hatte er an Helene gedacht und sich zur Verfügung gestellt, damit sie verschont blieb?

Weiche von mir, dachte Helene, weiche bitte, bitte von mir.

Doch dieser Spruch bannte nur böse Erinnerungen, nicht die Trauer um einen freundlichen alten Nachbarn.

Nach ein paar Minuten fasste Helene eine Entscheidung.

Sie verlangsamte ihre Atmung.

Tauchte unter.

Die Welt versank.

37

»Setzen Sie sich doch bitte.«

Sandra Kano war der Besuch von Rose Dahms sichtlich unangenehm. Sie wartete, bis die ältere Frau auf dem Besuchersessel Platz genommen hatte, setzte sich ebenfalls, sprang aber sofort wieder hoch.

»Kaffee?«

»Nein, danke.«

»Frau Stark müsste jeden Moment hier sein.«

Die Pause, die zwischen ihnen entstand, dehnte sich für Sandra in die Ewigkeit. Obwohl die Arbeit mit der Presse ihr oft den letzten Nerv raubte, war es ihr tausendmal lieber als das hier.

»Sie müssen nicht mit mir warten.«

»Mach ich doch gerne, Frau Dahms.«

Frank Zauber steckte seinen Kopf zur Tür herein. Willa teilte sich das Büro eigentlich nur mit Clemens Wächter, Marielle war in den nagelneuen Computerraum übersiedelt, aber seit in Franks Hütte, wie er sein vollgestopftes Zimmer nannte, ein Schimmelpilz sein Unwesen trieb, hatte er Clemens halben Schreibtisch annektiert. Sandra wandte sich ihm sofort zu, jede Unterbrechung war ihr recht.

»Frank, weißt du, wo Willa ist?«

»Nicht hier bei dir, Cheeks?«

»Hätte ich dich sonst gefragt, Frank?«

Die Stimmung im Team wurde mit jedem heißen Tag schlechter.

Frank Zauber hob abwehrend die Hände und war so schnell verschwunden, dass Sandra ihn nicht einmal bitten konnte, zumindest ihr einen Kaffee zu holen. Ihr Handy summte, das Gesicht ihres Verlobten grinste sie an. Sicher ging es wieder um die Hochzeit. Seit sie sich auf einen Termin im Oktober geeinigt hatten, ging es immer darum. Wer hätte gedacht, dass eine Hochzeit mehr Planung verursachte als eine große Drogenrazzia. Sie leckte am inneren Teil ihres Wangenpiercings, ein Zeichen, dass sie sich unwohl fühlte.

»Ich werde im Oktober heiraten.«

Im nächsten Moment bereute Sandra Kano ihren Versuch, das Schweigen zu überbrücken.

»Oh, schön für Sie. Meine ältere Tochter Britta wollte im April heiraten. Aber wegen Moni wurde der Termin verschoben. Sie erwartet ein Baby.«

Willa Stark betrat das Büro.

Der Weg vom rechtsmedizinischen Institut quer durch Köln und über die Deutzer-Brücke bis zum Präsidium war eine endlose, glühende Schlange von Autos gewesen. Seit die Ferien zu Ende waren und die Schule wieder begonnen hatte, schien sich die Einwohnerzahl in der Stadt vervierfacht zu haben, jeder davon mit eigenem PKW unterwegs. Wieder einmal hatte sich Willa im Auto fluchend vorgenommen endlich Radfahren zu lernen. Unter den Kollegen war sie die einzige, die bei schönstem Wetter in ihrem Auto hockte oder auf Bus und U-Bahn angewiesen war. Vielleicht schaffte sie es noch vor ihrem dreißigsten Geburtstag.

Noch dazu hatte sie heute Morgen mal zur Abwechslung eine Bluse zur Jeans angezogen, die nun unter den Achseln Schweißflecken zeigte. Willa sah Monis Mutter in ihrem Büro sitzen und sah auf die Uhr. Über zwanzig Minuten zu spät.

Rose Dahms hatte sich schon am 7. August, nach ihrem Besuch in Helenes Wohnung bei Willa gemeldet. Hatte am Telefon Willa Stark um ein persönliches Treffen gebeten mit dem Zusatz, es sei zwar nicht wirklich dringend, sollte aber unter vier Augen besprochen werden. Das hatte zur Folge, dass Willa sich erst für mehr als zwei Wochen später, für heute, Mittwoch, den 22., im Revier mit ihr verabredet hatte.

Sandra Kano saß bei Rose Dahms, sprang sofort auf, als Willa herein kam.

»Endlich.«

Willa warf der Kollegin einen flehenden Blick zu. Sie wollte zuerst zu Peter Kraus hinüber, sein Büro lag einen Gang weiter hinten.

Harro deNärtens war fündig geworden.

Bei der Obduktion von Fritz Kalb hatte sich der natürliche Herztod bestätigt. Aber eine Schnittverletzung am Hals des verstorbenen Rentners war Harro aufgefallen. Es sah aus wie eine Verletzung, die man sich beim unachtsamen Rasieren holen konnte, doch Harro hatte den Schnitt mit seiner Hartnäckigkeit im wahrsten Sinn des Wortes genauer unter die Lupe genommen. Hatte das Stückchen Fleisch herausgeschnitten und untersucht. Die Verletzung war tiefer, als es auf den ersten Blick den Anschein hatte, trotzdem hatte es kaum eine Blutung gegeben, weil Fritz Kalb da schon tot gewesen war. Auch stammte der Schnitt sicher von keinem Rasiermesser, dazu war er zu breit und am Beginn konnte man einen tieferen Einstich messen. Ein Schnitt, wie er durch ein mittelgroßes Küchenmesser verursacht werden konnte.

Es war also jemand bei Fritz Kalb gewesen, als er starb. Wer hatte den alten Mann noch nach seinem Tod mit einem Messer am Hals geschnitten? Welche Bedeutung hatte dieser postmortale Schnitt? Ein Gruß, eine Visitenkarte? Für Willa Stark konnte es sich nur um den Messermann handeln. Jetzt hieß es, die Wohnung des Verstorbenen noch einmal für weitere Spuren komplett auseinanderzunehmen.

Sandra Kano ignorierte Willas Blick völlig und war schon fast zur Tür hinaus geflogen. Sie drückte Monis Mutter schnell und in der Bewegung die Hand.

»Hat mich gefreut, Frau Dahms. Alles Liebe.«

»Ihnen auch.«

Willa hatte einen Kaffee in der einen Hand und nagte unschlüssig an der Daumennagelhaut der anderen. Für einen Moment hatte sie das Bild vor sich, wie sie auf die Besucherin wirken musste.

Fahrig, schlampig, verschwitzt, nervös und koffeinsüchtig. Kein Charakter, dem man zutraut den Mörder der Tochter zu finden.

Willa entschloss sich bei Rose Dahms zu bleiben. Schnell stellte sie den Kaffeebecher ab, reichte Rose Dahms die Hand und setzte sich auf den Sessel, der noch warm von Sandras Hintern war.

»Was kann ich für Sie tun, Frau Dahms? Ich hätte Sie sicher verständigt, wenn sich etwas Neues ergeben hätte.«

Rose Dahms verknotete die Finger und biss sich auf die Lippen. Die Falten um ihren Mund waren tief und dunkel. Ein Mund, der von großer Trauer erzählte.

»Helene Pintao hat mich kontaktiert.«

»Ach ja.«

Willa nickte.

Rose Dahms überlegte, bevor sie weiterredete.

»Wussten Sie, Frau Stark, dass sie vorhat, mit dem Täter zu sprechen, wenn sie auf den Richtigen trifft?«

»Was meinen Sie mit ›sprechen‹?«

Willa gefiel nicht, was sie hörte.

Rose Dahms sah aus dem einzigen Fenster in dem Büro, das für zwei Beamte schon zu klein war, für drei eine wahre Zumutung. Ihre Worte schienen nach draußen zu fliegen in einen grauen, gewitterschwangeren Himmel.

»Helene fragt nach dem *Warum* und darum dreht sich bei ihr alles. Diese eine kleine Frage hat mich selbst fast das Leben gekostet. Wenn ich mir nicht bewusst gemacht hätte, dass ich noch eine Tochter habe, eine die lebt und mich braucht, ich wäre daran zerbrochen. Sie können mir glauben, ich habe den Täter nie gesehen und selbst ich habe bis hin zu unserem Postboten jeden verdächtigt. Erst als ich dieses Warum ziehen lassen konnte, war ich bereit weiterzumachen. Ich glaube, sollte der Täter je gefasst werden, dass wir den Zufall, durch den es meine Moni und Helene Pintao getroffen hat, hassen werden.«

Der Gott des Zufalls, dachte Willa, da streckt er wieder seine

Hand aus und pickt mich in die Seite. Sie nahm ihren Kaffeebecher und ließ den dunklen Sud darin kreisen.

»Frau Dahms, es gibt nicht viel, was wir hier außerhalb der Ermittlungen für Helene tun können.«

Rose Dahms schluckte, die Pause dauerte an und draußen vor dem Fenster war der erste Donner zu hören.

»Frau Stark, ich bin heute gekommen, weil ich Sie unter vier Augen bitten wollte, diese Liste von Ihnen beiden zu löschen. Zu schreddern oder zu verbrennen, was auch immer. Helene hat mir davon erzählt. Sie sagt, dass die Liste der Weg zu ihrem Warum ist. Diese Besessenheit kann nicht gut für Helene sein. Laufen Sie denn wirklich herum, Frau Stark, und suchen jeden, der in Helenes Kopf zum Täter gemacht wird?«

Willa fühlte sich plötzlich ungerecht behandelt.

Seit sie an dem Fall dran waren, hatte sie sich kein freies Wochenende mehr geleistet. Mit der Liste wollte sie Helene helfen, vielleicht gab es sogar eine Chance, dass Helene einmal richtig lag. Willa trank einen letzten Schluck aus ihrem Becher. Sie sammelte sich wieder, stellte den Kaffeebecher zurück und beugte sich zu Rose Dahms vor.

»Es tut mir schrecklich leid, Frau Dahms, dass wir alle hier im Fall ihrer Tochter so nutzlos sind.«

Rose Dahms senkte den Kopf. Statt zu weinen, räusperte sie sich einmal kräftig. Als würde die Traurigkeit auf ihren Stimmbändern sitzen.

Willa fasste Rose am Handgelenk.

»Ich werde mich wieder mit Helene Pintao treffen. Ich werde ihr einschärfen, dass sie sich keinesfalls einem ihrer potentiellen Phantomtäter nähern oder ihn ansprechen darf. Und wenn ich ehrlich zu Ihnen sein darf, Frau Dahms, Sie haben sicher Recht, diese Liste war eine Schnapsidee.«

Die ältere Frau räusperte sich noch einmal und sah Willa tief in die Augen. Der Schmerz schien von einer Spur Frieden bedeckt, wie erster Schnee auf einer Wiese. Willa erinnerte sich in den Akten gelesen zu haben, dass Jahre vor dem Mord an ihrer jüngeren Tochter ihr Mann an einem Herzinfarkt verstorben war.

Rose Dahms zog ihr Handgelenk aus Willas Griff und stand auf.

»Sie haben eine so herrliche Sprachmelodie, liebe Frau Stark, woher, wenn ich fragen darf, kommen Sie? Tirol?«

»Steiermark. Graz.«

»Das grüne Herz Österreichs.«

»Ja genau, waren Sie mal dort?«

»Nein, aber meine Moni hatte einen Skikurs mit ihrer Klasse in Schladming in der Steiermark, als sie fünfzehn war. Sie mochte die Berge und den vielen Schnee. Sie war ein unkomplizierter Teenager.«

Willa Stark brachte Rose Dahms zur Tür und hob ihre Arme zu einer Umarmung an. Frank Zauber tauchte wie ein Geist aus einer Flasche vor den beiden auf und wirkte alles andere als erfreut.

»Willa, wir sollen rüber zum alten Rocker, dringend!«

Also hatten sich Harro deNärtens und Peter Kraus bereits kurzgeschlossen. Eine neue Spur war im Wüstensand aufgetaucht.

Plötzlich konnte Willa den Schweiß unter ihren Achseln riechen und ließ ihre Hände nach unten sacken. Statt einer Umarmung drückten sich Rose Dahms und Willa Stark nur die Hände. Von draußen war ein erneutes Donnern zu hören, das Gewitter näherte sich.

Rose Dahms löste ihre Hand.

»Ihnen und dem Team weiter alles Gute, Frau Stark. Und danke. Ich beeile mich lieber, Gewitter können gefährlich sein. Tschüs oder wie sagt man bei Ihnen?«

»Servus. Und Baba!«

»Baba? Lustig, das hätte meiner Moni gefallen.«

Willa sah der Frau hinterher und fragte sich, ob es wirklich wahr war, dass diese Mutter nie mehr nach dem Warum fragte.

Sie hätte es ohne Unterlass getan.

38

»Kann ich dich noch kurz unter vier Augen sprechen, Willa?«

Peter Kraus hielt Willa zurück.

Es war Freitag, kurz nach sechs. Die anderen drei, Frank, Sandra und Marielle, gingen aus Peter Kraus' Büro, ohne sich umzudrehen. So kurz vor Dienstschluss hatte der alte Rocker seine Leute noch mal zu sich bestellt, um eine letzte kurze Besprechung vor dem Wochenende abzuhalten, die weiteren Aufgaben zu verteilen.

Es gab neue Arbeit, verbunden mit neuen Hoffnungen. Seit Mittwoch stand eindeutig fest, dass Fritz Kalb nach seinem Tod ein Messerschnitt im Halsbereich zugefügt worden war. Fritz Kalbs Wohnung war gründlich nach Spuren des Messermanns durchsucht worden. Alles wartete auf die Auswertung aus den Labors.

Dazu kam eine andere Neuigkeit. Mittags hatte sich die junge Frau aus dem Bericht vom *Kölner Express* gemeldet und war bereit am Montag aufs Präsidium zu kommen und ihr Erlebnis von Freitagnacht, den 10. August, zu schildern. Sandra Kano hatte mehrfach einen Aufruf im *Express* gestartet, hatte damit geschickt den Bock zum Gärtner gemacht.

Clemens Wächter hatte bei der Kurzbesprechung gefehlt, stand noch im Stau nach einem Gerichtstermin. Harro deNärtens in seinem Büro im rechtsmedizinischen Institut hatte sich soeben aus der Videokonferenz verabschiedet. Peter Kraus Bildschirm zeigte seit einer Minute das Foto einer hügeligen Dünenlandschaft unter stahlblauem Himmel.

Willa Stark fühlte eine brennende Unruhe in ihren Gedärmen. Schon seit die Besprechung begonnen hatte, gab ihr Bauch Geräusche von sich, als wäre er ein murmelnder Gebirgsbach. Sie hoffte, dass es so leise war, dass keiner ihrer Kollegen es mitbekam.

Am liebsten hätte sie den Leiter der SOKO abgewimmelt, sie wollte noch zu Harro fahren. Doch sie fügte sich brav und setzte sich auf den Stuhl gegenüber des breiten Schreibtisches. Der alte Rocker hatte tatsächlich einen der größten Räume für sich und seine Bedürfnisse beansprucht. Neben dem ovalen modernen Schreibtisch mit ledernem Drehsessel und einem Besucherstuhl mit Kissen gab es noch eine weiße Eckcouch mit einem ebenfalls ovalen Tischchen. Auf einem niedrigen offenen Regal in der Ecke thronte eine silberne Kaffeemaschine mit eingebautem Milchschäumer. Willa fragte sich erst jetzt, wieso Peter Kraus während der Besprechung keinem vom Team einen Kaffee angeboten hatte. Vielleicht lag es daran, dass ihr Chef prinzipiell ungern Teambesprechungen in seinem Büro abhielt. Vielleicht mochte er nicht, dass sein Allerheiligstes von zuviel fremdem Atem und Schweiß durchdrungen wurde.

Auf der linken Seite gab es gleich zwei große Fenster mit Blick auf den Innenhof. Die Sonne brannte weiter, heute keine Entladung, keine Erfrischung für Köln, der Himmel draußen ähnelte dem auf Kraus' Bildschirm. Nur dass im Präsidium endlich die Klimaanlagen wieder liefen. Die Temperaturen wurden auf vierundzwanzig Grad niedergerungen, dafür schoss die Stromrechnung nach oben.

Willa wetzte auf dem Besuchersessel auf der anderen Seite des Schreibtischs hin und her und das Sitzkissen fiel zu Boden. Schnell hob sie es hoch und klemmte es sich unter die Schenkel. Peter Kraus drehte sich einmal in seinem Sessel herum, was Willa an ein großes halbglatzköpfiges Kind in einem Minikarussell erinnerte.

»Willa, Theo Prunk hat dich über Europol von Graz zu uns nach Köln ins Präsidium geholt, weil er es bemerkenswert fand, dass eine kleine Anfängerin einen Beweispopel entdeckt hatte, der den alten Hasen unter der Nase baumelte. Wir hier sind im Großen und Ganzen zufrieden mit deiner Arbeit, besonders deNärtens lobt dich in den höchsten Tönen, auch wenn der Messermann …«

Die Gegensprechanlage auf Peter Kraus' Schreibtisch piepte und beide fuhren zusammen. Der Kriminalhauptkommissar drückte auf den Knopf.

»Ja?«

»Clemens Wächter ist zurück.«

»Eine Minute.«

Wenn Willa oder die anderen Besuch bekamen, wurde einfach an die Tür geklopft. Peter Kraus wurde vorher von seiner Sekretärin verständigt. Um ehrlich zu sein, teilten sich Peter Kraus und Henning Brachwalde vom Rauschgiftdezernat die winzige gelockte Patricia Weide, aber immerhin brauchte Kraus seine Berichte nicht selbst in den Computer zu tippen.

Willa hob ihr Hinterteil vom Stuhl. In ihrer Hosentasche piepte einmal kurz ihr Handy. Im Moment konnte sie mit dem Lob nicht viel anfangen. Ihr kam es so vor, als sei diese Ansprache nur die sanfte Vorhut zu etwas Unangenehmeren.

Peter Kraus hob die Hand wie ein römischer Feldherr zum Gruß.

»Bleib bitte sitzen, ich bin noch nicht fertig.«

Langsam senkte Willa ihr Hinterteil wieder, hielt sich aber ein paar Millimeter über dem Kissen, das schon wieder halb über der Sitzfläche hing.

Kraus atmete schnell einmal ein und wieder aus.

»Keine Alleingänge hier bei uns, Willa! Dafür habe ich kein Verständnis, auch wenn es im Fall deines Grazer Würgers zum Erfolg geführt hat. Wir arbeiten als Team und wir bringen einen Fall als Team zu Ende.«

Willa holte so schnell Luft, dass ihre Lunge einen Stich in ihren Kopf schickte. Nach ihrer Meinung hatte sie sich seit Anfang des Jahres unglaublich gut und schnell integriert und – außer im Mai, als sie als erste am Krankenbett von Helene Pintao aufgetaucht war – hatte sie immer im Vorfeld ihre Aktionen mit den Kollegen abgesprochen. Oder hatte Frank Zauber sich wegen ihres Vorstoßes bei Fritz Kalb beschwert?

Sie öffnete den Mund, doch Peter Kraus war schneller.

»Dazu möchte ich nichts mehr hören Willa. Halte dich daran und wir alle sind glücklich, dich weiter bei uns zu haben, Fräulein Ösi.«

Peter Kraus erhob sich. Willa schloss ihren Mund. So gut kannte sie ihren Boss schon, dass nach dem letzten Wort keine Erwiderung mehr erwünscht war.

Sie stand ebenfalls auf und ein kleiner Pups entkam ihr. Willa wurde rot. Ihr dummer Bauch, der immer so unruhig wurde, wenn sie etwas beschäftigte.

Peter Kraus zog eine Augenbraue in die Höhe, sagte aber nichts.

Erst in der Minute, als Willa aus seinem Büro draußen war und Clemens Wächter noch nicht über der Schwelle, hielt er sich die Hand vor den Mund und grinste.

Willa rannte in der Damentoilette fast Marielle über den Haufen. Sie spürte immer noch eine heiße Röte auf den Wangen.

»Peinlich, echt!«

»Was ist passiert, Willa? Hast du deine Tage gekriegt?«

»Schlimmer, mir ist vor Kraus ein *Schahß* ausgekommen.«

»Bitte was?«

»Ich musste pupsen!«

Marielle lachte schallend und Willa stimmte mit ein. In der geräumigen Toilette klang das Gelächter wie der Chor einer schlechten Operettenaufführung. Willa lachte so lange, bis ihr die Tränen aus den Augen liefen und merkte, dass sich Bauch und Darm dabei endlich entspannten.

Marielle drehte den Wasserhahn auf und seifte sich die Hände ein.

»Haste Durchfall? Brauchste was?«

»Nein, danke Marielle, es ist schon vorbei. Mein Bauch grummelt manchmal.«

»Da meldet sich deine Intuition, Willa!«

»Was?«

»Es heißt doch, dass im vegetativen Nervensystem Intuition und Vorahnung sitzen. Ein intaktes Bauchgefühl ist gut für unsere Arbeit.«

Willa musste plötzlich an Helene denken. Der Messermann hatte ihren Bauch in kleine Einzelstückchen filetiert. Litt sie deshalb so unter diesen Phantomen, die ihr ständig über den Weg liefen? Hatte sich ihr Bauchgefühl in ein zerschnittenes Stück Wahnsinn verwandelt?

Marielle trocknete sich die Hände.

»Übrigens, Willa. Ich hab dir eben ’ne Notiz geschickt. Die Adresse vom Kinoduck. Gleich für Montagmorgen.«

Der Computerspezialistin fehlte nach der Überprüfung von Helene Pintaos E-Mailverkehr immer noch ein User hinter einer der Mailadressen. Ein kinoduck@web.de, gebrannte alte Kinofilme, die im Zehnerpack zu je zwanzig Euro angeboten wurden. Oft musste Marielle quälend lange warten, bis auf ihre Anfrage der Mailprovider den Namen und die Adresse eines Users an die Polizei weitergab.

Diese Spur war zu lau für eine gerichtliche Anordnung, heute endlich hatte der Anbieter der Polizei Namen und Adresse hinter Kinoduck genannt. Bei der Besprechung hatte Willa sich angeboten, die Überprüfung zu übernehmen, Marielle wollte Montag einen längst fälligen Zahnarzttermin wahrnehmen. Sie strich Willa über die Schulter.

»Mach’ mal in Ruhe fertig. Danke und bis dann, Ösi!«

Die Tür ging auf und Willa war allein.

Sie sah sich im Spiegel über dem Waschbecken an.

Willa sah wie ein schmutziges Kind aus, das zu lange auf dem Spielplatz getobt hatte und zu spät nach Hause gerannt war.

Sie zog ihr Shirt aus und drehte den Wasserhahn auf. Dann wusch sie sich mit kaltem Wasser unter den Achseln. Das tat gut. Sie formte aus ihren Händen eine Schale und ließ Wasser hineinlaufen, trank durstig. Bei der Hitze vergaß sie immer wieder genug Wasser zu sich zu nehmen. Ihre Flüssigkeitszufuhr bestand hauptsächlich aus Kaffee. Am Ende spülte sie sich das Gesicht ab und wischte sich den Rest ihrer ohnehin schon verlaufenen Wimperntusche ab.

Als sie ihr Gesicht ungeschminkt, nass und müde wieder betrachtete, musste sie an Onkel Willi denken. Die Gene aus der Stark-Linie hatten sich bei ihr durchgesetzt. Früher, wenn Onkel Willi sie von der Schule abgeholt hatte, hatten ihre Mitschüler oft gefragt, ob er ihr Vater wäre. Damals war sie noch stolz darauf gewesen.

Rose Dahms verdrängte Onkel Willi aus Willas Gedanken. Die Frau hatte Recht. Sie musste sich schnell wieder mit Helene Pintao verabreden und sie davon überzeugen, keine Dummheiten zu begehen.

Abgesehen von Helene, was hätte Peter Kraus wohl zu der Liste und Willas Wochenendausflügen gesagt? Wenn die Sache aufflog, war sie vielleicht doch schneller wieder in ihrer alten Heimat als ihr lieb war.

Die blöde Liste war ein Fehler gewesen. *A Schahß!*

Oder?

39

Helene geht baden.
Ausatmen.
Eintauchen. Untertauchen. Abtauchen.

Drei Risse an der Decke.

Liebes sagt Mordred.
Mordred ist Morganas Sohn – in Blutschande gezeugt.

Wie viel Blut hatte sie verloren? Der Teppich hatte sich vollgesogen, schwer zu schätzen, mindestens einen Liter. Nein, mehr. Viel mehr.

Haben Sie meine Pizza? – Zwölf Minutenen, Liebes.

Der Mann ist in mich hineingerannt, sein Pullover war noch nass von Ihrem Blut Helene, verzeihen Sie.

Sehen Sie meine Handgelenke, Rose? Wenn Sie genau hinsehen, fällt der rote Strich auf. Kommt von der Wäscheleine.

Den können wir auch noch auf die Liste setzen.

Die Liste, die Liste, die Liste.

Klingt nach Einkaufen. Oder Autoreparatur. Oder nach Speed-Dating. Sieben Minuten für jeden potentiellen Mörderkandidaten.

Gut, dass man manchmal darüber Witze machen kann.

Einmal fiel die Nachmittagsaufsicht in der Schule wegen Kreislaufproblemen aus. Moni-Schätzchen hat einfach die kleine Gruppe übernommen. Keiner der Schüler musste seine Eltern anrufen und nach Hause gehen. Damals, da waren alle Kinder noch ohne Handy und es wäre sicher ein Chaos ausgebrochen. Abends saß sie dann wie immer am Tisch und erzählte, als sei es das einfachste auf der Welt, als Dreizehnjährige eine ganze Gruppe Gleichaltriger zum Hausaufgaben machen zu überreden. Und die waren bei mir stiller als bei Frau Waderstatt, hat Moni-Schätzchen gesagt.

Zunächst in Vollnarkose Verschluss der Wunde in Einzelknopfnähten. Nun Entnahme eines circa 3 x 5 cm großen Spalthauttransplantates am rechten Oberschenkel mit der Stärke 0,5 mm. Auftropfen von Suprarenin auf die Wunde und Gaze-Verband. Nun anschließend Anfrischen der 4 x 6 cm großen rautenförmigen Defekt-Weichteilwunde am Unterbauch, Debridement der Wunde und anschließend Aufbringen des 1 : 1,5 gemeshten Transplantates mit fortlaufender Einzelknopfnaht. Aufbringen einer Vakuumversiegelung im Bereich des Transplantates. Geplantes Procedere: Belassen der Verbände für fünf Tage. Anschließend Inspektion der Wunde.

Plötzlich hält er inne. Sirenen. Draußen kommen Sirenen näher. Könnte es sein, dass …? Er geht in die Knie und hebt ihren Kopf vorsichtig an. Zart kann er sein. *Ich muss jetzt gehen, Liebes.* Sagt er und gibt ihr einen Kuss auf die Stirn. Seine Lippen sind weich und mild. Geh nicht, will sie sagen, lass mich jetzt nur nicht allein. *Es tut mir leid Liebes*, flüstert er. Sein Flüstern ist wie der Flügelschlag einer Libelle. Das Blut ist der See, über den sie schwirrt. *Es tut mir so unendlich leid.* Er weiß, dass es keine Vollendung gibt. Kein fertiges Bild. Nur einen zu frühen Abschied. Wenn du jetzt gehst, will sie sagen, dann werde ich dir böse sein. Er senkt seinen Blick wie ein schuldiger kleiner Junge. Kommt näher, drückt seine Brust an ihren blutigen Bauch. Abschied schmerzt. Dann geht er. Schnell und ohne sich umzudrehen. Ich werde dich finden, will sie sagen, das hier ist noch nicht zu Ende.

Auftauchen.
Einatmen.

Ich hab' das Fräul'n Helen baden sehn, das war schön!
Da kann man Waden sehn, rund und schön im Wasser stehn!
Und wenn sie ungeschickt tief sich bückt so,
da sieht man ganz genau bei der Frau, ooh!
Ich hab' das Fräul'n Helen baden sehn, das war schön!
Da kann man Waden sehn, rund und schön im Wasser stehn!
Man fühlt erst dann sich recht als Mann,
wenn man beim Baden gehn Waden sehn kann!

40

Willas freier Sonntag war für sie nicht frei.

Andere gingen ins Schwimmbad oder hatten sich zum Grillen verabredet, Willa hatte nur eine Stunde morgens in ihrem kleinen Innenhof unter der Markise den warmen Morgen genossen, sich gleich zwei große schwarze Tassen Kaffee einverleibt, Brot und Käse gegessen. Kleine Käsestückchen bekam Jimmy ab, der sich in der Sonne zwischen zwei Blumentöpfen streckte und putzte.

Für diese kurze Zeitspanne fühlte Willa Frieden in ihren Gedanken und in ihrem Herzen. Sie beobachtete Jimmy, wie er seine Pfote ableckte und dann über sein Ohr zog und war dankbar für diesen treuen Gefährten. Manchmal entstand aus einem Unglück neues Glück, erwuchsen aus Leid und Tod neue wichtige Bande. Ob diese Weisheit sich in ferner Zukunft jemals auch für Onkel Willi und sein Opfer bewahrheiten würde? Würde je aus diesem unbedachten Moment der Wut eine Pflanze der Vergebung oder Heilung keimen?

Willa horchte auf ihr Herz. Es klopfte unaufgeregt weiter. Auch ihr Hirn schien sich einmal nicht im Kreis zu drehen. Kein hektischer Gedankenaustausch fand statt. Schreie vom oberen Balkon ließen Willa kurz aufschrecken. Jimmy stellte die Ohren auf und sah nach oben. Die beiden Brüder aus dem zweiten Stock, elf und vierzehn Jahre, stritten sich mal wieder. Es verging kein Tag, an dem der eine den anderen nicht anschrie oder beschuldigte. Doch Willa hatte die beiden auch schon einträchtig gesehen, auf dem Nachhauseweg von der Schule war sie hinter ihnen gewesen, der eine hatte die Schultern des anderen umklammert und ihn seinen *Bro* genannt.

Das Gezänke wurde von der noch lauter schreienden Mutter unterbrochen, die von ihren Kindern regelmäßig zur Weißglut getrieben wurde. Willa beendete ihr Sonntagsfrühstück. Sie zog sich ein ärmelloses Shirt zur Jeans an, nahm eine Gürteltasche, packte

Ausweis und Handy ein. Sie hatte die Liste ausgedruckt dabei und würde heute damit weitermachen, die Männer abklappern, die Helene ihr im Laufe der Wochen als mögliche Täter präsentiert hatte.

Die Liste von der sie sich nicht trennen konnte. Die sie am Computer in den Papierkorb geschoben hatte, nur um sie eine Minute später wiederherzustellen. Sie hatte weder Helene angerufen noch die Liste gelöscht. Eine Spur ist eine Spur ist eine Spur… Bauchgefühl und Blähungen.

Heute den Kellner in einem Bistro am Aachener Weiher, der nach Willas Recherchen Dienst habe würde, und den Eisverkäufer im Tierpark im Stadtwald. Zwei waren für heute genug, nächste Woche würde sie die Zahl verdoppeln.

Dazu war der Sonntag perfekt.

Um sich nicht weiter mit einem schlechten Gewissen gegenüber Peter Kraus und dem Team zu beschäftigen, hatte Willa noch einen offiziellen Auftrag dazu eingeplant. Sie hatte am Freitag noch eine weitere Adresse von Marielle Kaiser-Rhön bekommen, die überprüft werden musste. Der User hinter kinoduck@web.de wohnte auf der anderen Seite des Stadtwaldes, sie würde ihn einfach in ihre heutige Route einplanen. So könnte sie ihren Einsatz am Sonntag wenigstens vor Peter Kraus rechtfertigen.

Willa hatte sich also entschieden, ihr Glück mit der Liste und dem Alleingang doch weiter zu versuchen. War es Ehrgeiz oder der berühmte steirische Sturkopf? Wie immer schob es Willa auf ihren Bauch und gab sich damit ein paar Freifahrtscheine. Hatte nicht erst Marielle bestätigt, wie wichtig ein Bauchgefühl für Ermittler war? Das konnte auch der alte Rocker in seinem großen Büro nicht abstreiten.

Noch war sie unschlüssig, ob sie bei den beiden Männern von der Liste heute eine Rolle spielen und so etwas wie eine Touristin aus Österreich, die sich verlaufen hatte, geben sollte oder einfach ihren Dienstausweis zücken und Fragen stellen würde. Beides hatte sie bei den Überprüfungen an den vorherigen Sonntagen schon ausprobiert und beides kam ihr falsch und unprofessionell vor, aber eine dritte Möglichkeit fiel ihr nicht ein. Eine rechtliche Handhabe ohne begründeten Verdacht gab es nicht.

Willa band sich das Haar zu einem Pferdeschwanz und trank noch ein Glas Wasser gegen den Flüssigkeitsverlust, schon jetzt zeigte das Thermometer 26 Grad.

Zuletzt nahm sie ihre kleine *Rhöm RG3* aus dem unteren Schrank im Wohnzimmer. Die Waffe war zwar nur eine Schreckschusspistole und ein Geschenk ihrer Mutter zur Abschlussprüfung gewesen, aber Willa fühlte sich damit besser als ganz ohne Verteidigung. Ihre Dienstwaffe war zu unhandlich und würde die Gürteltasche zu sehr ausbeulen. Außerdem erwartete sie keinen Ärger. Und zweimal außerdem war sie nicht wirklich dienstlich unterwegs.

Jimmy lag unter der Markise und hatte ihren Frühstücksessel besetzt.

Um zehn brach Willa zu Helenes Phantomen auf.

Heile, heile Gänschen
Es is bald wieder gut …

Helene sang leise, während sie die Bachemer Straße entlang stadtauswärts ging, bewegte ihre Lippen wie kleine Wellen. Dieses Lied hatte sie noch von Oma Irmi im Kopf. Wenn eines ihrer Enkelkinder gestürzt war, hatte Oma gepustet und die Zeilen gesungen. Es hatte seine magische Wirkung bei den Kindern nie verfehlt. Helene fiel auch ein, dass später, als Irma schon senil im Heim lebte, sie dieses Lied bei jeder passenden und unpassenden Gelegenheit lautstark vorgetragen hatte. Die Pflegerinnen hätten Irma Pintao dafür sicher ab und zu gerne den Hals umgedreht.

Helene hatte sich eine große Sonnenbrille auf die Nase gesetzt und ein weites, fast bodenlanges Kleid mit zwei tiefen Taschen angezogen. In der linken umklammerte sie ihren Schlüsselbund, in der rechten hatte sie ihr Handy verstaut und eine Packung Kaugummis mit Bachblütengeschmack dabei, eine Kräutermischung, die beruhigen sollte.

Die Sonne brannte schon seit dem frühen Morgen und außer einem Mann, der seinen Hund ausführte, und einem anderen, der mit einer Tüte Brötchen vorbeiradelte, wirkte die Straße wie ausgestorben.

Sie war losgelaufen ohne Absicht, ohne Plan. Es trieb sie hinaus, Richtung Schubertweg 13.

Die Tage nach Fritz' Tod konnte sie weder schlafen noch essen – nur baden. Nur unter Wasser hielt sie es einigermaßen aus. Gestern Abend hatte sie es nicht mehr geschafft ihren Körper zu verlassen, nur auf die drei Risse an der Decke gestarrt, wie eine gefangene Meerjungfrau. Sie hatte überlegt, dass die Risse jetzt das Symbol zu Fritz' Tod darstellten, alles riss und zerbrach – auch der Himmel und die Badezimmerdecke.

Sie musste es wissen. Sie würde solange vor dem Haus warten, bis Mordred herauskam und sie würde ihn fragen *warum*?

Kein Drama, keine Anklage, nur diese Frage, alles Weitere würde sich finden.

Seltsamerweise fühlte Helene keine Angst, das Zögern hatte ein Ende. Sie empfand nur eine aufgeregte Neugier wie ein Kind am Weihnachtsvorabend.

Helene kam an den kleinen Kreisverkehr, bog nach rechts Richtung Dürener Straße ab. Sie näherte sich ihrem Ziel beschwingt.

Das Kätzchen hat ein Schwänzchen
Es is bald wieder gut …

Willa hakte ab.

Der Kellner im Bistro am Aachener Weiher hatte sie direkt bedient und Willa hatte versucht ihn auszufragen, während er ihr den Milchkaffee auf den Tisch stellte. Doch er war so in Eile und am Nebentisch riefen Leute nach der Rechnung, sodass es kein Zeitfenster gab.

Willa hatte ihn an den Tisch zurückgewinkt und ihren Ausweis auf den Tisch gelegt. Der Mann hatte sich erschrocken neben sie gesetzt und sie flüsternd gebeten, hier keine Szene zu machen, er würde die Alimente sicher nächste Woche überweisen. Bis ihm klar war, dass es der Inspektorin Stark völlig egal war, wie viele Kinder er mit welchen Frauen hatte, wusste Willa schon genug und überließ den Mann den inzwischen wütenden Gästen.

Der Eisverkäufer, ein italienischer Macho wie aus einem Karikaturbuch, hatte sofort heftig mit der scheinbar interessierten jungen Frau geflirtet und Willa wusste nach nur fünf Minuten den Mädchennamen seiner Mutter und seine Vorlieben im Bett. Sie ließ sich ein Eis spendieren, schrieb ihm eine erfundene Handynummer auf und ging weiter.

Blieb nur noch Marielles Kinoduck.

Willa spazierte quer durch den Stadtwald bis an die Friedrich-Schmidt-Straße. Die Nummer 34 war ein Appartementhaus, das von einem Gerüst völlig eingehüllt wurde. In diesem Sommer wurden viele Häuser vor allem in den besseren Stadtteilen kernsaniert, es gab eine staatliche Förderung und die Besitzer konnten danach die Miete anheben. Die Fenster waren mit Plastikplanen zugeklebt und Willa wagte sich kaum vorzustellen, wie heiß es in den Wohnungen sein musste. Es konnte gut sein, dass die Bewohner ausgeflogen waren, bis die Sanierungsarbeiten abgeschlossen waren.

Trotzdem versuchte sie ihr Glück und trat vor die Eingangstür. Die war nicht mal abgeschlossen. Zwei Namen standen noch auf staubigen kleinen Schildern. *Senfterhagen* stand auf dem unteren. Senfterhagen stand auch in Marielles Handynotiz an Willa.

Willa betrat das Haus.

Die Kühle innen war wie Balsam auf ihrer Haut.

Ihre Augen mussten sich erst an den dunklen Flur gewöhnen. Vorne endete er an einer massiver Holztür mit einem schmalen milchig-gläsernen Oberlicht. Der Boden bestand aus nackter sandiger Erde, hier wurde tatsächlich eine umfangreiche Renovierung durchgeführt. Wohnte hier zur Zeit überhaupt jemand? Links führte eine Treppe ohne Geländer nach oben, rechts fast am vorderen Ende öffnete sich eine Tür.

Die Eingangstür hinter Willa schlug zu und sie stand im Dunkeln.

»Jackie, bist du es?«

Eine Gestalt tauchte auf. Das trübe Oberlicht ließ seine Umrisse als Schemen erkennen. Aber eindeutig männlich. Groß gewachsen, breite Schultern, lange Beine. Wenn Willa sich in der Dunkelheit nicht irrte, trug der Schemen nur Boxershorts.

Willa ging mit forschen Schritten auf den Mann zu. Als sie vor ihm zum Stehen kam, überragte er sie um drei Köpfe. Willa sah, wie sein Kopf nach unten ging, sein Körper schwankte.

War es der Temperaturunterschied oder die plötzliche Dunkelheit? In Willas Ohr begann es zu summen.

Sie griff in ihre Gürteltasche und suchte ihren Ausweis heraus. Zugleich entsicherte sie die Schreckschusspistole.

»Willa Stark. Kriminalpolizei. Ich hätte ein paar Fragen.«

Der halbnackte Schemen schaute auf Willa herunter. Sein muskulöser Arm ging nach oben. Willa spannte ihren Körper an.

»Beschäftigen die dort auch Zwerge?«

Seine Stimme war freundlich. Der Schlag, der Willa traf, nicht.

Heile, heile Mausespeck
In hundert Jahren is alles weg.

Als Helene mit dem Singen aufhörte, war sie direkt vor der Nummer 13 im Schubertweg angekommen. Sperrmüll auf der Straße vor dem Haus.

Die Garage war offen, leer. Die Haustür nur angelehnt.

Beim dritten Wiedersehen mit Mordred, war sie ihm bis hierher gefolgt.

Bei der ersten Begegnung im *Café Bonnen* war Helene einfach sitzen geblieben. Zu wissen, dass ihre Suche nun ein Ende hatte, hatte ihr genügt. Sie hatte ihr Gespräch mit den Freundinnen weitergeführt und ihren Kaffee ausgetrunken. Sie hatte einmal versucht Willa Stark zu erreichen. Als die Mailbox anging, hatte sie wieder aufgelegt. Hatte es kein zweites Mal versucht.

Mordred war Helene das zweite Mal bei *Rewe* begegnet. Schon einen Tag später. Komisch, wie oft man sich zufällig über den Weg lief, wenn man einmal Verbindung zueinander aufgenommen hatte.

Er hatte einen vollen Einkaufswagen vor sich hergeschoben. An der Kasse hatte sie hinter ihm gestanden. Er hatte sich nicht umgedreht. Wieder war Helene ohne Aufregung nach Hause gegangen, hatte die Luft unter Wasser ganze fünf Minuten angehalten. Währendessen war ihr zweimal schwarz vor Augen geworden.

Das dritte Mal hatte sie Mordred vom Bus aus gesehen.

Er war aus der Apotheke an der Ecke zur Falkenburgstraße gekommen und auf die Dürener Straße marschiert, es hatte gedonnert ohne zu regnen, er hatte in den dunklen Himmel geschaut und seine Schritte beschleunigt. Helene war an der nächsten Haltestelle ausgestiegen, hatte gewartet, bis er an ihr vorbeilief. Dann war sie ihm gefolgt.

Sie hatte Willa Starks Stimme in ihrem Kopf ignoriert, niemals, *niemals* etwas auf eigene Faust zu unternehmen oder einem der möglichen Verdächtigen hinterherzulaufen. Es konnte zu einer Anzeige wegen Belästigung kommen oder schlimmer noch, es konnte auch gefährlich werden. Was wusste schon Willa Stark?

Mordred hatte dieses Haus betreten am Schubertweg 13.

Helene war zurück nach Hause gegangen und hatte gebadet. Nach einer Stunde war das Wasser kalt gewesen und ihre Haut sah aus wie poröser Lehm. Ihre Narben, rot und aufgequollen, stachen, ihre Erinnerungen zerrten an ihrem Hirn und wollten nicht mehr weichen.

Statt die Polizei zu verständigen, hatte sie alles Fritz Kalb erzählt, er hatte ihre Narben am Bauch sehen dürfen, er hatte auch als erster vom wahren und einzigen Mordred erfahren. Helene hatte ihn in die Höhle des Löwen geschickt.

Dann hatte sie gewartet. Auf was?

Dann war Fritz Kalb gestorben. Ihre Schuld!

Sie stand und wartete unter der heißen Sonne. Es konnten Minuten oder Stunden sein.

Die angelehnte Tür ging auf.

Mordred trat in den Sonnenschein.

Zuerst war es Helene, als hätte er ein Kind auf dem Arm. Sie dachte, er hätte diesen kleinen Junge, der im *Café Bonnen* bei ihm gewesen war, ermordet und würde ihn jetzt vor Aller Augen auf die Straße tragen, doch dann waren es nur Decken auf einer Kiste. Er trug die Kiste zur Garage, lud sie ab, faltete die Decken und schichtete sie auf ein Regal an der Wand.

Helene setzte sich in Bewegung und ging auf ihn zu.

»Hallo.«

Mordred drehte sich um, sah sie an.

Kein Erschrecken, kein Erstaunen, nicht einmal ein kurzes Zögern in seinem Blick.

Er lächelte.

Helene sah ihn wieder lächeln, sah ihn in der Haustür ihrer Wohnung stehen und lächeln. Sah ihn in der Garage stehen und lächeln. Es war der 4. Mai, kurz vor neun Uhr abends und Helene spürte ihren Magen knurren. Es war der 26. August, kurz nach elf Uhr vormittags, und Helene fühlte den Schweiß auf ihrem Gesicht. Sie war müde und hatte Hunger. Sie war entschlossen und hatte eine Frage. Zeiten schlossen sich, Wunden klafften auf.

»Wollen wir ins Haus gehen?«

Mordred hatte seine Frage zuerst gestellt.

41

Den Schlag von oben konnte Willa nur als schnelles Zucken erkennen.

In letzter Sekunde drehte sie sich zur Seite, sodass die Faust sie zwischen Schulter und Hals traf und ihren Kopf verfehlte. Ein stechender Schmerz schoss in alle Richtungen. Ihre Hand, die nach der Waffe griff, wurde taub, sie verlor die Kontrolle über ihre Finger.

Sie bückte sich und machte eine Rolle rückwärts.

Der harte Untergrund ließ ihre Wirbelsäule knacken. In der nächsten Sekunde stand sie, ein Knie auf dem Boden, das andere Bein aufgestellt in Richtung des Angreifers. Jetzt riss sie mit der linken Hand die kleine Röhm aus der Gürteltasche.

»Polizei, keine Bewegung oder ich schieße!«

Ihre Stimme hallte durch den Flur und holte sie als seltsam verzerrtes Echo von der Eingangstür wieder ein.

Wie oft hatte sie während ihrer Ausbildung diese Situation geübt?

Auch später bei den Lehrgängen und Auffrischungskursen hatte sie immer und immer wieder die Waffe gezogen und diesen Satz herausgebrüllt. Nur hatte sie da eine echte Waffe in der Hand gehabt. Kein knallendes Spielzeug für ängstliche Bürger.

So ein verdammtes *Gfrett*!

Allerdings wusste ihr Gegenüber nichts davon. Im dunklen Dämmerlicht des Flurs würde er den Unterschied nicht erkennen können. In der ersten Sekunde nach einem Abschuss könnte Willa genug Zeit haben den Überraschungsmoment für sich zu nutzen. Der große Schemen in Boxershorts machte einen Ausfallschritt nach vorne.

Willa zog ihre Hand tiefer und drückte in Richtung des aufgerissenen Bodens ab. Der austretende Gasdruck konnte auch bei einer Schreckschusspistole erhebliche Verletzungen anrichten. Der Knall war ohrenbetäubend und machte das Echo im Flur zu einer singenden Welle.

Willa warf sich im selben Moment nach vorne und trat dem Schemen in die Mitte der Boxershorts. In letzter Sekunde milderte sie Wucht und Geschwindigkeit ab, sie wollte ihn kampfunfähig machen und nicht entmannen. Ihre Fußsohle traf, ihre nackten Zehen in den Sandalen spürten den weichen Stoff der Boxershorts. Zugleich kam sie mit ihrem Hinterteil kontrolliert auf den Boden, drückte sich ab, machte eine weitere Rolle und kam auf der anderen Seite des Schemens wieder in ihre kniende Position. Staub wirbelte auf.

Zuerst hörte Willa nur ein Uff! und ein Knacken.

Dann begann der Mann zu jaulen. Wie ein wilder Wolf, der den Vollmond anheult, stieg seine Stimme nach oben. Am Ende der Tonleiter brach das Jaulen ab, kippte in ein Wimmern vor Schmerz und Angst um.

Sein Körper sank vom Ausfallschritt weiter nach unten, seine Hände waren auf seine Eier gepresst. Willa konnte seine Kniescheiben schmerzhaft auf den Boden aufprallen hören. Im dunklen Flur wurden alle Geräusche zu eigenen kleinen Lautgeschossen.

Willas Bauch wusste da schon, dass dieser Mann niemals der Messermann sein konnte. Was auch immer er getan hatte, welche irrationale Panikreaktion ihn auch dazu getrieben hatte, sie zu attackieren, vor ihr im Halbdunkel krümmte sich kein Mörder.

Seine Stimme drang wie der Gesang eines Kastraten zu Willa hoch.

»Bitte nicht schießen, oh mein Gott, ich ergebe mich, ich ergebe mich.«

Willa kam ganz auf die Füße und ging einen Schritt nach hinten. Noch war die Situation nicht unter Kontrolle.

»Legen Sie sich auf den Boden, mit dem Gesicht nach unten.«

»Ich ergebe mich.«

»Ich habe Sie gehört, jetzt hören Sie mir zu, ja! Legen Sie sich auf den Boden. Gesicht nach unten. Strecken Sie Ihre Hände nach vorne in meine Richtung, sodass ich sie sehen kann. Los, machen Sie schon.«

Willa sah den Schemen von den Knien auf den Bauch rutschen. Seine Hände blieben auf seinem Unterleib wie festgeschnallt.

»Kopf nach unten reicht. Bleiben Sie so liegen. Wenn Sie sich bewegen, werde ich wieder von meiner Waffe Gebrauch machen.«

Die Haustür hinter Willa wurde geöffnet.

»Jackie? Jackie!«

Er quiekte jetzt laut, wie ein kleines Schweinchen, das nach seiner Mutter rief. Jackie quiekte mit einer Kinderstimme zurück.

»Was ist denn hier los? Scheiße! Hilfe!«

Die Helligkeit ließ Willas Augen tränen.

Sie war mit drei großen Schritten an dem Schemen am Boden vorbei und brauchte nochmals drei, bis sie die Treppe erreicht hatte. Spürte mit dem Fuß die Erhebung. Stieg zwei Stufen nach oben. So hatte sie beide im Blick.

»Jackie, die da hat auf mich geschossen!«

»Polizei! Das ist eine Notsituation. Gehen Sie bitte nach hinten zu dem Mann auf dem Boden.«

Jackie japste nach Luft, sagte aber kein Wort der Erwiderung, schob sich an der Mauer entlang, bis sie ihren Partner erreicht hatte. Dann ging sie neben ihn in die Hocke. Ihre Hände tasteten seine Schultern ab. Er wimmerte wieder.

Willa sprang die zwei Stufen zurück nach unten und fing mit ihrer linken Schulter die sich schließende Tür auf, drückte sie weit auf. Im hellen Licht des Sonntagvormittags konnte Willa sehen, dass beide Verdächtige noch sehr jung waren. Keine zwanzig. Vielleicht sogar noch minderjährig. Das Gesicht des Jungen am Boden schwamm in Tränen, das Mädchen hatte sich über ihn gebeugt und streichelte seinen Hinterkopf.

Willa bekam wieder Gefühl in ihrer rechten Hand, holte ihr Handy aus der Gürteltasche und drückte auf die Kurzwahl, die sie mit dem Präsidium verband.

»Willa Stark, Kripo Köln, Notfall in der Friedrich-Schmidt-Straße 34 in Braunfels. Zwei Verdächtige. Situation unter Kontrolle. Ich warte auf euch. Und schickt auch einen Notarzt her.«

Dann steckte sie das Handy zurück, wechselte die Pistole von links auf rechts.

»Sie sind wohl nicht ganz dicht, Lady. Polizei hin oder her.«

Das Mädchen sah sie jetzt direkt an. Ihre Augen glitzerten vor Zorn.

»Kann Bruno sich aufsetzen?«

Der Junge hob seinen Kopf aus dem Staub. Sein Haar war lang und rötlich, eine breite grüne Strähne zog sich über den Kopf. Er trug tatsächlich nur eine Unterhose, sein Körper war groß, aber bei weitem nicht so mächtig wie er im Dämmerlicht gewirkt hatte. Willa nickte. Das Mädchen half ihrem Freund in eine sitzende Position und beide blieben eng aneinander gekauert an der Mauer hocken.

Willa verspürte das dringende Gefühl sich verteidigen zu müssen.

»Sind Sie noch ganz dicht, Bruno? Warum haben Sie mich denn angegriffen, als ich meinen Ausweis gezeigt habe?«

Der Junge schwieg.

Dafür machte das Mädchen den Mund wieder auf.

»Ich hab ihm gesagt, dass es blöd ist Filme zu kopieren und weiterzuverkaufen. Trotzdem dürfen Sie uns deswegen nicht über den Haufen schießen, Lady.«

Sie hatte einen trotzigen Gesichtsausdruck. Willa schüttelte ihren Kopf und musste grinsen. Ihre Erleichterung war so groß, dass sie fast fühlen konnte, wie Steine aus ihrer Hose nach unten fielen. Das Mädchen war mager und klein und wirkte neben dem hoch aufgeschossenen Jungen wie eine Elfe. Sie knabberte an ihren Fingernägeln. Willa fühlte sich an sich selbst erinnert.

»Wohnt ihr denn hier, in der Baustelle?«

»Ja, äh, nein. Ich meine, ich wohne sonst hier mit meinen Eltern. Hier ist doch großer Umbau. In der Zeit wohnen alle vom Haus als Übergang auf dem Maarweg. Bruno und ich kommen hierher, um am Wochenende unsere Ruhe zu haben. Wir chillen. Machen unser Ding.«

»Wissen das eure Eltern?«

»Ist doch mein Zuhause. Sonntags stört uns hier keiner. Supersache. Wenn Sie wollen, zeig' ich Ihnen, wie gemütlich es immer noch ist. Auch ein Bier können Sie haben. Die Bauarbeiter lassen immer was stehen.«

Willa grinste immer noch.

»Später vielleicht. Aber zuerst müssen wir die Sache mit dem kinoduck klären, Leute.«

Der große Bruno hielt seinen Kopf weiter gesenkt und Willa glaubte Rotz über sein Kinn tropfen zu sehen. Jackie übernahm ganz klar die Führung.

»Wir müssen doch nicht in den Knast? Was, Lady? Wir haben mit den Filmchen keinem wehgetan. Die holen wir aus dem Netz und verdienen uns damit nur ein Taschengeld dazu.

»Eure Eltern werden sich über eine Anzeige und ein Bußgeld sicher freuen.«

Jetzt zog es auch Jackie vor zu schweigen.

Draußen kamen Sirenen näher.

Willa hob einen Ziegelstein auf und klemmte ihn in die Tür. Dann setzte sie sich auf die unterste Treppenstufe.

Nicht nur die Jugendlichen würden Schwierigkeiten bekommen. Willa sicherte ihre private kleine Waffe, Schreckschusspistole hin oder her. Sie dachte an Peter Kraus, an die Presse und ihre Karriere. Sie dachte an Formulare und die Dienstaufsicht. Sie dachte auch daran, dass es Sonntag war und sie lieber mit Jimmy im Liegestuhl ein Nickerchen machen würde.

Ihr Handy klingelte.

Alle drei zuckten zusammen.
Willa schaute auf das Display.
Helene Pintaos Nummer schien auf.
Diesmal ging Willa sofort ran.

42

»Haben Sie gewusst, dass sich Diamanten in 150 Metern Tiefe bei einer Temperatur bis zu 1400 Grad bilden? Natürlich muss der Druck groß genug sein.«

Im Haus ist es kühl.

An den Fenstern sind die Jalousien heruntergezogen und die Lamellen lassen spärliches Licht hindurch. Die Stellen wirken wie die Haut eines Zebras.

Helene sitzt in der großräumigen Küche, links am breiten Küchentisch. Ihre Sonnenbrille liegt hinter ihr auf der Fensterbank, nutzlos, blind im Dämmerlicht.

Mordred steht rechts an der Küchenzeile und rührt eine gläserne Kanne mit Limonade an. Die Küche ist modern und großzügig. Der Blick in den blühenden Garten wunderschön.

»Ich mache keinen Zucker hinein, sondern Honig. Jakob merkt den Unterschied nicht, aber die Süße schmeckt ihm. Er ist ein guter Junge. Seine Mutter und er sind heute Morgen zum Baden an den See gefahren. Ich kann gar nicht schwimmen, wissen Sie? Mein Vater hat's mir nie beigebracht. Eine Schande. Aber für Kinder ist es wichtig schwimmen zu lernen, meine Frau zeigt es Jakob. Wenn sie mal Zeit hat so wie heute. Ich räume die Garage auf, morgen wird Sperrmüll abgeholt und wenn mein Sohn und meine Frau zurück sind … Ich sage ›meine Frau‹, trage aber nie meinen Ehering, sehen Sie?«

Er streckt seine rechte Hand nach oben, sein Ringfinger zeigt keine Unterbrechung im Hautton.

»Lydia schon. Braves Mädchen. So fleißig und geradlinig. Wenn Jakob nach ihr kommt, wird er ein guter Mann werden später. Haben Sie Kinder?«

Helene schüttelt den Kopf.

Die Küche strahlt eine Geborgenheit aus, wie Helene sie seit langem nicht mehr gefühlt hat. Sie schließt ihre Augen.

Früher in Ingelheim in ihrem Elternhaus gab es solche Sonntagvormittage. Ihr Vater las die Zeitung vom Samstag, ihre Mutter besserte Risse in Kleidern aus oder nähte Knöpfe an. Und die drei Kinder der Pintaos, Barbara, Helene und der kleine Johann, malten oder lasen oder bastelten. Im Sommer stand das Fenster zum Garten weit offen und ein weicher Luftzug ließ die langen blonden Haare der Mädchen hin- und herschwingen.

Mordred redet. Er hat eine tiefe angenehme Stimme.

»Jakob ist der Sohn meiner Frau, also habe ich korrekt gesehen auch keine Kinder. Meine Mutter starb früh. Mein Vater ist ein unnahbarer Mann. Wir haben kaum Kontakt. Ich hoffe, dass Jakob mich eines Tages anders sehen wird.«

Helene öffnet die Augen, Zebralicht.

Er ist mit der Limonade fertig, kommt herüber, stellt die Karaffe auf den Tisch, geht zurück, holt zwei Gläser vom Bord ganz oben. Mordred ist groß, muss sich nicht mal strecken.

»Auf die Idee mit der schwarzen Farbe bin ich durch Jakob gekommen. Er hatte sich zu Karneval als Yakari, der Indianerjunge verkleidet. Das restliche Farbspray stand noch in der Garage. Yakari reitet ein Pony und spricht mit den Tieren. So schwarze Farbe lässt sich leicht rauswaschen. Auf was für Ideen man als erwachsener Mensch manchmal kommt.«

Helenes linkes Auge zuckt.

Mordred sieht zu ihr hin.

»Meine Haare. Ist Ihnen der Unterschied nicht aufgefallen? An diesem Abend waren sie schwarz. In den Zeitungen wurde es nicht erwähnt. Man nennt das Zurückhalten von Beweisen. Durch die

Sonderberichte zum Messermann konnte man viel Interessantes über die Arbeit der Polizei erfahren. Wussten Sie, dass es nicht nur Persönlichkeitsprofile über den Täter gibt, sondern auch Profile, die seinen Handlungsradius abstecken?«

Helene weiß es nicht.

Mordred hat sich wieder durch die Küche bewegt und ist zu ihr an den Tisch gekommen, bleibt diesmal, setzt sich, hält einen Stuhl zwischen ihnen Abstand. Gießt vorsichtig Limonade in die Gläser. Schiebt eines zu Helene hin.

»Früher habe ich Bühnenkulissen hin- und hergeschoben. Auf- und abgebaut. Hat Spaß gemacht. War keine feste Stelle, nur auf Abruf. Aber auch als Aushilfskraft der Philharmonie konnten wir Freikarten für die Nachmittagskonzerte bekommen. Ich bin gerne hingegangen. Musik bewegte mich. Heute mag ich Worte lieber. Im Goldmund gibt es tolle Lesungen. Kennen Sie das Literaturcafé in Ehrenfeld?«

Wieder verneint Helene mit einem leichten Kopfschütteln.

Ist sie in einem Märchen und dreimal Schütteln ruft den Flaschengeist? Helene hebt ihre Limonade hoch und sieht Mordred durch das Glas hindurch an. Als ob sie unter Wasser wäre und er einer der Risse in der Decke.

»Um noch mal auf diese Steine zurückzukommen, die zu Diamanten gepresst werden. Der Vergleich hinkt natürlich, aber ich sehe mich schon fast als solchen. Der Druck ist jedenfalls groß genug.«

Plötzlich schluchzt er auf. Einmal. Wild wie eine brechende Welle.

Helenes Knie zittern unter dem Tisch.

Er wirft die Arme nach oben, als wollte er einen Ball fangen.

»Ich lebe kein schlechtes Leben.«

Seine Arme fallen wieder, bleiben in der Mitte der Bewegung hängen wie eine Bildstörung.

Sie schweigen beide eine Zeitlang.

Am Rand von Helenes Glas glitzert ein Tropfen.

Es ist an der Zeit.

Helene könnte aufstehen und gehen.

Sie wird von einem Knall gestoppt, seine Hände, die jetzt nach unten auf die Tischplatte krachen.

Mordred folgt seinen Händen. Sein Oberkörper klappt nach vorne wie ein Klappmesser. Sein Kopf trifft die Platte, es hört sich dumpf an. Mit dem Gesicht nach unten redet er. Jedes Wort aus seinem Mund scheint mit dem Holz der Tischplatte zu verschmelzen.

»Ich bin zu ihr hin. Ich habe sie gekannt von den Lesungen, ich wusste, wo sie wohnt. Ich bin rein und es war gut. Wirklich. Ich konnte ihr alles sagen, alles mit ihr machen, was ich sonst … Du sollst nicht töten, das hab' ich Jakob beigebracht. Es ist wichtig, dass er das versteht. Und sie war tot und ich hab' sie hochgehoben, abgewaschen und in eine Decke gehüllt. Hab' sie ins Auto gelegt und sie von ihrer Wohnung bis zum Weiher gebracht. Keiner hat mich aufgehalten, verrückt oder?«

Mordred weint.

Seine Tränen fallen aus seinen Augen direkt auf das Holz, man kann dunkle kleine Flecken auf der hellen Platte sehen.

Helenes Schenkel schließen sich im Zittern den Knien an.

Mordred legt den Kopf zur Seite, sieht sie von schräg unten an. Sein Gesicht wirkt im weiß-schwarzen Wellenlicht der Küche, als wäre auch er untergetaucht. Helene merkt, dass er lange Wimpern hat, an denen die Tränen glitzern. In seinem Mund bewegt sich seine Zunge wie ein schwarzer Wurm.

»Ich hab' deinen Namen im Computer meiner Frau gesehen. Fand Helene Pintao schön. Lydia war die Wohnungsmaklerin für die Krieler Straße 9. Erinnerst du dich? Dann hab' ich dich gegoogelt, dein Bild im Team von dieser Zeitschrift *Elefant*. Da warst du noch blond und so … herrlich üppig, das hat mir besser gefallen. Da stand auch, dass du single bist, bald auf den Richtigen hoffst. Das hast du selber über dich reingeschrieben. Lydia ist übrigens meine Frau. *Hohen Immobilien* auf der Theresienstraße, die schicke Blonde. Es hätte auch eine andere sein können, an dem Abend, ich hatte drei Adressen im Kopf. Deine war die erste. Ich hab' da gewartet, du bist allein nach Hause gekommen. Und als ich danach raus aus deiner Wohnung bin, als ich die Sirenen gehört habe, dachte ich, jetzt, jetzt finden sie mich, ehrlich. ›Rolf Sauer‹ … wie bescheuert. Aber außer dir ist keiner auf mich gekommen.«

Seit Mordred vom Sie zum Du gewechselt hat, weiß Helene, dass sie nicht mehr fort kann. Zu spät.

»Schon im März hab' ich einen kleinen Koffer gepackt um bereit zu sein, wenn sie mich abholen. Der steht in der Garage und setzt Staub an.«

Mordred setzt sich wieder auf, wischt sich die Tränen und den Rotz aus dem Gesicht, trinkt einen langen Schluck von der Limonade. Sein Lächeln kommt zurück.

»Ach, ja der alte Mann, der kam vorbei. Ich mochte ihn, hätte einen guten Großvater für Jakob abgegeben. Wenn ich dir sage, dass der einfach umgefallen ist, als ich ihn besuchte, um mit ihm zu reden? Sein Name stand in den gelben Seiten. Die Leute sind so einfach zu finden. Hab' ihn noch geschnitten um herauszufinden, ob er wirklich tot war. Schade um den.«

Helene merkt, dass das Zittern sich weiter ausbreitet. Es hat ihren Po erreicht und zieht sich höher.

Mordred steht auf und geht hinüber zum Küchenbord. Holt ein Messer aus einem Block. Kommt wieder. Legt es vor Helene auf den Tisch. Geht zurück, öffnet eine Schublade. Eine Rolle Klebeband kommt neben das Messer. Alles in der Küche gut verwahrt und griffbereit.

Helenes Narben bewegen sich. Das Zittern hat ihren Bauch erreicht. Es ist, als ob Stromstöße durch ihr Gewebe fahren. Nur ihre Hände sind noch vollkommen ruhig. Sie hebt ihr Glas hoch und trinkt endlich auch einen Schluck Limonade. Tatsächlich, kühl und süß.

Mordred streicht mit seinem rechten Zeigefinger über die Klinge des Messers.

Er sieht ihr direkt in die Augen.

Helene erkennt mehr in ihnen als Wahn. Traurigkeit. Erschöpfung. Vielleicht Bedauern.

Sein Lächeln fällt nach unten, unwiederbringlich verloren.

Mordred kommt an ihre Seite. Er wirft einen kurzen Blick auf die Küchenuhr. Überlegt, zählt an seinen Fingern die Stunden ab, die dieser Augustsommersonntag noch bereit hält.

»Diesmal ist sicher Zeit genug, Liebes.«

Helene überlegt, ob sie Mordred bitten sollte, ein Bad für sie einzulassen. Im Wasser würde ihr das Sterben nichts ausmachen. Doch dann fällt ihr ein, dass sie diesmal bis zum Ende in ihrem Körper bleiben will.

43

Lydia Hohen schimpft immer noch mit ihrem Sohn, als sie das Haus betritt. Er kann sie manchmal zur Weißglut bringen.

Heute hat Jakob sich am See vor allen Leuten die Hose heruntergezogen und versucht in das seichte Wasser zu pinkeln. Lydia hat ihn so fest am Oberarm gepackt, dass sie beim Aussteigen noch ihre roten Fingerabdrücke auf seiner Kinderhaut sehen kann.

Jakob hat geheult wie ein Schlosshund. Er weigerte sich mit ihr auf die Toilette zu gehen und hat es auf dem großen Badehandtuch einfach laufen lassen. Das genügte. Lydia hat ihre Sachen wieder zusammengepackt, das nasse Badetuch beim Hinausgehen einfach in den Mülleimer gestopft und den schreienden Jakob zurück ins Auto verfrachtet. Sie hat das Autoradio sehr laut gestellt und verbissen geschwiegen.

Beim Aussteigen ist Jakob wieder ein Sonnenscheinkind und singt immer noch den Refrain des letzten Liedes auf der

Kinder-CD. Aber so leicht wird er nicht davonkommen. Er muss begreifen, dass solche Aktionen kindisch waren. Kindisch und nicht kindlich. Er wird diesen Winter sechs, alt genug, ein solches Benehmen ganz klar als falsch zu erkennen. Nächstes Jahr kommt er endlich in die Schule. Er sollte in seiner Entwicklung längst weiter sein.

Kaum ist der Junge aus dem Wagen, nimmt er ihre Hand. Er hat seine Hundehütte für Archie auf den Sperrmüllsachen entdeckt, die ein paar Meter weiter vorne auf die morgige Abholung wartet.

Der Tod des netten Beagles hat die gesamte Nachbarschaft aufgewühlt, man war sich sicher, dass der Hund einen Einbrecher auf frischer Tat erwischt haben muss. Jakob hatte heftig geweint und gefragt, ob Archie in den Hundehimmel käme. Lydia hatte nur genickt, sie war selber den Tränen nahe gewesen.

Als sie am Sperrmüll vorbei sind, lässt Jakob ihre Hand los und stürzt zur Eingangstür. Lydia schließt auf, Jakob läuft mit einem »Ich hab' Mordsdurst« los und rennt vor Lydia durch den Flur in die Küche.

Im Haus ist es still und angenehm kühl nach der Hitze draußen. Lydia zieht sich die Sandalen aus und ruft den Namen ihres Mannes. Er kann meist besser zu Jakob vordringen, er ist ja, wenn sie ehrlich ist, seine Hauptbezugsperson.

In der Küche hört sie ein Glas zerschellen.

Was ist denn jetzt wieder, fragt sie sich wütend. So ein Sonntag hat ihr noch gefehlt. Nach den stressigen Wochen braucht sie dringend ein oder zwei Ruhetage. Vielleicht sollte sie ein Wellnesswochenende buchen.

Familiensonntage hin oder her.

Lydia macht die Tür zur Küche auf und sieht als erstes die heruntergelassenen Jalousien. Herrlich diese Kühle. Licht und Schatten springen übereinander her und tauchen die Küche in ein verzaubertes Zwielicht. Ihr Blick geht nach rechts zu ihrem Sohn, der wie versteinert am Rand der Spüle steht. Sein Mund ist offen, seine beiden Arme hängen schlaff nach unten. Zu seinen Füßen liegen die Scherben eines zerbrochenen Glases, eine Wasserpfütze breitet sich auf dem Fliesenboden der Küche aus.

Lydia denkt zuallererst, dass Jakob schon wieder sein Pipi hat laufen lassen, dann fällt ihr ein, dass es nur das Leitungswasser aus dem Glas sein kann.

»Bleib stehen und beweg dich nicht, Schatz«, ruft sie Jakob zu.

Sie muss ihren Sohn dringend hochheben wegen der Scherben, er trägt nur leichte Badeschlappen und kann sich am Glas schneiden. Sie sieht an sich herunter, ihre eigenen Füße sind nackt, also erst zurück in den Flur und sich selbst die Sandalen wieder anziehen. Wo ist denn ihr Mann? Er war zu Hause geblieben, wollte die Garage für den Sperrmüll ausmisten. Er hätte ihnen schon draußen in die Arme laufen sollen.

»Jonas?«

»Liebes«, sagt eine Stimme auf der anderen Seite der Küche.

Lydia dreht ihren Kopf nach links.

Es ist nur ein Zerrbild ihrer Phantasie.

Ein fremder Mann ist da. Er hält eines ihrer Küchenmesser in der Hand, hält es schräg nach vorne, als wolle er damit eine Kartoffel schälen.

Da sitzt auch eine Frau, auf einem von Lydias Küchenstühlen.

Der Stuhl ist vom Tisch weggerückt, sodass Platz genug bleibt um sie herum zu laufen. Sie ist schmal, dunkles kurzes Haar, doch das ist nicht das Absurde.

Über dem Mund der Frau kann Lydia ein Stück Klebeband sehen. Ihr Oberkörper ist entblößt, das Kleid nach unten gezogen bis an die Scham, als hätte jemand den Stoff vorne aufgeschlitzt. Ihre Hände hat sie nach hinten gedehnt, verborgen hinter ihrem Rücken, ihre Schultern biegen sich, was ihre nackten Brüste seltsam nach oben treibt. Ihr weißer Bauch ist voller roter Striemen oder Striche, als hätte ein Kind ihre Haut bemalt.

Der Blick der Frau ist auf ein Glas Limonade auf dem Küchentisch fixiert. Kühle Limonade, die leicht süßlich schmecken muss. Lydia bekommt auch Lust auf einen Schluck. Reißt sich zusammen. Was ist hier los?

Ihr Herz schlägt schneller.

Hat sie sich im Haus geirrt? Wo verdammt steckt ihr Mann?

»Jonas!«

»Papa?«

Jakob, denkt Lydia.

Sie reißt sich von der Szenerie am Küchentisch los. Später kann sie sich damit befassen, später, wenn sie zur Ruhe gekommen ist und auch ein Glas Limonade trinkt mit ihrem Mann und ihrem Sohn – in ihrem richtigen Zuhause, in ihrem richtigen Leben.

Die Frau am Küchentisch wimmert.

Lydias Kopf muss sich zu den fremden Leuten zurückdrehen.

Sie sieht genauer hin.

Das Messer in der Hand des Mannes ist nicht mehr sauber, der Rand der Schneide ist dunkel. Das Messer muss die Frau bereits verletzt haben. Lydia überfliegt noch einmal den entblößten Körper und sieht einen Schnitt einen Fingerbreit unter dem Bauchnabel. Die Haut klafft dort böse auf und ein dunkles Rinnsal findet seinen Weg in den Stoff, der es aufsaugt.

Lydias Blick streift die Füße der Frau, sie stehen frei auf dem Küchenboden, ungefesselt, die Zehen krümmen sich in ihren Sommersandalen.

Warum rennt die Frau nicht davon?

Sie müsste doch aufspringen, sich das Klebeband von den Lippen reißen und schreien. Schreien, bis Hilfe kommt. Vor diesem Wahnsinnigen fliehen, der dabei ist sie abzustechen.

»Ich bin hier gleich fertig, Liebes, dann helf' ich dir draußen.«

Lydias Blick reißt sich von der Frau auf dem Küchenstuhl los und sie betrachtet den Mann.

Groß, dunkelblonde Locken. Seine Stimme klingt so vertraut,

sein Blick ist der eines ertappten Hundes, der sein Geschäft wieder auf dem Teppich gemacht hat, statt auf den Spaziergang zu warten.

Dann wendet sich der Mann der Frau auf dem Stuhl zu. Seine Hand mit dem Messer will nach unten gehen, gleich wird er ihr wieder weh tun, gleich wird Blut fließen.

»Lauf weg«, ruft Lydia der Frau auf ihrem Küchenstuhl zu, »der Irre wird dich zerschneiden«.

»Papa?«

Jakob!

Seine Stimme ist ganz winzig. Wie ein leiser Tropfen Limonade, der ein Glas hinunterrinnt. Lydia hat vergessen, dass sie barfuss ist und rennt zu ihrem Sohn hin. Sie packt das Kind und hebt es in ihre Arme. Eine der Scherben bohrt sich in ihre Fußsohle, doch sie merkt es nicht. Ihr eigenes Blut fließt, vermischt sich mit dem Wasser am Boden. Lydia will zurückrennen, weiter in den Flur, raus aus dem Haus, das ihres nicht sein kann, weg von dem Mann, den sie nicht kennen kann. Auf die Straße, in den Sonnenschein hinein. Vielleicht rennt sie auch zurück bis an den See und fängt den Tag dort noch mal von vorne an. Wird darüber lachen, wenn ihr Sohn ins Wasser pinkeln will.

Doch die Fliesen am Küchenboden sind vom Wasser und Blut rutschig und sie kommt mit dem Kind in den Armen nur zwei Schritte weiter. Dann zieht es ihr die Fußsohlen nach hinten und sie fällt. Fällt wie von einem Turm nach unten, sieht den harten verfliesten Boden auf sich zukommen.

Instinktiv umfasst sie den Kopf ihres Jungen, sie muss ihn schützen vor dem Aufprall.

»Jonas!«, schreit sie im Fallen.

44

Früher, als Helene noch sehr klein war und ihre Oma Irmi einmal allein ohne ihre Schwester Barbara besuchte, zu einer Zeit als Irma Pintao noch nicht senil und Johann noch gar nicht auf der Welt war, machten Oma und Enkelin Kartoffelschnitzel.

Oma Irmi legte ein kleines Messer in Helenes winzige Hand und eine mittelgroße Kartoffel in ihre andere. Dann setzte sich Irmi auf einen Schemel, um in Augenhöhe ihrer Enkelin zu sein. Auch sie hielt Messer und Kartoffel bereit für die große Aktion. Oma Irmis Kartoffeln mussten roh geschält und dann in längliche, sehr schmale Scheiben geschnitten werden. Gewürzt, aber niemals vorher gesalzen. Diese Kartoffelschnitten wurden dann in Mehl und Panade gewälzt und in einer Menge heißem Fett ausgebacken. Serviert und mit einem Schmand-Quark-Dip angerichtet, schmeckten sie besser als alle gebackenen oder gebratenen Kartoffeln zusammen, die Helene später in ihrem Leben zu sich nahm.

Beim Schälen war Helenes Hand abgerutscht und sie hatte sich in den Unterarm geschnitten. Die Wunde hatte sofort stark geblutet, Oma hatte den Schnitt ausgewaschen und verbunden. Dabei hatte sie ihr Liedchen vom *Heile, heile Gänschen* gesungen. Den Schmerz hatte Helene erst viel später gespürt.

So war es auch jetzt.

Der erste neue Schnitt in ihren Bauch tat überhaupt nicht weh.

Wie damals, an jenem Abend vor unendlich langer Zeit, als sie noch blond und mollig war und auf eine Pizza gewartet hatte, hatten sich die Schmerzen Zeit gelassen und gesammelt, um sie wie ein rasender ICE mit Verspätung zu überrollen.

Damals hatte Helene überlebt.

Die Schuld hatte sie hergetrieben.

Helene erkannte es. Diese Schuld, die wie eine aufgerollte Schlange in ihrem verstümmelten Bauch lag und sie die ganze Zeit gelenkt hatte.

Es ging nicht darum den Täter zu stellen, es ging nicht um banale Gerechtigkeit. Letztlich war es nicht mal um dieses Warum gegangen.

Helene hätte Zeit genug gehabt während der Limonade, ihr Warum auszusprechen und hatte doch geschwiegen. Hier und heute ging es um die Weiterführung einer unvollendeten Sache, die nach Erfüllung schrie.

Das war die Lösung.

Deshalb kannte sich Helene auch nicht mehr im Spiegel wieder, deshalb war sie sich fremd in ihrem Körper geworden, deshalb tauchte sie in der Wanne unter, bis ihre Lungen nach Sauerstoff kreischten und ihr Hirn fast explodierte. Dort unter Wasser hauste Helene Pintao, die blonde und mollige, die Frau, die Kunden für eine Familienzeitschrift *Elefant* akquirierte, die eine ältere Schwester, einen jüngeren Bruder hatte und gerne ein Verhältnis mit Freddy Marowitz gehabt hätte. Irgendwo versunken war ihre sterbende Seele wie ein verlorener Schatz im Wrack ihres Körpers.

Helene Pintao hatte am 4. Mai abends angefangen zu sterben. Fast hundert Tage später würde sie endlich den ihr zugedachten Tod finden. Der Messermann war damals gestört worden. Heute würde es keinen Spanner namens Fritz Kalb geben. Helene war bereit ihr Leben für das Gleichgewicht zu lassen, keiner sollte bevorzugt werden. Weder Helene noch Moni. Mordred war nur der Mittelsmann für eine geteilte Dualseele.

Mordred machte sich an seine Aufgabe.

Er hatte ihr wieder mit einem Klebeband die Lippen versiegelt. Seine Werkzeuge passten in jede Küchenschublade. Die Wäscheleine fehlte diesmal. Ihre Hände waren nur locker mit einem Küchentuch hinter dem Stuhl zusammengebunden. Helene hätte sich jederzeit davon befreien können. Ihre Beine waren völlig frei. Mordred wusste, dass Helene durchhalten würde.

Sie hatten sich auf der dunklen Seite des Mondes getroffen und beide waren einen Eid eingegangen. Auch Mordred konnte seiner Bestimmung nur ergeben folgen.

Er machte seinen Teil gut.

Als das Kleid nicht über ihre Schulter ging, schnitt er es einfach auf und zog den Stoff nach unten. Als sie zitterte, drückte er ihr einen Kuss auf die Stirn und nannte sie *Liebes*. Als er mit dem Schneiden begann, schloss sich der Kreis und Helene schien auf einem Pfad, der sie nach Avalon, ins jenseitige Reich hinter den Nebeln führen würde. Es war wie das Amen im Gebet, wie der letzte Schluck aus einem Glas Limonade, das Ende aller Fragen und Antworten zugleich.

Mit ihren Augen fixierte Helene das Glas auf dem Tisch. Immer noch glitzerte ein Tropfen am Rand wie ein weit entfernter kalter Stern. Vielleicht würde Mordred ihn ablecken, aufschlecken, wenn er mit seiner Arbeit und seiner Helene fertig war. Schmeckt lecker, Liebes!

Ein hoher, durchgehender Schatten wölbte sich über das Glas, Helene sah aus dem Augenwinkel wie die Küchentür aufging.

Ein kleiner Junge kam herein, schaute nicht nach links oder rechts, ging zur Spüle, griff sich ebenfalls ein Glas und ließ Wasser hineinlaufen. Helene kannte das Kind, sie hatte es mit Mordred zusammen gesehen, es war ein hübscher Junge, hellblond, zart.

Der Junge drehte sich von der Spüle weg, um zu trinken, und sah sie beide. Helene stellte sich den Anblick vor, den sie geben mussten. Das bizarre und verstörende Bild. Sicher nicht jugendfrei.

Zuerst guckte der Junge nur, riss die Augen auf, so große Kinderaugen, das man sich darin verlieren könnte. Dann ging sein Kinn nach unten und das Glas fiel ihm aus der Hand. Das Klirren wirkte in der dämmrigen Küche groß und mächtig.

»Papa?«

Ein Flüstern auf den Kinderlippen.

Helene dachte, dass es doch etwas Gutes in Mordreds Leben geben musste, wenn er es sich verdient hatte, so genannt zu werden.

Eine Frau kam zu dem Jungen in die Küche. Hübsch, blond, kurvig, ein wenig wie Helene früher, als sie noch Schaumbäder mit Vanilleduft bevorzugte. Auch diesmal war es der gleiche Ablauf, die Frau sah nicht zu ihnen herüber, sondern konzentrierte sich auf den Jungen. Gleich würde sie ihn hochheben und trösten.

»Jonas?«, rief die Frau.

»Liebes«, sagte Mordred.

Es war das erste Mal, dass Helene Mordreds richtigen Namen hörte.

Jonas.

Es war, als ob ein Stein ins Wasser fiel.

Nicht Avalon? War es die Geschichte vom Mann, den ein Wal verschluckte?

»Jonas!«

»Papa?«

»Ich bin hier gleich fertig, Liebes, dann helf' ich dir draußen.«

Das Messer fuhr vor Helenes Augen vorbei nach unten und würde ein weiteres Mal schneiden. Helene bereitete sich auf das Eindringen vor, das Aufspringen der Haut und Muskeln.

»Lauf weg«, rief die Frau, »der Irre wird dich zerschneiden.«

Hand und Messer blieben in der Luft stehen.

»Papa?«

Die Stimme des Jungen war wie ein Wispern im Nebel.

Der Wahnsinn, der Helene hergetrieben hatte, bekam erste Risse.

Sie sah, wie die Frau das Kind an sich riss, es hochriss und rennen wollte. Sie sah, wie die Frau das Gleichgewicht verlor. Plötzlich waren ihre Beine oben und ihr Oberkörper unten, sie stürzte und der Junge mit ihr, seinen Kopf in ihren Brüsten vergraben.

»Jonas!«, rief sie ein drittes Mal.

Alles kippte in ein Märchen um. Wie ganz am Anfang zuhause, als alles mit einem Klingeln begonnen hatte.

Wenn die Zauberworte dreimal fallen, öffnet sich die geheime Tür, wird der Fluch gelöst, muss Rumpelstilzchen in tausend Teile zerspringen. Die Priesterin hebt die Hände, die Nebel teilen sich.

Helenes Fuß zuckte nach vorne und stieß hart gegen das vordere Tischbein. Das Limonadenglas fiel um, der Tropfen flog in die Luft. Dann rollte das Glas an den Rand des Tisches, hing über dem Abgrund, konnte sich nicht entscheiden zu fallen.

Der Schmerz in Helenes Bauch setzte ein.

Er war schriller als der Schmerz vor hundert Tagen oder sie bildete es sich zumindest ein. Helene rutschte vom Stuhl und nach unten. Helene beugte sich automatisch nach vorne, ihre Schultern, ihre Arme mussten dem Oberkörper folgen, ihre Muskeln spannten sich an. Das Geschirrtuch löste sich und gab Helenes Hände frei. Das Limonadenglas verlor seinen Kampf mit der Schwerkraft und fiel. Es knallte noch bevor Helene den Boden berührte auf die Fliesen und wieder gab es Scherben.

Zwei Frauen, zwei Gläser gingen heute zu Boden. Doppeltes Glück?

Kurz bevor Helenes Wange auf den harten Fliesen und den scharfen Scherben aufschlug, riss sie den linken Arm hoch, fing ihr Körpergewicht ab, ihr Handgelenk und ihr Ellbogen knackten, als sie auftrafen. Aber der gesamte Aufprall war weicher als gedacht. Mit den Fingern der Rechten zog sie sich das Klebeband von den Lippen. Es brannte höllisch. Keine Zeit für Hasenfüße.

Helene zog die rechte Hand mit dem Klebeband an ihren Fingern seitlich zurück nach unten, griff zu, krallte sich den Stoff ihres Kleides. Sie knüllte ihn mit den Fingern zusammen, presste den Stoff wie ein Kissen an ihren Bauch, wollte so den Blutfluss des ersten Schnittes stoppen.

Endlich schrie sie den Schmerz aus ihrem Hirn und ihrem Herzen und sie kreischte so laut, dass es in ihren eigenen Ohren eine Übersteuerung gab.

Etwas Hartes war zwischen Stoff und Finger und noch während sie weiter schrie und mit ihrem Schreien auch die Nachbarschaft aufschreckte, endlich hörten es alle da draußen, was für ein Sieg, fühlte sie ihr Handy.

Sie nahm die gequetschte und aufgeschnittene linke Hand zur Hilfe, zog sie unter ihrer Wange heraus. Hielt den Kopf schräg hoch, damit ihr Gesicht nicht in den Glasscherben landete. Drückte mit links weiter den Stoff an ihren Bauch, mit der freien Rechten wühlte, suchte und fand sie das Handy. Hob es hoch vor ihre Augen. In der schrägen Lage und mit Blut an ihren Fingern konnte sie die Kurzwahltaste kaum berühren ohne abzurutschen.

Sie sah das Display leuchten und die Nummer blinkte auf, die sie jetzt am Dringendsten brauchte.

Helene zwang ihren Mund mit dem Schreien aufzuhören, ihre Hand zitterte so sehr, dass Helene das Handy unter ihr Ohr legte und es damit festhielt. Das Freizeichen kam. Keine dreimal Klingen brauchte es und Willa Stark war dran.

Helenes Stimme erreichte ihr Ende.

»Bitte … Schubertweg 13, bitte …«

Helenes Ohr drückte die Verbindung ab, aber aus irgendeinem tiefen unerforschbaren Wissen war Helene in diesem Moment klar, dass die Polizei auf dem Weg war.

Die Schmerzen kamen jetzt in Wellen und Helene merkte, dass ihr Bewusstsein schwand. Sie sah nach vorne und alles war in Schieflage. Das Schiff kenterte.

Die Frau lag vor der Spüle auf dem Boden wie Helene selbst, doch sie konnte ihr Gesicht nicht sehen, es war direkt auf den Fliesenboden gedreht. Von dem Jungen sah Helene nur die Füße, kleine Kinderfüße, einer davon nackt, der zweite in einem Badeschuh. Die kleinen Zehen bewegten sich, was Helene zuversichtlich stimmte.

Sie drehte den Kopf weiter und zwang ihren Blick nach oben. An der Tür zur Küche stand Mordred … nein Jonas.

Jonas, Jonas, Jonas!

Nur ein großer verlorener Junge mit einem Messer in der Hand.

Sein Kopf pendelte hin und her, zwischen der Frau mit dem Kind und Helene. Als ob er einem Tennismatch zusehen würde, wippte der Kopf schneller und schneller, von links nach rechts und wieder zurück.

Kurz bevor Helene in die schmerzfreie Dunkelheit eintauchte, konnte sie sehen, wie Jonas' Kopf aufhörte zu schwingen.

Er ließ das Messer fallen und war aus Helenes Blickfeld verschwunden.

45

Zuerst fiel Willa der Mann nicht auf, der auf der gegenüberliegenden Straßenseite vom Polizeipräsidium saß. Auf dem leeren Grundstück saß manchmal der eine oder andere Penner. Ein Ruheplatz mit Ausblick auf das Zuhause der Bullen.

Ihr Kopf war voll.

Es war Dienstagmorgen, der 28. August, sie war viel zu früh hier, wollte sich noch mal sammeln. In ihrem Büro sitzen, allein, alle anderen waren unterwegs. Ihr Auto hatte tatsächlich den Geist aufgegeben, sie musste die Straßenbahn nehmen. Wieder sollte es ein warmer Tag werden, doch frei von der sengenden Hitze des vergangenen Wochenendes.

Willa hatte die letzten zwei Nächte kaum geschlafen. Sich nur gewälzt. Auf glühenden Kohlen gesessen. Däumchen gekaut und gedreht.

Ihre Kollegen waren dabei den Messermann zu kriegen. Jonas Hohen, so lautete sein richtiger Name, hatte sich mal wieder aus dem Staub gemacht. Seit Sonntagmittag, seit über fünfzig Stunden, lief die Fahndung auf Hochtouren. Doch Helene Pintao hatte zum zweiten Mal überlebt. Wohl gutes Karma. Sie lag wieder im

Elisabethkrankenhaus. Willa wollte sie heute noch besuchen. Später. Nach dem Termin. Nach einem klärenden gemeinsamen Gespräch, zu dem sie per Mail aus dem Präsidium geladen worden war.

Keiner hatte sich persönlich bei ihr gemeldet. Vielleicht waren sie alle auch viel zu sehr mit der Jagd nach dem Serienmörder beschäftigt.

Auch die Frau des Messermanns und sein kleiner Sohn waren außer Gefahr und befanden sich bei Lydia Hohens Mutter. Wie verkraftete man es wohl, Jahre an der Seite eines Monsters verbracht zu haben? Wie würde der Kleine damit fertig werden, der Sohn des berüchtigten Messermannes zu sein? Schon die Sache mit Onkel Willi hatte Willa nachhaltig … Nein, kein einziger Gedanke mehr an familiäre Totschläger.

Willa Stark musste sich mit Peter Kraus auseinandersetzen.

Bei diesem Gespräch würde neben dem alten Rocker auch der Verbindungsbeamte von Europol anwesend sein. Heute würde sie seinen Namen sehr deutlich hören. Gastermittler und Polizisten aus anderen Ländern liefen nicht mit Schreckschusspistolen durch Köln und jagten im Alleingang Serientätern hinterher. Dass das Abfeuern der Waffe in dem Haus geschah, in das sie Kollegin Marielle geschickt hatte, war der einzige Pluspunkt für Willa. Oberstaatsanwalt Theo Prunk hielt sich aus der Sache raus. Weder über seine Sekretärin noch unter der Handynummer war er für Willa zu sprechen gewesen. Das war kein gutes Zeichen.

Willa trug heute einen Rock. Es sah albern an ihr aus, passte nicht zu ihrer Lederjacke, die ohnehin zu warm für diesen Tag war, aber sie hoffte, dass ein adretter, gewissenhafter Eindruck entstand. Sie wollte so schnell wie möglich wieder in den aktiven Dienst. Zurück zum Team. Wollte endlich an der Jagd teilnehmen.

Sie näherte sich dem Präsidium von der anderen Straßenseite her, sah vor dem Haupteingang schon eine kleine Gruppe Presseleute stehen. Später würde die Gruppe zur dicken Beule anschwellen, da Peter Kraus und Theo Prunk eine weitere Stellungnahme angekündigt hatten. Gestern hatten beide es ganz gut geschafft, die Entdeckung des Messermanns so aussehen zu lassen, als wäre es hauptsächlich ein Fahndungserfolg der SOKO. Jetzt brauchten der alte Rocker und der prunkvolle Theo nur mehr ihren Hauptakteur, eine schnelle Festnahme war Bedingung.

Willa musste direkt an dem Penner vorbeilaufen. Er saß im Schneidersitz wie ein Yogi, der eine Meditation abhielt. Sein Kopf war erhoben, sein Blick völlig in die glatte Fassade des Polizeipräsidiums gegenüber versunken.

Willa sah genauer hin.

Jonas Hohen?

Willa schluckte.

Sie blieb stehen, fixierte die Gestalt.

Jonas Hohen?

Konnte das sein?

Wollte er die Beamten drinnen beschwören, ihn hier abzuholen, seiner Flucht ein Ende zu bereiten? Hatte er eingesehen, dass es keinen Ausweg mehr gab? Oder hoffte er auf diese Weise auf einen milden Richter, weil er sich selbst stellte? Wer konnte überhaupt wissen, was in seinem kranken Kopf vor sich ging?

Obwohl er saß, konnte Willa sehen, dass er groß war, dunkelblonde zerzauste Locken, unrasiertes Kinn, fleckige Klamotten, abgelaufene Turnschuhe.

Jonas Hohen.

Tatsächlich.

Willa Stark hatte in diesem Moment das gleiche Gefühl wie Helene Pintao, als die ihn zum ersten Mal im *Café Bonnen* wieder gesehen hatte. Willas Herz schlug ruhig weiter, ihre Atmung ging regelmäßig. Es war ein Gefühl, als wäre sie unter Wasser und würde ihren Blick nach draußen aufs Trockene richten.

Sie kannte das Fahndungsfoto, jeder Polizist im Land kannte es, auch jeder Zivilist, es wurde seit Sonntag auf allen Kanälen und in Sondersendungen gezeigt.

»Rufen Sie umgehend die Polizei an, wenn Sie diesen Mann sehen!«

Nun, Willa war die Polizei, auch wenn sie im Moment nicht im aktiven Dienst war.

Noch trug sie ihre Dienstwaffe in ihrer Jacke bei sich, doch sie wollte sie nicht ziehen. Stattdessen setzte sie sich wieder in Bewegung und holte langsam die Handschellen heraus.

Der Gott des Zufalls lächelte.

Später sagte Jonas Hohen zu Willa, dass ihm alles leid täte.

Später gingen die beiden über die Straße, rüber zum Präsidium.

Später entdeckte einer der wartenden Journalisten Willa Stark, die den Messermann in Handschellen zum Haupteingang lotste.

Es wurde die Sensation dieser letzten Augusttage.

IV. REGEN

46

Am Montag, den 3. September, gab es mittags ein außergewöhnliches Regenspektakel in Köln. Es regnete ausnahmslos nur auf der linksrheinischen Seite.

Der Guss kam mit einer derartigen Heftigkeit, dass die meisten Menschen Schutz unter Dächern, Mauervorsprüngen oder in Einkaufsläden suchten. Überraschenderweise hatte es vorher weder ein Gewitter noch dunkle Wolken gegeben. Der Himmel schien mitten in Sonnenschein und Wärme unsichtbare Schleusen zu öffnen und die Stadt zu überschwemmen. Nachdem das erste heftige Bombardement an Tropfen vorüber war, liefen die ersten los in den Regen, um die Erfrischung zu genießen. Durch die Hitze des Bodens und des Regens von oben bildete sich nebelartiges Kondenswasser, was der halben Stadt ein feenhaftes Flair bescherte. Anwohner, die auf der Scheel Sick, der rechtsrheinischen Seite direkt am Fluss wohnten, erzählten später, dass man den Eindruck hatte, die linke Seite würde sich in eine Insel im Nebel verwandeln.

Zehn Minuten später war das Spektakel vorüber und nur noch einzelne Tropfen rannen über Dächer und von den Bäumen, einzelne kleine Rinnsale verschwanden in den Kanälen der Stadt.

Konrad Höblich stand am Rand seines schmalen Gartenstreifens und sah zu, wie ein kleiner Bach durch die gelben Grashalme langsam auf seine Terrasse floss. Er war heute Morgen mit den

Anzeichen einer saftigen Sommergrippe aufgewacht und hatte sich krank gemeldet. Nach zwei Gläsern heißem Ingwerwasser mit Rum, ein Rezept seines Chefs, war ihm schwindlig und übel, aber die Halsschmerzen waren verschwunden. Er stand unter der Terrassentür und betrachtete nachdenklich den Dampf, der von der Erde aufstieg. Die Stille machte ihm zu schaffen. Der Hund von gegenüber war tot und der Nachbar von nebenan auch. Nicht richtig gestorben, aber tot im Sinne von Mitglied der Gesellschaft und so.

Was es für Leute gab. Doch dieses ewige Dauergrinsen war ihm immer schon verdächtig vorgekommen, oder nicht? Rita hatte geweint und sich um Lydia und den Jungen gesorgt, wie hieß er noch gleich? Konrad merkte, dass ihm Ingwer und Rum gleich hochkommen würden und rannte hinein, um sich zu übergeben.

Am Arbeitsamt in der Luxemburgerstraße machte ein Mitarbeiter das Fenster im Wartebereich zu, der Regen hatte schon eine Pfütze auf dem grauen Teppich hinterlassen. Sofort herrschte im überfüllten Raum eine affenartige Hitze. Ein Baby weinte, ein alter Mann keuchte und Peter schaute ausgelaugt auf seine Nummer. Noch zwanzig vor ihm. Hier wollte man keinen Namen, sondern nur vierzehnstellige Zahlencodes wissen. Er passte hier nicht her, er war keiner der Schmarotzer, sondern machte nur eine schlechte Phase durch. Hoffentlich würde sein Sachbearbeiter die Sache genau so sehen und seinen Antrag ein halbes Jahr verlängern. Dann hätte er Zeit für sein Buch. Das war seine neue Idee, nachdem er in den Nachrichten das Bild von seinem Kumpel gesehen hatte und dieser als der Messermann überführt worden war. Peter würde ein Buch über seine Begegnung mit diesem Monster schreiben, gespickt mit seinen Gedanken und Gefühlen. Ohne Frage würde es ein Bestseller werden und dann Tschüs Arbeitslosigkeit. Der Schweiß rann ihm in Strömen über den Rücken und Peter schloss seine Augen. Er sah sich im *Goldmund* sitzen, diesmal ganz vorne, aus seinem Buch lesen und am Ende die Zuhörer um ihre Fragen bitten. An der Tafel erschien die nächste Nummer und immer noch waren neunzehn andere vor Peter dran.

Im Elisabeth Krankenhaus schlug Helene Pintao ihre Augen auf.

Das Trommeln des Regens gegen die Fensterscheiben hatte sie aus ihrem Mittagsschlaf gerissen. Schlafen war seit ihrer letzten Operation am Bauch ihre neue Lieblingsbeschäftigung. Jedes Einschlafen assoziierte Helene mit dem Untertauchen in Wasser, der Schlaf schwappte über ihren Kopf und sie konnte sich in einer anderen Welt verbergen. Ihre Kehle war rau und trocken. Sie beugte sich nach rechts und nahm das Glas Wasser vom Nachtkästchen in die Hand und trank. Ihre Wunde am Bauch fing sofort zu ziehen an. Sie schlug die weiße Decke zurück und besah sich den Verband.

Wieder würde die Verletzung heilen, zum zweiten Mal hatte sie unglaubliches Glück gehabt.

Gab es einen höheren Grund dafür, dass Mordreds Frau und Sohn frühzeitig nach Hause gekommen waren und Helene deshalb noch lebte? Nein, nicht Mordred. Jonas Hohen. So war sein Name. Jonas, der von dem Wal seiner dunklen Triebe verschluckt worden war und Helene mit in dessen Bauch genommen hatte.

Vor zwei Nächten war sie im Traum wieder in der geräumigen Küche der gelben Doppelhaushälfte im Schubertweg 13 gewesen. Diesmal hatte sie Jonas ihre Frage gestellt.

Warum?

Er war vor ihr im Traum gewachsen und seine Größe hatte die Ausmaße einer Gottheit erreicht. In seinen Augen hatte ein Feuer gesprüht und seine Stimme war ein Donner gewesen. Nach dem Aufwachen konnte sie sich nicht an seine Antwort erinnern und weinte leise und lange.

Sie versteckte ihren Bauch wieder unter der Decke und verspürte Hunger. Sie drückte auf die Klingel und fragte die Schwester, ob sie ihr verschmähtes Dessert denn jetzt noch haben könnte. Die Schwester lächelte und nickte.

Später brachte ein Pfleger Helene den Pudding auf einem weißen Tablett. Der junge Mann war groß und hatte dunkles lockiges Haar. Eine Seite in Helene wurde gezupft, ein Schatten zog von inneren Tiefen auf, kam nach oben und brach sich an der Oberfläche ihres Verstandes wie eine Riesenwelle, die ein Wal mit einem kräftigen Schlag seiner Schwanzflosse hätte verursachen können.

Doch Helene Pintao lächelte tapfer dem jungen Mann entgegen und nahm den Pudding aus seiner Hand.

Ob ihr Sohn einen Albtraum hatte oder einfach nur den heilenden Schlaf eines Kindes schlief, wagte Lydia Hohen nicht zu sagen. Er hatte sich auf der Besuchercouch in ihrem Büro eingerollt und japste wie ein Welpe im Schlaf. Noch weigerte er sich zurück in den Kindergarten zu gehen, er wollte nicht von der Seite seiner Mutter weichen. Kaum verließ sie den Raum, auch wenn sie nur zur Toilette wollte, begann er zu schreien und zu weinen und klammerte sich an ihr Bein.

Mit keinem Wort fragte er nach seinem Papa, nur den Stofflöwen, den Jonas seinem Sohn letztes Weihnachten geschenkt hatte, legte er nicht aus der Hand. Der Kinderpsychologe riet Lydia, Jakob Zeit zu geben. Der Junge würde von sich aus zeigen, wann er bereit war, über seinen Papa und das Erlebte zu reden.

Lydia nahm den Rat gerne an, wollte sie doch selbst am liebsten nie, nie wieder über ihren Mann reden. Exmann, denn so schnell es irgend möglich war, würde sie die Scheidung einreichen. Ihre nüchterne Sachlichkeit war der Schutzwall, der sie bei Verstand hielt. Deshalb war sie heute wieder ins Büro gekommen und hatte Jakob mitgenommen.

Das Leben und die Arbeit mussten weitergehen. Sie wimmelte Presseanfragen ab und bedankte sich bei Freunden für die

Anteilnahme. Sie versicherte allen, dass es ihr gut ginge und keiner sie besuchen sollte, und sie drückte die Anrufe von Jonas' Anwalt einfach weg. Solange es möglich war, würde sie bei ihrer Mutter wohnen, dann für sich und Jakob ein neues Zuhause finden. Vielleicht nach Berlin übersiedeln.

Als der Regen einsetzte, murmelte Jakob im Schlaf und drehte sich auf die andere Seite. Lydia konnte die große Beule, die er sich bei ihrem Sturz zugezogen hatte, an seinem Hinterkopf sehen. Ihre Farbe war von rot auf lila gewechselt. Sie pustete über die Verletzung und die Tränen kamen. *Heile, heile Gänschen*, summte sie das beliebte Kinderlied. In hundert Jahren ist alles vorbei. Hoffentlich schon früher. Lydia wischte die Tränen energisch fort und dankte Gott, dass Jakob nicht Jonas' leibliches Kind war. Und doch. Für Jakob würde das keinen Unterschied machen.

Willa Stark stand mitten im Regenguss. Jimmy beobachtete sie unter der trockenen Markise. Ihre Haare und Kleidung trieften bereits nach einer Minute vor Nässe, Willa breitete die Arme aus und spürte die Tropfen auf ihrer Haut.

Sie war immer noch vom aktiven Dienst freigestellt, wie es hieß, solange bis die Sache mit ihrem Alleingang und dem Abfeuern der Schreckschusspistole geklärt war. Wie lange Europol und die Kölner Polizeibehörde dazu brauchen würden, war noch nicht abzusehen. Ob und wie es danach bei der Kölner Kriminalpolizei mit ihr weitergehen würde, konnte keiner sagen. Am wahrscheinlichsten war ihre Rückkehr nach Österreich. Die Grazer Polizei würde ihr ungeliebtes Fräulein Ösi zurückbekommen. *So a Gfrett!*

Die Kollegen in der SOKO hier in Köln stärkten ihr den Rücken, lobten sie und ihren unermüdlichen Einsatz für das Team. Nach der Ergreifung von Jonas Hohen hatte ihr Handy endlich geklingelt und ja, die Kollegen hatten sich gemeldet, alle, selbst Frank Zauber wünschten ihr Glück. Theo Prunk hatte zumindest eine kurze SMS geschrieben, mehr als Willa erwarten konnte. Und

Peter Kraus hatte trotz allem ihre Partei ergriffen, das freute sie am meisten.

Für die Medien in Deutschland und auch Österreich war sie der gefeierte Jungstar unter den Ermittlern, zum zweiten Mal in ihrer kurzen Karriere hatte es die »kleine und doch mörderisch gute« Willa Stark mit einem Killer aufgenommen.

Wenn Willa in ihrem Kopf die Verhaftung von Jonas Hohen noch mal durchspielte, hätte sie einen Umweg zum Hintereingang nehmen können, doch wenn sie total ehrlich war, gab es diesen winzigen Teil in ihr, der immer wieder vorne und an der Presse vorbei lief. Ein kleines Aufmerksamkeit heischendes Luder war sie eben, die Nichte vom Onkel Willi, dem Lump.

Obwohl es nicht ihr Verdienst war. In Wahrheit auch nicht die Leistung der SOKO, nicht das Ergebnis aller mühevollen Ermittlungen. Keiner von ihnen hatte mit der Ergreifung von Jonas Hohen zu tun. Traurig, aber wahr.

Ganz klar ging der entscheidende Treffer an Helene Pintao.

Natürlich hatte der Gott des Zufalls seine Finger im Spiel gehabt.

Ja, sie gab es zu, ohne ihn würde Jonas Hohen immer noch mit einem Küchenmesser Frauen auflauern.

Ja, heute im Regen wollte sie diesen Gott noch einmal bei seinem Namen nennen und ihm ihren Dank aussprechen.

Hatte er doch am Ende in seiner Unberechenbarkeit den Messermann zur Strecke gebracht. Hatte er sich beeindrucken lassen von ihrer aller Mühe und Hartnäckigkeit? Hatte er sich der traumatisierten Helene und ihrer Suche nach ihrem Phantom erbarmt? Oder war es einfach so, dass er in seinem grausamen, unberechenbaren Spiel aus göttlicher Langeweile die Seiten gewechselt hatte?

Letztlich hatten sie doch gewonnen.

Sie alle.

Peter Kraus, der Jonas Hohens Ergreifung wie einen Erfolg der Mordkommission wirken ließ. Die Mitarbeiter und Mitarbeiterinnen der Polizei, die nach all dem Suchen und Ermitteln die Akte schließen konnten.

Monika Dahms Familie, die mit dem Wissen trauern konnte, dass Monis Mörder gefasst war. Auch Helene Pintao, die zumindest versuchen konnte endlich ihr Leben wieder ohne Angst vor dem schwarzen Mann weiterzuführen.

Und Willa?

Hier gefällt es mir, dachte sie. Ich mag die Stadt, ich mag es Verbrechen aufzuklären und ich …

Ihr Handy klingelte.

Willa unterbrach ihren Regentanz und kam zu Jimmy unter die Markise. Sie nahm das Handy vom Tisch und ging ran.

»Willa ist hier.«

»Servus Willa«, sagte ihre Mutter.

»Hallo Mama? Wie ist das Wetter bei euch?«

* * *

Foto: C. Assaf

Isabella Archan

Nach vielen Jahren als Schauspielerin an Staats- und Stadttheatern in Österreich, Deutschland und der Schweiz, lebt Isabella Archan heute in Köln.
Hier beginnt auch ihre Laufbahn als Autorin. Mehrere Theaterstücke und Kurzgeschichten wurden bereits veröffentlicht.
Neben eigenen Krimi-Theater-Abenden ist die gebürtige Grazerin immer wieder in verschiedenen Rollen im TV zu sehen.
Helene geht baden ist ihr erster Kriminalroman.
www.isabellaarchan.jimdo.com

Ein Dankeschön für Recherche und Unterstützung geht an:

Chris Willer
Erika Trücher
Birgit, Frank, Lennart und Laurens Orlinski
Dr. Cornelia Assaf
Beate Gomoluch-Dörr
Brigitte Hesidenz
&
Gabriela

Und ein extra Dankeschön an meine beiden Lektorinnen:

Christina Wolfrum
&
Amelie Schröder

Die Krimireihe des Conte Verlages

Jean Amila ***Mond über Omaha***

Reihe Amila 1, 214 Seiten, ISBN 978-3-936950-33-5, 10,00 €

Jean Amila ***Mitleid mit den Ratten***

Reihe Amila 2, 212 Seiten, ISBN 978-3-936950-43-4, 10,00 €

Jean Amila ***Bis nichts mehr geht***

Reihe Amila 3, 220 Seiten, ISBN 978-3-936950-53-3, 10,00 €

Jean Amila ***Motus!***

Reihe Amila 4, 180 Seiten, ISBN 978-3-936950-79-3, 10,00 €

Jean Amila ***Die Abreibung***

Reihe Amila 5, 190 Seiten, ISBN 978-3-936950-96-0, 10,00 €

Jean Amila ***Auf Godot wartet keiner***

Reihe Amila 6, 200 Seiten, ISBN 978-3-941657-11-3, 10,00 €

Lilo Beil ***Gottes Mühlen***

Kommissar Gontards erster Fall

184 Seiten, ISBN 978-3-936950-49-6, 9,90 €

Lilo Beil ***Das Licht unterm Scheffel***

Kommissar Gontards zweiter Fall

178 Seiten, ISBN 978-3-936950-72-4, 9,90 €

Lilo Beil ***Die schlafenden Hunde***

Kommissar Gontards dritter Fall

188 Seiten, ISBN 978-3-936950-87-8, 9,90 €

Lilo Beil ***Die Kinder im Brunnen***

204 Seiten, ISBN 978-3-941657-10-6, 11,90 €

Lilo Beil ***Die Nacht der grauen Katzen***

Kommissar Gontards vierter Fall

202 Seiten, ISBN 978-3-941657-28-1, 11,90 €

Jens Luckwaldt ***Puder und Blei***
218 Seiten, ISBN 978-3-941657-26-7, 12,90 €

Barbara Mansion ***Mörderische Wallfahrt***
204 Seiten, ISBN 978-3-936950-59-5, 9,90 €

Barbara Mansion ***Das Geheimnis der Burgkapelle***
198 Seiten, ISBN 978-3-941657-09-0, 12,90 €

Kerstin Rech ***Schenselo***
188 Seiten, ISBN 978-3-936950-60-1, 9,90 €

Kerstin Rech ***Hotel Excelsior***
232 Seiten, ISBN 978-3-936950-77-9, 11,90 €

Carolin Römer ***Die irische Meerjungfrau***
Ein Fin O'Malley Krimi
306 Seiten, ISBN 978-3-941657-25-0, 13,90 €

Carolin Römer ***Greed Castle***
Ein Fin O'Malley Krimi
294 Seiten, ISBN 978-3-941657-86-1, 13,90 €

Guido Rohm ***Untat***
140 Seiten, ISBN 978-3-941657-78-6, 10,90 €

Dieter Paul Rudolph ***Arme Leute***
210 Seiten, ISBN 978-3-941657-06-9, 12,90 €

Dieter Paul Rudolph ***Pixity***
Stadt der Unsichtbaren
292 Seiten, ISBN 978-3-941657-29-8, 13,90 €

Dieter Paul Rudolph ***Der Bote***
Ein Science-Fiction-Krimi
176 Seiten, ISBN 978-3-941657-61-8, 11,90 €

Elke Schwab ***Kullmanns letzter Fall***
270 Seiten, ISBN 978-3-936950-71-7, 11,90 €

Die Krimireihe des Conte Verlages

Elke Schwab ***Tod am Litermont***
278 Seiten, ISBN 978-3-936950-74-8, 12,90 €

Elke Schwab ***Hetzjagd am Grünen See***
302 Seiten, ISBN 978-3-936950-95-3, 12,90 €

Elke Schwab ***Das Skelett vom Bliesgau***
282 Seiten, ISBN 978-3-941657-14-4, 12,90 €

Elke Schwab ***Galgentod auf der Teufelsburg***
330 Seiten, ISBN 978-3-941657-39-7, 12,90 €

Elke Schwab ***Blutige Seilfahrt im Warndt***
320 Seiten, ISBN 978-3-941657-66-3, 13,90 €

JuttaStina Strauss ***Koks und Kosakenkaffee***
Guzzos erster Fall
286 Seiten, ISBN 978-3-936950-54-0, 13,90 €

JuttaStina Strauss ***Mis en Vosges***
Guzzo in Lothringen
290 Seiten, ISBN 978-3-936950-80-9, 13,90 €

Markus Walther (Hrsg.) ***Letzte Grüße von der Saar***
Krimi-Anthologie, 244 Seiten, ISBN 978-3-936950-68-7, 12,90 €

Lisa Huth, Karin Mayer (Hrsg.) ***Mord vor Ort***
Das Krimibuch zum Treffpunkt Ü-Wagen
230 Seiten, ISBN 978-3-941657-02-1, 12,90 €

Lisa Huth, Karin Mayer (Hrsg.) ***Mord vor Ort 2***
Das zweite Krimibuch zum Treffpunkt Ü-Wagen
236 Seiten, ISBN 978-3-941657-41-0, 12,90 €

Ingrid Schmitz (Hrsg.) ***Muscheln, Mousse und Messer***
Eine kulinarische Krimi-Anthologie
220 Seiten, ISBN 978-3-941657-22-9, 12,90 €

Die Krimireihe des Conte Verlages

Ingrid Schmitz (Hrsg.) ***Porridge, Pies and Pistols***

Eine kulinarische Krimi-Anthologie

298 Seiten, ISBN 978-3-941657-87-8, 12,90 €

Ingrid Schmitz (Hrsg.) ***Tortillas, Tapas und Toxine***

Eine kulinarische Krimi-Anthologie

252 Seiten, ISBN 978-3-95602-013-1, 12,90 €